Lo Jakob

Ehrliche Haut

Lo Jakob

Ehrliche Haut

Roman

édition el!es
www.elles.de
info@elles.de
Umschlaggestaltung und Satz: graphik.text Antje Küchler
ISBN 978-3-95609-240-4

Die beste Diebin zwischen Nizza und San Francisco

Flix kletterte die Fassade so mühelos hoch wie Spiderman. Zumindest war das ihr inneres Bild, als sie den siebten Stock zum Penthouse erklomm. Diese Ecke des Gebäudes war gänzlich unbeleuchtet, und auch das Penthouse lag, wie schon von unten ausbaldowert, ausgestorben da.

Flix stemmte sich behände über das Geländer der winterlich verpackten Dachterrasse. Schon das, was sie von den nur zum Teil verhüllten Möbeln hier erkennen konnte, sah vielversprechend aus. Nach sehr viel Geld. Nach so viel Geld, dass man solch teure Terrassenmöbel sorglos im Freien stehen lassen konnte. Hier war sie richtig. Und der Zeitpunkt heute Abend hätte nicht günstiger sein können. Weihnachten war einfach eine hervorragende Zeit für Einbrüche. Während die ganzen Familienmenschen beim Essen saßen und Weihnachtslieder trällerten, hatte sie freie Bahn.

Als sie sah, dass die Terrassentür noch nicht einmal eine Alarmanlage hatte, musste Flix grinsen. Sie zog sich ihre dünnen, schwarzen Handschuhe an und holte das kleine Spezialstemmeisen aus ihrer schwarzen Softshelljacke. Ein kleiner Ruck genügte, und die Tür sprang auf. So fachgerecht, dass es noch nicht einmal einen nennenswerten Kratzer am Rahmen gab. Flix zerstörte nie, sie nahm nur. Wenn sie es vermeiden konnte, machte sie noch nicht einmal enorme Unordnung. Wie die Juwelendiebin in *Über den Dächern von Nizza*. Oder so ähnlich. Das war Flix. Ihr Spitzname kombinierte flink und fix und F wie Felicitas, ihr eigentlicher Name. Perfekt für eine Fassadenkletterin und Diebin.

Sie rückte ihre schwarze, enganliegende Mütze zurecht, so dass keines ihrer langen, dunklen Haare herausschaute und womöglich irgendwo hängenblieb. Dann betrat sie leichtfüßig die Luxuswohnung. Sie befreite ihre schwarzen Barfußschuhe auf dem Abtreter von Schneeresten – nur keine Spuren hinterlassen. Sie zog eine Mini-Taschenlampe heraus, die ein diffuses Streulicht erzeugte und von außen nur schwer zu erkennen war, und knipste sie an. Ziemlich spärlich und kalt eingerichtet, fand sie bei einem ersten Blick in die Runde. Allerdings war hier kein auch noch so gut versteckter Tresor zu entdecken.

Sie machte sich auf die Suche nach dem Schlafzimmer. Die meisten Leute hatten den Tresor sowieso im Schlafzimmer und ihre sonstigen Wertsachen meist auch. Deshalb fing sie eigentlich immer dort an.

Sie schlich über einen dunklen Flur und inspizierte die verschiedenen Zimmer. Ganz am Ende fand sie es. Beim Betreten nahm sie gleich die affenscheußliche Kunst wahr. Mein Gott, hatte der Typ, der hier wohnte, einen schlechten Geschmack. Der Rest der Wohnung war ja auch geschmacklos und kalt, aber das hier schlug dem Fass den Boden aus. Sie stellte sich einen geschniegelten Yuppie mit viel zu viel Kohle und viel zu wenig Verstand vor.

Über dem goldschnörkeligen barocken Albtraum von einem Bett hing ein überdimensioniertes Foto einer nackten, gefesselten Frau. Kompletter Stilbruch und außerdem ein Druck von Helmut Newton. Sie hatte diesen frauenfeindlichen Fotografen schon immer verabscheut. Wenn es ein Original gewesen wäre, hätte sie es natürlich mitgenommen und zu einer ganzen Stange Geld gemacht. Aus dem Rahmen geholt und gerollt wäre es leicht die Fassade runterzutransportieren. So weit ging ihre Abscheu dann doch nicht. Außerdem hatte sie schon Verabscheuungswürdigeres zu Geld gemacht. Einen Schrumpfkopf zum Beispiel. Widerlich.

Gut, dass diese Art von Kunst und Artefakten nicht ihr Spezialgebiet war. Schmuck war schon mehr ihr Fall. Das und Geld.

Auf einem Sideboard stand ein Schmuckkästchen, das sie aber nur mitnehmen würde, falls nicht noch Besseres zutage kam. Schmuck, der so offen herumstand, war meist nicht viel wert. Sie würde jetzt erst einmal nach den richtigen Wertsachen suchen.

Flix wusste genau, was sich lohnte, gestohlen zu werden. Als Diebin deluxe musste sie Kenntnisse aus den verschiedensten Bereichen in sich vereinen. Sie war geschickte Handwerkerin, gewiefte Kunst- und Schmuckexpertin, zirkusreife Akrobatin und einiges mehr in einem. Sie war gut, sie war sogar sehr gut. Und sie war so gar nicht bescheiden. Warum auch? Sie war die Beste.

Flix war gerade dabei, den Kleiderschrank nach etwaigen Geldverstecken zu durchsuchen – die gab es immer –, als ein unerwartetes Geräusch sie aufhorchen ließ. Ein Schlüssel im Türschloss der noblen Penthouse-Wohnung – eindeutig.

Ihre Reaktionszeit war nicht länger als eine Sekunde. Sie versteckte sich im Kleiderschrank. Wieder einmal kam ihr ihre bewegliche und schmal gebaute Physis zugute. Viel Platz war nicht zwischen den Abendkleidern. Abendkleider? Wohnte hier vielleicht doch eine Frau? Eine reiche Frau ohne Geschmack? Die jetzt gerade überraschend heimkam, verflucht und zugenäht!

Die Doppeltür des Schrankes ließ sich auf die Schnelle nicht ganz schließen und blieb einen Spalt offen. Flix hoffte, dass ihr Versteck trotzdem ausreichend war. Ihr Herz raste. Sie war noch nie ertappt worden. Nicht so wie jetzt, ohne Möglichkeit zur Flucht. Normalerweise tat sie alles, um nicht auf Menschen zu stoßen, und das gelang ihr auch. Immer.

Dass ihr das ausgerechnet heute an Heiligabend nicht gelungen war, ärgerte sie maßlos. Zumal sie vermutlich die ganze Nacht hier würde ausharren müssen. Tolles Weihnachtsfest. Sie hatte sich das Ganze anders vorgestellt. Zuerst ein bisschen was abstauben, dann ein richtig gutes Essen und sexy Gesellschaft. Flix hatte nie Probleme, eine Frau aufzugabeln. Auch da hatte sie keinen Grund, bescheiden zu sein. Sie sah gut aus. Wie eine junge Audrey Hepburn, hatte mal irgendeine Flamme gesagt. Vielleicht war es ja nicht schlecht, harmlos auszusehen. Aber sie sah sich mehr wie eine Piratin – wild und ungebändigt. Vielleicht war sie ja auch eine Mischung aus beidem.

Ein Licht ging an, und zwei Frauen kamen ins Schlafzimmer. Die eine stellte ihre Umhängetasche direkt am Schrank ab, und

Flix blieb fast das Herz stehen. Durch den Spalt beobachtete sie das Geschehen wie ein Luchs. Die eine war blond, mit kurzen Haaren, und die mit der Tasche hatte halblange, hellbraune Haare. Die wohnten doch nicht hier. Niemals. Das passte überhaupt nicht. Die sahen beide nicht nach überbordendem Reichtum aus und auch nicht geschmacklos. Im Gegenteil. Die Frauen waren ausgesprochen attraktiv und genau nach Flix' Geschmack. Auch die modischen Klamotten entsprachen nicht Frauen, die hässliche Betten und grässliche Kunst hatten. Hätte sie die beiden auf einer ihrer nächtlichen Clubtouren gesehen, hätte sie versucht, eine davon aufzugabeln. Oder beide. Warum denn nicht? Das hatte sie noch nie gemacht, stellte sich aber vor, dass das ein ganz spezielles Erlebnis wäre.

Jetzt beobachtete Flix, wie die beiden Frauen ihre Jacken, Schals und Mützen beliebig beiseite warfen. Sie redeten schon, seit sie hereingekommen waren, aber erst nach Abebben des ersten Schocks konnte Flix zuhören, was sie denn sagten. Vorher hatte das Blut in ihren Ohren vor Aufregung so sehr gerauscht, dass sie nichts richtig wahrgenommen hatte. Jetzt drangen die ersten Sätze zu ihren Gehirnzellen durch.

»Ich verstehe immer noch nicht so ganz, weshalb das die beste Rache an deiner Ex sein soll. Du weißt, ich finde Racheaktionen spitze, aber warum hier und so?«, fragte die Hellbraune, während sie auf dem Fußende hockend sich ihrer schweren Winterstiefel entledigte.

»Weil sie es hassen wird, dass wir in ihrem Bett gefickt haben. Sie wird sich ein neues Bett kaufen«, antwortete die Blonde hämisch. Sie hüpfte auf einem Bein herum und versuchte ebenfalls, den ersten ihrer mit Schneematsch versauten Stiefel abzustreifen. Flix konnte sogar die Flecken auf dem Plüschteppich erkennen, die sie hinterließ. So gut war ihre Sicht auf das Geschehen.

Oh-oh, schoss es ihr dann durch den Kopf. Erst jetzt registrierte sie, was die Blonde sagte. Verstand sie das hier wirklich richtig? Die würden doch jetzt nicht …? Doch, sie würden.

Luisa betrat das Büro ihres Vaters wie üblich mit einem Kloß im Hals. Das war nichts Neues. Neu war, dass sie sich vorgenommen hatte, ihm dieses Mal noch fester, noch entschlossener entgegenzutreten.

Die Pressspanmöbel sahen so alt aus wie sie waren, und sie wusste, dass ihr Vater das Image des schäbigen Detektivbüros sogar pflegte. Er behauptete immer, seine Kunden würden das ganz genau so erwarten, und wenn die Detektei Sander zu geschniegelt aussähe, würden sie Aufträge verlieren.

Da war sie vollkommen anderer Meinung. Wie in so vielem. Aber ihr Vater gab nichts auf ihre Ansichten. Zum Beispiel, dass sie andere, seriösere Aufträge bekämen, wenn es hier anders, gepflegter aussähe. Wenn sie die dubiosen Kunden, die ihr Vater pflegte, loswerden würden. Aber Egon Sander wollte sie hier eigentlich gar nicht. Das war das Problem zwischen ihnen. Luisa hatte sich fest vorgenommen, ihm zu beweisen, dass sie es draufhatte. Mehr als all seine männlichen Mitarbeiter. Frau hin oder her.

»Hier sind die Ergebnisse meiner Observation. Aber ich weiß nicht, ob wir das so weitergeben sollten.« Sie legte ihm den Plastikordner auf den Tisch. Darin hatte sie alles zu ihrem aktuellen Fall zusammengefasst. Akribisch, peinlich genau, ohne Auslassungen, mit Beweisfotos, die keine Zweifel offen ließen. Luisa ließ nie irgendwelche Leerstellen und Fragezeichen. Bei ihr wurden sämtliche logischen Beweisketten aufgedröselt. Darauf legte sie Wert, das konnte sie perfekt.

Ihr Vater wusste das auch, aber selbst mit vorgehaltener Pistole vor der Brust hätte er das nicht zugegeben. Sie merkte es lediglich daran, dass er ihr zunehmend kniffligere Fälle gab. So wie diesen hier. Sie hatte beweisen sollen, dass der Schwiegersohn eines alten Stammkunden fremdging. Das hörte sich zuerst einmal harmlos an, aber der Stammkunde war nicht irgendwer. Es war Igor Dschafarow, und sein Schwiegersohn Oleg hätte sein Nachfolger in seiner ›Firma‹ werden sollen.

Da die Firma, soweit Luisa das herausgefunden hatte, sowohl legale als auch hochgradig illegale Bereiche hatte, ging sie mit ziemlicher Sicherheit davon aus, dass die Affäre unschöne Folgen haben würde. Zumal die Geliebte nicht irgendjemand war, sondern die Tochter eines Konkurrenten, und der Schwiegersohn hatte vor überzulaufen. Das alles hatte sie dokumentiert.

Luisa ging davon aus, dass Igor Dschafarow seinen Schwiegersohn beseitigen lassen würde. Selbst wenn Oleg den Schwanz einzog, zu seinem Schwiegervater zurückkroch und um Vergebung winselte, wäre es wohl zu gefährlich, ihn laufen zu lassen. Dschafarow konnte ihm nicht mehr vertrauen. Luisas Einschätzung war realistisch, nur deshalb hatte sie die Warnung ihrem Vater gegenüber überhaupt ausgesprochen. Sie wollte nicht, dass die Folgen ihrer Recherchen ihr Gewissen belasteten.

Aber dieser sah noch nicht einmal auf, als sie ihn ansprach, sondern ignorierte sie erst einmal geflissentlich. Wie sie diese Machtspielchen hasste, die er für nötig befand. Sie war seine Tochter, Herrgott noch mal. Wäre sie ein Sohn, sähe es vermutlich ganz anders aus. Aber sie war nun mal die Enttäuschung seines Lebens. Obwohl ihr erklärtes Ziel natürlich war, ihm die Augen zu öffnen. Sie wollte, dass er es ihr gegenüber zugab. Dass sie so gut war wie ein Sohn. Sogar besser, als es jeder Traumsohn hätte sein können. Luisa wollte tief in sich drin nichts so sehr wie endlich die Anerkennung ihres Vaters. Dass er sie endlich so wahrnahm, wie sie war. Sie würde darauf wohl noch eine Weile warten müssen. Aber das trieb sie nur noch umso mehr an.

Egon Sander schrieb irgendetwas in seinem Kalender zu Ende, dann erst hob er den Kopf und bemaß sie mit einem Blick, der für das weitere Gespräch nichts Gutes erahnen ließ. Und auch die Anerkennung für ihre Arbeit in noch weitere Ferne rückte.

»Es gibt kein *wir*, das entscheide immer noch ich. Zerbrich dir darüber nicht deinen hübschen Kopf.«

Das einzige Anzeichen dafür, dass auch er von der Situation zwischen ihnen genervt war, konnte Luisa darin erkennen, dass er sich mit der Hand über seinen kahlrasierten Schädel fuhr. Sie konnte sich erinnern, dass seine Haare früher so blond gewesen waren wie die ihren. Sie hatte noch Fotos, auf denen sie zu dritt drauf waren. Ihre verstorbene Mutter, sie selbst als Kind und ihr damals noch ganz fröhlich und freundlich aussehender Vater.

Der Mann hinter dem Schreibtisch war das diametrale Gegenteil zu seinem jungen Abbild. Verhärmt, hart wie Kruppstahl, nach außen vollkommen emotionslos. Luisa hoffte immer mal wieder, den alten Egon Sander hervorkommen zu sehen. Doch wenn sie jetzt den sarkastischen Zug um den Mund ihres Vaters betrachtete, hielt sie das für fast aussichtslos.

»Wenn du das so weitergibst, weißt du doch ganz genau, was dann passieren wird.« Sie hatte es sich vorgenommen, und sie würde sich heute nicht schon vom kleinsten Gegenwind davon abbringen lassen. Deshalb wagte sie Widerworte, was sie sich bisher so gut wie noch nie getraut hatte. So tough wie sie im restlichen Leben war, solch eine Memme war sie ihrem Vater gegenüber.

Ein eiskalter Blick aus stahlgrauen Augen traf sie. Sie hatte die gleichen Augen geerbt, aber so zu schauen, hatte sie nicht drauf. Es konnte also nicht an der Farbe liegen.

»Das geht mich nichts an. Ich werde dafür bezahlt, Informationen zu beschaffen. Fertig. Deshalb sind Frauen für diesen Beruf nicht geeignet, das hab ich dir tausendmal gesagt. Ihr mit euren ganzen Gefühlen und Befindlichkeiten. Das hat hier keinen Platz, und wenn du das nicht akzeptieren kannst, kann ich dich nicht in meiner Firma brauchen.«

Da war wieder das alte Argument. Wenn er vor vier Jahren nicht so dringend jemanden absolut Vertrauenswürdigen gebraucht hätte, hätte sie nie einen Fuß in die Tür der Detektei gekriegt.

»Das stimmt nicht. Ich bin die beste deiner Mitarbeiter. Besser als deine Männer.« Und wieder hatte er sie erfolgreich in die Ecke gedrängt. Jetzt war sie wieder nur damit beschäftigt, sich zu verteidigen, ihre Anwesenheit in der Detektei zu rechtfertigen. Wieder konnte sie ihm nicht entgegentreten und ihre Ansichten durchsetzen. Oleg würde auf mehr oder weniger grausame Art zu Tode kommen, und sie konnte nichts, aber auch gar nichts dagegen tun. Weil sie die Tochter ihres Vaters war. Nur deshalb.

Der abfällige Gesichtsausdruck auf seinem Gesicht hatte sich bei ihrer letzten Aussage noch verstärkt. Sie wollte es nicht, aber die Ablehnung ihres Vaters traf jedes Mal mitten ins Schwarze.

»So, wie du herumläufst und dich verhältst, könnte man meinen, du willst auch einer sein.« Er deutete auf ihre kurzen, blonden Haare, ihre Klamotten und vor allem auf ihre Arme, die zu seinem Missfallen ab dem Handgelenk aufwärts flächendeckend mit Tätowierungen überzogen waren. Und natürlich trug Luisa wie immer etwas Kurzärmeliges, damit man das auch schön sehen konnte.

Was er nicht wusste war, dass sich die Tattoolandschaft inzwischen über ihren Rücken weiterzog. Wunderschöne Kunstwerke, deren Muster und Anordnung sie zusammen mit ihrer Tätowiererin entworfen hatte.

Ihr Vater hatte sich noch nie die Mühe gemacht, sie sich genauer anzusehen.

Durch den Dschungel auf ihrer Haut schlichen und flatterten die geheimnisvollsten Tiere. Auf ihrem rechten Unterarm zum Beispiel saß ein prächtiger orange-schwarz gezeichneter Monarchfalter in Originalgröße, leicht versteckt hinter grünem Blattwerk.

In diesem Stil waren ihre ganzen Tattoos. Sie hatte keine Schädel, Namen von Ex-Freundinnen oder dergleichen. Luisa hatte Flora und Fauna. Weil es für sie eine Bedeutung hatte, aber das interessierte ihren Vater ja nicht. Für ihn war ihre ganze Erscheinung nur einfach ein weiterer Punkt schweren Missfallens. Sie war keine Frau, wie in seiner Welt Frauen zu sein hatten. Wenn es nach ihm ginge, hätte sie lange Haare, trüge Röckchen und Stöckelschuhe, wäre geschminkt, hätte einen patenten Ehemann und das eine oder andere Enkelkind vorzuweisen. Natürlich würde sie diese Kleinfamilie umsorgen und würde nur einen Fuß in die Detektei setzen, um Vater und Ehemann das Mittagessen vorbeizubringen. Solche Frauen waren natürlich nicht lesbisch, hatten nur ein winziges, für den Ehemann bestimmtes Tattoo an einer verborgenen, aber umso aufreizenderen Stelle und keinerlei Ambitionen, in die Fußstapfen des Vaters zu treten und Privatdetektivin zu sein.

Sie war also das absolute Gegenteil von allem, was Egon Sander guthieß, und trotzdem stand sie immer noch hier. Hatte sich peu à peu in der Detektei verwurzelt, sogar fast schon unersetzlich gemacht.

Deshalb sagte sie jetzt einfach gar nichts und sah ihren Vater nur an.

Anfangs hatte sie versucht, ihm zu erklären, dass es heutzutage nicht mehr nur eine Sorte Frau gab, sondern sie einfach nur eine

Facette war. Sie deshalb aber noch lange nicht transsexuell war oder sonst wie ein Mann sein wollte. Das hatte sie schon lange aufgegeben. Darüber konnte man nicht mit ihm sprechen.

Sie wartete also ab, was noch kommen würde. Denn es würde noch etwas kommen, das sah sie ihm an. Trotz seines zur ablehnenden Maske erstarrten Gesichts.

Einige Sekunden des Anstarrens endeten schließlich damit, dass ihr Vater einen Hefter aus seinem Rollcontainer zog und ihr auf die Schreibtischkante hinpfefferte.

»Neuer Auftrag. Da passt du wie Arsch auf Eimer.«

Luisa nahm den Hefter auf und sah beim ersten kurzen Blick auf das Deckblatt, dass wieder Igor Dschafarow der Auftraggeber war. Sie wollte genervt seufzen oder sonst ein Anzeichen des Missfallens von sich geben, konnte sich aber in der letzten Sekunde zusammenreißen. Sie durfte ihrem Vater keine Bresche geben, um reinzuhauen. Kein bisschen als Schwäche zu deutender Unmut durfte von ihr kommen. Aber innerlich herrschte Tumult.

»Geht klar«, sagte sie deshalb nur so ruhig wie möglich, fast schon gelangweilt. Es war Heiligabend, verdammt noch mal. Andere Familien saßen da beim Braten zusammen unter dem Weihnachtsbaum. Aber sie bekam hier von ihrem Vater einfach nur den nächsten dubiosen Auftrag hingeworfen.

»Na, dann mach dich dran. Dschafarow ist von der ungeduldigen Sorte. Du hast noch heute Abend einen Termin.« Egon Sander wandte sich seinem Computer zu und hatte sie bereits gedanklich beiseitegeschoben.

»Schöne Weihnachten«, murmelte sie trotzdem. Luisa wusste, dass es keinen Zweck hatte, auf ein persönliches Wort zu hoffen. Geschenke hatte sie zu Weihnachten schon seit ihrer Jugend nicht mehr gekriegt. Ihr diesjähriges Geschenk war wohl, dass sie weiterhin in der Detektei bleiben durfte und den nächsten Auftrag in der Hand hielt.

Sie verließ das Büro ihres Vaters und fühlte sich entsetzlich leer.

◆

Die mit den halblangen Haaren streifte jetzt, nachdem sie in ihren Strümpfen dastand, ihren Pulli ab und fing an, die Knöpfe an ihrer Bluse zu öffnen.

»Aber vielleicht fällt es ihr gar nicht auf?«, versuchte sie einzuwenden, was Flix nur bejubeln konnte. Genau. Die fiese Ex würde doch gar nicht merken, dass die beiden Sex gehabt hatten. Deshalb konnten die beiden Schönheiten jetzt auch mit dem Scheiß aufhören und abzischen, damit sie endlich ihrer ›ehrlichen‹ weihnachtlichen Arbeit nachgehen konnte. Herrgott noch mal. Es war Heiligabend.

»Oh, das wird ihr auffallen, glaub mir.« Die Blonde hatte ihren Wollpulli im Norwegermuster mitsamt Thermounterhemd bereits abgelegt und fummelte an ihrem BH herum. »Wir schmieren einfach unsere Säfte überall hin.«

Derb. Wirklich derb. Flix konnte nur hoffen, dass der Sex genau in dem Stil schnell und heftig vorbei sein würde. Vor allem auch, bevor die eigentliche Besitzerin der Wohnung womöglich heimkehrte und sich über die drei Frauen in ihrem Schlafzimmer wunderte. Zwei im Bett und eine im Schrank. Ob sie wohl als simple Voyeurin durchgehen würde? Wohl eher nicht bei ihrem diebisch praktischen Outfit samt Ausstattung in dem kleinen, engangeschnallten Rucksack. Der ihr gerade sehr unangenehm in den Rücken drückte. Aber sie traute sich nicht, sich auch nur einen Millimeter zu bewegen.

Währenddessen machten die beiden Frauen mit ihrem ungewöhnlich geschwätzigen Vorspiel weiter.

»Du weißt, ich bin für dich überall willig. So heiß machst du mich. Auch wenn ich deine Racheaktion nicht so ganz verstehe. Du hast doch jetzt mich.« Die mit den längeren, hellbraunen Haaren stand mit nacktem Unterkörper vor dem Bett, noch immer die Strümpfe an, und sah von Flix' ungünstigem Blickwinkel aus den Tiefen des Schrankes sogar ein wenig verloren aus, als sie das sagte.

Aber nettes Untenrum. Das konnte sie erstaunlich gut sehen und wusste auch keinen Grund, warum sie ihre versteckte Lage nicht ausnutzen und nach Herzenslust schauen sollte. Glotzen!

Wenn sie hier schon ausharren musste, konnte sie wenigstens einen Augenschmaus genießen.

Die Hellbraune hatte ein überaus ansprechendes, kurzgeschorenes Dreieck zu bieten. Und die dazu passenden schlanken Beine. Ihre Socken sollte sie noch ausziehen, dann wäre das Ganze noch ästhetischer.

»Oh, Schatz«, flötete jetzt die Blonde zurück und streifte ihre Hose ab. Aha, sexy Unterwäsche. Doch nicht so butchig wie auf den ersten Eindruck gedacht. »Ich liebe dich. Aber diese Schlampe hat mich so dermaßen betrogen. Sogar mit unserem Autohändler. Das hat sie einfach verdient.«

Ja, ja, Beziehungsdramen. So konnte es einem ergehen, wenn man sich zu sehr auf die Frauen einließ. Sie brachen einem nur das Herz. Oder dann manchmal auch umgekehrt. Flix konnte ein Lied davon singen.

Dann verschwand das Höschen aus ihrem Blickfeld, weil die Blonde es ausgezogen und einer hässlichen, pseudogriechischen Venusstatue über den Kopf geworfen hatte. Dafür war die Blonde wirklich ansehnlich. Schön durchtrainiert und solariumsbraun, ohne den Hauch eines Bikinistreifens. Und sie war keine echte Blondine, wie das kleine Büschel dunkler Haare zeigte, als sie sich umdrehte.

Die Hellbraune hatte inzwischen endlich die Socken ausgezogen und legte jetzt auch noch ihre Oberbekleidung ab. Ein wirklich schönes Paar Brüste kam zum Vorschein. Die Blonde hatte ja nicht sehr viel zu bieten in diesem Bereich, aber die Hellbraune ... oh là là! Flix merkte, wie das hier so langsam anfing, ihr Spaß zu machen. Ihr Zwangsaufenthalt im Schrank entwickelte sich ganz unerwartet zu einem voyeuristischen Abenteuer. Sie vergaß ganz daran zu denken, was passieren würde, wenn sie entdeckt würde.

Die nackte Blonde trat an den Schrank, und sie konnte die Fremde zum ersten Mal in ihrer ganzen Pracht sehen. Wirklich ein schönes Exemplar einer athletischen Lesbe. Mit einem sehr schönen Sixpack. Nicht zu stark bemuskelt, dass es aussah wie bei einem Kerl. Dezent bewegten sich die Muskeln unter der braunen Haut, als sie sich zu der mitgebrachten Tasche beugte. Kurz musste Flix jetzt doch den Atem anhalten. Weil die Blonde solch eine Augenweide war, aber auch, weil sie plötzlich sehr nah an ihrem Versteck war und vielleicht jede kleinste Bewegung von ihr gehört hätte.

Dann zog die Fremde einen Strap-on aus besagter Tasche. Einen rotweißen Dildo und den dazu passenden Harness. Ebenfalls rotweiß. Moment mal. Flix kniff die Augen zusammen, um in dem schummrigen Licht besser sehen zu können. Der Dildo war ein Weihnachtsmann, und auf dem Harness fuhr ein Rentierschlitten nach dem anderen immer rund um. Gott! Das war ja nicht zum Aushalten, was manche Leute an Weihnachten für Exzesse veranstalteten. Ein Weihnachtsmann-Dildo wäre nie auch nur in die Nähe ihrer intimsten Regionen gekommen.

Das schienen die beiden Frauen im Schlafzimmer aber ganz anders zu sehen.

»Oh, ich bin schon ganz nass, wenn ich Santa sehe. Das ist wirklich bisher deine beste Arbeit. Beeil dich.«

Die Blonde schnallte die Abscheulichkeit an und verteilte genießerisch großzügig Gleitgel darauf. »Das wird mein großer Durchbruch, Schatz. Wenn erst die großen Sexshops und Online-Händler ihn ins Repertoire aufnehmen, bin ich spätestens nächstes Weihnachten eine gemachte Frau.«

Das würde niemals passieren. Wer würde sich denn von Santa Claus ficken lassen wollen?

Aber die Hellbraune positionierte sich mittlerweile schon auf dem Bett. Auf Knien und Ellenbogen bot sie sich der Blonden an. Flix musste schlucken. Sie hatte beste Sicht. Der Spalt ließ genau den Blick aufs Bett frei, und sie hatte eine perfekte Seitenansicht der ungeduldig Wartenden. Ihre vollen Brüste hingen appetitlich herab, und ihr knackiger Po stand wollüstig hoch. Sie wackelte aufreizend für die Blonde damit. Wie um sie zu locken.

Jetzt würde es zur Sache gehen. Ein ganz kleines bisschen Erregung konnte Flix bei dem Anblick nicht leugnen. Sie fuhr sich mit der Zunge über ihre plötzlich staubtrockenen Lippen.

Lasziv grinsend näherte sich die Blonde dem Bett, und ihr alberner Weihnachtsmann-Dildo wippte dabei auf und ab. Wäre eine ihrer Liebhaberinnen so auf sie zugekommen, hätte sie lachen müssen, aber die Hellbraune seufzte erwartungsvoll.

»Ich kann es gar nicht mehr abwarten. Komm und besorg es mir. So richtig. Steck mir dein großes Ding rein und fick mich um den Verstand.«

»Deine Fotze tropft schon. Gut so. Mein Schwanz ist bereit für dich.«

Derb. Wirklich derb. Und so gar nicht ihre Sprache und das, was sie im Bett würde hören wollen. Wenn die beiden endlich mal die Klappe halten könnten, hätte sie auch was von der Sache, befand Flix. Aber nein, sie mussten die ganze Zeit so abturnende Sachen sagen, dass sie fast schon den Kopf schütteln musste. Wenn das romantischer Beziehungssex an Weihnachten sein sollte, wusste sie wieder, warum sie Beziehungsphobikerin war.

Dann hielten sie tatsächlich mal kurz die Klappe. Die Blonde trat von hinten an die andere ran und rammte ihr ohne viel Federlesen den Dildo in die Mitte. Autsch, dachte Flix. Aber die Hellbraune stöhnte auf, als ob sie gleich kommen würde. Dann gab es kein Halten mehr. Die Blonde stieß immer und immer wieder zu und schien die Bitte der anderen wahrmachen zu wollen: Sie um den Verstand zu ficken.

Obwohl die Frauen wirklich ein bisschen zu derb für ihren Geschmack zur Sache gingen, war Flix jetzt doch ungewollt ein klein wenig angeturnt. Obwohl die Blonde schon wieder anfing, keuchend zu reden. Gott sei Dank verstand Flix nicht viel davon. ›Ficken‹ war der Hauptbestandteil, und die Hellbraune ging davon ab wie Schmidts Katze. Zumindest jaulte sie wie eine rollige Katze.

Flix wünschte sich jetzt doch, der Spalt wäre breiter, oder sie wäre näher dran. Sie sah, wie die Hellbraune bei sich selbst Hand anlegte und es schaffte, ihre Klit zu stimulieren ohne umzukippen. Dann war der ganze Spaß auch schon mit einem lauten Aufheulen vorbei. Die Hellbraune bäumte sich auf wie ein wildgewordenes Rodeo-Pferd, und die Blonde hatte alle Mühe, dass ihr blöder Weihnachtsmann da blieb, wo er war und ihrer Geliebten solch einen hammermäßigen Orgasmus bescherte.

Fast war Flix ein wenig enttäuscht, dass die Show schon vorbei war. Sie wusste nicht, was man für so was auf der Reeperbahn zahlen musste, aber auf alle Fälle war das hier besser, weil es echt war. Da kam kein Lesbenporno ran. Sie stellte sich schon darauf ein, dass die beiden jetzt zügig abhauen würden und sie bald aus diesem Schrank verschwinden konnte. Aber sie hatte sich verrechnet.

Die Hellbraune drehte sich um, nachdem sie kurz Luft geholt hatte und nahm der Blonden den grottigen Harness mitsamt Dildo ab. Den verschmierten Weihnachtsmann reinigte sie kurzerhand an der seidenen Bettdecke.

»Haha, genau so«, lachte die Blonde derb und etwas schnellatmig. Daraufhin ließ die Hellbraune den Dildo erst einmal liegen und presste ihren Mund flugs auf die Mitte der anderen. Wenn Flix sich nicht täuschte, versuchte sie die Klitoris der anderen aufzufressen. Zumindest schien sie reinzubeißen. Wieder Autsch! Aber das Stöhnen der Blonden hörte sich nicht nach Schmerz an, sondern eher danach, dass da jemand schon ziemlich erregt war. Merkwürdige Technik. Schien aber gut anzukommen.

So schnell, wie sie ihren Mund aufgepresst hatte, so schnell entzog sie ihn wieder und holte den Harness heran.

Die wird doch nicht noch eine zweite Runde Monsterficken haben wollen, überlegte Flix und befand, dass sie froh war, meistens nicht zu wissen, was die Leute in ihren Schlafzimmern trieben. Sie schien ja wohl am unteren Ende der Heftigkeitsskala zu rangieren.

Aber wieder hatte sie sich getäuscht. Denn die Hellbraune legte sich das Ding selbst an, während die Blonde sie keine Sekunde aus den Augen ließ. Als der Weihnachtsmann schließlich rudimentär gereinigt von ihrem Unterleib abstand, robbte sie an die Bettkante und setzt sich dort in Position.

Hygienisch ja eher fragwürdig, befand Flix, wollte aber kein bisschen von der Show verpassen.

»Hol's dir, Liebling«, forderte sie die gierig dreinschauende Blonde auf. Das war ja fast schon engelsgleich im Gegensatz dazu, wie sie noch vor ein paar Minuten geredet hatten.

Die Blonde kniete sich schweigend über sie und ließ sich gaaaanz, gaaanz langsam auf den Dildo sinken. Das Stöhnen, dass sie dabei langgezogen ausstieß, ging Flix durch Mark und Bein. *Oh Gott.* Das fand sie jetzt aber auch verdammt sexy. Sie merkte, wie sie selbst erschreckend nass war. Das hatte sich unbemerkt aufgebaut. Die derbe Sprache und den albernen Weihnachtsmann hatte ihre Libido offensichtlich prächtig ausgeblendet. Und jetzt, da das Geschehen dem entsprach, was sie anmachte, meldete sich ihre Erregung mit einem heftigen Schlag an. Flix konnte sich nur mühsam zurückhalten, nicht selbst bei sich Hand anzulegen. Nur der Gedanke an die Konsequenzen, wenn sie entdeckt würde, hielt sie zurück. Es war schon immer eine geheime Fantasie von ihr gewesen, einmal zuzugucken. Aber sie hatte sich vorgestellt, dass sie dann auch was gegen die Lust tun könnte. Sie stillen könnte. Und nicht wie hier und jetzt in einem Schrank zur Untätigkeit verdammt sein würde. Sie war mega angeturnt, verdammt nochmal. Wie sollte sie nur nachher in diesem Zustand die Wand wieder sicher runterkommen?

Sie starrte aus dem Schrank darauf, wie die Blonde sich bei jedem Mal tiefer und tiefer auf den Dildo gleiten ließ, und es zog bei ihr parallel in ihrem Unterleib, fast so, als ob sie es selbst erleben würde.

Das war der geilste Anblick, den sie jemals in ihrem Leben gehabt hatte. Die Blonde spießte sich jetzt geradezu auf dem rotweißen Dildo auf, und ihre Geliebte küsste währenddessen ihre kleinen Brüste mit einer unfassbaren Inbrunst. Mit dem linken Arm zog sie die Blonde noch näher an sich heran, und die rechte Hand bearbeitete währenddessen virtuos deren Klit.

Die Blonde hielt diesem Frontalangriff bemerkenswert lange stand, dann kam auch sie ohne jede Zurückhaltung. Erstaunlich laut, erstaunlich lange. Fast wäre Flix mitgekommen. Aber nur fast. Sie wäre gern. So nass und bereit war sie in ihrer engen Hose. In ihrer viel zu engen Hose.

Boah! Hammer! Was für ein Mega-Event. Sie beschloss hier und jetzt, wenn sie nicht geschnappt wurde, würde sie jede Sekunde davon wieder und wieder aus ihrem Gedächtnis hervorholen. Wenn sie geschnappt wurde vermutlich auch, nur dann im Knast.

Sie beobachtete, wie die beiden Frauen wieder großzügig den Weihnachtsmann kreuz und quer über das Bett abwischten und deutliche Spuren hinterließen. Sie gingen sogar so weit, sich selbst noch an den Laken abzureiben und lachten dabei. Sie begannen auch sofort wieder zu reden. Was für zwei Plappermäuler. Wieder ging es um die Ex.

»Sie ist so reich. Und so dämlich. Sie hat immer gedacht, ich weiß nichts davon. Aber da ist sie wie Dagobert Duck. Einmal am Tag ein Bad im eigenen Gold. Ständig hat sie es sich angesehen, das musste ich doch merken.« Die Blonde verstaute inzwischen die Rentiere und den Weihnachtsmann in der Hängetasche, dann begann sie sich anzuziehen.

»Wer ist denn so blöd, sein Gold in der Wohnung aufzubewahren? Auch noch in der Speisekammer in einer Holzkiste. Völlig ungesichert. Das ist doch bescheuert.«

Flix wurde hellhörig. Ging es um diese Wohnung? Hatte sie das richtig mitgeschnitten in ihrem etwas aufgewühlten und derangierten Zustand? Ihr Gehirn befand sich noch mit seinen Gedanken in südlicheren Regionen, aber bestimmte Stichworte registrierte ihr diebisches Bewusstsein sogar im Schlaf.

»Ist es auch«, bestätigte die Blonde und stülpte sich ihr Thermounterhemd über. »Aber sie will es ganz nahe bei sich haben. Dass sie es nicht unterm Bett versteckt, ist ein Wunder. Dabei hat sie so viel Kohle, dass es darauf noch nicht einmal ankommen würde.« Sie lachte darüber verächtlich auf.

Die Hellbraune trug bereits ihren Slip und hielt im Verschließen ihres BHs inne. »Meinst du?«

Flix saugte jetzt jedes Wort auf. Der Zustand ihrer Unterhose und deren unbefriedigter Inhalt traten völlig in den Hintergrund. Sie wagte es sogar, den Kopf ein wenig zu drehen und ihr rechtes Ohr in Richtung des Spalts zu halten. Ihre Nase endete in einem der Abendkleider. Sie konnte die beiden nicht mehr sehen, vermutete aber, schon alles, was es zu sehen gab, gesehen zu haben. Hauptsache, sie konnte jede Einzelheit ganz genau hören. Jetzt wäre die Lautstärke, die die Damen beim Sex an den Tag gelegt hatten, wieder willkommen gewesen.

»Glaub mir, ich weiß, wieviel Geld die Schlampe gehortet hat. Alles an der Steuer vorbei. Alles nicht gerade legal erworben.«

Noch besser, jubilierte Flix innerlich. Wer würde denn den Diebstahl von illegalen Ersparnissen melden?

»Ich bin froh, dass du sie los bist. Ihr Verlust, mein Gewinn«, säuselte die andere.

»Schatz, du bist so süß, daheim machen wir weiter«, gurrte die Blonde zurück, und intensive Kussgeräusche waren zu hören.

Flix nutzte den Moment, um ihren Kopf wieder nach vorn zu drehen. Sie spürte ein Niesen aufkommen. Das Abendkleid roch unangenehm und schien staubig zu sein. Jetzt nicht noch im letzten Moment die Sache ruinieren und entdeckt werden, weil sie eine Staubmilbe eingeatmet hatte. Ihre Hausstauballergie brächte womöglich das unschöne Ende für ihre Karriere als Diebin.

»Sollen wir nicht so ein klitzekleines Stück Gold mitnehmen? Wenn sie es gar nicht merken würde?«

Die beiden hatten es inzwischen geschafft, bis zu Hosen und Pullis zu kommen. Es konnte nicht mehr lange dauern, hoffte Flix und versuchte ihre Nase auch davon zu überzeugen. Sie konnte sie ja schlecht zuhalten. Das hätte viel zu sehr geraschelt, wenn sie ihre Hand gehoben hätte. Bitte, bitte, verschwindet jetzt. Und lasst das Gold, wo es ist. Das will ich mitnehmen. Flix hoffte, ihre Stoßgebete wurden an Weihnachten erhört.

»Das lassen wir mal besser. Sie arbeitet für Dschafarow«, verkündete die Blonde in bestimmtem Tonfall und zog ihre Daunenjacke über. »Ich habe keine Lust auf einen Besuch von *Moskau Inkasso*.«

»Was ist das?« Die Hellbraune schien ein bisschen naiv zu sein.

»Die Vollstrecker der russischen Mafia, Schatz. Komm, wir gehen.« Die Blonde hatte sich bereits die Stiefel angezogen und nahm jetzt wieder die Tasche mit den Utensilien an sich.

Die Hellbraune wurde ein bisschen hektisch. Wegen der Russenmafia, oder weil sie schnell mit der Blonden mitwollte, erschloss sich Flix in ihrem Versteck nicht ganz. Hauptsache schnell.

»Und du glaubst nicht, dass sie uns ihre Schläger für das hier auf den Hals hetzt?« Beide wandten sich zur Tür. Das Licht ging aus. Halleluja! sangen die Englein in Flix' Nase.

»Das ist zu peinlich«, erklärte die Blonde im Rausgehen. Ein Lachen drang aus dem Flur zu ihr in den Schrank. Nur wenige Sekunden später hörte Flix das Zuschlagen der Wohnungstür. Die Frauen waren endlich weg.

Das Niesen ließ sich keine Millisekunde länger unterdrücken, und Flix verteilte einen Sprühnebel im Schrank. Sie hätte vorsichtshalber noch länger drin ausharren sollen, um auf Nummer sicher zu gehen, dass die beiden nicht aus irgendeinem Grund zurückkamen. Aber sie stieß die Tür auf und schnappte nach frischer Luft. Erst jetzt merkte sie, wie stickig es in ihrem Versteck gewesen war.

◆

Luisa saß an ihrem Schreibtisch, der in dem vollgestellten Büro ungünstig zwischen Tür und Fenster gequetscht war. Sie teilte sich diesen Raum mit drei weiteren Mitarbeitern, aber von denen war natürlich niemand an Heiligabend in der Detektei. Wer nichts Besseres zu tun hatte, war zu Hause. Das galt natürlich nicht für die Tochter des Chefs. Für sie galten sowieso ganz andere Regeln. Sklaventum konnte man es wohl auch nennen.

Luisa zog sich ein kariertes Hemd über, weil es sie jetzt doch ein wenig fröstelte in ihrem ärmellosen T-Shirt, und nahm sich dann den Hefter vor, den ihr ihr Vater gegeben hatte.

Dschafarow war besorgt wegen einer Diebstahlserie, der seine Leute nicht Herr wurden. Sollte wohl heißen, ihnen wurde das Wasser abgegraben. Da war jemand besser als die russischen Herren mit der ganz und gar nicht weißen Weste. Fast amüsierte Luisa das. Fast würde sie wünschen, dass sie den Fall nicht lösen würde. Aber natürlich überwog der Drang, es ihrem Vater auch dieses Mal wieder zu zeigen. Außerdem waren die Täter bestimmt vom gleichen Schlag wie Dschafarow und seine Leute. Da musste sie keine Skrupel haben, die beiden Parteien aufeinander loszulassen. Ausnahmsweise ein Fall, der sie moralisch vor überhaupt keine Probleme stellte.

Dreh- und Angelpunkt ihrer Recherchen würde wohl eine Kneipe mit dem seltsamen Namen *Anti Schoko* sein. Hatte sie noch nie etwas davon gehört. Dort waren wohl einige der gestohlenen Sachen zum Verkauf angeboten worden, und Dschafarows Leute hatten das irgendwie aus irgendjemandem herausgebracht. Luisa wollte nicht wissen, wie diese Informationen erlangt worden waren. Danach war auf alle Fälle eine Sackgasse erreicht worden in den Eigenermittlungen. Jetzt kam ihr Einsatz. Ihr Vater hatte ihr einen Job als Thekenfrau im Anti Schoko organisiert. Heute Abend wäre ihr erster Einsatz.

Luisa war von der Aussicht, undercover zu gehen, energetisiert. Kein stundenlanges Observieren im Kalten, kein langweiliges Ausharren, keine endlosen Computerrecherchen. Sie wäre mitten im Geschehen und würde ihre Position ausnutzen, um Informationen zu sammeln. Sie hoffte nur, dass sie mit ihrem

Aussehen in diese Kneipe passte. Aber ihre Tätowierungen waren ihr schon öfter hilfreich gewesen. Die Menschen nahmen häufig automatisch an, dass sie so eine Art verkrachte Existenz war, die von Gelegenheitsjobs lebte. Das könnte sie zur Not einfach behaupten.

Ihr Vater hatte wohl mit irgendeinem Alf, der der Besitzer der Kneipe war, den Termin ausgemacht. Unter dem Vorwand, sie sei seine Tochter und habe ihn darum gebeten. Hmpf. Halbwahrheiten waren immer gut. Aber ihr würde es nicht im Traum einfallen, ihren Vater um etwas zu bitten. Vorher würde sie sich an den Papst wenden. Und von dem und seinen Ansichten hielt sie absolut nichts.

Luisa schnappte sich ihre dicke, rote Daunenjacke und machte sich auf den Weg. Sie würde mit den Öffis fahren. Besser kein Fahrzeug mitnehmen, das ließe sich leichter zurückverfolgen. Und zur Not nahm sie von irgendwo dann ein Taxi in der Nacht und ließ sich weit genug entfernt von ihrer Wohnung absetzen.

Sie stülpte sich die Kapuze über den Kopf und trat in die Kälte hinaus. Erstaunlich schnell und vor allem pünktlich kam sie an der Kneipe an. Sie lag an einer vierspurigen Straße und musste früher mal eine typische Eckkneipe gewesen sein. Jetzt sah sie von außen alternativ aus, sehr alternativ. Das Schild mit dem Schriftzug *Anti Schoko* war in schwarz-weiß gesprüht. Sehr krude, aber irgendwie auch künstlerisch gestaltet. Es sprach sie sofort an, und sie hätte sich vorstellen können, dass sie hier spontan reingegangen wäre, wenn sie zufällig vorbeigekommen wäre.

Sie wusste jetzt, was ihr Vater mit »Arsch auf Eimer« gemeint hatte. Sie war wie gemacht, um hier Thekenfrau zu sein. Hier ging genau ihre Szene ein und aus. Das bestätigte sich noch mehr, als zwei Leute die wenigen Stufen zur Eingangstür erklommen. Ganz genau ihre Szene.

Luisa betrat die Kneipe und schob sich die Kapuze runter. Interessierte Blicke trafen sie von den wenigen Anwesenden am frühen Heiligabend. Sie wusste, sie fiel auf. Sogar hier, wo sie schon beim Betreten die ersten Tattoos sehen konnte, die ersten punkigen Frisuren und Piercings, der Stil der Klamotten sich nicht so sehr von ihrem unterschied. Selbst hier erntete sie die üblichen abcheckenden Scans – Mann oder Frau? Mit der Daunenjacke, die ihre Figur ziemlich verhüllte, war es anscheinend noch schwerer, sie mit ihren superkurzen blonden Haaren und ihren Doc Martins einzuordnen. Sie wusste nicht, warum das so war. Nach eigenem Befinden sah sie überhaupt nicht aus wie ein Typ. Aber das Schubladendenken war eben weit verbreitet. Sogar in einem Schuppen wie diesem.

Sie trat an die Theke, und als der Typ mit dem Hipsterbart aufsah, sprach sie ihn an.

»Hi, ich suche Alf.«

»Das bin ich«, sagte er und musterte sie kurz. »Bist du Luisa?« Als sie nickte, fuhr er gleich fort: »Dein Vater meinte, du hast schon öfter in Kneipen gearbeitet und könntest gleich anfangen.«

»Ja, klar, kein Problem.« Sie hatte sich das komplizierter vorgestellt. Aber Alf winkte sie gleich hinter die Theke und gab ihr eine Einführung. Wo sie ihre Jacke verstauen konnte, wo die Vorräte gelagert wurden, was die Spezialdrinks auf der Karte waren und noch so einiges mehr, das sich Luisa versuchte zu merken. Alf war ein Hektiker und redete schnell. Da sie null Ahnung vom Betreiben einer Kneipe hatte und von allem was dazugehörte, hatte sie die Informationen bitter nötig. Sie hoffte, die Vorlage ihres Vaters würde nicht noch auffliegen, wenn sie ihr erstes Bier zapfte. Er hätte nicht so übertreiben müssen. Alf hätte sie wahrscheinlich auch genommen, wenn sie noch keine große Erfahrung für sich hätte beanspruchen können.

»Heute arbeiten wir parallel, aber in Zukunft musst du auch ganze Abende allein zurechtkommen. Cool?«

»Cool.«

Wie cool das werden würde, wusste sie noch nicht. Sie vermutete, dass sie anfangs so sehr im Stress sein würde, dass sie gar nicht groß zum Sammeln von Informationen kommen würde.

Bevor Alf sich wieder den Details des Kneipenbetriebs hingeben konnte, nutzte sie seine Sprechpause, um ihn darauf vorzubereiten, dass sie viele interessierte Fragen über die Gäste stellte. Dann würde es später nicht so auffallen, wenn sie das gezielter machte.

»Was für Leute kommen eigentlich hierher?«

»Total unterschiedlich. Neo-Punks und Original-Punks, Rockabillys, Hipster, ein paar abgerockte Gestalten, aber manchmal verirren sich sogar ein paar Spießer hierher. Lesben«, schloss

Alf seine Aufzählung mit einem breiten Grinsen ab, das auf sie gemünzt war.

»Echt jetzt?« Sie dachte, dass Alf diese Reaktion erwarten würde. Irgendeine Reaktion hatte er wohl bezweckt. Die Ungläubige war genauso gut wie jede andere, die Luisa geben konnte. Sie konnte es ja tatsächlich nicht ganz glauben, dass hier Lesben herkamen. Zumindest in größerer Anzahl, so dass es auffallen würde. Aber an der Kneipentür klebte auf alle Fälle gut sichtbar eine Regenbogenflagge.

»Hey, warum denn nicht? Die Crowd hier ist bunt. Du wirst dich wohlfühlen.«

Erstaunlicherweise dachte Luisa, dass das sogar zutreffen würde. Schade, dass das Anti Schoko verbrannte Erde sein würde, sobald sie ihre Ermittlungen abgeschlossen hätte. Danach würde könnte sie keinen Fuß mehr in diese Kneipe setzen können.

◆

Flix atmete ein paarmal tief durch und lauschte in die leere, dunkle Wohnung. Das Adrenalin floss ungemindert kraftvoll durch ihre Adern, und jetzt wollte sie wissen, ob die beiden nur Unsinn geredet hatten. Sie zückte wieder ihre kleine Taschenlampe und schlich durch den Flur auf der Suche nach besagter Speisekammer, die sie bisher noch nicht registriert hatte. Vielleicht hatte sie überhaupt in ihrer bisherigen Karriere Speisekammern zu wenig Aufmerksamkeit geschenkt.

In der Küche entdeckte sie eine Tür. Schon beim Öffnen sah sie Lebensmittel auf Regalen. Bingo. Sie schwenkte ihren Lichtstrahl die Reihen entlang, und tatsächlich gab es mehrere hölzerne Kisten. Systematisch begann sie alle durchzugehen. Als sie bei der letzten ganz hinten angekommen war und schon so langsam bezweifelte, etwas zu finden, wurde ihr bereits beim Deckelanheben klar, dass sie den Jackpot gewonnen hatte. Im Licht ihrer Taschenlampe schimmerte es golden.

Flix konnte es einen Augenblick nicht glauben. Obwohl sie so abgebrüht war und auf ihren Diebeszügen schon so einiges erbeutet hatte, war das hier fast zu gut, um wahr zu sein. Ordentlich in Reihen aufgeschlichtet lagen lauter kleine, flache Goldbarren in der Kiste. Flix erkannte eine Prägung auf den zuoberst liegenden. Das Zeichen einer Schweizer Bank, die Gewichtsangabe *500g* und die Angabe *999,9 Feingold*. Wahnsinn! Das war echt. Sie wusste nicht genau, was Gold momentan wert war, aber sie schätzte, dass hier locker dreihundert- bis vierhunderttausend Euro lagen. Wenn nicht sogar mehr.

Respektvoll begann sie die schweren, kleinen Barren in ihrem Rucksack zu verstauen. Als Beute waren nur noch Diamanten optimaler, was das Verhältnis von Volumen und Wert anging. Der Rucksack war zwar sauschwer mit mehreren Kilo Gold, aber noch nicht einmal ausgebeult.

Als sie aus der Speisekammer trat wurde ihr klar, dass sie etwas tun musste, um die beiden Frauen vor *Moskau Inkasso* zu schützen. Das wollte sie nicht auf ihrem Gewissen haben, dass ihren beiden Sexmonstern – wie sie die Frauen jetzt liebevoll titulierte – womöglich etwas passierte, weil sie für den Verlust des Goldes verantwortlich gemacht wurden. Schließlich hatte die Blonde einen Schlüssel gehabt. Und Flix hinterließ nie Spuren, sie wäre nie auffindbar. Da lag es also auf der Hand: Sie beschloss, die Wohnung ein bisschen nach Einbruch aussehen zu lassen.

Im Schlafzimmer schüttete sie den Inhalt des Schmuckkästchens in einen mitgebrachten Stoffbeutel und verstaute ihn. Okay, das war ein Anfang. Aber noch nicht genug. Ihr Blick fiel auf den Helmut Newton. Flix grinste. Sie zückte ihre kleines, aber skalpellscharfes Taschenmesser und schnitt einmal quer drüber. Weil es sich so gut angefühlt hatte, setze sie noch einen Schnitt in die Gegenrichtung dazu. Geil! Danach war Flix wie losgelassen. Was sie sonst nie tat, hier ließ sie die Sau raus und stellte akribisch die Wohnung auf den Kopf. Alles leise und durchdacht. Aber trotzdem ganz im vandalistischen Stil eines derben Einbruchs.

An die Wohnungstür setzte sie ihr Brecheisen so an, dass Splitter abgingen und es aussah, als ob jemand so eingedrungen sei. Eines der dunklen Sofas schlitzte sie auf wie den sexistischen Druck. Sie durchwühlte Kommoden und schmiss Kleidung herum. Schüttete Lebensmittel aus und verwandelte Küche und Speisekammer in einen Saustall. Als letzte Tat verspritzte sie

Ketchup, Barbecuesoße und Mayo auf dem Bett. Kein Mensch würde darunter noch die Spuren ihrer Sexmonster vermuten. Perfekte Tarnung. Sie wollte die sexy Frauen einfach nicht reinziehen. Sie wusste noch nicht einmal ihre Namen. Das war irgendwie komisch, weil sie nach ihrem Empfinden so gut wie Sex mit ihnen gehabt hat. Sie glaubte, dass sie den heutigen Tag niemals vergessen könnte, selbst wenn sie wollte. Aus unterschiedlichen Gründen. Das Gold war nur einer davon.

Sie verabschiedete sich von der ruinierten Wohnung und stieg durch ein Fenster auf die Dachterrasse. Sie ließ es gekippt zurück. Ein letzter Blick, und sie stieg über das Geländer. Während sie trotz ihrer Last auf dem Rücken so geschickt wie eh und je die Hausfassade hinunterkletterte, konnte Flix nicht umhin, dem triumphalen Gefühl schon ein bisschen nachzugeben. Was war das denn für ein geiler Abend gewesen? Hallo? Nicht nur hatte sie vermutlich die leichteste und reichste Beute ihres Lebens gemacht, sie hatte nebenbei auch noch ein absolut erotisches Erlebnis gehabt. Unerwartet und umso erstaunlicher.

Das heute, dachte Flix, als sie mit einem letzten katzengleichen Sprung auf dem Boden landete, das war das absolut beste Weihnachtsgeschenk aller Zeiten. Weihnachten der Extraklasse.

Sie schlich zur Straße, wo sie ihr Motorrad abgestellt hatte. Jetzt schlug der Rausch ein wie eine Bombe. Am liebsten hätte sie losgejubelt. Aber Flix war diszipliniert wie immer und öffnete flink die Gepäckkoffer ihrer BMW und holte Motorradjacke und -stiefel heraus. Sie setzte ihren schwarzen Helm auf und überlegte, wie sie jetzt den restlichen Weihnachtsabend verbringen würde. Erst die Beute verstauen, und dann nach getaner Arbeit so schnell wie möglich eine Frau aufgabeln. Das war ein guter Plan.

Sie ließ ihre schwarze 650er an und hielt kurz inne. Aber wo bekäme sie heute an Heiligabend auf die Schnelle solch einen Weihnachtsmann-Dildo her? Sie grinste. Dürfte ja wohl kein Problem sein für die beste Diebin deluxe zwischen Nizza und San Francisco. Flix gab Gas und war im Nu um die Ecke verschwunden.

Die Frau, die sich an die Theke setzte, war hübsch. Sehr, sehr hübsch sogar. Luisa sah vom Zapfen kurz ein zweites Mal auf und bestätigte sich selbst diesen Eindruck. Sie hatte lange, glatte dunkle Haare, die ihr Gesicht umrahmten. In ihren Augen stand ein frecher Ausdruck. Sie musterte Luisa unverhohlen und mit fast unverschämtem sexuellen Interesse. Verdammt selbstbewusst. Hatte Alf also wirklich recht damit gehabt, dass das Anti Schoko eine lesbenfreundliche Kneipe war. Dieses Exemplar schien hier sogar ihr Jagdgebiet zu haben. Wenn sie nicht doppelt arbeiten würde – als Thekenfrau und als Detektivin – dann hätte das vielleicht sogar fun sein können. Wobei sie dieser Frau erst einmal das selbstgefällige Grinsen hätte abgewöhnen müssen. Auf so etwas Mackermäßiges stand sie gar nicht. Ein sehr hübscher, femininer Macker. Trotzdem.

»Was darf es sein?« Sie hörte sich schon ziemlich professionell an, wie sie selbst fand. In den letzten vier Stunden hatte sie einen Crashkurs hinter sich. So langsam konnte sie wieder etwas durchatmen. Der Betrieb ließ auch schon deutlich nach. Die meisten Gäste schienen zu später Stunde in die Clubs weiterzuziehen.

»Dich, aber zuerst nehme ich einen Gin«, verkündete die Frau dreist.

Luisa schenkte ihr ihr bestes abweisendes Gesicht. »Immer schön langsam, Don Juan. Ich stehe hier nicht auf der Karte.«

Das war echt unverschämt. Hätte ein Typ das gebracht, Luisa wäre ihm an die Gurgel gegangen. Aber weil die Frau in all ihrer Dreistigkeit wirklich ausgesprochen hübsch war und ein anziehendes Lächeln hatte, beließ es Luisa bei dieser fast kumpelhaften verbalen Abfuhr.

»Solltest du aber definitiv«, konnte sich die andere trotzdem nicht verkneifen. Frech. Dann schwenkte sie ein bisschen um. »Neu hier?«

Das war zwar platt und neugierig, ließ sich aber beantworten. So knapp wie möglich. »Seit heute. Fünf fünfzig, oder willst du später alles zusammen begleichen?«

Das löste wieder ein freches Grinsen aus. Die Sache war noch nicht durchgestanden. Die Lesben im Anti Schoko schienen sehr selbstbewusst zu sein und nicht so leicht abzuwimmeln. Was sie normalerweise ganz witzig gefunden hätte, konnte sie gerade gar nicht gebrauchen.

»Kann ich in Naturalien bezahlen? Ich bin übrigens Flix und Stammkundin.« Der Schalk in diesen verführerischen blauen Augen war nicht zu übersehen.

»Nein, natürlich nicht.« Luisa nahm von Alf einen Zettel entgegen, bevor er in der Küche verschwand. Eine ganze Runde neuer Getränke. Sie ignorierte die Frau und machte sich ans Werk.

Aber selbst das schreckte sie nicht ab. »Schade. Sehr schade«, sagte sie neckend und etwas lauter, damit Luisa sie am anderen Ende der Theke auch hören konnte. Als sie wieder zurückkam, um Bier zu zapfen, setzte diese nicht zu bremsende Flix nahtlos wieder an. »Verrätst du mir trotzdem deinen Namen?« Die Frage wurde mit einem kleinen, flirtenden Lächeln garniert, das wohl harmlos wirken sollte, aber so, wie ihre Augen blitzten, verriet sich der Wolf im Schafspelz.

»Für was denn?«, fragte Luisa rhetorisch, zapfte ein Export und gab einen weiteren Schluck aus dem Zapfhahn auf die drei Pils, die sie in Arbeit hatte. Pils brauchte seine Zeit. Das hatte sie heute Abend schon gelernt. Ihr erstes war beim Zapfen gnadenlos übergeschäumt.

»Luisa«, rief Alf aus der Küche und vereitelte damit die Blockadeaktion gegen ihre neugierige Bewunderin.

»Ahhh, Luisa«, flötete ihr Gegenüber und rutschte auf dem Barhocker herum, als ob das jetzt der große Durchbruch sei, dass sie ihren Namen in Erfahrung gebracht hatte.

»Jetzt weißt du es also. Toll.« Damit verschwand sie in die Küche und ließ die Frau mit dem komischen Namen an der Theke sitzen. Vielleicht wäre sie ja in Richtung der Tische verschwunden, wenn sie zurückkäme. Als Alf ihr gezeigt hatte, wie er Popcorn in der Mikrowelle machte und wo sie dafür alles fand, wurde sie jedoch enttäuscht, als sie auf ihren Posten zurückkehrte. Flix saß immer noch da und grinste ihr entgegen.

»Schöne Tattoos.« Der Blick, mit dem sie Luisa, ihre Arme und den Rest von ihr bedachte, war frech. Geradezu lüstern. Diese Stammkundin war ihr eine Spur zu triebgesteuert.

»Danke. Ich weiß.« Wieder versuchte Luisa sie mit Geschäftigkeit zu entmutigen, aber das schien einfach nicht zu funktionieren. Außerdem herrschte gerade Flaute. Sie hatte schon sämtliche Gläser gespült und alle Bestellungen für den Moment abgearbeitet. Alf hatte alle Getränkevorräte hinter der Theke bereits aufgefüllt. Es gab nicht wirklich etwas zu tun. Luisa wischte zum wiederholten Male die Theke ab. So blitzblank wie heute war sie bestimmt schon lange nicht mehr gewesen. Das Anti Schoko wirkte nicht wie eine Kneipe, in der viel Wert auf Sauberkeit gelegt wurde.

»Wie lange musst du noch arbeiten?«

»Wieso?«, fragte Luisa misstrauisch. Sie ahnte, worauf das hinauslief. Sie hatte ja schon gehört, dass Thekenpersonal sich angeblich nicht vor Angeboten der eindeutigen Art retten konnte, aber dass sie das gleich an ihrem ersten Abend erleben würde, hätte sie nicht gedacht.

Flix winkte ihr verschwörerisch, sie solle kurz zu ihr treten. Luisa seufzte und ging um die Theke herum. Vielleicht hatte sie sich doch getäuscht und jetzt bekäme sie Drogen angeboten. Oder besser: Hehlerware. Das wäre dann ihre erste heiße Spur.

Als sie neben ihr stand, bemerkte sie, dass sie dieser Flix mit dem Ausdruck *hübsch* nicht gerecht geworden war. Sie war nicht nur hübsch, sie war geradezu unwiderstehlich. Luisa hatte hinter der Theke nicht sehen können, dass zu dem betörenden Gesicht mit den verlockenden blauen Augen auch ein Körper gehörte, der umwerfend war. Und ihre schwarzen, enganliegenden Klamotten unter der Lederjacke betonten jeden Millimeter davon.

Flix öffnete einen Rucksack, während Luisa versuchte, nicht auf ein hinreißendes Paar Brüste zu starren. Sie hielt etwas Luisa unter die Nase und hob auffordernd ihre dunklen Augenbrauen.

Luisa senkte also den Blick und war auf alles gefasst. Aber nicht darauf. Ein originalverpackter Weihnachtsmanndildo einer Sextoy-Macherin, von der sie sogar schon mal etwas gehört hatte. Daneben lag eine Abscheulichkeit von einem Harness im gleichen weihnachtlichen Stil.

»Na, wie wär's? Du, ich und das da. Sobald du hier fertig bist.« Wieder hoben sich die Augenbrauen. Sehr hübsche, perfekt geformte Augenbrauen.

Kurz lenkte das Luisa von ihrer Empörung ab. Dann schaffte sie es, eine Erwiderung zu geben. »Das ist ja wohl ein Scherz!« Sie setzte einen Schnaufer hinterher, der so abfällig klingen sollte, wie sie es für diesen unverschämten Vorschlag als angemessen empfand.

»Eigentlich nicht.« Diese Flix grinste immer noch. Wie konnte man nur so übermäßig selbstbewusst sein, dass es schon fast an Überheblichkeit grenzte?

»Dann bist du total meschugge«, verkündete Luisa im Brustton der Überzeugung.

Natürlich sah die Frau super aus, war auf eine Art sehr ansprechend. Aber dieses Gehabe nach dem Motto ›Ich kann jede haben. Dich auch. Ich muss nur mit den Fingern schippen‹ ging ihr dermaßen gegen den Strich, dass sie das Bedürfnis hatte, nicht nur das blöde Angebot abzulehnen, sondern Flix auch einen Dämpfer zu verpassen.

»So ein abstruses Ding kommt nicht in meine Nähe, und wenn du das für einen gelungenen Verführungsversuch hältst, bist du nicht nur meschugge, sondern auch gnadenlos unfähig.«

Das hatte gesessen. Sie konnte es sehen. Flix grinste zwar immer noch, aber Luisa konnte deutlich erkennen, dass es jetzt aufgesetzt war. Mühsam aufrechterhalten, um sich keine Blöße zu geben.

»Dann bring mir noch einen Gin. Dann besauf ich mich eben und such mir dann eine Frau für die Nacht, die mein Angebot wertschätzen kann.«

Das hörte sich verdammt schnippisch an. Ihr Dämpfer schien nicht so große Wirkung gehabt zu haben, wie sie es sich erhofft hatte. Noch eins drauf also.

»Wird mit Sicherheit erfolgreich.«

Luisa wusste nicht, ob ihr Sarkasmus ankam. Aber dem jetzt deutlich verzerrten Grinsen nach zu urteilen, war diese Flix doch nicht ganz so behämmert, wie sie am Anfang gedacht hatte.

◆

Flix saß noch immer auf ihrem Hocker und konnte es nicht fassen, dass sie an ihrem großen Abend solch ein Pech mit einer Frau haben sollte. Sie hatte ihren inzwischen fünften Gin vor sich, nippte aber nur hin und wieder daran. Das Anti Schoko hatte sich stetig geleert, und nun war sie mit ein paar anderen versumpften Gestalten der traurige Rest.

Luisa, die neue Thekenfrau, wurde, je länger sie sie anschmachtete, umso begehrenswerter. Flix hätte schon lange aufgeben sollen, vielleicht sogar woanders hingehen. Einfach ihre Niederlage in diesem speziellen Fall eingestehen und weiterziehen, um andernorts ihre Eroberung zu machen. Aber sie hatte sich festgebissen. Es sollte heute Luisa sein oder keine. Einen Tag wie diesen konnte man nur grandios zu Ende bringen und nicht mittelmäßig. Und Luisa wäre ein grandioser Fang gewesen. So, wie das Gold ein grandioser Fund war. Die blonden, raspelkurzen Haare strahlten im Licht der Thekenstrahler sogar manchmal im gleichen Ton.

Obwohl die Neue hinter der Theke auf den ersten Blick sehr hart wirkte, kantig sogar, hatte sie doch ein sehr feminines Gesicht. Mit vollen Lippen und feinen Gesichtszügen. Nur Idioten sahen nicht auf den ersten Blick, was für eine weibliche Frau Luisa war.

Flix hatte das Starren anderer Gäste sehr wohl wahrgenommen. Mit ihrem Muscleshirt und den flächendeckenden Tattoos bis zu den Handgelenken war Luisa ein Anblick. Man musste einfach schauen. Dass andere aus anderen Gründen schauten als sie, hatte sie bemerkt. Trotz des einseitigen Denkens, das bei Luisas Optik von ihr Besitz ergriffen hatte.

Manche waren sich wohl unsicher über ihre Geschlechtszugehörigkeit. Als ob das im Anti Schoko eine Rolle spielen würde bei dem gemischten Publikum. Hier kamen auch Intersex- und Transgender-Leute her. Aber vielleicht war genau das auch der Grund fürs Maßnehmen. Weil man sich hier nicht sicher sein konnte, die richtige Schublade für die Menschen zu finden. Weil manche ihre eigene Schublade erfunden hatten. Vielleicht würden manche Leute Luisa sogar für so jemanden halten mit ihrem erst einmal martialisch wirkenden Äußeren. Ihre Bewegungen hingegen hatten etwas Fließendes, fast Weiches. Wenn sie sich unbeobachtet fühlte, war die Thekenfrau Eleganz pur. Unter Beobachtung allerdings machte sie eckige Bewegungen. Ganz so, als ob sie beweisen wollte, wie hart sie sein konnte.

Vielleicht interpretierte Flix zu viel hinein. Aber durch ihre eigenen akrobatischen Fähigkeiten, die ja nicht vom Himmel gefallen, sondern von Kindesbeinen an mit viel Training aufgebaut worden waren, hatte sie ein sehr gutes Verständnis für den menschlichen Körper. Anatomie, Haltung, Körperspannung. Luisa war ein außergewöhnliches Exemplar. Außergewöhnlich reizvoll.

Flix waren die kleinen, aber wohlgestalteten Brüste natürlich nicht entgangen, die sich so ästhetisch auf dem T-Shirt abzeichneten. Wie hätten sie auch. Sie hatte jeden Quadratmillimeter der Thekenfrau gescannt, und jeder einzelne hatte ihr gefallen. Sie hätte dringend eine Gelegenheit gebraucht, die Tätowierungen genauer studieren zu können. Die waren nicht nullachtfünfzehn. Soviel konnte sie mit ihrem kunstgeschulten Auge gleich sehen. Flix hasste hässliche Tattoos so, wie sie abartige Kunst hasste, und von beidem gab es jede Menge. Das war auch der Grund, warum sie selbst keine Tätowierung hatte. Weil ihr das Risiko zu groß war, dass sie eines Tages abscheulich finden könnte, was auf ihrer Haut verewigt war.

Sie riskierte einen weiteren Blick, weil sie hoffte, irgendein kleines Detail erhaschen zu können. Den Schmetterling im Dschungel hatte sie natürlich sehr schnell entdeckt. Ihr Versuch wurde aber mit einem strengen Blick aus stahlgrauen Augen abgestraft.

So langsam wurde es ein wenig peinlich und ganz ehrlich auch traurig. Da saß die erfolgreiche und geniale Diebin nach dem Einbruch ihres Lebens in ihrer Stammkneipe und gab eine ganz bemitleidenswerte Figur ab. Diese strenge Selbstanalyse ließ Flix endlich die Entschlossenheit finden, diesen Weihnachtsabend für beendet zu erklären. Dann würde sie eben allein nach Hause gehen. Morgen war auch noch ein Tag. Zumindest für den Einsatz von Santa Claus.

Sie kippte den letzten Rest ihres Gins hinunter. Immerhin, der war ausgezeichnet gewesen. Sie war auch nur ein ganz kleines bisschen angetrunken. Genau die richtige Dosis nach ihrem Triumph.

Mit einem letzten bedauernden Blick auf Luisa griff sie sich ihren Rucksack, von dessen Inhalt sie sich so viel versprochen hatte und trollte sich aus der Tür. Aus dem Augenwinkel nahm sie wahr, dass die Thekenfrau ihr sehr wohl nachschaute. Vielleicht bestünde ja doch noch eine Hoffnung, sexy Luisa eines schönen nahen Tages in ihr Bett zu kriegen. Dass sie das Angebot mit dem Dildo abgelehnt hatte, sprach ja gar nicht wirklich gegen sie, beschloss Flix für sich. Im Gegenteil. Noch am Anfang des Abends hatte sie ja selbst gedacht, dass es nichts Abartigeres gäbe als dieses Ding. Fand sie im Grunde ja immer noch. Sie hatte ja bloß eine kleine Fantasie ausleben wollen. Nach den heutigen Erlebnissen ja kein Wunder. Das zauberte ihr wieder ein Grinsen ins Gesicht.

Flix ging die zwei Straßen bis zu ihrer Wohnung so schnell sie konnte. Es war jetzt arschkalt geworden und der Gin hatte zwar gut eingeheizt, aber sie spürte, wie ihr die Kälte in die Knochen ging.

Ihre Eingangstür war gesichert wie Fort Knox, überhaupt ihre ganze Wohnung. Bei ihr käme so schnell niemand rein. Und falls doch, hätte sie ausreichend Bewegungssensoren mit Minikamera, die die Live-Bilder direkt auf ihr Handy schickten. Das war nicht paranoid, das war einfach realistisch. Jetzt, da sie das Gold in der Wohnung hatte, war sie umso froher, dass sie solche Vorsichtsmaßnahmen installiert hatte. Sie hatte eben vom Besten gelernt. Von der Pike auf, grundsolide Ausbildung in allem, was man so brauchte. Flix konnte sich gar nicht daran erinnern, als Kind etwas anderes getan zu haben als zu üben. Sie hatte kein Lego gehabt wie die anderen Kinder, sie hatte als Spiel Schlösser geknackt und Alarmanlagen zerlegt. Sie hatte die beste Kindheit überhaupt gehabt. Nur gute Erinnerungen.

Als sie die Wohnung schließlich betrat und das Prozedere der Absicherung nach dem Schließen der Tür rückwärts wieder vollzog, verbat sie sich zu viele nostalgische Gedanken. Morgen war dafür noch genügend Gelegenheit, wenn sie ihren anstehenden Besuch machte.

Sie warf ihren Rucksack in die Ecke neben der Garderobe. Dafür hatte sie jetzt absolut keine Verwendung. Ihre Libido war endgültig abgekühlt. Sie wollte jetzt nur noch einmal ihr Versteck kontrollieren und sich dann nach diesem turbulenten Tag ausschlafen.

Die zusätzliche Wand, die sie in ihrem großen Zimmer eingezogen hatte, war absolut unauffällig. Mehrere große Bücherregale standen davor, aber selbst wenn diese weggeräumt wurden, war die Wand nicht als gefälschte Außenwand zu erkennen. Wenn man dagegenklopfte, hörte sie sich absolut solide an. Das war sie ja auch. Sie hatte die Wand schließlich gemauert.

Aber dahinter verbarg sich ihr ganz privater Sicherheitsraum. Die restliche Wohnung sah aus wie Wohnungen von jungen Frauen eben aussahen, nichts zu sehen, was man nicht auch erwarten würde: Bücher – vielleicht ein paar mehr als üblich –, Plakate, verstreute Klamotten, zusammengestückelte Möbel. Nichts Verdächtiges, perfekte Tarnung. Der Mini-Raum hinter der Wand offenbarte eine andere Geschichte.

Flix betrat ihr Bad. Den Zugang hatte sie über die Dusche gebaut. Der alte, unbenutzte Kamin, der an die Kabine grenzte, war ideal gewesen für ihre Zwecke. Sie hatte lediglich das alte Zugangstürchen erweitern und einen Durchbruch zu ihrem Raum herausschlagen müssen.

Die Duschkabine ließ sich auch zur Wand hin öffnen, aber das fiel nur auf, wenn man wirklich darauf achtete. Das alte Ding war bewusst verkalkt und blind. Nur die Führungsschienen waren blitzblank. Ein hoffentlich zu vernachlässigendes Detail.

Große Gegenstände passten nicht durch diesen Durchgang. Da musste sie sich, wenn es mal der Fall war, etwas anderes einfallen lassen. Aber für ihre Werkzeuge, Ausrüstung und die übliche Beute war es absolut ausreichend.

Flix quetschte sich durch. Den alten Kamin hatte sie innen mit einer Latexfarbe gestrichen, nachdem sie sich anfangs immer die Kleider versaut hatte. Jetzt flutschte sie richtiggehend hindurch. Ausnahmsweise ließ sie den Zugang offenstehen. Jetzt wollte sie nur noch einmal ihre Beute bestaunen, weil sie die unglaublichen Geschehnisse des heutigen Tages noch nicht ganz verarbeitet hatte. Dass das wirklich alles so passiert war. Selbst für Flix war das eine verrückte Verkettung von Zufällen gewesen.

Auf ihrer kleinen Werkbank, die genau so breit war wie der Raum, nämlich genau einen Meter, stand noch immer ihr

Arbeitsrucksack. Ein schmales Metallregal zog sich der Länge nach der Wand entlang. Hier lagerte alles, was sie für ihre Profession so brauchte, und hier würde sie Platz schaffen müssen, um das Gold zu lagern. Denn sie hatte beschlossen, es erst einmal nicht zu Geld zu machen, sondern es zu behalten. Sozusagen als Reserve. Bei ihren monatlichen Belastungen war das durchaus sinnvoll. Falls es mal längere Phasen gäbe, in denen sie nicht arbeiten konnte. Aus welchen Gründen auch immer. Was wäre ein besserer Notgroschen als Gold?

Vielleicht sollte sie die Barren einschmelzen und neu gießen. So ließen sie sich nicht zurückverfolgen. Das würde zwar bedeuten, dass sie das Gütesiegel der Schweizer Bank verlor und vor dem Verkauf erst wieder ein Gutachten über die Reinheit ihres Goldes brauchte. Aber das war ihr die größere Sicherheit wert.

Sie beschloss, das sofort zu machen. Sie war zwar müde, aber sicher war sicher. Sie schloss jetzt doch den Zugang und erhitzte den Muffelofen, den sie zum Einschmelzen brauchte. Gold hatte einen Schmelzpunkt von rund eintausend Grad, das war gar kein Problem. Wie gut, dass sie die entsprechende Ausstattung dafür übernommen hatte – so, wie sie überhaupt die ganze ›Firma‹ übernommen hatte. Allzu oft hatte sie den Ofen noch nicht gebraucht, aber manchmal war der erbeutete Schmuck zu auffällig, um ihn abzusetzen. Dann hatte sie schon das eine oder andere Mal Hand angelegt. Denn es war besser, den Materialwert zu Geld zu machen, als wegen einer größeren Ausbeute geschnappt zu werden. Gier war kein guter Ratgeber. Nicht umsonst war Flix in ihrem Metier so erfolgreich. Ihr passierten keine dummen Fehler.

Die Frage war nun: Wieder große Barren gießen oder besser doch viele kleine Zehn-Gramm-Stücke? Sie musste grinsen. Vor was für Probleme sie manchmal gestellt wurde. Schreckliche Entscheidung. Sie würde Zehn-Gramm-Plättchen machen. Sicher war sicher.

◆

Unter der Dusche fielen Luisa fast die Augen zu. Minutenlang ließ sie das warme Wasser einfach über sich laufen. Sie war erst kurz vor fünf zu Hause gewesen. Das Anti Schoko hatte offiziell bis drei Uhr auf, aber Alf war super kulant gewesen und hatte eine letzte Gruppe bis kurz vor vier hocken lassen. Gut, die hatten Whisky getrunken, als ob es Wasser wäre und hatten in der Dreiviertelstunde zwei Flaschen von seinem teuersten Gesöff vertilgt. Das lohnte sich so gesehen wohl schon.

Danach hatte ihr Alf noch schnell gezeigt, wie sie die Geldbomben verwahren sollte, wenn sie mal allein Schluss machen musste, und dann erst hatte sie sich ein Taxi suchen können, um heimzukommen.

Jetzt fühlte sie sich wie gerädert. Aber ihr Vater hatte sie aus dem Schlaf gerissen mit seinem Anruf und auf einem morgendlichen Treffen bestanden. Also hatte sie zu kommen. Egal, wie lange sie am Tag vorher gearbeitet hatte. Da nahm er nie Rücksicht darauf.

Bei dem Gedanken an ihren Vater kam Leben in Luisa, und sie seifte sich hektisch ein. Innerhalb von ein paar Minuten war sie raus aus der Dusche und schrubbte sich schon die Zähne. Sie durfte auf keinen Fall zu spät kommen. Da betrieb ihr Vater eine Null-Toleranz-Politik. Die galt selbstverständlich auch am Morgen des ersten Weihnachtsfeiertags.

Was heute so dringend sein konnte, war ihr ein Rätsel, aber sie würde es noch früh genug erfahren. Vielleicht wollte er auch nur einen Bericht von ihr, wie es gestern Abend gelaufen war. Wahrscheinlich erwartete er schon erste Ergebnisse. Schön wär's. Die lagen noch in weiter Ferne. Sie hatte nicht den Hauch von irgendetwas Illegalem mitgekriegt. Hässliche Weihnachtsmanndildos und plumpe Anmachen sollten zwar unter Strafe stehen, taten es aber leider nicht.

Im Nachhinein konnte Luisa das Ganze amüsant finden. Während sie sich anzog, musste sie sogar einmal kurz auflachen, weil es wirklich zu absurd gewesen war. Diese Flix war schon eine Nummer. Fast hoffte Luisa, sie würde sie öfter im Anti Schoko treffen, und es gäbe noch mehr Anlässe, über sie zu lachen. Wobei sie sich ziemlich sicher war, dass Flix das alles gar nicht lustig gemeint hatte und wahrscheinlich zu Tode beleidigt wäre, wenn sie wüsste, dass Luisa jetzt darüber lachte. Aber das machte es noch ulkiger.

Sie stülpte sich einen dicken Pulli über. So waren ihre Tätowierungen vollständig bedeckt, und das wäre dem Gespräch mit ihrem Vater vermutlich zuträglich. Deshalb machte sie es aber nicht, erklärte sie sich selbst trotzig. Sondern einfach, weil es heute verdammt kalt war. Normalerweise hatte Luisa eine innere Hitze, die es ihr erlaubte, auch im Winter in Innenräumen mit einem T-Shirt auszukommen. Aber heute fror sie. Sie war einfach übernächtigt. Die rote Daunenjacke drüber, und schon war sie zur Tür hinaus.

Ein Päckchen lag vor ihrer Wohnungstür. Wie das seit gestern Nacht da hingekommen war, war ihr ein Rätsel, bis sie es aufhob und genauer betrachtete. Wieder eines dieser ›Geschenke‹, die ihr ab und zu vor die Tür gelegt wurden.

Sie trug es in ihre Wohnung und legte es auf den Tisch in der Küche. Mit dem Taschenmesser schnitt sie es auf und betrachtete den Inhalt. Ein blanker, weiß glänzender Schädel lag darin. Vermutlich von einer Art Raubtier. Exakter konnte sie das erst sagen, wenn sie ihn genauer untersucht hatte, aber dafür hatte sie jetzt keine Zeit. Sie musste jetzt wirklich los.

Sie ließ den Schädel, wo er war und machte sich auf den Weg in die Detektei. Sie hatte nicht vor, lange zu bleiben. Kurz das Gespräch mit ihrem Vater hinter sich bringen und dann wieder heim, um weiterzuschlafen. Schließlich musste sie heute Abend wieder hinter der Theke stehen. Selbst ihr Arbeitseifer hatte seine Grenzen.

Als sie in den Hinterhof kam, wo die Detektei Sander ihre wenig repräsentativen Räume hatte, sah sie bereits Licht im Büro ihres Vaters brennen. Sie bekamen nicht viel natürliches Tageslicht ab. Das machte die Detektei mit ihren abgeranzten Möbeln noch trübseliger. Und man brauchte fast immer Licht. An trüben Wintertagen wie heute allemal.

Sie schloss die Tür auf und betrat die Detektei mit einem Kloß im Hals. Sie hatte plötzlich ein merkwürdiges Gefühl. Als ob etwas Blödes passieren würde. Als ob sie aus irgendeinem Grund

Angst oder Bedenken haben müsste, mit ihrem Vater zu reden. Mehr als sonst. Luisa schob das beiseite.

Ein kurzer Blick in den Flurspiegel zeigte ihr, dass sie aussah wie immer. An ihrem genderblenderlook konnte und wollte sie nichts ändern, nur um ihrem Vater das Leben leichter zu machen. Sie war, wie sie nun einmal war. Sie fuhr sich kurz über ihre Haare. Der Wollpulli half. Er war nicht ganz so weit wie die meisten ihrer anderen Sachen. Man sah die Rundungen ihrer Brüste. Kein einziges Tattoo schaute heraus, und Luisa war dankbar, dass sie sich dagegen entschieden hatte, an ihrem Hals weiterstechen zu lassen und stattdessen den Rücken gewählt hatte. Sie hätte sich das Leben sonst selbst unerträglich gemacht.

Sie merkte, wie sie es künstlich hinauszögerte, das Büro ihres Vaters zu betreten. Es half nichts. Sie musste jetzt zu ihm rein und hören, was er wollte. Sie wandte sich vom Spiegel ab, hängte ihre Daunenjacke an die Garderobe und klopfte an die schäbige Zimmertür, die zum Reich von Egon Sander führte.

Noch bevor sie die Tür nach dem Eintreten wieder geschlossen hatte, maulte ihr Vater bereits hinter seinem Schreibtisch hervor. »Wird auch Zeit, dass du auftauchst.« Missmutig warf er einen Kuli auf den Tisch. Das Geräusch hörte sich überlaut an, aber Luisa versuchte nicht aufzuzucken.

»Ich hatte gesagt zehn, und jetzt ist es exakt zehn«, sagte sie kühl und versuchte wie immer zu verbergen, wie sehr es sie jedes Mal traf, so von ihm behandelt zu werden.

»Du wusstest, dass ich warte, also red dich nicht raus. Setz dich, damit wir anfangen können. Ich habe heute noch mehr zu tun.«

Ärgerliche oder vielleicht auch nur ungehaltene, ungeduldige Falten zogen sich durch sein Gesicht. Lächeln hatte Egon Sander schon lange verlernt. Zumindest für seine Tochter hatte er schon lange keines mehr parat gehabt.

»Ich stehe lieber.« Das sagte sie nicht aus Trotz. Das war so. Sie wollte nicht sitzen, wenn sie mit ihm sprach. Zu sehr musste sie auf der Lauer sein. Im Sitzen konnte sie diese Art der körperlichen Anspannung nicht so gut aufrechterhalten.

»Setz dich, hab ich gesagt!«, donnerte er jetzt. »Wenn du nicht meine Tochter wärst, hätte ich dich schon längst gefeuert.«

Sie setzte sich widerwillig. So schnell, wie er aufbrauste, so schnell war es auch schon wieder vorbei. Das kannte Luisa nicht anders. Zumindest seit dem Tod ihrer Mutter. Sie sah ihren Vater nur an und sagte nichts. Er würde schon von allein loslegen.

»Gestern Nacht ist bei einer Geschäftspartnerin von Dschafarow eingebrochen worden. Er will, dass das mit Priorität behandelt wird.«

Das war es also. Sie war weniger überrascht oder genervt, als sie gedacht hätte. Sie musste gar nicht nach der Polizei fragen. Natürlich war die nicht involviert. Das Übliche eben.

»Das heißt, Abbruch der Recherchen in der Kneipe?«

Wieder eine Zornesfalte mehr, die sich steil über Egon Sanders Nase in die Stirn fräste. »Wenn du mich ausreden lassen würdest, müsstest du keine solchen dummen Fragen stellen. Nein, das heißt es eben nicht.« Er machte eine Kunstpause und starrte Luisa durchdringend an. »Ich übernehme hier die Ermittlungen. Alles rund um den Diebstahl. Du wirst dich in der Kneipe gezielt umhören. Der Einbruch ist ganz frisch. Vielleicht kommt so manches direkt auf den Markt.«

Er fixierte sie wieder. Schien abzuwarten. Er ließ sie ganz bewusst hängen. Natürlich wäre die nächste Frage, um was es sich denn handelte, was denn genau gestohlen worden war, aber Luisa stellte sie nicht. Er hatte sie einmal angepflaumt fürs Nachfragen. Sie konnte warten. Sie schlug die Beine übereinander und machte es sich in dem harten Stuhl so gemütlich, wie es eben ging. Schließlich bequemte sich ihr Vater weiterzureden.

»Es wurde Schmuck gestohlen, von dem wir auch Fotos haben. Aber der war nicht besonders wertvoll. Die Hauptbeute war Gold. Gold im Wert von über fünfhunderttausend Euro. In Barren zu je fünfhundert Gramm. Außerdem wurde die Wohnung verwüstet. Ich war bereits dort und habe mir alles angeschaut. Die Fotos habe ich dir schon auf einen Stick gezogen.« Er schob ihn ihr über den Schreibtisch hinweg zu. »Es ist nicht ganz klar, ob es sich um einen Racheakt von Dschafarows Feinden handelt, oder ob es ein normaler Diebstahl war.«

Schon allein das war ja wohl mal wieder sehr aussagekräftig. Luisa fragte sich wieder, warum ihr Vater so mit Dschafarow verstrickt war. Das erste Mal kam ihr die Idee, dass der Mafiaboss Egon Sander vielleicht irgendwie in der Hand hatte. Anders war es eigentlich nicht zu erklären, dass er so am Gängelband hing und noch nicht einmal zu merken schien, wie er die ganze Detektei mit in die Niederungen der Beinahe-Kriminalität zog.

Früher war er super genau gewesen, was die Einhaltung sämtlicher Gesetze anging. Er hatte in jungen Jahren Polizist werden wollen. Hatte sich immer als eine Art verlängerter Arm der Polizei betrachtet. Jetzt war er nur noch wenig besser als sein Auftraggeber. Und sie selbst im Grunde gleich mit, wenn man es genau nahm. Aber das wollte sie sich eigentlich gar nicht eingestehen, weshalb sie die Gedanken einfach beiseiteschob. Es zumindest versuchte.

»Wer wusste denn von dem Gold?« Luisa war durch die ganze Sache, die ihr durch den Kopf raste wie ein aufgezogenes Matchboxauto, so außer sich, dass sie vergaß, nichts zu fragen.

»Lass das meine Sorge sein. Du dehnst deine Recherche lediglich aus.«

Abgespeist. Mit zwei kurzen, herablassenden Sätzen.

Luisa hasste das. Er konnte sie doch nicht halb im Dunkeln lassen und dann erwarten, dass sie zauberte. Sie biss sich auf die Backenzähne, dass sie es schon fast knirschen hörte. Aber sie konnte sich nicht zurückhalten. Sie musste einfach weiterfragen. Auch auf die Gefahr hin, wieder in ihre Schranken verwiesen zu werden.

»Wie sind die oder der Täter denn in die Wohnung gelangt?«

Ihr Vater schob irgendwelche Unterlagen hin und her und schien ihr gar nicht richtig zuzuhören.

Deshalb antwortete er wohl wie automatisch und merkte es erst mitten in der Antwort. »Über die Eingangstür. Aufgebrochen. Auch das ist auf den Fotos zu sehen. Und auch das ist nicht wirklich wichtig für dich.«

»Das finde ich aber schon. Es macht ja wohl einen riesigen Unterschied, ob jemand mit einem Schlüssel eingedrungen ist und vielleicht nur ein gewaltsames Eindringen vorgetäuscht hat, oder ob jemand ein Fenster aufgehebelt hat.« Sah er das denn nicht selbst? Das war doch wohl eine einfache Rechnung. Im ersten Fall wäre der Täter unmittelbar mit dem Opfer des Einbruchs bekannt.

»Willst du mir unterstellen, dass ich das nicht erkennen würde?«

Jetzt hatte sie die Aufmerksamkeit ihres Vaters und Chefs wieder. Aber natürlich nicht so, wie sie sie wollte. Er zog die Augen wieder einmal zu missbilligenden Schlitzen zusammen. Oder vielleicht brauchte er auch nur eine Brille. Manchmal kannte sie den Mann, der ihr Vater war, gar nicht mehr.

»Ich würde es einfach selbst gern in Augenschein nehmen.« Sie gab eine ruhige und sachliche Antwort. Da könnte er sich ja mal ein Beispiel daran nehmen.

Egon Sander grunzte abfällig. »Das Apartment liegt im siebten Stock. Da ist nichts mit Fenster aufstemmen. Du wirst dich darauf verlassen müssen, was ich dir sage. So wie immer. Noch bin *ich* hier der Chef, und das wird auch so bleiben. Du brauchst dir gar nichts einbilden, weil du meine Tochter bist. Das gibt dir noch lange kein Recht, hier aufzutreten wie die Chefin in spe. Merk dir das!«

Luisa hätte noch einiges dazu zu sagen gehabt. Vor allem dazu, dass es nicht angeblich nicht möglich wäre, im siebten Stock ein Fenster aufzuhebeln. Und zum Rest natürlich auch, nur hatte sie das alles schon zu oft gehört. Da hatte sie inzwischen schon ein dickes Fell entwickelt.

»Geh die Fotos durch, bevor du wieder in diese Spelunke gehst. Später schicke ich dir noch meinen ersten Bericht.«

Luisa hatte ihren Vater schon öfter davor gewarnt, solche Dinge übers Internet zu verschicken. Aber mit Cyberkriminalität kannte sich Egon Sander gar nicht aus und hielt sie deshalb für lächerlich. Und was Egon Sander für lächerlich hielt, existierte so gut wie nicht. Dass es für Dschafarows Feinde ein Leichtes wäre, in das Computersystem der Detektei Sander einzudringen, war nicht auf seinem Schirm. Oder auch die Polizei. Die würde sich mit Sicherheit auch für das eine oder andere interessieren, was hier so über die Schreibtische ging.

»Ja, ist gut.« Sie sagte das so abfällig, wie sie nur konnte. Ließ ihn spüren, wie sie das alles fand. Unterirdisch. Sie stand auf und wollte ohne ein weiteres Wort gehen, ihn einfach hier hocken lassen. In seinem runtergeranzten Büro, hinter seinem vollgestopften Schreibtisch, mit seinen halbseidenen Aufträgen.

Dann musste Luisa einen kurzen Moment lang an ihre Mutter denken. Die würde sich im Grab herumdrehen, wenn sie wüsste, wie sie beide miteinander umgingen. Dass sie an Weihnachten beide arbeiteten und sich noch nicht einmal kurz trafen.

»Sollen wir morgen Nachmittag einen Kaffee zusammen trinken?«, fragte sie deshalb vor seinem Schreibtisch stehend, obwohl sie sich schon denken konnte, wie die Antwort lauten würde. Wobei sie das tatsächlich in den letzten Jahren manchmal an Weihnachten gemacht hatten. Sich einfach auf eine Tasse Kaffee oder Tee getroffen, fünf gekaufte Plätzchen gegessen, sich hauptsächlich angeschwiegen und dann wieder getrennter Wege gegangen.

»Keine Zeit. Wie stellst du dir das vor mit dem brandaktuellen Fall, Luisa?« Ihr Vater schaute sogar auf für diese Antwort.

Ja, wirklich. Wie hatte sie sich das nur vorgestellt? Alles andere ging vor. Das war doch klar. Dass Egon Sander eine Tochter hatte, war ihm mehr lästig als sonst irgendwas. Zumindest kam es ihr so vor. Dass er ihren Namen gesagt hatte, war fast schon so eine Art Zugeständnis. Dass er anerkannte, dass sie tatsächlich mehr verband als nur eine angestrengte geschäftliche Beziehung zwischen Chef und Mitarbeiterin. Das war einfach nur erbärmlich.

Luisa ging hocherhobenen Hauptes aus dem schäbigen Zimmer.

Vielleicht sollte sie einfach anfangen, von ihm nicht mehr als ihrem Vater zu denken, sondern ihn tatsächlich nur noch als ihren Chef sehen. Aber wenn sie das täte, müsste sie kündigen. Und sie wollte ihm doch immer noch beweisen, dass er sich täuschte. Wenn ihr das gelang, würde ja auch alles anders werden. Davon war sie überzeugt. Musste sie überzeugt sein, um weitermachen zu können. Vielleicht gelang ihr der große Wurf ja bei diesem Fall. Sie musste nur hart genug dafür arbeiten. Sich richtig reinhängen. Alles geben.

◆

Immer, wenn Flix das Heim betrat, wollte sich eine dunkle Wolke ihrer bemächtigen und sich auch durch noch so freudige Gedanken nicht vertreiben lassen. Sie hing schwer und unheilvoll über ihrem Kopf und wollte sie am liebsten ganz umhüllen. Sie ließ sich einfach nicht verscheuchen.

Den schlimmen Geruch, der hier alles durchdrang, nahm sie nach fünf Jahren, die sie schon hierherkam, gar nicht mehr wahr. Nur manchmal fiel es ihr noch auf, wenn sie besonders dünnhäutig war. Aus irgendeinem Grund war sie das heute. Vielleicht, weil Weihnachten war und sie das einfach doch nicht ganz ignorieren konnte. Oder vielleicht auch, weil gestern solch ein turbulenter Tag gewesen war.

Flix wusste es nicht. Sie wusste nur, dass sie heute ausnahmsweise roch, wie die Chemikalien der starken Putzmittel mit dem Geruch nach menschlichem Verfall konkurrierten und eine eklige Verbindung ergaben. Da half auch die ganze Weihnachtsdeko nichts. Auch wenn es lieb gemeint war von der Heimleitung, lenkte es doch nicht davon ab, was die Besucher hier erwartete: dahinsiechende Angehörige. Das musste man noch nicht einmal riechen. Das wusste jeder, der hier eintrat.

Flix schlich die Gänge entlang, die sie hätte blind abgehen können. An der Pforte vorbei, wo ihr Frau Heinlich kurz zuwinkte, weiter an den Aufzügen vorbei, eine Treppe hoch und über den fröhlichen orangefarbenen PVC-Belag, der hier überall lag, weiter bis zu Zimmer 127. Mindestens dreimal die Woche war sie hier.

Heute begegneten ihr erstaunlich viele andere Besucher, sonst war sie oft die einzige. Weihnachten eben. Aber das war doch auch schon wieder traurig, dass viele Leute nur an Weihnachten kamen. Sie hatte sich geschworen, nie so zu werden.

Sie betrat das Zimmer und erblickte ihn sofort. Wie immer saß er in dem Sessel am Fenster und blickte hinaus. Oder vielleicht nahmen die Augen auch nicht wirklich etwas wahr, wer wusste das schon.

Flix schloss die Tür und schaute kurz zum Zimmernachbarn, der am Tisch saß und auf eine Zeitung sabberte. Auch hier das gleiche Bild wie immer. Sie ging um den Sessel herum und kniete sich davor.

»Hallo Paps. Wie geht es dir heute? Ich habe dir deine Lieblingspralinen mitgebracht. Du weißt schon, die mit der Marzipanfüllung.« Sie hob die Packung hoch und meinte ein ganz kleines Flackern in den stumpfen Augen erkannt zu haben.

Wenn sie hier war, plapperte sie in einem Strom munter drauflos. Sie wusste ja nicht, was ihr Vater noch mitbekam, aber sie bildete sich ein, dass er viel mehr erfassen konnte, als die Ärzte ihm zugestanden. Sie konnte inzwischen jedes noch so kleine Zeichen von ihm lesen. Jedes Wimpernzucken, jede noch so kleine Bewegung, alles saugte sie auf und versuchte es zu interpretieren.

Wenn sie gekonnt hätte, hätte sie ihren Paps auch mit nach Hause genommen nach seinem Unfall. Aber es war unmöglich. Er brauchte rund um die Uhr medizinische Betreuung. Er hatte manchmal Anfälle, die im Zweifelsfall ohne die richtige Behandlung auch tödlich enden konnten.

Flix wusste, dass sie sich das nie verzeihen würde, wenn ihm etwas passieren würde, bloß weil sie so egoistisch gewesen wäre und ihn zu sich geholt hätte. Natürlich wollte sie ihren Paps um sich haben und versorgen. Wer würde das denn nicht wollen? Das war doch ganz normal. Deshalb kam sie ja auch jeden zweiten Tag her.

»Was hast du denn gestern und heute gemacht, als ich nicht da war? Warst du im Garten unten? Hat es was Gutes zu essen gegeben?« Sie wusste natürlich, dass er die Fragen nie beantworten würde. Nicht mehr in diesem Leben. »Mir ist etwas absolut Unglaubliches passiert. Das muss ich dir unbedingt erzählen. Du wirst sagen, dass ich unvorsichtig war, aber das war ich nicht, Paps. Ich schwör's. Also folgendes.«

Flix zog sich einen Stuhl heran und setzte sich ganz dicht zu ihrem Vater und erzählte ihm im vertraulichen Ton ihre Erlebnisse des gestrigen Tages.

Wegen Herrn Binder am Tisch musste sie sich keine Sorgen machen. Er war ähnlich beeinträchtigt wie ihr Vater und hatte noch nie auch nur ein Wort gesagt. Selbst wenn er verstand, was für Unglaublichkeiten Flix da erzählte, konnte er sie nicht weitersagen.

Ein Blick auf den langen Spuckefaden, der von seinem Mundwinkel bis zu den Schlagzeilen herunterhing, genügte schon, um ihr diese Tatsache noch einmal zu vergegenwärtigen.

Flix ließ nichts aus in ihren Erzählungen. Auch nicht das Monsterficken. Sie hatte ihrem Paps immer alles erzählt. Er war auch der erste gewesen, der gewusst hatte, dass sie auf Mädchen stand.

Wahrscheinlich noch bevor sie es mit fünfzehn selbst gemerkt und es ihm hochoffiziell gesagt hatte. Seither hatte er alle Frauengeschichten mit ihr durchlebt. Immer hatte er sie gemahnt, die Liebe ernster zu nehmen. Aber das war wohl das einzige, in dem sie ihn je enttäuscht hatte. Flix wollte sich nicht an eine einzige Frau binden.

Ihre Eltern waren ja auch nicht gerade glänzende Vorbilder. Nach ihrer ziemlich dreckigen Scheidung war Flix hin- und hergereicht worden. Bis es nicht mehr ging.

Ihre Mutter mit ihren jungen Kerlen, mit denen sie ständig zugange war, hatte sie vernachlässigt. Eine Zeitlang waren es immer junge Afrikaner gewesen, jetzt hatte sie gerade eine syrische Phase. Was eben gerade so auf dem Markt war, dachte die alte Sarkastin in ihr. Diese Männergeschichten kotzten sie mittlerweile so an, dass sie mit ihrer Mutter nur selten Kontakt hatte. Als Kind war es einfach nur schrecklich gewesen.

Aber auch schon davor war sie immer ein echtes Papakind gewesen. Sie hatte Götz schon immer verehrt. Bereits als ganz kleines Mädchen hatte sie alles machen wollen, was er gemacht hatte. Einmal hatte sie sich sogar mit ihm zusammen rasiert. Und später dann hatte sie wie selbstverständlich sein Handwerk gelernt. Es gab nur einen Dieb, der besser war als Flix, und das war ihr Paps Götz. Gewesen. Das lag alles in der Vergangenheit.

Früher war er ein gutaussehender Mann gewesen. Sportlich und schlank, mit halblangen, dunklen Haaren, die er nach hinten gekämmt hatte. Die Frauen standen auf ihn, aber er war immer auf der Suche nach der einen, der einzigen gewesen.

Ihre Mutter war ein gescheiterter Versuch gewesen, und wenn sie sich nicht wie eine Nymphomanin verhalten hätte, wäre Götz womöglich auch mit ihr zusammengeblieben, weil er an die wahre Liebe glaubte. Und an Loyalität, Treue und so Zeug.

Heutzutage war er nur noch ein Schatten seines früheren Selbst. Er hatte keinerlei Muskeltonus mehr, und von dem ganzen Rumgehocke war er dicklich geworden mit einem Bauchansatz. Seine Haare, die er stets so gepflegt hatte, waren bis auf ein paar Millimeter abrasiert, die Narben von den Kopfverletzungen waren dazwischen deutlich zu sehen. Und sie waren schon lange nicht mehr dunkel, sondern schimmerten silbergrau. Am schlimmsten aber war sein schlaffes Gesicht und die immer fast völlig leer wirkenden Augen.

Nur weil Flix ihn mit Argusaugen beobachtete, konnte sie überhaupt eine Regung erkennen. Der Unfall hatte ihn zerstört.

Wie es dazu kommen konnte, war ihr immer noch rätselhaft. Er kam an eine elektrische Leitung und stürzte ab. Die Polizei konnte nie nachweisen, dass er als Einbrecher unterwegs war. Wobei das auf der Hand lag, so, wie er angezogen war, was er dabei hatte, wo man ihn fand.

Flix machte sich Vorwürfe, dass sie an diesem Tag nicht mit ihm zusammen unterwegs war. Er bat sie sogar darum, beschloss dann aber, dass es sich nicht gelohnt hätte. Ein anderer Einbruch bot sich an, und sie teilten sich auf. Während Flix ein paar schöne Diamanten erbeutete, lag ihr Vater auf dem Kopfsteinpflaster und hauchte fast sein Leben aus.

War es das, verdammt noch mal, wert gewesen? Die Frage war überflüssig und schon zu oft durchgekaut.

Nur gut, dass die Diamanten dann eine erstklassige medizinische Betreuung finanzierten und nicht, wie ursprünglich geplant, ein Studium für Flix in den USA an einer Eliteuni. Das hat sich ihr Paps immer gewünscht. Flix in Harvard. Dass sie nicht ewig eine Diebin bleiben würde wie er. Er wollte, dass sie etwas aus sich machte.

Sie fand ja, eine Deluxe-Diebin zu sein, war schon genug. Aber er sah das anders. Meinte, dass sie mit ihren Fähigkeiten auf ehrliche Art ohne Risiko gutes Geld scheffeln könnte.

Jetzt würde nichts mehr aus einer anderen Karriere werden. Sie musste schließlich die Kosten für die Heimunterbringung aufbringen. Das waren ein paar tausend Euro im Monat, obwohl Götz in einem Doppelzimmer untergebracht war. Das konnte sie nicht anders stemmen als mit Diebstählen. An ein Studium nebenher, selbst in Deutschland, war gar nicht zu denken.

Natürlich war Götz auch nicht richtig versichert gewesen, als es zu dem Unfall kam. Flix musste für jedes bisschen Erleichterung in Götz' Leben bezahlen. Die Osteopathin, die die verkrampften Muskeln lockerte, die Ausflüge ins Schwimmbad, die er so liebte; das Spezialbett, das ihm das Aufstehen erleichterte. Einfach alles.

Wie gut, dass sie einen Beruf hatte, der das auch erlaubte. Flix wollte alles tun, dass es ihrem Paps so gut ging wie unter den Umständen möglich. Das Gold von gestern sollte das auch in Zukunft immer ermöglichen. Egal, was einkommenstechnisch bei ihr los war. Flix wollte keinen Luxus für sich, sie wollte einfach nur das Beste für ihren innig geliebten Paps.

Die Hoffnung, dass sich sein Zustand mal bessern würde, hatte sie schon lange begraben. Ihre Mutter hatte beim letzten Mal, als sie sich gesehen hatten, schnoddrig gefragt, warum sie das alles machte. Götz würde doch eh nichts merken. Wäre nur noch ein hirnloser Haufen Fleisch.

Dass Flix ihr nicht ins Gesicht gesprungen war, war ein Wunder gewesen. Aber was hatte sie auch von ihr erwartet? Ihre Mutter war und blieb die geborene Egoistin. Menschen hatten einen Zweck zu erfüllen. Wenn sie wertlos für sie waren, schmiss sie sie weg wie gebrauchte Taschentücher.

Wahrscheinlich hätte sie gern einfach all die Kohle eingestrichen, die Flix für Götz aufbrachte. Das steckte vermutlich dahinter und nicht eine tieferliegende Sorge um ihre Tochter, die sich vielleicht mit der Pflege des Vaters übernahm.

Flix stand auf, nachdem sie zu Ende erzählt hatte, wie sie das Gold eingeschmolzen und neu gegossen hatte, ganz wie er es ihr vor Urzeiten beigebracht hatte.

»Hast du Lust, in den Garten zu gehen, Paps? Du gehst doch so gern diesen einen Weg entlang. Komm, lass uns das doch machen. Es ist zwar kalt, aber eigentlich ganz schön.«

Sie kam sich schon lange nicht mehr doof vor bei ihren einseitigen Konversationen. Die Augen ihres Vaters folgten ihr jetzt sogar. Das waren immer die besten Momente. Wenn sie wusste, dass sie seine Aufmerksamkeit hatte und er sie tatsächlich sah.

Sie packte ihn in seine dicke Winterjacke, verpasste ihm ein Paar Stiefel mit Klettverschlüssen und half ihm aufzustehen. Sie hakte sich bei ihm unter und konnte ihn so dirigieren. Im Schneckentempo bewegten sie sich auf die Zimmertür zu. Flix schnappte sich schnell ihre Jacke vom Kleiderhaken und führte dann ihren schlurfenden Vater unendlich langsam in den Garten hinaus.

Das Pflegepersonal kannte ihre Ausflüge und warf Flix freundliche Weihnachtsgrüße zu. Anscheinend waren Angehörige, die sich wirklich kümmerten, beliebt hier, überlegte Flix, oder es lag daran, dass sie zu jedem erdenklichen Anlass die Kaffeekasse der Station großzügig bedachte.

Vielleicht war das auch alles zu sarkastisch gedacht. Es musste ihr überwältigender Charme sein. Ja, richtig. Flix grinste über sich selbst. So überwältigend konnte der ja nicht mehr sein. Gestern Abend war er kläglich gescheitert. Obwohl. Luisa hatte ihr zumindest nachgeschaut. Wenn auch nicht gerade bedauernd oder schmachtend.

»Weißt du, ich glaube, ich sollte bei Luisa, der Barfrau, nicht so schnell aufgeben. Vielleicht war ich nicht gerade so super smooth. Ich hätte eleganter vorgehen können. Subtiler. Sie hat Klasse, verstehst du, Paps. Ihr einen Dildo unter die Nase zu halten, war zu platt. Darauf fährt doch nur die billigste Art von Frauen ab. Das hätte mir klar sein müssen.«

Inzwischen waren sie in dem kleinen Park, der zum Heim gehörte, angekommen und schlurften den Gartenweg entlang. Flix immer noch bei ihrem Paps untergehakt. Anders war es gar nicht möglich, eine längere Strecke mit ihm zu gehen. Er stützte sich schwer auf seine Tochter.

»Habe ich schon erzählt, dass ihre Arme von oben bis unten mit fantastisch aussehenden Tätowierungen voll sind? Schmetterlinge und Pflanzen. Genau konnte ich es nicht sehen. Ich denke, ich gehe heute Abend noch einmal hin. Bestimmt ist sie da, und dann kann ich den Schnitzer von gestern wieder wettmachen.«

Götz gab einen seiner ganz seltenen Grunzer von sich. Flix erschrak jedes Mal darüber. Er machte es nur, wenn er über irgendetwas aufgeregt war.

Jetzt war es so, als ob er sagen wollte: Stell dich nicht wie eine Idiotin an, mach das, finde die große Liebe, das ist es, was zählt. Sie konnte es noch hören, wie er das bestimmt dutzende Male zu ihr gesagt hatte. Immer wenn es darum ging, dass sie wieder eine Frau im Visier hatte.

»Ach, Paps. Die große Liebe. So etwas gibt es doch gar nicht.«

Der Grunzer, den er darauf machte, hörte sich definitiv protestierend an.

Schweigend gingen sie weiter. Mit Tippelschrittchen. Und fast wünschte sich Flix, ihr Paps hätte recht damit. Dass es irgendwo da draußen eine große Liebe für sie gäbe. War die Vorstellung nicht schön – irgendwie? Auch wenn sie vollkommen unrealistisch war. Genauso unrealistisch wie der Wunsch, dass Götz wieder reden könnte. Für solche Träume war Flix einfach zu sehr Realistin. Leider.

Auf frischer Tat ertappt

Luisa ging immer noch der neue Einbruch durch den Kopf, während sie ein Bier nach dem anderen zapfte. Warum wurde auch ausgerechnet heute Abend fast ausschließlich Pils von den Gästen bestellt? Das langwierige Zapfen hielt sie auf Trab, wo sie doch im Kopf ganz woanders war.

Der Bericht ihres Vaters war per E-Mail eingetroffen, kurz bevor sie gehen musste, und sie war zu spät gekommen, weil sie nicht ohne die neuesten Infos über den Goldraub hatte gehen wollen.

Sie hatte sich die gestohlenen Schmuckstücke verinnerlicht und meinte, fast alle erkennen zu können, falls sie ihr gezeigt werden würden.

Aber wie sollte sie jemals das Gold finden? Das war doch unrealistisch, und sie ärgerte sich über ihren Vater, dass er Dschafarow in der Hinsicht auch noch Hoffnungen gemacht hatte.

Wenn der Dieb auch nur einen Funken Verstand besaß, würde er nicht versuchen die Barren im ursprünglichen Zustand zu Geld zu machen. Dann war das Gold längst eingeschmolzen.

Ihre einzige Chance war, dass dieser Funken Verstand eben nicht vorhanden war wie bei so vielen Kriminellen. Es war aber zu viel zu hoffen, dass es genau vor ihrer Nase hier im Anti Schoko verhökert werden würde. So dämlich war niemand, nicht einmal irgendeine Pfeife von Dieb.

Luisa stellte die vier fertiggezapften Pilsgläser auf ein Tablett und quetschte sich dann durch die Menschenmenge in der Kneipe. Heute Abend war die Hölle los, und obwohl sie nicht allein bediente, kamen sie kaum hinterher.

Als sie auf dem Rückweg zum Tresen war und sich ziemlich rabiat den Weg durch die aufgedrehte und teilweise schon stark alkoholisierte Menge bahnen musste, sah sie trotz der vielen Menschen in der überfüllten Kneipe, wie die unverschämte Flix zur Tür hereinkam. Und merkwürdigerweise wurde es ihr etwas leichter ums Herz bei der Aussicht auf eine weitere witzige Begegnung mit der hübschen Möchtegern-Verführerin. Kurz vergaß sie sogar, warum sie hier überhaupt bediente und dass sie ja eigentlich ständig auf der Lauer sein sollte, um alles aufzuschnappen, was auch nur annähernd mit Hehlerei oder anderen kriminellen Aktivitäten zu tun hatte. Die kleinen Dealereien hatte sie bereits alle abgecheckt und als unbedeutend abgehakt. Die Schmalspurdealer im Anti Schoko waren wirklich nur das und nicht mehr. Sie musste noch an die richtigen Leute herankommen. Dass die nicht so leicht zu finden waren, zeigte allein schon, dass es sich um Profis handeln musste.

Flix quetschte sich zur Theke durch und ließ sich nicht abdrängen, bis sie direkt vor Luisa stand, die schon mit der nächsten Bestellung beschäftigt war, die ihr ihre Kollegin hingelegt hatte. Hier funktionierte alles noch mit guter, alter Zettelwirtschaft. Luisa schenkte der Neuen an ihrer Theke ein kurzes Lächeln.

»Hallöchen, schöne Frau«, begrüßte Flix sie daraufhin. Ihre wachen Augen versuchten ihren Blick aufzufangen, und ein freches Grinsen begleitete die unmögliche Einleitung ihrer Begegnung.

»Ernsthaft? Das ist deine Begrüßung? Hast du zu viele Fünfziger-Jahre-Schmonzetten über die Feiertage gesehen?« Luisa sah vom Zapfen kurz auf und schenkte ihr einen gespielt empörten Blick. Sie war nicht wirklich genervt. Ihr gefiel das Sticheln einfach nur ausgesprochen gut.

»Mann, bei dir bekommt man echt das Ego gewaschen.« Flix stieß die Luft aus. Frustriert und geknickt, aber ebenfalls nur gespielt. »Wie hättest du es denn gern?«

Luisa schnaubte kurz lachend auf, holte den Fusel, der hier als Weißwein ausgeschenkt wurde, aus dem Kühlschrank und schenkte zwei Gläser davon ein. Ihre Kollegin Caro stand schon mit dem Tablett parat und wartete ungeduldig. Heute hieß es, echt Tempo an den Tag zu legen. Trotzdem hielt sie das Gespräch mit Flix nebenher am Laufen. Weil es so Spaß machte.

»Ein einfaches ›Hallo‹ hätte genügt oder bei Bedarf auch gern ›Abend‹ oder sonst was. Was trinkst du?« Sie würde ihre Bestellung sogar vorrangig behandeln. Einfach so. Weil sie Lust dazu hatte. Weil Flix und ihre forsche Art witzig waren. Weil sie gut aussah. Auch, wenn sie noch kaum einen längeren Blick hatte werfen können.

»Ist das eine Einladung?«, kam schon wieder eine freche Antwort. Wieder musste Luisa kurz schnaubend lachen.

»Guter Scherz. Also? Wieder Gin?«

Ein Klimpern mit langen Wimpern über die Theke hinweg belohnte sie für ihre Frage.

»Das hast du dir gemerkt?« Flix sah so aus, als ob sie am liebsten über die Theke gehüpft wäre vor Freude. Sie hatte es mittlerweile geschafft, sich auf der anderen Seite des Tresens einen erstaunlich großen Freiraum zu verschaffen.

Sie trug auch heute wieder ähnliche Klamotten wie bei ihrer ersten Begegnung. Vornehmlich dunkle Farben, Bomberjacke, Skinny Jeans. Ein verdammt butchiges Outfit an der recht feminin wirkenden und sich grazil bewegenden Frau. Die langen, dunklen Haare waren heute nach hinten gebunden. Aber selbst ein mädchenhafter Pferdeschwanz sah an dieser Flix aus wie eine Piratenfrisur und nicht wie Barbie auf dem Reiterhof.

»Du bist doch angeblich Stammkundin. Als gute Thekenschlampe sollte ich mir sowas merken, um mehr Trinkgeld zu kassieren.« Luisa stellte das Getränk vor Flix hin, erwartete aber gar nicht sofortige Bezahlung. Sie hoffte aus Gründen, die ihr nicht schlüssig waren, dass Flix länger bleiben würde. Sie wäre eine gute Ablenkung. Auch wenn sie ja eigentlich hundert Prozent ihrer Aufmerksamkeit auf ihre Ermittlungen richten sollte. Irgendetwas in ihr wollte aber gleichzeitig ein bisschen Spaß mit Flix haben.

»Ach so, wie ernüchternd. Gib mir bitte auch noch ein Mineralwasser. Ich will einen klaren Kopf behalten. Vielleicht kann ich dann mein ungestümes Verhalten von neulich wiedergutmachen.« Dem folgte ein fast schon scheues Lächeln, das nichts mit dem bisherigen frechen Grinsen gemein hatte. Flix hatte also auch noch eine andere Seite.

Luisa schenkte ihr ein Wasser ein und stellte es hin. Caro stand schon wieder da und wartete. Sie war etwas ins Hintertreffen geraten mit ihren Getränkebestellungen.

»Dir ist also tatsächlich aufgefallen, dass das nicht so prickelnd war?« Hektisch versuchte Luisa nebenher nachzuarbeiten.

Flix ließ ihr kurz Zeit, mehrere Biere zu zapfen und Caro wieder auf den Weg zu bringen, dann erst antwortete sie. »Ich bin durchaus zur Selbsterkenntnis fähig. So schlimm bin ich auch wieder nicht.« Da war es wieder, das freche Grinsen.

Und Luisa konnte nicht anders. Sie musste kurz zurückgrinsen. »Du hättest mich fast getäuscht.«

Sie stellte ein Schälchen Erdnüsse vor Flix hin und wurde im gleichen Moment schon abgelenkt, als in einer Ecke ein lautes Geschrei losging. Ausgerechnet heute, wenn Alf nicht da war, musste sie wohl ihre erste Schlägerei überstehen. Von Caro, mit der sie die heutige Schicht allein meistern musste, war wohl nicht viel zu erwarten. Sie war geschätzte eins fünfzig groß und wog wahrscheinlich gerade mal vierzig Kilo. Ohne Kleidchen und Absatzschuhe.

Luisa war noch am Überlegen, wie sie das am besten angehen sollte, als sie bemerkte, dass Flix nicht mehr auf ihrem Platz vor der Theke war, sondern sich den beiden streitenden Typen näherte. Lässig und als ob nichts ihr gefährlich werden könnte, stand sie mit ihrem frechen Grinsen vor den beiden Männern und schaffte es mit einem Kommentar, den Luisa über den Kneipenlärm hinweg nicht hören konnte, dass die Streithähne sich mit einem Lachen zu ihr drehten und sich beruhigten.

Da war Luisa baff. Sie musste es zugeben. Ihre Strategie hätte mehr auf der Androhung eines Polizeieinsatzes basiert und danach vielleicht sogar den einen oder anderen Karategriff. Das, was Flix machte, war natürlich viel besser. V

erdutzt sah sie zu, wie Flix mit den beiden Männern schäkerte. Der eine überragte sie um mindestens anderthalb Köpfe und war doppelt so massiv wie sie. Der Kleinere der beiden sah mit seinem ungepflegten Äußeren aber fast noch gefährlicher aus. Er hatte einen brutalen Ausdruck in den kleinen Schweinsäuglein. Bei einem Kampf hätte Luisa ihn keine Sekunde aus den Augen gelassen. Das war der Typ, der einem ein Messer in den Rücken stach.

Flix kam mit einem lässig schlendernden Gang zurück, so übertrieben, dass John Wayne ein Scheiß dagegen war und Luisa sofort wusste, dass das eine Show für sie und alle anderen Zuschauer war. Sie konnte nicht anders, sie musste das selbstgefällige und herausfordernde breite Grinsen erwidern. Diese Flix war wirklich eine Nummer. Eine sehr, sehr gutaussehende Nummer, wie sie gerade noch einmal bei näherer Betrachtung sehen konnte.

»Was war das denn?«, fragte sie und ließ Caros Zettel einfach liegen. Mussten die Gäste eben ein paar Minuten länger warten. Das hier hatte Vorrang. Zwei halbseidene Typen hatten gerade fast für einen Eklat gesorgt. Luisa hätte schwer zu tun gehabt, ihre Tarnung aufrechtzuhalten, wenn es richtig zur Sache gegangen wäre und womöglich die Polizei hätte kommen müssen. Zu viele der Streifenpolizisten kannten sie auch. Das wäre schlecht für sie ausgegangen.

»Ach, nichts weiter«, winkte Flix ganz bescheiden ab, obwohl Luisa ihr anmerken konnte, dass sie schon ein bisschen stolz darauf war, den Streit entschärft zu haben. »Mehmet und Dirk waren sich nicht ganz einig, was ein kleines Geschäft anging. Nichts, was sich nicht ganz schnell lösen ließ.«

Luisa wurde jetzt erst so richtig hellhörig. Das waren genau die Geschichten, auf die sie aus war. »Kleines Geschäft?«, hakte sie nach, ganz wie nebenbei. Sie fing jetzt doch wieder an, ihre Getränkebestellungen zu bearbeiten. Zur Ablenkung, um Flix nicht merken zu lassen, wie sehr sie jedes Wort interessierte, das sie dazu zu sagen hatte.

Ihr Verstand lief auf Hochtouren. Sie musste Flix am Reden halten, aber dabei so wirken, als ob sie nur Smalltalk machte und die Angelegenheit sie nicht wirklich interessieren würde. Flix redete weiter, während sie hinter der Theke ihre Gläser klirren ließ.

»Na, du weißt schon. So kleine Geschäfte eben, die man abends in der Kneipe abschließt.« Ihre nichtsahnende Informantin zuckte leicht mit der Schulter, als ob das keine große Sache sei. Alltäglich. Krumme Geschäfte nebenbei, nicht weiter erwähnenswert. Im Anti Schoko vielleicht nicht, aber sonst schon. Zumindest in Luisas Welt.

»Nein, weiß ich nicht. Illegal?«, fragte sie zwischen einem Jack Daniels und einem spanischen Rotwein aus dem Aldi-Sortiment.

Flix nippte an den Resten ihres Gins und zuckte wieder mit den Schultern. »Sagen wir mal, nicht wirklich legal. Nicht weiter dramatisch. Kein Grund zur Panik.«

Jetzt musste sie langsam vorsichtig sein mit ihrem weiteren Vorgehen. Flix durfte nicht denken, dass sie es mit dem Gesetz zu genau nahm. Sie musste denken, dass sie genau hier reinpasste, nicht nur wegen ihrer Tattoos, sondern auch wegen ihrer restlichen Lebenseinstellung. »Wer redet hier von Panik? Nichts wäre mir ferner. Haben wir nicht alle schon solche Geschäfte gemacht?« Damit müsste sie genügend angedeutet haben, dass sie offen war für Kriminelles. Aber sie erntete nicht die gewünschten Antworten.

»Hmhm, mag sein.«

Luisa spürte, dass Flix sich nicht weiter festlegen lassen wollte und aus reiner Vorsicht die Klappe hielt. Aber sie merkte auch, dass sie wesentlich mehr wusste, als sie zugab.

»Was machen die beiden denn für Geschäfte? Nur für den Fall, dass ich mal Bedarf hätte.«

Flix beäugte sie das erste Mal nicht mit sexuellem Interesse, sondern mit einem leichten Misstrauen im Blick. »Das musst du sie schon selbst fragen.«

»Klar.« Luisa lachte, um zu überspielen, wie dringend sie die Antwort auf ihre Frage haben wollte. Sie tat so, als ob es nicht weiter wichtig gewesen wäre und kümmerte sich erst einmal um den Getränkenachschub. Sie durfte Flix nicht misstrauisch machen. Und trotzdem hatte sie das erste Mal im Anti Schoko das Gefühl, auf der richtigen Fährte zu sein. Sie musste es nur schaffen, aus Flix mehr herauszukriegen. Sie war der Schlüssel zu diesem Fall, weil sie das ganze Hintergrundwissen hatte, das Luisa benötigte.

Während sie Jack Daniels in fünf Gläser goss, dann Cola darüberkippte und je einen großen Eiswürfel hineinplumpsen ließ, gedieh ein Plan in ihr. Flix wollte sie dringend verführen, also würde sie es zulassen. Auf die Idee wäre sie wohl nie gekommen, wenn ihre neue Thekenbekanntschaft nicht wirklich super ausgesehen hätte und genau ihre Kragenweite war. Da konnte sie sich dieses kleine professionelle Opfer durchaus vorstellen.

Solange dieser hässliche Dildo nicht ins Spiel kam. Sie müsste natürlich verdammt vorsichtig sein. Aber Frauen neigten ja schließlich dazu, ihren Bettgenossinnen das Ohr abzukauen. Das könnte sie sich hier zunutze machen. Jetzt musste sie der Möchtegern-Verführerin nur subtile Signale senden, dass ein weiterer Versuch durchaus zum Erfolg führen könnte. Bisher hatte sie ja das genaue Gegenteil angestrebt.

»Noch einen? Geht auf mich, weil du mir viel Ärger erspart hast mit deinem professionellen Streitschlichten.« Sie baute sich vor Flix auf und schenkte ihr einen ehrlichen Blick. So ehrlich, wie sie es unter den Umständen fertigbrachte.

»Oh, ich fühle mich geehrt. Ich dachte schon, du lädst mich ein, weil du meiner wilden und unersättlichen Ausstrahlung nicht widerstehen kannst.« Wieder ein herausforderndes Grinsen. Flix konnte es nicht lassen. Und genau das spielte ihr gerade in die Hände.

»Deine übermäßige Werbung für dich schafft ja nicht gerade Zutrauen. Hast du es so nötig?« Luisa schickte ein kleines, foppendes Grinsen nach, damit Flix verstand, dass das eine Aufforderung zum Spiel war. Wenn sie ihr Gegenüber richtig einschätzte, würde diese kleine Herausforderung genau zum Ziel führen. Flix schien ihre keine zu sein, die so etwas unerwidert lassen könnte.

»Wenn du mich nachher nach Hause begleitest, kann ich dir zeigen, wie wenig nötig ich das habe. Meine Taten sprechen für sich.«

Bingo. Der Fisch war am Haken. »Mal sehen.«

Luisa ließ Flix stehen, um aus der Küche Nachschub für die Snacks zu holen. Aber sie sah genau, dass ihre hingeworfene Antwort mitten ins Ziel getroffen hatte. Flix' gierige Augen ließen sie nicht eine Sekunde aus dem Blick.

Wenn sie es richtig anstellte, wäre Flix der letzte Gast und würde auf sie warten wie ein treues Hündchen auf seine Herrin. Und das war genau das, was sie erreichen wollte. Ihre Ermittlungen taten gerade einen Sprung in die richtige Richtung. Und dass sie nebenher noch die schöne, freche Brünette haben konnte, war doch gar nicht mal so schlecht.

Nur ihr Vater durfte das auf keinen Fall erfahren. Aber wie sollte er auch? Sie war hier allein verantwortlich, also ging sie so vor, wie es ihr richtig erschien. Und wenn der Weg über eine schöne Frau ans Ziel führte, warum nicht?

◆

Als sie Luisa in ihre Wohnung einließ, war Flix wieder einmal froh darüber, dass nirgends auch nur eine Kleinigkeit verriet, was für einer Profession sie nachging. Offiziell war sie Studentin, und dazu passte auch ihre Wohnung. Luisa könnte sich sogar in aller Ruhe umsehen. Das wäre kein Problem. Aber warum sollte sie das tun? Sie waren hergekommen, um Sex zu haben. Sie hoffte zumindest, dass es dabei blieb. Manchmal machten Frauen ja auch noch einen Rückzieher, wenn sie über ihren eigenen Abenteuersinn stolperten und doch noch darüber erschreckten, mit einer Fremden ins Bett zu gehen. Oder ihnen plötzlich einfiel, dass sie ja eine Freundin hatten, der sie treu sein sollten. Obwohl Luisa nicht wie der Typ dazu wirkte. Weder für das eine noch das andere.

Sie bemerkte, wie Luisa mit interessiertem Blick ihre diversen Sicherheitsschlösser und den Panzerriegel quer über der Tür betrachtete. Ihre Augenbrauen hatten sich erstaunt angehoben, aber sie sagte nichts dazu. Zugegeben, das musste leicht paranoid wirken. Aber hey, als Frau in der Großstadt musste man eben aufpassen. Falls Luisa ihre Sicherheitsmaßnahmen kommentieren sollte, würde sie so etwas sagen.

Luisa schwieg jedoch, tat es Flix nach und zog ihre Stiefel aus. Zusammen betraten sie auf Strümpfen das Wohnzimmer. Flix machte die Deckenleuchte an. Das Licht der großen, matten Leuchtkugel war vielleicht nicht so romantisch, aber an der Stimmung konnte sie ja noch arbeiten. Ein bisschen Musik, ein paar angezündete Kerzen, ein Glas Wein oder Sekt. Und dann das Eigentliche – Sex.

»Willst du was trinken?«, leitete Flix schon mal in die richtige Richtung. Sie warf ihre Jacke aufs Sofa und drehte sich in Richtung Küche, um die Getränke zu holen. Sie sah aus dem Augenwinkel, wie Luisas rote Daunenjacke neben der ihren landete. Luisas nächste Worte stoppten sie jedoch.

»Dafür bin ich nicht mitgekommen. Ich dachte, du wärst wild und unersättlich. Bisher wirkt das noch nicht so.« Luisas Ton war herausfordernd und sarkastisch.

Flix wirbelte zu ihr herum und blieb an der Tür zum Flur stehen. Kurz war sie verdattert. Luisa sah sie mit einem süffisanten Lächeln auf den vollen Lippen an. Mein Gott, war die Frau attraktiv. Flix geriet nur für einen Moment leicht ins Schlingern, da Luisa ihr die Worte so provokativ entgegengeschleudert hatte. Sie lächelte jetzt zurück und ging langsam auf Luisa zu. Sie konnte auch anders.

»Frauen lieben doch die Romantik. Ich dachte, ich serviere dir erst einen Sekt und leite dann subtil über zum Wesentlichen.« Sie blieb stehen und wartete, wie es weitergehen würde. Luisa war jede Sekunde eine Überraschung. Wie herrlich.

»Das kannst du dir sparen. Ich bin kein Mauerblümchen.« Wieder dieses süffisante Grinsen, das Flix so verspottete und gleichzeitig herausfordernd lockte.

Luisa zog sich kurzerhand das Tanktop über den Kopf und stand halbnackt vor ihr. Natürlich konnte sie ihre Augen nicht davon abhalten, Luisas Brüste zu fixieren. Und was für ein schönes Paar das war. Ein goldenes Piercing glitzerte an der rechten Brustwarze.

Aber Flix blieb keine weitere Sekunde Zeit, den Anblick zu genießen oder sich zu überlegen, wie sie auf die neue Situation reagieren sollte.

Denn Luisa öffnete ihre Hose und zog sie runter – mitsamt Slip. Ihre Stiefel hatte sie ja bereits an der Tür gelassen, also war sie im Nu komplett bar jedes Kleidungsstücks. Sie war wunderbar durchtrainiert, und die Muskeln, die Flix schon an ihren tätowierten Armen gefallen hatten, setzten sich in derselben Art am ganzen Körper fort.

Flix merkte, wie ihr der Mund offenstand. Normalerweise war sie diejenige, die offensiv vorging. Ihr Gehirn verhakte sich am Anblick der kurzgeschorenen blonden Schamhaare, die nicht wirklich verbargen, was an Schätzen dahinterlag.

»Komm her.«

Der Befehl wurde leicht lachend gesagt, aber Flix nahm das gar nicht richtig wahr. Sie gehorchte ganz brav. Wieso sollte sie sich bei dieser verlockenden Aufforderung auch schwierig anstellen?

Gut, sie hätte noch eine Weile starren und das Gesamtkunstwerk Luisa in sich aufsaugen können. So konnte sie nur erahnen, wo die Thekenfrau überall Tätowierungen hatte. Die, die sie sah, hoben sich gegen ihre helle Haut in einem faszinierenden Kontrast ab. Eine Liane zog sich verführerisch über ihren flachen Bauch.

Flix trat ganz dicht an sie heran, hier mitten in ihrem Wohnzimmer, bei voller Beleuchtung. Gut, dass sie die Rollläden schon heruntergelassen hatte, bevor sie ins Anti Schoko gegangen war. Und selbst wenn die Rollläden oben gewesen wären, hätte es Luisa wohl nicht weiter gestört. Es schien ihr völlig egal zu sein, ob alle Welt sie sehen konnte. Solch eine Show, wie sie hier gerade zu sehen war, gönnte Flix ihren dämlichen Nachbarn nicht. Und Susi aus dem Nachbargebäude hätte garantiert ein wunderbares Handyvideo gedreht, das sie sich dann mit ihrer Freundin als Stimulation angeschaut hätte. Nein, danke.

Aber ja bitte zu dem hier. Flix beugte sich vor und wollte ihren ersten Kuss mit Luisa einleiten. Aber sie wurde durch einen Zeigefinger auf den Lippen davon abgehalten. Luisa schüttelte nur leicht den Kopf und lenkte von der Tatsache ab, dass sie nicht geküsst werden wollte, indem sie Flix kurzerhand auszog. Pulli, langes Unterhemd, kurzes Thermounterhemd, Hose, lange Unterhose, Slip, Kniestrümpfe – einfach die ganzen winterlichen Lagen, in die sie sich für die heutigen zehn Grad Minus eingehüllt hatte. Alles landete irgendwo in ihrem Wohnzimmer.

Luisa hatte hingegen für die Eiseskälte extrem wenig angehabt, dachte Flix und war einen Moment gedanklich nicht ganz bei der Sache. Da nahm Luisa, der es wohl nicht zügig genug ging, einfach ihre Hand und schob sie dahin, wo sie sie haben wollte: hinein. Zwischen die blonden Haare und tiefer. ›Nässe‹ war der einzige klare Gedanke, der für einen Moment möglich war. Alle anderen waren ihrem Gehirn entflohen.

Flix ließ alles geschehen, auch wenn es eine Nummer zu schnell war und einige äußerst schöne Zwischenstationen ausließ. Aber das konnte man ja in der zweiten Runde nachholen. Wenn Luisa es jetzt beim ersten Mal schnell und heftig wollte, war das für sie mehr als okay. Sie konnte sich darauf einstellen. Sie war ja schließlich auch kein Mauerblümchen.

Sie umfasste Luisa mit dem anderen Arm entschieden um die Hüfte und zog sie an sich. Sie fühlte sich so gut an, wie sie aussah.

Besser. Samtweich, perfekt. Und vor allem eines: erregt. Flix wandte jeden Trick an, den sie jemals erlernt hatte, und sie konnte den Effekt an ihren Fingern spüren.

Aber Luisa entrang sich kein einziger Laut. Sie blickte Flix die ganze Zeit in die Augen. Blinzelte sie überhaupt? Ja, doch ab und zu, ganz langsam, ganz kontrolliert. Ihre geweiteten Pupillen waren das einzige Indiz, dass sie kämpfen musste, nicht diese allumfassende Beherrschung zu verlieren.

Und Flix starrte wie gebannt zurück. So als ob Kaa, die Schlange aus dem Dschungelbuch, sie mit ihrem Blick hypnotisiert hätte. Hinter den grauen Augen wirbelten Stürme über die Oberfläche, aber nichts davon trat nach außen.

Vielleicht mehr, vielleicht härter, dachte Flix. Sie wollte diese Beherrschung durchbrechen. Wollte ihr zumindest ein einziges Seufzen oder Stöhnen entlocken.

Sie forderte sie mit ihrem freien Arm auf, ein Bein um sie zu schlingen. Erstaunlicherweise machte die das auch widerstandslos. Sie stabilisierte Luisa wieder um die Hüfte, und dann stieß Flix nicht gerade sanft in sie. Ließ ihren Daumenballen die Arbeit weiter vorn übernehmen. Unwillkürlich keuchte sie selbst auf, aber weiterhin kein Laut aus Luisas Mund. Kurz schlossen sich die Augen zu einem verlängerten Blinzeln. Aber sonst nichts. Ihre Atmung wurde etwas schwerer, aber Luisa war die Beherrschung in Person.

Mit neuer Verve steigerte Flix die Bewegungen ihrer Hand. Vielleicht war das die richtige Art und Weise. Ihre Blicke verhakten sich wieder.

Aber noch bevor Flix sich weitere Strategien ausdenken konnte, sich dem erregenden Moment hier mitten in ihrem Wohnzimmer richtig hingeben konnte, lief eine kleine Welle durch diesen schönen Körper. Ein kurzes Zittern folgte, und Luisa schloss die Augen mit einem langen Ausatmen.

Flix hatte kaum erfasst, dass Luisa gekommen war, da wurde sie bereits unvermittelt umgedreht. Luisa schloss die Arme um sie und zog sie an sich. Ihre Brüste drückten sich in ihren Rücken. Aber auch das konnte Flix nur eine Millisekunde genießen, denn schon war eine der flinken Hände an ihrer rechten Brust, und die andere hatte ihre Klit gefunden.

Flix wollte es nicht, aber sie musste so tief Aufstöhnen, dass es nach der Stille, die bisher geherrscht hatte, unerträglich laut erschien. Sie war noch nie leise gewesen. Und offenbar schaffte sie das auch jetzt nicht. Luisa machte irgendetwas mit ihr. Sie war für ihre Verhältnisse übermäßig erregt, obwohl das bisherige Geschehen ja fast schon gefühlskalt abgelaufen war. Noch nicht einmal geküsst hatten sie sich. Und trotzdem löste Luisa etwas bei ihr aus. Etwas Kraftvolles, Mächtiges.

Konkret sah das so aus, dass die Hand, die gerade noch ihre Brustwarze so gekonnt bearbeitet hatte, nach unten gewandert war und sich nun über ihren Hintern in ihre Spalte vorarbeitete. Gleichzeitig dirigierte Luisa sie zu ihrem alten Sessel und drückte sie nach vorn, so dass sie sich mit den Armen auf der Lehne aufstützen konnte. Flix dachte, dass ihr sofort die Knie wegklappen würden, wenn Luisa gleich das tat, was sie vermutete. Sie mit beiden Händen ficken. Ja, etwas anderes wäre das hier nicht.

Sie wollte protestieren, wollte darum bitten, liegen zu können, wollte einen erotischen Scherz machen, um das Ganze hinauszuzögern. Nichts. Absolut nichts außer Stöhnen kam aus ihrem Mund.

Und dann war es schon zu spät. Luisa hatte nur kurz an ihrem Eingang innegehalten, ihr einen kleinen Vorgeschmack auf das bereitet, was gleich kommen würde. Elegant glitten ihre Finger in Flix, so geschmeidig, als ob sie es schon hundertmal bei ihr gemacht hätte und genau wusste, welcher Winkel der Beste war.

Sie konnte gar nicht mehr aufhören zu stöhnen. Instinktiv versuchte ihr Innerstes sie noch weiter hineinzuziehen, zuckte um diese Finger herum, als ob sie der Schlüssel zum Himmel auf Erden seien. Luisas Finger der Schlüssel und ihre Vagina das Schloss.

Flix hätte über diesen Vergleich, der in ihrem Hirn aufzuckte, lachen müssen, wenn es nicht gerade bitterernst gewesen wäre. Keine hatte sie bisher so gekonnt gefickt. Und sie hatte genügend Vergleichswerte.

Allein der Anblick dieser tätowierten Arme an ihrem nackten Körper ließ ihren Erregungszustand in den roten Bereich schnellen, ließ ihr Stöhnen so laut werden, dass es schon fast peinlich war.

Während Luisa mit flüssigen Bewegungen in sie stieß, schaffte sie es, einen gleichmäßig sich steigernden Rhythmus auf ihrer

Klit aufrechtzuhalten. Bei keiner einzigen Umkreisung kam sie ins Stocken. Und Flix ließ sich einfach nehmen, als ob sie das ständig so machte. Von fast fremden Frauen mitten in ihrem Wohnzimmer zur Ekstase treiben lassen. Es war göttlich. Auch, wie Luisa immer wieder verhinderte, dass sie sang- und klanglos kam. Sie zögerte ihren Orgasmus hinaus, als ob sie genau wüsste, wo der ›Point of no Return‹ war.

Dann ergänzte sie die zwei Finger um einen dritten, weil Flix inzwischen so erregt und offen war. Das war das letzte Quäntchen, das fehlte. Selbst ein gleichzeitiges Zurückziehen von ihrer Klit half nicht mehr. Flix kam einfach. Mit Crescendo. Die Pauken wirbelten, und das Orchester in ihr spielte Tutti. Ein Trommelwirbel später, und Flix dachte, sie sei aus Gummi gemacht. Luisa hatte sie die ganze Zeit gehalten und vor dem Herabsinken bewahrt, weil ihre eigenen gut trainierten Muskeln keinen Funken Energie mehr hatten.

Luisa ließ sie langsam los, und Flix schaffte es gerade so, sich schwer atmend in den Sessel sinken zu lassen. Das Leder klebte ihr unangenehm am nackten Hintern, aber sie brauchte eine Sekunde, um zu Atem zu kommen. Dann würde sie Luisa ins Schlafzimmer zerren und erst so richtig anfangen.

Noch ganz benebelt sah sie zu, wie sich Luisa ihren Slip anzog und das Tanktop überstreifte. Sie wollte protestieren, dass ihr der Anblick auch nur eines Zentimeters dieser atemberaubenden Frau verwehrt wurde. Aber sie hatte noch immer keine Kraft. Das war eine erstaunliche Neuheit für sie. Normalerweise war sie nach einem Orgasmus so überdreht wie ein ADHS-Kind auf Zucker. Diese wohlige Erschöpfung war nicht ihre übliche Reaktion, und sie ließ sich einen Moment hineinfallen wie in eine riesige Daunensteppdecke.

Erst als sie sah, dass Luisa bereits ihre Hose ergriff, wurde sie aktiv. »Halt, halt. Lass uns nach nebenan ins Schlafzimmer gehen. Ich bin noch lange nicht fertig.«

Sie streckte den Arm nach Luisa aus, aber die machte keine Anstalten, sich Flix' Position im Sessel zu nähern. Aber sie wollte Luisa dringend noch erkunden. Sie hatte gerade eben kurz gesehen, dass auch auf ihrem Rücken zumindest teilweise Tätowierungen waren. Und die Details an den Armen hatte sie auch noch immer nicht erfasst. Als sie so gekonnt um sie geschlungen waren, hatte sie anderes im Sinn gehabt, als die Flora und Fauna ausführlich zu studieren. Wieder war ihr nur der eine große Schmetterling ins Auge gestochen. Bisher hatte sie also nur an der Oberfläche gekratzt. Sie würde Stunden brauchen, um Luisa ausführlich zu erforschen. Es war lange her, dass eine Frau sie so fasziniert hatte, dass sie das auch wollte.

Aber Luisa schien ganz andere Pläne zu haben. Ungerührt schlüpfte sie in ihre Hose und ignorierte Flix' Einwand völlig. »Jetzt nehme ich einen Sekt«, sagte sie nebenbei.

Flix ließ so schnell nicht locker. »Im Bett?«, fragte sie mit einem lockenden Grinsen. Das seine Wirkung völlig verfehlte. Luisa bemaß sie mit einem strengen Blick.

»Ich kann auch gehen«, sagte sie dann fast schon kühl, fast schon drohend. Als ob sie wüsste, dass Flix das auf keinen Fall zulassen wollte.

Flix war über das alles erstaunt. Überhaupt verlief der Abend völlig anders als gedacht. Luisa hätte sie einfach da hocken lassen, so postkoital erschöpft und wäre gegangen. Einfach so. Sonst musste sie immer die Frauen hinauskomplimentieren, wenn es ihr zuviel wurde und eine simple Sexgeschichte in etwas anderes auszuarten drohte. Luisa nahm ihr einfach alles vorweg und stellte damit ihre Welt auf den Kopf. Jetzt war sie diejenige, die mehr wollte. Dringend. Mehr Hautkontakt, mehr Nähe – körperlich und geistig, mehr intime Details aus Luisas Leben.

Mehr Zeit mit ihr vor allem. Flix sprang auf und zog sich hektisch ein paar gerade schnell vom Boden greifbare Kleidungsstücke über. »Nein, nein, schon gut. Lass uns Sekt trinken und reden.«

Halb an und halb ausgezogen hetzte sie in die Küche, um den Sekt pronto zu servieren, bevor Luisa es sich anders überlegen konnte.

»Setz dich doch«, rief sie über ihre Schulter, als sie über den Flur huschte. Sie glaubte nicht daran, dass nach ein, zwei Gläsern Sekt noch eine Wiederholung möglich wäre. Luisa wirkte so, als ob sie schon mit dem Sex abgeschlossen hätte. Aber das war ihr erstaunlicherweise egal, solange die umwerfende Thekenfrau nur dablieb.

Was war eigentlich mit ihr los? Das war ja erbärmlich. Sie war diese Woche einfach nicht sie selbst. Der fast schiefgegangene

Einbruch mit Zusatzfeature von neulich musste sie mehr verspult haben, als sie bisher bemerkt hatte. Sie schüttelte über sich selbst den Kopf und holte den Sekt aus dem Kühlschrank. Sie würde jetzt ihren gesamten Charme zum Einsatz bringen und Luisa becircen.

◆

Es war noch sehr früh am Abend im Anti Schoko. Luisa war heute für Alf eingesprungen, der unerwartet am Nachmittag angerufen hatte. Eine Fischvergiftung hatte ihn lahmgelegt. Luisa war es ganz recht, so viele Schichten wie möglich hier zu absolvieren. Jetzt, da sie eine Idee hatte, wie sie weiter vorgehen wollte.

Flix hatte gestern beim Sekt gar nichts herausgelassen. Zumindest nichts Verwendbares. Aber wenigstens waren ihre Abblockversuche eindeutig zu erkennen gewesen, als sie noch einmal die Rede auf Dirk und Mehmet gebracht hatte. Das war ausreichend für Luisa, um zu beschließen, in diese Richtung zu ermitteln. Und natürlich auch zur Sicherheit noch ein paar anderen Spuren nachzugehen.

Sie hatte erst vor zehn Minuten aufgemacht, und bisher hatte sie genau einen Gast. Eine Frau, die jetzt gerade auf ihren Kaffee wartete. Da die Kaffeemaschine noch immer mit Vorglühen beschäftigt war, oder wie auch immer man das nannte, was das vollautomatische Teil da gerade ratternd machte, würde die Frau noch einen Moment warten müssen.

Luisa kontrollierte währenddessen ihre Getränkebestände an der Theke. Sie befürchtete, dass das Pilsfass heute Abend fällig wäre. Sie hatte bisher nur theoretisch von Alf erklärt bekommen, wie sie das neue an den Start bringen musste. Sie hoffte, das dann auch hinzubekommen. Das war das einzige, was ihr Sorgen bereitete. Und Dirk und Mehmet. Sie wollte unbedingt, dass sich heute eine Gelegenheit ergäbe, einen Schritt weiter zu gehen. Dafür musste zumindest einer der beiden auftauchen.

Endlich war die Kaffeemaschine mit ihrer Startsequenz am Ende angelangt und leuchtete grün auf. Sie machte sich ans Werk, einen Latte Macchiato zu produzieren. Als sie sich nach lautem Milchgeschäume umdrehte, saß da, wie von ihr herbeigewünscht, Dirk am Tresen. Sie nickte ihm kurz zu und servierte schnell den Latte.

Wieder zurück, sprach sie ihn schon im Vorbeigehen an. »Hi.« Sie positionierte sich an ihrem üblichen Platz und stützte in betont lockerer Pose die Arme auf. »Dirk, stimmt's?«

Er war der kleinere der beiden Männer vom Vorabend. Der, der so fies ausgesehen hatte, dass sie ihm nie den Rücken zudrehen würde. Jetzt gerade sah er eigentlich nur ziemlich fertig aus. Bis auf die kleinen Augen, die noch immer so verkniffen und misstrauisch schauten.

Ein kurzes Nicken und dann: »Pils.«

Nichts weiter.

Dirk war also nicht von der gesprächigen Sorte. Sie holte ein Pilsglas aus dem Regal und fing in aller Gemütsruhe an zu zapfen. Jetzt kam es ihr gerade gelegen, dass ein schönes Pils mit perfekter Schaumkrone so lange dauerte.

»Ich bin zu etwas Geld gekommen«, sagte sie und ließ einen weiteren Strahl Bier sanft hineinlaufen. Es schäumte in der genau richtigen Art, und sie merkte, dass Dirks Augen plötzlich auf sie gerichtet waren. Jetzt war der richtige Moment, um das zu fragen, was sie sich zurechtgelegt hatte. Sie hatte den Köder perfekt ausgeworfen. »Hast du was zu verkaufen?«

Ihre Augen verließen nie das Bierglas. Nur nicht zu eifrig wirken.

Dirk begutachtete sie und schien zu einem Entschluss zu kommen. »Was meinst du?«

Dass er nicht sofort verschwunden war oder sie sonst wie abgewatscht hatte, schien ihr ein erster Erfolg zu sein. Jetzt nur alles weiterhin richtig machen.

»Na, du weißt schon.« Luisa sah sich um, als ob sie nicht wollte, dass jemand mithörte und sie deshalb so kryptisch redete. Sie kam sich vor wie bei einer Transaktion des Schwarzmarkthändlers aus der Sesamstraße. So wie er immer ›Pssst!‹ sagte, seinen Mantel öffnete und sich heimlich umsah. Es war eine Parodie, was sie hier abzog, schien aber zu funktionieren.

Sie stellte das perfekt gezapfte Pils vor Dirk hin und wartete. Er nahm einen Schluck, wischte sich den Schaum von der

Oberlippe und bemaß sie dann noch einmal mit einem Blick. »Kann schon sein«, sagte. »Was suchst du?«

Jetzt wurde es heikel. Lag sie daneben, war das kurze Spiel zu Ende. Russisch Roulette. Noch hätte sie sich rausreden können. Aber sie würde es wagen. Ein bisschen Risiko musste sie schon eingehen, um in diesem Fall vorwärts zu kommen.

»Bin eigentlich für vieles offen und nicht wirklich festgelegt.« Sie sah, wie Dirk sich mit seinem Bier wegdrehen wollte. »Schmuck. Ein netter Ring oder eine hübsche Kette, die man einer speziellen Lady überreichen kann. Du weißt schon. Da stehen die Weiber drauf, bevor man sie flachlegt.«

Luisa wusste nicht, ob das überzogen war. Aber sie setzte mal wieder darauf, dass sie von den meisten Männern aufgrund ihrer Optik als so eine Art gleichgesinnter Kumpel wahrgenommen wurde. Viele dachten, weil sie nicht typisch weiblich aussah, müsste sie ein Macho im Frauenkörper sein. Dass sie damit komplett danebenlagen, wurde den meisten erst klar, wenn sie ihnen die Meinung geigte. In diesem Fall hoffte sie jetzt mal auf genau diesen Effekt. Wäre sie gläubig gewesen, hätte sie ein Stoßgebet gen Himmel geschickt, als Dirk sie wieder ausführlich musterte. Sie starrte zurück. So, wie sie es an ihrem Vater perfektioniert hatte.

»Da hätte ich was für dich.« Dirk nickte mit dem Kopf in Richtung der Toiletten. Luisa sah sich kurz in der dünn besetzten Kneipe um und folgte ihm dann. Die Frau würde noch eine Weile an ihrer Latte zehren, und neue Gäste würden einfach kurz warten müssen.

Dirk ließ in dem düsteren und mit Postkarten-, Zeitungs- und Prospektständern vollgestopften Vorraum zuerst die Frauentoilette und dann auch die Männertoilette links liegen. Er steuerte auf den kleinen Abstellraum zu, in dem die Putzsachen und Klopapiervorräte gestapelt waren.

Eigentlich hatte sie gar keine Lust, mit dem fiesaussehenden Kerl auf so engem Raum eingepfercht zu sein. Aber das Adrenalin pumpte durch ihre Adern. Das hier war eine entscheidende Fährte. Sie wusste es. Sie spürte so etwas mit untrüglichem Instinkt. Deshalb war sie ja auch eine gute Ermittlerin. Weil sie ein Gespür wie ein Jagdhund hatte.

Unter der nackten Glühbirne sah Dirks Gesichtshaut krankhaft gelb aus. Aber vielleicht war er ja auch tatsächlich ein Alki mit einem Leberproblem, und das hatte nichts mit dem Licht hier drin zu tun. Und prinzipiell war das Luisa auch scheißegal. Sie wollte sehen, was er an Hehlerware hatte.

So routiniert, wie es wirkte, tätigte Dirk des Öfteren seine Geschäfte hier drin. Sie würde bei ihrem Weggang Alf vorschlagen, die Abstellkammer abzuschließen, um so etwas zu verhindern. Aber vielleicht wusste er auch davon und tolerierte diese Angelegenheiten ganz bewusst. Noch eine Möglichkeit wäre, dass er sogar dafür bezahlt wurde wegzuschauen, was in seiner Kneipe so alles vor sich ging.

Dirk zog aus der Jackentasche einen kleinen, schwarzen Stoffbeutel. Er öffnete die Schnur, die ihn zuband und schüttelte ein paar Schmuckstücke auf seinen Handteller.

Luisa erkannte sie sofort. Alle waren aus dem Einbruch bei Dschafarows Geschäftspartnerin. Jedes einzelne der Stücke hatte sie auf den Fotos ihres Vaters gesehen.

Aber Luisa unterdrückte die Euphorie, die sich in ihr breitmachen wollte. Jetzt hieß es, mit Fingerspitzengefühl ranzugehen. Schließlich brachte es nichts, Dirk an Dschafarow zu liefern. Der war mit Sicherheit nicht der Einbrecher. Er war nur der Hehler. Es galt, über ihn an die wahren Diebe und ihre Hintermänner heranzukommen. Das war die wirkliche Herausforderung. Aber sie war sich sicher, dass das nur eine Frage der Zeit und des richtigen Taktierens war.

»Wow, abgefahren. Was kostet sowas? Das sieht alles mächtig blingbling aus.« Luisa machte jetzt bewusst große Augen. Als ob sie von der Entwicklung der Ereignisse fast ein wenig überrollt worden wäre. Sie durfte nicht zu cool, zu abgebrüht wirken. Sie wollte ja schließlich ein paar dämliche Fragen stellen, die hoffentlich ein paar Infos ergeben würden. Und nicht bloß ein paar aufs Maul. Wenn's ginge, wollte sie das tunlichst vermeiden.

»Ich mach dir 'nen guten Preis. Aber geschenkt kriegst du die Klunker natürlich nicht. Da musst du schon was rüberwachsen lassen. Ist schließlich alles echt.« Dirk zeigte jetzt das erste Mal so etwas wie ein Lächeln. Beim Anblick seiner Zähne wurde Luisa klar, warum er das zu vermeiden schien.

»Gestohlen? Krieg ich da Ärger?« Sie hoffte, sie übertrieb es nicht mit dem Augen-weit-aufreißen.

»Natürlich gestohlen. Hallo? Bist du bescheuert oder was?«, blaffte Dirk sie an.

Luisa grinste in sich hinein. Der Hehler war für seine Profession wirklich sehr leichtgläubig und nahm ihr alles ab ohne einen Funken Misstrauen. Bestens.

»Das hast du doch gewusst, als du mich angesprochen hast, dass ich nicht der nette Juwelier von nebenan bin. Dein Ärger ist auch nicht mein Problem. Aber wenn du reden solltest, schneid ich dir die Zunge raus.«

Luisa wusste, dass das keine hohle Drohung war. Typen wie Dirk waren zu so etwas in der Lage. Sie durfte ihn mit ihrer gespielten Naivität nicht zu sehr reizen. Die Situation war nach wie vor eine Gradwanderung. Wenn sie es übertrieb, würde er womöglich die Transaktion abbrechen.

»Schon verstanden. Sorry«, ruderte sie deshalb zurück. »War nur kurz bisschen aufgeregt. Also, was würde zum Beispiel das silberne Armband kosten?« Sie nahm es vorsichtig in die Hand.

»Geb ich dir für hundertfünfzig. Weil die Steine nur aus Jade sind.«

»Cool. Muss ich jetzt handeln, oder wie läuft das sonst so ab?« Sie gab sich weiterhin etwas naiv, beeindruckt davon, ein Hehlergeschäft abzuschließen. Als ob das in ihrer Welt zu einem coolen Lifestyle gehörte, auch solche illegalen Dinge zu machen.

Dirk lachte tatsächlich kurz auf. Ihre Masche schien zu funktionieren. »Nee, handeln ist nicht. Du gibst mir die Kohle, und ich geb dir das Armband. Und danach weiß keiner von uns beiden mehr, dass das hier stattgefunden hat. Ende der Geschichte.«

Luisa holte aus ihrer Hosentasche einige zerknitterte Geldscheine raus, die sie dort vorher für genau diesen Zweck deponiert hatte. Umständlich glättete sie beim Abzählen jeden einzelnen und stückelte aus Zehnern, Zwanzigern und einem Fünfziger die Summe zusammen. Einen Rest von fünfzig steckte sie wieder zurück in die Hosentasche.

In anderen Taschen hätte sie noch mehr gehabt. Nur für den Fall der Fälle. Aber das relativ günstige Armband tat es für ihre Zwecke auch. Das käme natürlich alles auf Dschafarows Abrechnung. Er war stets ein sehr kulanter Kunde. Sie hätte auch für tausend Euro eines der Stücke zurückkaufen können, wenn es den Zweck erfüllt hätte.

Sie hielt das Geld in der Hand, bereit zur Übergabe und sah schon, wie Dirk es mit gierigem Blick fixierte, dann zögerte sie. »Moment, warte. Wo stammt das Stück denn her? Muss ich da irgendwie vorsichtig sein, wo mein Goldstück das trägt?« Sie hoffte, das überspannte den Bogen jetzt nicht, aber sie musste es versuchen.

»Das weiß ich doch nicht.« Dirks Reaktion war zwar höhnisch, aber nicht so schlimm wie befürchtet.

Deshalb traute sie sich eine weitere doofe Frage anzuschließen. Eine doofe Frage, die ihr einiges bringen würde, wenn Dirk sie beantwortete. »Hä, hast du es denn nicht selbst gestohlen?« Die Naivität drang ihr aus jeder Pore.

Dirk schnaubte verächtlich. »Du stellst Fragen. Natürlich nicht. Ich verticke das Zeug nur weiter.«

Interessant. Der Jagdhund in Luisa horchte auf. Eine weitere Fährte. Irgendwie schien es dem Hehler im Moment sogar zu gefallen, dass die tough aussehende Thekenfrau von seinen illegalen Geschäften beeindruckt war. Das war eine Schwäche, die Luisa sofort ausnutzte. Vielleicht könnte sie noch mehr wichtige Infos aus Dirk herausbringen.

»Kannst du dann mal bei deinem Lieferanten nachfragen?«

Sogar das erntete nur ein Schulterzucken. »Sorry, geht nicht. Ich bekomme immer nur die Pakete und kenne ihn gar nicht. Ist auch besser so, wenn du verstehst, was ich meine.«

Dirk schien dann aufzufallen, dass er immer noch kein Geld in der Hand hielt und das Ganze sich für seinen Geschmack wohl etwas zu lange hinzog. Seine Geduld mit Luisas Fragerei war am Ende. Sie konnte es genau am Wechsel seines Gesichtsausdrucks sehen: von gelangweiltem Amüsement zu misstrauischer Ungeduld.

»Was ist jetzt?«, blaffte er. »Willst du das Armband oder nicht? Dafür hab ich auch schnell 'nen anderen Käufer.«

»Nein, nein, ich will es ja. Ist nur mein erster Deal dieser Art. Deshalb die blöden Fragen. Hier.« Luisa streckte ihm das Geld hin und erhielt dafür prompt das Armband. Sie besah es sich noch einmal staunend, grinste dann Dirk übertrieben stolz an und hielt ihre Rolle damit aufrecht bis zum Schluss. Sie durfte keinen

Verdacht bei dem Hehler erregen. Die Diebesbande durfte nicht denken, dass sie ihnen auf der Spur war. Denn zwischenzeitlich war Luisa davon überzeugt, dass es sich um eine sehr professionell organisierte Bande handeln musste. Auch die Handhabung der Hehler sprach dafür. Das war alles zu kompliziert und ausgeklügelt für eine einzige Person.

Jetzt war nur die Frage, wie sie Dirk auf den Fersen bleiben konnte, ohne dass er es bemerkte. Sie würde irgendwie aus ihm herauskriegen müssen, wie die Übergabe der Pakete vonstatten ging. Aber vielleicht musste sie es gar nicht so kompliziert machen. Vielleicht wüsste auch Flix darüber Bescheid. Sie schien neulich doch auf bestem Fuß mit Dirk zu stehen. Vielleicht neigte er ja zum Prahlen. Selbst bei ihr hatte er ja Infos rausgelassen, obwohl er sie gar nicht kannte. Wer weiß, was er seinen Bekannten alles an interessanten Details erzählte. Es war einen Versuch wert.

Luisa grinste vor sich hin, als sie auf ihren Posten hinter der Theke zurückschlenderte. Das passte zu ihrer Rolle, entsprach aber auch genau ihrem Gefühl bei dem Gedanken daran, einen Grund zu haben, die freche Brünette wiederzusehen und eine Wiederholung von neulich einzuleiten.

Die Latte-Macchiato-Frau winkte ihr gleich zu, dass sie noch einen haben wollte, und inzwischen standen vor der Theke weitere fünf Gäste und warteten auf Bedienung.

Luisa machte sich an die Bestellung und ließ dabei ihren Gedanken freien Lauf.

Wie schon den ganzen Tag kehrten sie immer wieder zu Flix zurück. Sie war ja gestern Abend nicht gerade eine sprudelnde Quelle der Information gewesen. Nicht nur in Bezug auf Dirk und Mehmet. Auch sonst hatte sie sehr wenig erzählt und war ihren Fragen über das Anti Schoko meist geschickt ausgewichen. Sie schien entweder naiv zu sein oder ein wenig misstrauisch. Letzteres spräche dafür, dass sie sehr genau Bescheid wusste, welchen Geschäften ihre Kneipenbekanntschaften teilweise nachgingen.

Sie würde noch mehr Zeit in Flix investieren müssen. Nicht, dass das unangenehm wäre. Flix war attraktiv, hatte talentierte Hände und war alles in allem die beste Kombi aus Informantin und Affäre, die sich Luisa nur vorstellen konnte. Selbst wenn sie keine weiteren Infos aus ihr rausbekäme, würde sie vermutlich den Sex am Laufen halten. Das musste sie sich eingestehen, während sie das Monster von Kaffeemaschine wieder in Gang setzte. Dafür war er zu gut gewesen. Sie konnte sich sogar vorstellen, sie eventuell zu küssen.

Flix ging ihr wirklich nicht mehr aus den Kopf. Es war ein wenig albern und ganz und gar nicht so abgebrüht, wie sie sonst in Liebesdingen war. Aber was sprach schließlich gegen ein bisschen Spaß? Sie konnte ja beides bewältigen. Erfolgreiche Detektivin und Liebhaberin.

◆

Flix saß mit ihrem Paps in der Cafeteria des Heims. Beiden hatten sie eine Tasse Kaffee und ein Stück bröseligen Kuchen vor sich. Es war Silvester, und auf der Straße vor dem Heim wurde bereits herumgeböllert.

Ihr Paps stierte wie immer vor sich hin, und Flix hing ihren Gedanken nach. Sie hatte sich wahnsinnig gefreut, dass Luisa sich bei ihr gemeldet hatte. Als sie ihr neulich die Handynummer gegeben hatte, hatte sie nicht damit gerechnet, von der coolen Thekenfrau zu hören. Schon gar nicht mit einem Vorschlag zu einem Treffen. Nur hatte sie ihr leider absagen müssen. Sie hatte für heute schon ganz andere Pläne. Auch, wenn sie die gern für Luisa und einen Nachmittag voll Sex verschoben hätte. Aber das ging eben nicht. Ihr Paps hatte immer Priorität. Und dann musste sie sich auf die Nacht vorbereiten. Da konnte sie auch keine Ablenkung gebrauchen.

Eigentlich hatte sie so kurz nach dem Weihnachtseinbruch gar nicht wieder aktiv werden wollen. Normalerweise ließ sie nach ihren Aktionen immer etwas Gras über die Sache wachsen. Aber es blieb ihr nichts anderes übrig. Nicht, wenn sie den Plan aufrechterhalten wollte, das Gold als eiserne Reserve zu behalten.

Sie war hin- und hergerissen. Aber so war es wohl das Beste. Der Tipp mit der Villa war eine einmalige Chance, danach wäre er so gut wie wertlos. Nein, besser jetzt zuschlagen und ihre Pläne so belassen, wie sie sie festgelegt hatte. Das Gold wäre sicherlich irgendwann einmal ihre letzte Rettung. Dann, wenn sie keinen Tipp in der Hinterhand hatte.

»Ich mach das so, Paps.« Sie nahm ihre einseitige Konversation wieder auf.

Kurz schweifte sein Blick aus dem Nichts zu ihr, und für eine Millisekunde nahm er sie voll wahr, dann war das auch schon wieder vorbei.

»Ich berichte dir hinterher natürlich genau darüber. Übrigens hab ich dir noch gar nicht erzählt, dass ich die Thekenfrau Luisa noch einmal gesehen habe. Und Paps«, sie machte eine kleine Kunstpause in der Hoffnung, dass er sich an den Namen und die damit verbundene Geschichte ihrer Abfuhr erinnerte und ihr vielleicht noch einmal einen echten Blick schenken würde. Als er nicht reagierte, redete sie einfach weiter, als ob er es getan hätte. »Sie hat mir natürlich nicht widerstehen können.«

Je mehr sie erzählte, desto mehr wurde ihr deutlich, dass es eigentlich genau umgekehrt gewesen war. Sie hatte Luisa nicht widerstehen können. Die Thekenfrau hatte jede Sekunde ihres Stelldicheins bestimmt und dirigiert. Flix hatte einfach nur mitgemacht. Und würde es jederzeit wieder machen, obwohl sie das wirklich fuchste. Dass sie der coolen Frau noch nicht einmal einen Kuss hatte abringen können, von einer lustvollen Lautäußerung mal ganz abgesehen, war schier undenkbar für Flix, die sich bisher eigentlich für eine gute Liebhaberin gehalten hatte.

Wenn sie den heutigen Einbruch hinter sich hatte, hätte sie hoffentlich etwas mehr Muße, um sich ausführlicher mit Luisa zu beschäftigen. Immerhin schien die ja auch an einem weiteren Treffen interessiert zu sein.

Als Flix ihren Paps im Heim zurückließ, schnürte es ihr wie jedes Mal die Kehle zu, und sie kam sich wie eine Verräterin vor. Und wie jedes Mal war ihr klar, dass sie nicht anders konnte. Dafür würde sie jetzt einen Haufen Kohle erbeuten und die OP ermöglichen, die die Krankenkasse nicht zahlen wollte, die aber eine ganz winzige Chance barg, dass bei ihrem Paps eine Verbesserung seines Zustandes eintrat. Alles mit sehr geringer Wahrscheinlichkeit, aber was wäre sie für eine Tochter, wenn sie nicht jeden Strohhalm ergriff?

Zu Hause machte sie sich an ihre üblichen Vorbereitungen. Ihre Ausrüstung noch einmal durchchecken, ihre Kleider bereitlegen, die recherchierten Fakten und ihr Vorgehen noch einmal durchgehen. Dann eine kleine Siesta. An Schlaf war nicht zu denken, aber sie wollte zumindest ausgeruht sein. Das war immer besser.

Sie lag auf dem Sofa, und natürlich musste sie wieder an neulich denken. Sie konnte ihr Wohnzimmer nicht mehr betreten, ohne vor ihrem geistigen Auge zu sehen, wie sie und Luisa hier nackt gestanden hatten. Für die Thekenfrau war das Ganze mit Sicherheit nichts Besonderes gewesen. So hatte sie zumindest gewirkt. Ganz cool und abgeklärt. So routiniert, als ob sie das ständig machen würde und Flix nur ein weiterer Fick wäre.

Ihrem Ego tat das gar nicht gut. Denn normalerweise hatte sie eine andere Wirkung auf ihre Bettgefährtinnen. Ja gut, sie hatte es mit Luisa noch nicht einmal bis zu ihrem Bett geschafft. Sie konnte sich jetzt einreden, dass dann alles ganz anders gewesen wäre. Schaffte das aber nicht, weil sie zu realistisch war.

Dieses Mal hatte sie ihre Meisterin gefunden. Eine, die in dem Spiel ›Verführen und Verlassen‹ noch besser war. Und deshalb wurmte es sie besonders, dass sie einfach ständig an die andere denken musste. Ganz so, als ob sie verknallt wäre.

So wie damals in der sechsten Klasse in ihre beste Freundin Lena. Gott, hatte sie damals mit ganzem Herzen hinter ihr hergeschmachtet. Ihre schönen braunen Augen hatten sie im Traum verfolgt. Sie war so ein süßes Mäuschen gewesen. Leider hatte Lena ihr Coming-Out ein paar Jahre zu spät gehabt, sonst wäre vielleicht was aus ihnen geworden. Zu dem Zeitpunkt war Flix längst weitergezogen. Aber solange ihre Verknalltheit gedauert hatte, hatte sie inbrünstig gelitten.

Flix fasste auf dem Sofa den festen Entschluss, dass es ihr mit Luisa nicht so gehen würde. Dass sie inzwischen zu reif und zu erfahren war, um so etwas zu wiederholen. Solch eine hoffnungslose Verknalltheit in eine Frau, die sie nicht wollte. Na, vielleicht für noch einmal Sex wollte, aber eben nicht für mehr. Und seit wann, bitteschön, wollte Flix selbst denn mehr?

Sie stand auf, weil es absolut keinen Zweck hatte, weiter hier zu liegen, und sah noch einmal ihre Ausrüstung durch, um sich abzulenken. Als sie dann ging, hätte sie trotzdem fast ihren Motorradhelm auf dem Wohnzimmertisch liegenlassen. *Reiß dich zusammen.* Jetzt hieß es Kopf ein- und Herz ausschalten. Profi sein. Mit diesem Mantra machte sich Flix auf den Weg.

Es war arschkalt auf dem Motorrad, aber sie war nicht das einzige Zweirad auf den Straßen. Überhaupt war Silvester aus ihrer Erfahrung heraus ideal für Einbrüche. Es war zwar unheimlich viel los, aber die Leute waren alle besoffen oder mit dem Feuerwerk beschäftigt. Außerdem hatte die Polizei anderes zu tun, als auch noch Einbrecher zu verhaften.

Ihr Tipp beinhaltete, dass der Besitzer der Villa auf einem Silvesterball im Adlon war. So lange konnte sie ihrer Arbeit nachgehen.

Wie immer stellte sie ihre BMW um die Ecke von ihrem Zielobjekt ab. Das Wohngebiet hier war natürlich nicht so perfekt dafür wie das neulich. Hier dominierten große Anwesen die Straßen. Kaum ein Fahrzeug stand draußen. Man hatte hier große Garagen.

Flix fand einen Platz, der von einer Hecke und einem Baum etwas geschützt war. Ihr Motorrad würde hier nicht auffallen.

Ihr Helm, Nierengurt, Lederjacke und Motorradhandschuhe kamen in den einen Koffer. Aus dem anderen holte sie ihre Barfußschuhe und tauschte sie gegen die schweren Motorradstiefel. Rucksack wieder übergestreift, ihre Profi-Handschuhe an – sie war bereit.

Flix schlich sich zur Ecke des großen Gartens, die sie sich als idealen Einstieg ausgesucht hatte. Hier reichten die Überwachungskameras nicht bis ins Dickicht. Der hohe Zaun war ein winziges Hindernis, das sie im Nu überwunden hatte. Ihr Paps hatte sie immer als sein kleines Äffchen bezeichnet, weil sie immer doppelt so schnell gewesen war wie er, wenn es darum ging, irgendetwas zu erklimmen. Er war allerdings immer bei den Alarmanlagen doppelt so schnell gewesen. Sie hätte ihn jetzt gern an ihrer Seite gehabt. Das Alarmsystem hier war der neueste Scheiß. Es würde knifflig werden und dauern.

Als sich Flix dem Haus näherte, wollte sich ein ganz unerhörter Gedanke breitmachen. Nämlich der Plan, nach geglücktem Einbruch noch im Anti Schoko vorbeizugehen und darauf zu hoffen, Luisa zu treffen. Das konnte sie jetzt gar nicht gebrauchen. Sie brauchte ihre volle Konzentration.

Fuck!

Fast hätte sie eine der Überwachungskameras übersehen und wäre reingelaufen. Flix duckte sich hinter einen Baum und atmete einmal tief durch. Luisa hatte hier nichts zu suchen. *Reiß dich zusammen. Kopf ein-, Herz ausschalten. Profi sein.*

Ihr Mantra murmelnd trat sie hinter dem Baum hervor. Sie brauchte das Geld, das hinter diesen Mauern geradezu auf sie wartete. Sie musste da jetzt rein. Hinterher war genügend Zeit, sich um ihr aufmüpfiges Herz zu kümmern. Guter Plan.

◆

Luisa betrachtete den neuen Schädel von allen Seiten. Marder, das hatte sie inzwischen herausgefunden. Das spitze Gebiss und die wirklich beeindruckenden Reißzähne vorn hatten sie auf die Spur geführt. Ihr Holztisch war mit verschiedenen Nachschlagewerken belagert, und sie war ein bisschen stolz darauf, dass sie so schnell herausgefunden hatte, zu welchem Tier der Schädel gehört hatte. Anfangs hatte sie dafür teilweise Tage oder gar Wochen gebraucht. Das einzige, was es noch zu lösen galt, war, von wem die Pakete stammten.

Sie wurde von ihrem Festnetztelefon aus ihren Überlegungen gerissen. Es konnte nur einen geben, der am Neujahrsmorgen um halb neun bereits anrief.

»Schon wieder ein Einbruch, verdammt nochmal«, dröhnte es ihr aufgebracht aus der Leitung entgegen, als sie abnahm. Sie hatte ihm eigentlich alles Gute zum neuen Jahr wünschen wollen, aber ihr Vater war auf einem ganz anderen Trip. Und auch Luisa war sofort ganz Ohr. »Sogar bei Dschafarow selbst. Das muss jetzt aufhören. Wir müssen den Fall lösen. Sofort.«

Das war wirklich der Oberhammer. Sie fing an, mit dem Mobilteil herumzulaufen. Wer wagte es denn, Dschafarow so herauszufordern? Das war frech und eine Kampfansage. Dschafarow würde gnadenlos zurückschlagen. So viel stand fest. Und eigentlich wäre Luisa schon am liebsten nicht mehr in diesen Fall verwickelt gewesen. Streit zwischen zwei rivalisierenden kriminellen Organisationen – da hielt man sich besser raus, wenn man klug war. Auch wenn sie noch nicht wusste, um wen es sich bei der zweiten Organisation handelte. Aber es musste ein Rivale sein. Alles andere machte gar keinen Sinn. Wenn die rausbekämen, dass die Detektei Sander für Dschafarow arbeitete, waren sie alle nicht mehr sicher. Das war ein Teufelskreis, in den Egon Sander sie da hineinmanövriert hatte.

Während Luisas Gedanken rasten, redete ihr Vater einfach weiter. Sie war inzwischen wieder an ihrem Arbeitstisch angelangt. Er brauchte überhaupt keinen Input von ihr. Sie hatte mit halbem Ohr mitgeschnitten, dass ein Haufen Bargeld gestohlen wurde und sonst nichts. Sehr zielgerichtet aus Dschafarows Safe. Keine Spuren, gar nichts. Bisher zumindest. Sie nahm abwesend den Marderschädel in die Hand, drehte ihn in alle Richtungen und betrachtete ihn nebenher. So faszinierend. So tot.

»Ich will Ergebnisse sehen«, wütete Egon Sander. »Und zwar gestern. Was treibst du eigentlich, dass du nicht weiterkommst?«

Luisa war kurz überrascht, dass jetzt tatsächlich von ihr eine Antwort erwartet wurde. Sie ließ die Hand mit dem Schädel sinken. »Ich bin da auf einer Spur. Das dauert eben.«

»Deine Zeit läuft so langsam ab. Wie stehe ich denn vor Dschafarow da? Die Diebe tanzen ihm auf der Nase rum.«

Das war also die Krux. Sein guter Ruf gegenüber dem feinen Herrn. Vielleicht wäre es ja besser, auf voller Linie zu versagen, dann würde es zumindest keine weitere Zusammenarbeit mit dem halbseidenen Geschäftsmann geben.

»Wie kommst du denn auf deiner Seite der Ermittlungen voran?«, fragte sie ganz scheinheilig. Sie wusste natürlich, dass sich da nichts getan hatte. Wie denn auch?

»Das geht dich einen alten Scheiß an. Kümmere dich lieber um deine Ermittlungen. Wenn du was wissen musst, teile ich es dir schon mit«, kam die erwartete Abfuhr durch das Telefon.

»Ich will mir die Einbruchstelle anschauen.« Sie forderte selten, aber in diesem Fall tat sie es. Wenn schon so viel an ihren Ermittlungen hing, wollte sie auch die besten Bedingungen schaffen. Denn trotz aller Überlegungen wollte sie natürlich einen Erfolg verzeichnen.

»Das wirst du schön bleiben lassen.« Egon Sander knurrte fast.

»Und warum, bitteschön?« Ein sarkastischer, widerwilliger Ton hatte sich in ihrer Stimme eingeschlichen. Normalerweise begegnete sie ihrem Vater ja mit Gleichgültigkeit. Hart erarbeiteter Gleichgültigkeit. Heute wollte ihr das nicht recht gelingen.

Wieder blockte ihr Vater sofort ab. »Weil ich es sage. Darum. Dschafarow ist meine Angelegenheit.« Dann seufzte er. Eine unerwartete Schwäche. »Ich spreche mit Dschafarow darüber. Wenn er einwilligt, nehme ich dich in Kürze mit zu ihm. Bis dahin machst du weiter und baust jetzt mal mehr Druck auf. Ergebnisse, Luisa!«

Nach diesem Zugeständnis, das Luisa den Mund offenstehen ließ, beendete er einfach das Gespräch. Das Freizeichen erklang aus dem Hörer. Luisa legte das Mobilteil und den Schädel beiseite und fuhr sich durch ihre Haare. Das tat sie oft, wenn sie das Gefühl hatte, nicht richtig denken zu können. Druck aufbauen. So einfach ging das nicht. Sie hatte ein zartes Netz ausgeworfen, in dem sich mit Sicherheit etwas verfangen würde. Mit Zeit. Ungeduld konnte ihre ganze Arbeit zunichtemachen.

Ihr fiel eigentlich nur eine Stelle ein, an der sie noch nicht den maximalen Druck aufgebaut hatte und wo noch sehr viel mehr gehen könnte: Flix.

Leider hatte ihr ihre Kneipenbekanntschaft gestern abgesagt. Sie war merkwürdig enttäuscht gewesen. Silvester wäre eigentlich eine gute Gelegenheit gewesen. Stattdessen hatte sie also im Anti Schoko gearbeitet, aber ohne dass irgendetwas Nennenswertes passiert wäre, außer den üblichen, alkoholbedingten Ausfällen an solchen Abenden.

Sie hatte verstehen können, dass Flix schon anderes vorhatte. Was, hatte sie nicht gesagt, aber jemand wie Flix hatte natürlich tausend Freunde. Ihre offene, freche Art kam mit Sicherheit gut an. Ganz im Gegensatz zu Luisa. Sie hatte eigentlich nur sehr wenige Menschen, die sie als Freunde bezeichnet hätte. Eigentlich ging sie auch nur für ihren Job aus sich raus. Sie konnte auf Menschen zugehen, hatte aber privat gar keine Lust dazu. Was war der Sinn dahinter?

Bevor sie am Neujahrsmorgen zu sehr Trübsal blasen konnte, nahm sie wieder den Schädel in die Hand und betrachtete ihn. Doch selbst das konnte ihre Gedanken nicht ablenken. Sie legte ihn auf dem Tisch ab und machte sich auf die Suche nach ihrem Handy. Als sie es gefunden hatte, tippte sie schnell eine Nachricht. Ein Neujahrsgruß. Ganz harmlos, aber mit einer subtilen Aufforderung zu einem Treffen. Sie hoffte, sie hatte den richtigen lockeren, flirtenden Ton getroffen.

Dann legte sie das Handy wieder weg. Sie rechnete erst in ein paar Stunden mit einer Antwort. Aber als sie sich gerade weggedreht hatte, um sich wieder dem Rätsel des Schädels zu widmen, hörte sie bereits den Ton einer eingegangenen Nachricht. Das musste nicht unbedingt Flix sein. Es könnte auch ihr Vater mit einer Info sein. Aber kurz schlug ihr Herz schneller. Was sollte das denn? Das war alles rein beruflich. Naja, nicht ganz. Aber fast. Kein Grund also, hier emotional zu viel zu investieren.

Als sie sah, dass die Nachricht von Flix war, konnte sie trotzdem das freudige Lächeln nicht unterdrücken, das sich in ihr Gesicht stahl. Flix war bereits wach und würde sich über einen Besuch am Neujahrsmorgen sehr freuen, am besten sofort.

Ihr Grinsen wurde noch breiter. Sie tippte eine Erwiderung und war gedanklich schon aus der Tür. In ihrer Vorfreude vergaß sie allerdings nicht, das Armband einzupacken, das sie von Dirk gekauft hatte. Unterwegs müsste sie unbedingt noch irgendwo ein geeignetes Mitbringsel kaufen. Blumen? Brötchen? Sekt?

Am Schluss brachte sie alle drei Dinge mit, weil sie sich nicht entscheiden konnte.

Als sie vor Flix' Tür mit den übertriebenen Sicherheitsmaßnahmen wartete, kam ihr das wie ein Overkill vor. Eines der Dinge hätte auch ausgereicht. Aber als Flix endlich ihre Eingangstür nach einigem Riegelgeschiebe und Schlösser betätigen öffnete und sie ihr keckes Lächeln bei dem Anblick der Mitbringsel sah, war sie froh, so ausschweifend eingekauft zu haben. Und irgendwie vergaß sie auch ihr Vorhaben, Flix sofort auszuquetschen und mehr Infos aus ihr herauszuholen. Ihr Plan hatte vorgesehen, Flix bei einem Frühstück mit Sekt abzufüllen und dann verschärfte Interviewtechniken anzuwenden.

Bei Flix' Anblick verließen sie alle Pläne, außer dem, sie sofort haben zu müssen. Wo dieses hemmungslose Begehren herkam, war ihr ein Rätsel. Sie war sonst nicht so triebgesteuert.

Sie schob Flix zur Tür hinein, knallte sie hinter sich zu, ohne auf die ganzen Verriegelungen zu achten, ließ ihre Mitbringsel mir nichts, dir nichts auf das kleine Tischchen im Eingangsbereich plumpsen und manövrierte die breitgrinsende Flix immer weiter in Richtung Sofa.

Flix ließ sich bereitwillig schieben und dirigieren. Tänzelte geschickt vor Luisa her, als ob Frauen sie ständig so behandelten.

Sie schien auch genau zu wissen, was in Luisas Kopf vor sich ging, wenn sie das vorfreudige Funkeln in ihren Augen richtig las.

Sie waren fast gleich groß. Flix nur um ein paar Zentimeter größer, aber sie war sehr viel filigraner als Luisa. Und wendig wie ein Aal. Wie schon neulich war die Verbindung über ihren Blick so intensiv, dass Luisa das Gefühl hatte, als ob diese Augen in sie hineinschauen könnten. Oder es zumindest versuchten. Beinahe spürte sie jetzt den Drang, diesen intensiven Kontakt durch einen Kuss zu unterbrechen. Fast schien ihr das weniger intim.

Stattdessen schubste sie Flix auf das Sofa hinunter, das sie endlich erreicht hatten und setzte sich rittlings auf sie. Wenn Flix wieder so viele Lagen anhatte wie letztes Mal, müsste sie jetzt mal langsam anfangen sie auszuziehen, um in der näheren Zukunft an nackte Haut ranzukommen.

Mit ihrem Pulli fing sie an. Er flog in weitem Bogen durch den Raum. Dann entledigte sie sich fast schon ungehalten ihrer eigenen roten Daunenjacke und warf sie zur Seite. Auch der dicke Wollpulli musste weg, bevor sie loslegen konnte.

Flix sah sie von unten herauf amüsiert an und schien zu lauern. Diese Frau war wie ein heißblütiges Rennpferd. Gerade noch lammfromm, und im nächsten Augenblick eine Explosion aus Kraft und Wildheit. Sie sah diese Energie bereits wieder unter ihrer Haut pulsieren. Und es verlangte sie danach, diejenige zu sein, die das entfesselte. Verlangte sie mit einer Macht, die sie fast schon erschreckte. Aber gleichzeitig war das auch solch ein unbeschreibliches Gefühl, dass nichts auf der Welt sie davon abgehalten hätte.

Sie zerrte an Flix' Kleidung wie eine Besessene, um sie loszuwerden und wollte doch gleichzeitig schon Haut spüren. Beides schaffte sie nur unbefriedigend. Flix lachte nur darüber, half aber dann auch mit, als Luisa in ihrem Ungestüm nicht wirklich Ergebnisse erzielte.

Als nächstes waren ihre eigenen Kleider dran, und weil sie gerade aufgestanden war, um Flix' Hose und Schlüpfer auszuziehen, zog sie in diesem Aufwasch auch sich selbst komplett aus. Sie kannte keine Scham oder Zurückhaltung, was ihren Körper anging. Luisa war gern nackt. Sie schlief auch nackt und wäre nie auf die Idee gekommen, einen Pyjama anzuziehen.

Sie sah, wie Flix sie wieder fasziniert anschaute. Schon letztes Mal war ihr aufgefallen, dass die Tätowierungen für ihre Kneipenbekanntschaft sehr fesselnd waren. Flix streckte ihren Arm aus und streichelte mit ihrer Hand die Liane auf Luisas Bauch entlang. Luisa beobachtete, wie Flix' Augen der Liane folgten und drehte sich in vorauseilendem Gehorsam um. Sie hörte einen erfreuten Laut und wusste, dass sie das Richtige getan hatte. Flix war ganz offensichtlich eine Frau, die ihre Hautlandschaften zu schätzen wusste.

Die Hand fuhr weiter den Dschungel auf ihrem Rücken ab. Luisa hörte, wie Flix sich aufsetzte, um überall hinzukommen. Ein Mund schloss sich der Hand an, dann noch eine zweite Hand. Es war ein unglaublich erotisches Gefühl, hier zu stehen und Flix' Hochgenuss zu spüren, während sie ihrer Haut huldigte.

Jetzt hatte sie den Skarabäus, den Glückskäfer, entdeckt und jetzt das Auge des Panthers, das hinter einem großen Blatt hervorschaute. Sie konnte jede Reaktion genau einordnen, ohne Flix überhaupt sehen zu müssen. Ihr Mund, ihre Hände, ihr Atem waren aussagekräftiger als Worte.

Sie hatte solch eine taktile Besichtigung noch nie gestattet. Nur ihre Tätowiererin hatte bisher so genau ihre Haut studieren dürfen, und die war ja schließlich für das Kunstwerk verantwortlich. Luisa schloss die Augen und gab sich ganz diesem sanften Mund und diesen neugierigen Händen hin. Flix stand inzwischen hinter ihr, ihre Hände fuhren die Tätowierungen an ihren Armen ab, sie spürte, wie sie auch diese Motive abscannte.

Dann küsste sie ihren Nacken, und Luisa wurde es mit einem Mal zu vertraulich. Sie konnte diese Intimität nicht mehr aushalten. Sie musste das unterbrechen, es in etwas anderes umwandeln. Deshalb drehte sie sich schnell um und entzog sich damit Flix. Noch in der Drehung schubste sie Flix wieder auf das Sofa hinunter.

Kurz sah ihre Eroberung ein wenig überrascht aus, fing sich aber sofort wieder und ging auf den Stimmungsumschwung ein. Luisa über ihr forderte sie mit dem Knie auf, die Beine zu spreizen. Flix leistete keinerlei Widerstand. Mit einem frechen Grinsen tat sie wie geheißen, und Luisa trat zwischen ihre Beine. Sie beugte sich über sie und stützte die Arme auf der Rückenlehne des Sofas ab. Ihr rechter Schenkel drückte sich herausfordernd in

Flix' feuchte Mitte. Flix' Augen schlossen sich kurz, dann öffnete sie sie wieder und schien nicht genug davon kriegen zu können, Luisas Anblick in sich aufzusaugen. Sie schaute ihr herausfordernd in die Augen, ließ den Blick über Luisas Brüste wandern, die außer Reichweite über ihr schwebten und landete dann tiefer, was eine kleine Zuckung in Luisas Klit verursachte.

Das war genau das, was sie haben wollte. Purer Sex. Ohne irgendwelche Gefühlsduseleien. Roh und animalisch. Und genau das würde sie auch von Flix kriegen, wenn sie die Blicke richtig deutete.

Luisa grinste jetzt ebenfalls. Sie setzte sich wieder rittlings auf Flix. Heute würde sie ihr den Vortritt lassen. Aber eigentlich war das schon keine bewusste Entscheidung mehr, denn Flix hatte bereits ihre Finger an Luisas Klit, kaum dass sie in ihrem Schoss angekommen war. Was sie wirklich überraschte, war der gleichzeitig eindringende Finger und was er für eine Schockwelle der Erregung produzierte. Luisa stöhnte unwillkürlich auf. Sie hatte es nicht unter Kontrolle. Geschockt schaute sie Flix an. Und deren strahlendem Grinsen entnahm sie, dass sie äußerst selbstzufrieden über dieses Stöhnen war.

»Angeberin. Bilde dir bloß nichts ein.« Luisa schaffte es, das einigermaßen streng zu sagen, obwohl sie selbst kurz davor war zu grinsen, weil die Situation einfach so albern war und außerdem diese Finger wirklich äußerst geschickt mit dem weitermachten, was das Stöhnen verursacht hatte. Es würde aber das einzige bleiben. Das schwor sie sich. Es war okay, einmal kurz dem Moment erlegen zu sein, aber ansonsten durfte sie nicht loslassen. Wer wusste schon, was sie damit Tür und Tor öffnen würde. Womöglich unkontrollierbaren Gefühlen. Das kam nicht in Frage. Auch wenn Flix ihr das verdammt schwermachte. Aber so geschickt wie sie war, würde sie nicht lange brauchen. Und dann wäre die Gefahr gebannt, während sie es ihr mit gleicher Münze heimzahlte.

Wobei Flix ja keinerlei Probleme damit hatte, so laut zu stöhnen und zu keuchen wie sie wollte und sich ganz und gar fallenzulassen. Das hatte sie letztes Mal wirklich erstaunt. Diese gnadenlose Hingabe ohne Rücksicht auf Verluste. Ohne Angst, Grenzen zu überschreiten, hinter die man vielleicht nicht wieder zurückkonnte, um sich in Sicherheit zu bringen.

Flix' Finger unterbrachen ihre Risikoeinschätzung und forderten ihre ganze Aufmerksamkeit und Konzentration. Denn wenn sie die nicht zum Einsatz brachte, war es dahin mit ihrer Kontrolle. Dann würde auch sie alle Vorsicht fahren lassen. Die Erregung wollte sie packen und sie herumwirbeln und sie alles vergessen lassen. Aber mit einem letzten bisschen Willen klammerte sich Luisa fest und der Orgasmus lief zwar mit einer ungeheuren Stärke durch sie hindurch, Flix' Finger produzierten Welle um Welle, aber Luisa schaffte es, sich nicht hinzugeben. Sie blieb sich treu. Aber warum fühlte es sich dann fast ein wenig fad an? Als ob dieser Moment, in dem sie gestöhnt hatte, besser gewesen wäre als der Moment des Orgasmus'?

Zu viel Denken war beim Sex nicht gut, beschloss sie, ließ sich zur Seite gleiten und zog Flix mit sich. Sie würde sich jetzt nehmen, was sie wollte, und wenn Flix dabei alles gab, dann war das ihr Problem, aber sie würde jede Sekunde davon genießen.

Flix erwartete fast, dass Luisa sich auch dieses Mal sofort wieder anziehen und zum Gehen bereitmachen würde. So wie letztes Mal. Sie wollte der großen Enttäuschung vorbeugen.

Natürlich erinnerte sie sich dunkel, dass ihr Besuch Brötchen und Blumen in der Hand gehabt hatte. Aber das musste ja nichts heißen. Sie durfte einfach nicht zu viel erwarten. Schließlich hatten sie sich bisher noch nicht einmal geküsst.

Luisa hatte ganz eindeutig ein paar Schwierigkeiten mit Intimität. Das störte Flix eigentlich grundsätzlich nicht. Hatte sie immer gedacht. Aber genau wie bei Luisas Zurückhaltung, was ihre lustvollen Lautäußerungen beim Sex anging, war auch die Sache mit dem Küssen inzwischen wie eine Challenge für Flix geworden. Sie hatte Luisa ein ungewolltes Stöhnen entlockt, sie würde auch noch den einen oder anderen Kuss erhaschen. Aber eben nicht, indem sie zu stürmisch vorging und ihren Gast jetzt vertrieb.

Doch zu ihrem großen Erstaunen machte die blonde Thekenfrau überhaupt keine Anstalten, sich zu erheben. Im Gegenteil. Sie nahm Flix in den Arm, und mit viel gutem Willen hätte man das fast schon als Kuscheln bezeichnen können, was sie da jetzt tat.

Flix wagte es nicht, sich zu viel zu bewegen aus Angst, der Spuk könnte sonst sofort vorbei sein. Es fühlte sich zu gut an, um zu riskieren, dass es durch ein unbedachtes Wort oder eine zu selbstverständliche Berührung ad acta gelegt würde. Obwohl es ihr so langsam kalt wurde und sie gern eine Decke, die sie am Fuß des Sofas liegen hatte, über sie beide ausgebreitet hätte. Aber Flix hielt still und ließ die Gänsehaut Gänsehaut sein, nur um Luisa noch ein bisschen länger spüren zu können.

Umso mehr überraschte es sie, als Luisa anfing zu reden. »Hast du noch Zeit, mit mir zu frühstücken?«

»Da muss ich schwer drüber nachdenken, ob ich so viel Zeit investieren kann. Ich bin eine vielgefragte Frau.«

Flix spürte, wie Luisa ihren Arm wegziehen wollte. Selbst der kleine Scherz war anscheinend zu viel für dieses prekäre Gleichgewicht, das sie da gerade hatten. Luisa war ihr wirklich und wahrhaftig ein Rätsel. Einerseits so zielgerichtet wie ein ferngesteuerter Torpedo, andererseits so schreckhaft wie ein aus dem Nest gefallenes Vögelchen. Das passte alles nicht so recht zusammen, und sie hätte nur zu gern gewusst, wie es zu dieser Kombination von Charaktereigenschaften kam.

Flix verstärkte ihre Umarmung und ließ Luisa nicht gehen. »Natürlich will ich mit dir frühstücken. Das hatten wir doch sowieso so vereinbart. In fünf Minuten?«

Luisa entspannte sich wieder, und Flix wagte es jetzt sogar, die Decke zu holen. Die Fluchtgefahr schien für den Moment gebannt zu sein.

Sie streichelte vorsichtig über Luisas Haut und spürte, wie sich Luisa ankuschelte. Wow. Das fühlte sich wirklich richtig gut an. Flix war ja eigentlich keine dieser Frauen, die das Kuscheln nach dem Sex besser fanden als das Eigentliche. Aber jetzt gerade musste sie eingestehen, dass es sich fast intimer anfühlte als alles, was vorher war. Sie fühlte sich der kühlen Blonden näher, als sie das bisher getan hatte.

Sie war ein bisschen erstaunt darüber, wie wichtig ihr selbst das zu sein schien. Und natürlich war sie auch über Luisa erstaunt. Dass die das zuließ, dass sie das überhaupt wollte, war unerwartet. Die Thekenfrau schien also auch eine Schmusekatze sein zu können.

Das Ganze war allerdings schneller vorbei, als es Flix lieb war. Nach ein paar Minuten wurde Luisa unruhig, und zähneknirschend gab Flix ihre eingekuschelte Haltung auf, bevor die andere es einfordern konnte.

»Lass uns frühstücken. Ich hab plötzlich wahnsinnig Hunger.« Das stimmte sogar. Sie sagte es aber hauptsächlich, um Luisa einen Grund zu bieten aufzustehen. Sie konnte nämlich spüren, dass für sie die Grenzen der erträglichen Intimität erreicht waren. So wie vorhin, als sie ihre Tattoos bewundern durfte. Das ging auch nur bis zu einem gewissen Moment, und dann kippte es.

Flix warf Luisa ihren Slip zu und grinste sie an. Die zog spielerisch eine Grimasse. Lage entschärft. *So einfach geht das also bei dir,* dachte sich Flix und beglückwünschte sich zu ihrer Strategie.

Keine fünfzehn Minuten später saßen sie schon wieder vollständig angezogen in Flix' kleiner Küche am Frühstückstisch mit Luisas mitgebrachten Brötchen.

Flix hatte Kaffee gekocht und ihren Kühlschrank nach Essbarem durchwühlt. Sie war nicht so die Köchin. Aber Luisa anscheinend auch nicht. Für ein paar Frühstückseier hatte ihre gemeinsame Kochkunst allerdings gereicht. Marmelade, ein paar Scheiben eingeschweißter Käse, Butter, die gerade noch so als *nicht ranzig* bezeichnet werden konnte. Das war's. Und Sekt natürlich. Was wollte man mehr? Flix biss in ihr Marmeladebrötchen.

Mit Luisa musste sie erstaunlicherweise gar nicht immer reden. Gut, es hatte bisher auch noch nicht so viele Gelegenheiten dazu gegeben. Jetzt war auf alle Fälle wieder so ein Moment, wo das bloße Miteinandersein ausreichte.

Flix lächelte der wirklich schönen Frau an ihrem Frühstückstisch zu. Sie war ganz zufrieden. Wirklich sehr zufrieden. Es könnte immer so bleiben. Wer weiß, was noch aus ihnen werden könnte. Womöglich ein Paar. Was für ein befremdlicher Gedanke, der nach längerem Grübeln gar nicht mehr so befremdlich wirkte.

»Sieh mal, was ich neulich bei Dirk gekauft habe.« Luisa hatte etwas aus ihrer Hosentasche gezogen und hielt es ihr hin.

Aber Flix ignorierte das Objekt erst einmal, zu sehr geflasht von Luisas unerwarteter Aussage. »Du hast mit Dirk Geschäfte gemacht? Wie kommst du denn dazu?«

Das traf ein bisschen zu sehr ins Schwarze für Flix' Geschmack. Ihr ganzer Beruf, ihr ganzes Leben basierte auf diesen illegalen Geschäften. Das konnte Luisa natürlich nicht ahnen. Sie dachte, Flix sei Studentin und war damit auch ganz zufrieden. Bisher hatte sie nicht näher nachgefragt. Sie schien stattdessen an Dirk und Co einen Narren gefressen zu haben. Warum auch immer.

Luisa zuckte nur kurz mit der Schulter, als ob nichts weiter dabei sei. »Einfach so. Wenn es dir gefällt, schenk ich es dir.«

Jetzt besah sich Flix doch das Ding, das ihr Luisa hinhielt. Und wurde ein weiteres Mal geschockt. Es war ein Armband, das sie selbst gestohlen hatte. Der Schmuck, den sie an Weihnachten pro forma mitgenommen hatte, um den Verdacht von den beiden Sexmonstern abzulenken. Sie hatte ihn wie immer Dirk zum Verticken zukommen lassen. Nicht wirklich, weil er viel Wert hatte, sondern um ihn loszuwerden. Aber vielleicht hätte sie ihn doch lieber in eine Mülltonne entsorgt, wenn er jetzt so zu ihr zurückkehrte und sie ärgerte.

Irgendwie musste sie jetzt auf alle Fälle reagieren und nicht weiter das Ding anstarren, das Luisa ihr hinhielt. Sie glaubte keine Sekunde daran, dass Luisa den Schmuck für sie gekauft hatte. Dafür war sie nicht der Typ. Davon abgesehen kannte die Thekenfrau sie zwar noch nicht wirklich, aber schon von dem Bisschen, was sie von ihr mitgekriegt hatte, müsste sie eigentlich wissen, dass sie so eine Scheußlichkeit an überfrachtetem Armband niemals tragen würde.

»Du hast das doch nicht für mich gekauft. Red kein Blech. Und halt dich von Dirk fern.« Flix bemaß Luisa mit einem strengen Blick. Bisher hatte sie ja immer Süßholz für sie geraspelt. Jetzt musste sie ihr aber deutlichmachen, dass das kein Spaß war. Oder was auch immer Luisa im Schilde führte.

Die sah sie aber nur ganz verwundert an. »Wieso das denn? Was ist mit Dirk?«

Aber Flix kaufte ihr die Nummer nicht ab. Was auch immer Luisa gerade für ein Spielchen trieb, es war nicht lustig. »Tu nicht so naiv. Jemand mit solchen Tätowierungen, wie du sie hast, ist nicht so naiv. Ehrlich, Luisa.«

Luisas Verhalten kam ihr hochgradig merkwürdig vor. Es passte überhaupt nicht zu der coolen Thekenfrau. Oder zumindest zu dem Bild, das sie bisher von ihr gehabt hatte. Was passierte hier eigentlich gerade für eine schräge Nummer? Flix bemaß Luisa über den kleinen Küchentisch hinweg.

Luisa merkte, dass Flix sie aufmerksam ansah, weil sie es offensichtlich überzogen hatte mit ihrer Unschuldsnummer, und versuchte ihre Taktik ein wenig zu ändern. »Schon gut. Ich wollte eben einfach mal ausprobieren, wie es ist, Hehlerware zu kaufen.« Sie biss in ihr Marmeladebrötchen und kaute zufrieden.

Aber eigentlich hatte sie plötzlich gar keinen Hunger mehr, und das Brötchen klebte ihr an den Zähnen. Mühsam schluckte sie hinunter und versuchte die fröhliche Fassade für Flix aufrecht zu halten. Eigentlich könnte sie ihr doch auch sagen, wieso sie das wissen musste, oder? Das berufsbedingte Misstrauen war ihr schon in Fleisch und Blut übergegangen. Sie konnte es nicht so einfach ablegen. Außerdem – und das wog schwer – vermutete sie, dass Flix nicht so besonders positiv darauf reagieren würde, wenn sie erführe, dass ihre Kneipe, die fast schon so etwas wie ihr zweites Wohnzimmer war, ausspioniert wurde. Von Luisa ausspioniert wurde. Die auch noch mit ihr ins Bett gestiegen war, um mehr aus ihr rauszukriegen.

Das käme gar nicht gut, auch wenn das ja beim zweiten Mal schon nicht mehr wirklich der Grund für das Ins-Bett-Steigen gewesen war. Und auch beim ersten Mal, wenn sie ehrlich mit sich war, nur ein praktischer Vorwand. Nein, besser dichthalten.

»Du weißt schon, dass das kein Kavaliersdelikt ist?«, fragte Flix streng.

Wow, so streng hatte Luisa sie noch nicht erlebt. Bisher war sie eher immer locker und gutgelaunt gewesen, fast schon zu sehr easy going. Immer für einen Scherz oder einen Flirt gut. Das hier war eine andere Flix. Die hier sollte sie wohl besser ernstnehmen. »Ach, komm schon. Du tust ja gerade so, als ob du noch nie etwas Illegales gemacht hättest.«

Flix sah sie geradezu geschockt an. Sie lag wohl daneben. Sie hätte gedacht, dass Flix in manchen Dingen eine laxe Einstellung zum Gesetz hätte. Marihuana und andere weiche Drogen, Fahren ohne Führerschein, PETA-Aktionen gegen Tierversuche – an solche Sachen hatte sie gedacht. Sie lag wohl daneben, so wie Flix sie jetzt anschaute. Aber sie musste es trotzdem weiter versuchen. Das war sie ihren Ermittlungen schuldig. Sie hatte Flix schon einmal zu schnell von der Angel gelassen.

»Hat Dirk dir mal erzählt, wie das so abläuft mit seiner Ware? Wie er die kriegt und wer da so auf Beutezug geht?«, fragte sie deshalb weiter im gleichen unschuldig interessierten Tonfall. Ihr Brötchen hatte sie total vergessen und legte es jetzt zur Seite.

»Warum sollte er mir so etwas erzählen, und warum interessiert dich das so brennend?« Auch Flix schien der Appetit vergangen zu sein. Fast widerwillig legte sie ihr angebissenes Brötchen auf den Teller und schob ihn von sich weg. Sie sah, wenn sie so ernst dreinschaute, unglaublich gut aus. Noch besser, falls das überhaupt möglich war. Ihre langen, dunklen Haare waren noch wild zerwühlt von vorhin. Luisa hätte viel lieber die Zeit anders mit ihr verbracht als mit diesem blöden Gespräch.

Aber jetzt hieß es erst einmal Flix' aufkommenden Unmut zu besänftigen, indem sie ihr eine glaubhafte Geschichte auftischte. »Faszination für den Gangstermythos? Morbides Interesse an Kriminellen? Was weiß denn ich. Also?«

Flix schenkte ihr einen unwirschen Blick aus ihren blauen Augen und schenkte ihr Sekt nach. »Ich hab keine Ahnung. Und ich will es auch gar nicht wissen.« Das klang endgültig. Als ob Flix damit das letzte Wort gesagt hatte.

Aber noch immer ließ Luisa nicht locker. »Findest du das nicht hochgradig faszinierend? Da kennst du jemanden, der in solche Sachen verwickelt ist und willst gar nicht mehr wissen. Das ist doch spannender als jede Krimiserie.« Sie versuchte ihr Gesicht in begeisterter Neugierde strahlen zu lassen und hoffte, dass es ihr gelang, Flix davon zu überzeugen, dass eine fehlgeleitete Krimiliebe sie zu diesen Fragen trieb.

Und tatsächlich stieg Flix darauf ein und blieb durch und durch vernünftig. Etwas, das sie Luisa im echten Leben nur noch sympathischer machte und sie von der bisherigen Flix nicht erwartet hätte. Von dem Kindskopf, den sie bisher kennengelernt hatte. Aber für ihre Ermittlungen war es natürlich ein Desaster auf voller Linie.

»Das ist mir zu schräg«, erklärte Flix, und ihre Augenbrauen bildeten eine strenge Linie. »Würdest du auch so abgehen, wenn er jemanden ermorden würde?«

Luisa wollte so langsam der Schweiß auf die Stirn treten, so sehr strengte sie dieses missratene Aushorchen an. Und vor allem Flix etwas vorzugeben, was ihr gar nicht entsprach. Nach dem Morgen, den sie miteinander auf dem Sofa verbracht hatten. »Natürlich nicht. Aber das ist doch ein bisschen romantisch. *Über den Dächern von Nizza*, *Mission Impossible* und alles.«Puh! Gut, dass ihr das eingefallen war. Darunter konnte sich doch nun wirklich jeder etwas vorstellen. Flix hoffentlich auch.

Aber die schaute weiterhin ganz abweisend. »Meinst du das wirklich ernst?«

Luisa zuckte entschuldigend mit der Schulter. »Klingt vielleicht doof, aber ja, es interessiert mich.« Sie hatte das Gefühl, mit ihrem Filmbezug die Kurve gekriegt zu haben.

Flix hörte auf, sie so streng anzuschauen und machte sich stattdessen daran, mit dem Messer ihr Frühstücksei nach der Guillotine-Methode zu köpfen. »Selbst wenn ich schon mal was mitgekriegt habe, hab ich das ganz bewusst wieder vergessen. Und das solltest du auch.« Zack, und der Deckel des Eis war perfekt abgehauen. Nicht zu tief, nicht zu fest, dosierte Schlagkraft. Weiches Eigelb kam zum Vorschein, blieb aber da, wo es hingehörte und floss nicht das Ei hinab. Flix war eine gnadenlos gute Eierköpferin.

»Spielverderberin.« Luisa wagte ein herausforderndes Lächeln und eine Nachfrage. Und das würde auch die allerletzte sein. Das schwor sie sich. »Und du erzählst mir wirklich nichts? Rein gar nichts?« Sie ließ es wie eine kleine Flirterei klingen. Als ob sie es gar nicht wirklich ernst meinen würde.

»Nein.« Einfach so. Mehr sagte Flix nicht, löffelte stattdessen ihr Ei.

Luisa fuhr in dem flirtenden Tonfall fort, weil es ihr gefiel und weil er viel mehr ausdrückte, wie sie sich gerade fühlte. Abgesehen von dem absurden Gespräch. »Ach schau an, wie diplomatisch und einfühlsam, geradezu galant.« Sie schaute provokant zu Flix hinüber.

In deren Mundwinkel zuckte ein kleines Lächeln. »Pff«, machte sie, aber sonst kam nichts weiter.

Auf Luisa wirkte Flix ein bisschen misstrauisch oder vielleicht auch nur verwirrt über ihre Fragerei. Sie beließ es auf alle Fälle dabei, wieder nichts aus ihr herausgekriegt zu haben. Und irgendwie fand sie das mit einem Mal auch gar nicht weiter so tragisch. Der Morgen mit Flix tat ihr – abgesehen von ihrem gescheiterten Versuch – zu gut, um ihn sich dadurch versauen zu lassen.

Sie nahm ihr Brötchen wieder auf, biss einmal hinein und wandte sich dann auch ihrem Frühstücksei zu. Sie öffnete es, nicht wie Flix mit einem rabiaten Schlag, sondern indem sie mit dem Löffel oben draufklopfte und dann die Schale entfernte. Das war nicht ganz so effektiv, aber ihre Mutter hatte ihr das als die elegante, altmodische Knigge-Variante beigebracht. Eines der wenigen Dinge, an die sie sich noch sehr gut erinnern konnte und sie deshalb umso mehr schätzte.

Von dem merkwürdigen Gespräch blieb nichts zurück, kein fader Beigeschmack, kein Misstrauen, nichts. Flix war wieder ganz heiter und locker. Flirtete unendlich mit Luisa über den Frühstückstisch hinweg. Und Luisa saugte jede Sekunde davon auf, obwohl sie so tat, als ob es nerven würde. Flix schien sie aber zu durchschauen und machte immer weiter mit den charmanten kleinen Bemerkungen, den gespielt lüsternen Blicken und den sanften, fast beifälligen Berührungen.

Nach einer Weile kam sie um den Tisch herum, setzte sich bei Luisa auf den Schoß, und sie tranken Sekt aus einem gemeinsamen Glas. Flix setzte sogar an sie zu küssen, aber als Luisa die Augenbrauen hochzog, strich sie die Segel. Luisa war sich ziemlich sicher, dass sie Flix sogar küssen würde. Beim nächsten Mal. Ja, da wäre vielleicht der Zeitpunkt gekommen, an dem sie sich das vorstellen konnte. Aber für heute würde sie einfach Flix auf ihrem Schoß halten und weiter nichts. Vielleicht könnten sie auch noch eine Wiederholung auf der Couch einlegen. Sie war entspannt genug, das in Erwägung zu ziehen.

Ein Geräusch ihres Handys machte Schluss mit ihrer Entspanntheit. Eine Nachricht ihres Vaters zitierte sie zu Dschafarow.

Überstürzt brach Luisa auf. Nicht ohne sich zu entschuldigen und ihr Bedauern über den verkürzten Morgen zum Ausdruck zu bringen. Das erstaunliche war, sie meinte jedes Wort davon ernst. Sie vergaß allerdings ganz, mit Flix ein erneutes Treffen zu vereinbaren oder auch nur zu sagen, dass sie natürlich Interesse daran hatte. Was als praktische Info-Affäre angefangen hatte, war inzwischen zu etwas anderem mutiert, für das Luisa keine Worte hatte.

Eine halbe Stunde, nachdem sie Flix' Wohnung verlassen hatte, traf sie bei Dschafarows überdimensioniertem Haus ein.

Ihr Vater wartete bereits am Tor auf sie und wirkte ungeduldig. »Na endlich«, begrüßte er sie. »Dschafarow wartet.«

Jeder weitere Gedanke an ihren schönen Morgen war wie weggefegt, als sie mit ihrem Vater zusammen das Haus betrat und sich daranmachte, die Einbruchstelle zu begutachten.

Natürlich war die Polizei nicht involviert. Niemals würde der nicht so saubere Geschäftsmann die Polizei in sein Haus lassen.

Luisa zog sich vorsichtshalber ein paar Einweghandschuhe über, und ihr Vater tat es ihr nach. Wer wusste schon, was sie finden würden. Fingerabdrücke konnten sie auch abnehmen, dazu brauchten sie keine Polizei, und für andere Spuren hatten sie ein Labor an der Hand. Sie würde diesen Einbrechern jetzt auf die Spur kommen, das schwor sich Luisa.

Nicht zu fassen

Nachdem Luisa so plötzlich gegangen war, räumte Flix in sehr guter Laune den Frühstückstisch ab. Sie ließ dabei Musik laufen und musste immer wieder an Luisa denken und wie sie mit ihr den Neujahrsmorgen verbracht hatte. Das Jahr hätte nicht besser anfangen können. Wirklich wahr.

Das erledigt ging sie ins Bad, um in ihren geheimen Raum zu gehen. Sie musste noch ihre Ausrüstung auspacken, reinigen und neu sortieren. Das machte sie normalerweise immer sofort, nachdem sie nach einem Einbruch zu Hause war.

Aber gestern war sie zu müde gewesen. So ausnehmend müde, dass sie nur das erbeutete Geld verstaut hatte. Noch nicht einmal nachgezählt hatte sie. Ihre Ausrüstung hatte sie einfach auf die

Werkbank gelegt. Dann hatte Luisa sich angemeldet. Und so kam es, dass sie wirklich sehr nachlässig gewesen war. Aber sie musste ja nicht immer so hundertfünfzigprozentig sein. Das reichte jetzt noch gut.

Flix quetschte sich durch die Dusche und schloss hinter sich wieder die kleine Tür. An ihrer Werkbank begann sie ganz methodisch vorzugehen. Sie breitete antistatische Tücher aus, auf die sie ihre Utensilien legen konnte. Dann holte sie jeden Gegenstand einzeln heraus und reinigte ihn mit einer Reinigungslösung, die schon ihr Vater verwendet hatte. Keine Spuren des Einbruchs, keine Fingerabdrücke, nichts würde bleiben. Auch den Rucksack selbst reinigte sie. Dann kam ihr irgendetwas komisch vor, und sie besah sich ihr Werk.

Es fehlte etwas!

Ihr Spezialstemmeisen war nicht bei den Werkzeugen. Flix durchsuchte hektisch noch einmal den Rucksack. Vielleicht war es in eine Seitentasche geraten? Aber nichts kam zum Vorschein. Verdammt, wo und wann hatte sie das Instrument zuletzt in der Hand gehabt? Natürlich gestern Nacht. Aber sie konnte sich beim besten Willen nicht daran erinnern, wo.

Flix überkam eine leichte Panik. Das war ihr noch nie passiert, dass sie etwas zurückgelassen hatte. Ihre Nachlässigkeit rächte sich jetzt schwer. Hätte sie gestern Nacht noch nachgeschaut, wäre noch Zeit gewesen zurückzukehren und es zu suchen. Den Verlust erst jetzt zu bemerken, nachdem ihr Gast sich so eilig verabschiedet hatte, war fatal.

Sie musste das Risiko eingehen, dort noch einmal hinzugehen. Jetzt sofort.

Sie wusste, dieser Einfall basierte auf der Panik, die sie jetzt überrollte, weil der Verlust des Spezialstemmeisens so katastrophal war. Und nur bei einer wirklich günstigen Gelegenheit würde sie danach suchen. Vielleicht hatten die Besitzer den Einbruch ja auch noch gar nicht bemerkt. Man ging ja schließlich nicht jeden Tag an seinen Safe, um den Inhalt zu kontrollieren. Und sie hatte wie immer keine Spuren hinterlassen. Tja, außer dieser einen gigantischen, nicht zu übersehenden Spur. Verdammt, verdammt, verdammt.

Mit zitternden Händen – das kannte sie überhaupt nicht von sich – suchte sie alles zusammen, was sie brauchen würde. Ihr gutes Zeiss-Fernglas lag schließlich zuoberst im Rucksack.

Kurze Zeit später machte Flix sich mit dem Motorrad auf den Weg. Sie fuhr zu schnell und zu gewagt, aber sie musste einfach so schnell wie möglich dahin. Vielleicht war es ein Fehler, aber dort würde sie dann ja vorsichtig sein.

Sie stellte ihr Motorrad wieder an der gleichen Stelle ab und betrat unauffällig das gleiche Dickicht wie schon gestern Abend. Hier war bisher nirgends eine Spur ihres Stemmeisens. Dann also über den Zaun. Auch der war wieder keine Herausforderung. Noch war sie durch Gebüsch geschützt, aber sie zog sich zur Sicherheit eine schwarze Sturmhaube auf. Flix kniete sich auf den gefrorenen Boden und holte ihr Fernglas in seiner Schutzhülle aus dem Rucksack. Erst einmal die Villa auskundschaften.

Während sie es auspackte, sah sie Licht in einem der oberen Fenster angehen. Dann tat sich etwas. Bewegung im Inneren der Villa – das konnte sie selbst mit bloßem Auge erkennen. Drei Gestalten bewegten sich in dem großen Raum mit der Terrassentür, durch die sie eingestiegen war.

Flix setzte ihr Fernglas an, dann stockte ihr der Atem.

Sie starrte dahin, wo Luisa mit zwei Männern stand. In der Villa, in die sie gestern Abend eingebrochen war. Sie konnte sich nicht täuschen, das war Luisa in ihrer roten Daunenjacke.

Sie versuchte hinter dem Gebüsch einen besseren Blickwinkel zu finden und setzte ihr Fernglas neu an. Eindeutig. Das war Luisa. Flix zitterten wieder die Hände, aber sie zwang sich, ganz gelassen zu bleiben. Sie ließ die Aufregung, ja die Panik, die aufsteigen wollte, nicht zu. Sie brauchte jetzt einen klaren Kopf und durfte sich in nichts reinsteigern. Vielleicht gab es eine ganz harmlose Erklärung dafür, dass die Frau, mit der sie einen wunderschönen Morgen verbracht hatte, hier stand. Zufall. Was auch immer. Verdammt, sie musste näher ran. Sie musste hören, was geredet wurde. Ihr Herz pumpte wie verrückt. Auch das kannte Flix von sich so gar nicht.

Sie wagte es, ihr sicheres Gebüsch für ein etwas weniger sicheres auszutauschen.

Obwohl sie es nicht zulassen wollte, begannen Fragen in ihrem Kopf herumzuwirbeln. Sie konnte jetzt sehen, dass sowohl Luisa als auch einer der beiden Männer Handschuhe anhatten. Spurensicherung? War Luisa bei der Polizei? Aber das war doch absurd, sie arbeitete schließlich im Anti Schoko hinter der Theke.

Es sei denn …

Flix fielen Luisas merkwürdige Fragen ein. Wie sie anscheinend so fasziniert gewesen war von der Hehlerei. Was war, wenn sie eine Undercover-Polizistin war? War sie womöglich sogar auf Flix angesetzt? Ihr Herz schlug noch wilder. Das erschreckte sie immens. Nicht nur, weil das bedeuten würde, dass die Polizei ihr auf den Fersen war, sondern auch, dass Luisa nur mit ihr ins Bett gegangen war, um ihr auf die Schliche zu kommen. Wandte die Kripo neuerdings solche Methoden an?

Flix besah sich die Szene noch einmal mit anderen Augen. Sie glaubte nicht, dass das hier ein Polizeieinsatz war. Viel zu wenig Aufwand. Seit wann führten denn Polizisten die Spurensicherung selbst durch? Dafür hatten sie doch Techniker. Nein, Luisa war keine Polizistin. Aber was war sie dann?

Sie wusste jetzt jeden Fall, wo sie ihr Spezialstemmeisen verloren hatte. Luisa hatte es gerade eben auf dem Rasen vor der Terrassentür entdeckt und es aufgehoben. Interessiert musterte sie es. Dann debattierte sie offensichtlich mit den beiden Männern darüber und untersuchte die Terrassentür auf Spuren.

Flix konnte sehen, wie hitzige Worte ausgetauscht wurden. Der eine der beiden Männer hatte eine Glatze und sah für Flix wie der typische private Ermittler aus in seiner braunen, schäbigen Lederjacke und dieser Ausstrahlung, die *abgefuckter Ex-Polizist* schrie. Der andere war unter Garantie der Besitzer der Villa. Ein echter Lodl in seinen Wildlederschühchen, dem glänzenden Anzug und dem Übermaß an Goldschmuck. Dazu Luisa, die immer noch so aussah wie die neue Thekenfrau des Anti Schoko. Noch immer auf diese androgyne Art schön und elegant. Selbst hier durchs Fernglas. In diesem bitteren Moment für Flix, denn Luisa hatte jetzt genau die Stelle entdeckt, an der sie angesetzt hatte. Verdammt, die war gut.

Luisa hielt noch immer die einzige Spur, die Flix jemals hinterlassen hatte, in ihren behandschuhten Händen. Sie musste eine Privatdetektivin sein. Eine außergewöhnlich gewiefte. Der Kerl mit der Glatze, der sie so herablassend behandelte, schien ihr etwas zu sagen zu haben. Der Chef? Oder war gar der Lodl der

Chef? Was war das eigentlich für ein Typ, dem sie da das Geld gestohlen hatte? Sie hätte sich besser vorbereiten sollen. Sie hatte sich von dem so lukrativ und simpel erscheinenden Tipp verführen lassen, schneller zu handeln als üblich. Jetzt hatte sie den Salat. So wie der Typ aussah, könnte er auch irgendein Halbweltboss sein. Das hätte ihr gerade noch gefehlt. Arbeitete Luisa womöglich für irgend so einen Mafioso? Es war ein Desaster auf ganzer Linie.

Aber wer wusste schon, wofür das Desaster gut war. Sie hätte sonst wohl nie erfahren, wen sie da in ihr Bett gelassen hatte. Okay, nicht ins Bett, aber eben metaphorisch. Sie hatte sogar so ein bisschen Gefühle für die kühle Blonde entwickelt. Wer weiß, wie das geendet hätte. Womöglich hätte sie ihr irgendwann doch noch etwas erzählt. Womöglich alles. In einem schwachen Moment.

In dem Augenblick drehte sich der leichte Wind etwas, und Fetzen der Unterhaltung wurden zu ihr herübergeweht.

»Was ist der Plan?«, fragte der Wildlederschuhträger den mit der Glatze.

»Luisa wird weitermachen. Sie ist da ganz nah an etwas dran.«

Flix spitzte die Ohren wie ein Luchs. Jetzt ging es ans Eingemachte. Wie nah war Luisa denn an was dran? Los, Details, flehte sie innerlich. Aber der Lodl schien sich gar nicht für Details zu interessieren. Mehr dafür, Druck zu machen.

»Das Geld ist mir scheißegal. Ich will die Kerle haben.« Sein Gesichtsausdruck verhieß dabei nichts Gutes. Aber gut war, dass er von Kerlen sprach. Flix war kein Kerl und auch nicht mehrere. Das war schon mal beruhigend.

Der Glatzkopf antwortete ganz dienstbeflissen. »Die werden Sie auch kriegen, Herr Dschafarow. Gar keine Frage.« Er schien auch nicht zu wissen, dass es keine Kerle gab, die man fassen konnte, sondern nur eine einzelne sehr weibliche Diebin namens Flix. Gut. Bestens.

»Das will ich hoffen. Ich bezahle Ihnen eine schöne Stange Geld für Ihre Dienste.«

Aha, also standen der Glatzkopf und Luisa tatsächlich irgendwie in seinen Diensten. Das war ja vielleicht mies. Das hätte sie nie von Luisa gedacht. Selbst wenn sie eine Detektivin war, musste sie ja nicht für solchen zwielichtigen Abschaum arbeiten, wie sie vermutete, dass es der Wildlederschuhträger war. Dschafarow hieß der.

»Wir haben Sie noch nie enttäuscht.« Wieder ganz devot der Glatzkopf. Der Wind trug die Worte jetzt teilweise wieder davon, und sie hatte Mühe, alles zu verstehen. Aber sie wagte sich einfach nicht weiter vor.

»Ja, schon gut, Sander.« Der Lodl klopfte dem Glatzkopf gönnerisch auf die Schulter und wandte sich dann zu Luisa. »Ihr Vater überträgt Ihnen ja ganz schön Verantwortung in seiner Detektei. Ich freue mich, dass wir uns endlich einmal kennenlernen. Ich hatte Sie mir ganz anders vorgestellt ...«

Während er das sagte, checkte er Luisa von Kopf bis Fuß ab. Flix hätte nicht gedacht, dass Luisa so eine unverschämte optische Untersuchung zulassen würde. Sie hielt die Klappe, sah dabei aber aus, als ob ihr eine Fliege in den Mund geflogen sei. Angewidert. Kurz vorm Ausspucken. Das konnte Flix deutlich durch ihr Fernglas sehen. Der Lodl drehte sich dann einfach um und ging durch die Terrassentür wieder ins Haus.

Das weitere Gespräch ging für Flix verloren, als die drei ins Innere zurückkehrten. Und sie musste auch erst einmal verarbeiten, was sie da gerade an Informationen erfahren hatte. Der Glatzkopf war Luisas Vater, behandelte sie aber wie den letzten Dreck. Der Vater hatte eine Detektei und hieß Sander. Sie hatte bisher Luisas Nachnamen gar nicht gekannt, aber das war auch gar nicht wichtig gewesen. Und irgendwie arbeiteten beide Sanders für den Lodl, der Dschafarow hieß.

Dschafarow, Dschafarow ...

In Flix Gedächtnis rumorte es, seit sie den Namen gehört hatte. Dann fiel es ihr wieder ein. Die Sexmonster. Sie hatten auch von einem Dschafarow gesprochen. Russenmafia. Und der Name war zu außergewöhnlich, als dass das Zufall hätte sein können.

Ach du Scheiße! Hatte sie jetzt etwa die Russenmafia an der Backe? Wie dicht war ihr Luisa schon auf den Fersen? Das Stemmeisen war jetzt zweitrangig. Sie hatte gestern Nacht immer Handschuhe getragen und reinigte ihre Werkzeuge und Ausrüstung vor jeder Aktion. Fingerabdrücke konnten keine drauf sein. Das hoffte sie zumindest. So nachlässig, wie sie gestern mit allem war, wollte sie da lieber nicht ihren Kopf darauf verwetten.

Aber gut, wenn, dann höchstens ein Teilabdruck, und da sie in keiner Datenbank war, dürfte das kein akutes Problem darstellen. Das Eisen war eine Spezialanfertigung für ihren Vater gewesen. Aber das war schon Jahrzehnte her, und sie wusste noch nicht einmal, ob es den Kunstschmied überhaupt noch gab.

Sie musste jetzt einmal darauf setzen, dass das eine Sackgasse war, die nicht zu ihr führen würde. Sie hatte ein viel größeres Problem. Ein verdammt viel größeres Problem. Was zum Teufel wusste Luisa? Und was sollte Flix jetzt machen?

◆

Luisa war mit ihrem Vater wieder auf keinen grünen Zweig gekommen. Er wollte einfach so weitermachen und darauf hoffen, dass das ausreichte, um die Täter zu schnappen. Aber Luisa hatte gesehen, wie professionell und geradezu perfekt sie vorgegangen waren. Dass sie überhaupt dieses Stemmeisen gefunden hatte, grenzte an ein Wunder. Aber schon, wie dieses Werkzeug gefertigt war, sagte viel über die Täter aus. Sie hatte so etwas noch nie gesehen. Es war klein und so clever gemacht, dass es fast schon eine Freude war, so etwas in der Hand halten zu können.

Luisa beugte sich wieder darüber und bepuderte mit ihrem großen Pinsel jede noch so kleinste Stelle. Aber es war vergeblich. Es waren einfach keine Fingerabdrücke darauf. Da war nichts zu machen. Und auch das sprach für die unglaubliche Professionalität dieser Einbrecher. Das waren nicht irgendwelche nullachtfünfzehn Gelegenheitsdiebe. Das waren Meister ihres Fachs. Und es würde nicht so leicht werden, sie zu schnappen, wie das ihr Vater annahm.

Luisa sah von dem Werkzeug auf und starrte abwesend vor sich hin. So ging das nicht. Es mussten andere Wege beschritten werden. Sie beschloss, ohne Egon Sanders Wissen weitere Maßnahmen zu ergreifen. Sie würde eine Falle stellen. Bei ihrem Vater zählten schließlich nur Ergebnisse, und wenn sie dann mit ihrer Methode Erfolg hatte, konnte er sich wirklich nicht darüber aufregen, dass sie ihn nicht informiert hatte. Okay, das war also kein Problem. Blieb die Frage, wie sie vorgehen sollte.

Sie beugte sich wieder über das Stemmeisen und machte mit ihrer Pinselei weiter. Sie konnte besser denken, wenn ihre Hände in Bewegung waren. Nicht, dass sie wirklich noch Hoffnung hatte, etwas zu entdecken.

Eine Idee keimte in ihr. Dirk war der Schlüssel zu dem Ganzen. Über ihn könnte sie ihre Falle auslegen. Sie musste es nur geschickt genug anstellen und ihn dazu bringen, dass er irgendwie eine Nachricht an seine Auftraggeber schickte. Er behauptete zwar, keinen Kontakt zu haben, aber es musste irgendeine Möglichkeit der Kommunikation geben. Wegwerfhandys, simple Zettelchen in einer Baumhöhle, Brieftauben, was auch immer. Er musste ja schließlich auch erfahren, wann es wieder etwas zu verhökern gab. Das musste er dann auch irgendwo abholen. Gut, es könnte sein, dass das nur in eine Richtung funktionierte, aber sie setzte jetzt mal darauf, dass dem nicht so war.

Sie würde also einen Tipp an den Hehler geben. Eine Örtlichkeit, die sich lohnte auszurauben. Eine Gelegenheit, die zu günstig war, um sie verstreichen zu lassen. So etwas wie gestern Abend bei Dschafarow. Er hatte in seinem Safe für ein paar Tage eine größere Menge Bargeld gelagert und für Silvester schon seit Längerem Einladungen für ein Bankett gehabt. Eine diebische Kombination, die offensichtlich durch irgendwelche Kanäle nach außen gedrungen war.

Wo das Leck in seinem inneren Kreis war, darum kümmerte sich Dschafarow selbst. Der illoyale Schwiegersohn konnte inzwischen ja nicht mehr der Übeltäter sein. Der trieb wahrscheinlich schon Beine voran auf der Spree in Richtung Mündung. Oder war sonstwie entsorgt worden. Luisa wollte gar nicht weiter daran denken. Das Ganze löste bei ihr immer noch schweres Unbehagen aus, und wenn sie zu lange daran dachte, wurde ihr sogar schlecht. Also verdrängte sie jeden Gedanken an diesen letzten Auftrag.

Was den Silvesterdiebstahl und den Tippgeber anging, hätte sie aus einem Bauchgefühl heraus auf Dschafarows Tochter gesetzt. Aus Rache, dass ihr Vater ihren – zwar untreuen, aber trotzdem – Ehemann beseitigt hatte.

Luisa legte das Stemmeisen endgültig beiseite und gab sich in diesem Punkt geschlagen. Sie zog ihre Einweghandschuhe aus und warf sie in den Müll.

Sie würde jetzt heimgehen und weiter darüber brüten, wie sie ihre Falle am besten und elaboriertesten stellen konnte.

In der Detektei war es stockdunkel, als sie aus dem kleinen Labor- und Lagerraum herauskam. Natürlich arbeitete außer ihr an Neujahr niemand. Selbst die ganzen betrogenen Ehefrauen hielten zwischen Weihnachten und Neujahr still. Der Run käme erst wieder nach den Feiertagen. Jetzt war familiäre Harmonie angesagt.

Ihr fiel der Morgen mit Flix wieder ein. Sie hatte jeden Gedanken daran bisher ganz gut beiseiteschieben können. Jetzt musste sie lächeln, als sie ihr Handy, ihren Planer und ihr Notizbuch in die Tasche packte.

Sie könnte Flix ganz unverbindlich eine Nachricht schicken und hören, was sie gerade so machte. Oder sie könnte im Anti Schoko vorbeischauen. Flix war so regelmäßig dort, dass die Wahrscheinlichkeit, sie zu treffen, hoch wäre. Falls sie doch nicht dort wäre, könnte sie auch einfach bei ihr zu Hause vorbeigehen und klingeln. Oder war das ein bisschen too much? Sie hatten sich heute gerade erst zum zweiten Mal getroffen. Vielleicht reichte Flix das ja schon und sie würde sich anderen Frauen zuwenden? Und warum zum Teufel gefiel ihr dieser Gedanke so ganz und gar nicht? Luisa erklärte sich das mit der Tatsache, dass sie mit Flix noch nicht fertig war. Vielleicht bräuchte sie einfach noch vier bis fünf Dates, um die Sache auszureizen. Das klang logisch. Bisher war es noch zu frisch und zu aufregend, um davon zu lassen. Frisch? Aufregend? Was waren das für atypische Gedanken? Vielleicht wäre sie besser beraten, doch einfach nach Hause zu gehen und an ihrer Falle herumzuhirnen.

Noch immer unentschlossen machte Luisa in der Detektei die Lichter aus und schloss hinter sich ab. Selbst an der U-Bahnhaltestelle hatte sie sich noch immer nicht entschieden. Sie hasste das. Unentschiedenheit war etwas für Anfänger und sie war keine Anfängerin. Aber irgendwie kam sie sich in dieser Affäre mit Flix wie eine vor, verdammt.

Sie stieg ohne weiter nachzudenken in die nächste einfahrende Bahn. Okay, sie war jetzt also auf dem Weg nach Hause. Das war vernünftig. Luisa kaute auf ihrer Unterlippe herum. Etwas, das sie nur tat, wenn sie unzufrieden war.

Die Bahn erreichte die nächste Station, und Luisa stieg kurzentschlossen wieder aus. Sie wusste zwar nicht, was sie da gerade geritten hatte, das zu tun, aber es fühlte sich definitiv besser an, in die auf dem gegenüberliegenden Gleis bereitstehende Bahn zu springen und in Richtung des Anti Schoko zu fahren. Jetzt, da sie sich entschieden hatte, konnte es ihr nicht schnell genug gehen, und die sechs Stationen, die sie fahren musste, dauerten eine gefühlte Ewigkeit.

Sobald sie konnte, hüpfte sie an ihrem Ziel aus der Bahn und machte sich fast schon joggend auf den Weg zur Kneipe. Sie hatte sich in der Bahn keine Sekunde gefragt, ob Alf überhaupt an Neujahr geöffnet hatte. Jetzt kamen ihr Zweifel. Ihre eigene nächste Schicht wäre auf alle Fälle erst morgen wieder.

Als sie schon von Weitem Leute kommen und gehen sah, war sie erleichtert. Geöffnet war schon mal, jetzt musste nur noch Flix wie erhofft drinsitzen.

Mit Schwung öffnete sie die Kneipentür, die gleich den Blick auf den Hauptraum freigab. Es war zwar voll, aber nicht so voll, dass sie nicht gleich Flix an der Theke sitzen sah. In einem ziemlich hitzigen Gespräch mit Alf und Dirk.

Luisa gönnte sich einen Moment, Flix anzuschauen. Egal, was sie da gerade debattierte, es hatte wieder den gleichen Effekt auf sie wie schon beim Frühstück. Flix war im Ärger auf eine erwachsene Art gutaussehend, die ihr noch sehr viel besser gefiel als der witzige Kindskopf, den sie sonst abgab. Das war eine intensive Flix, die ihr eine ganz andere Seite offenbarte, die Luisa wahnsinnig anziehend fand. Die dunklen Haare, die blitzenden blauen Augen, der ernste Gesichtsausdruck auf den attraktiven Zügen – Luisa merkte, wie ihr Puls schneller wurde.

Sie ging wie von einem Magneten angezogen einige Schritte in Flix' Richtung. Dirk sah sie kommen und hätte Flix nicht auffälliger in die Rippen boxen können. Schlagartig blickten sie drei Gesichter an. Dirk grinste komisch und offenbarte dabei seine gelblichen Zähne, Alf sah ertappt aus, und Flix ... Flix konnte sie nicht einsortieren. Ihr Gesichtsausdruck war ganz und gar unleserlich. Auf alle Fälle war es nicht der übliche schalkhafte Blick, den sie sonst für Luisa bereit hatte. Hatten die drei über sie geredet? Oder über irgendwelche dubiosen Geschäfte, die sie nicht mitkriegen sollte? Hatte Flix die beiden gewarnt, dass sie sich für ihre Angelegenheiten übermäßig interessierte? Luisa kam einen Moment ins Straucheln. Dann setzte sie sich wieder in Bewegung. Und dachte im selben Augenblick schon, sie müsste sich mit Flix' Gesichtsausdruck getäuscht haben. Denn sie grinste ihr wie immer entgegen.

»Wir haben gerade über dich gesprochen«, rief sie schon von Weitem über das Stimmengewirr in der Kneipe hinweg. Voller Witz und Herausforderung. Alles war also in Ordnung.

Flix' Hirn prozessierte alle einkommenden Daten gerade in rasantem Tempo, und allein dadurch hatte sie es geschafft, die Situation zu retten. Jetzt hieß es dranbleiben. Sie hatte sich vorgenommen, Luisa auszuhorchen. Das funktionierte ja schließlich in beide Richtungen. Sie konnte sie außerdem schlecht stellen. Dann hätte sie verraten müssen, dass sie sie bei diesem Dschafarow gesehen hatte. Damit würde sie sich outen. Und sie wusste ja gar nicht, was Luisa wusste.

Die sicherste Maßnahme wäre natürlich gewesen, jeden Kontakt mit Luisa abzubrechen. Aber dazu konnte sich Flix nicht durchringen. Sie hatte sich eingeredet, dass es besser wäre, Luisa im Auge zu behalten und möglicherweise von ihr sogar wichtige Informationen in Erfahrung zu bringen. Aber sie hatte eben nicht damit gerechnet, sie so schnell schon zu treffen.

»Ich hab zu Alf und Dirk gesagt, dass du gut fürs Geschäft hier bist. Seit du hier bist, hat sich die Anzahl der tätowierten Gäste enorm erhöht. Du könntest ruhig noch mehr Schichten übernehmen.«

Luisa trat neben sie und blickte interessiert einen nach dem anderen an. Zum Schluss machte ihr Blick Halt bei Flix. »Aha, und warum habt ihr dann so ertappt ausgesehen, als ich reingekommen bin?«

Sie sagte das mit einem ernsten Gesichtsausdruck, aber ein ganz kleines Zucken der Mundwinkel verriet, dass sie mehr amüsiert als tatsächlich misstrauisch war. Sie war in spielerischer Stimmung, so viel konnte Flix sehen.

»Ertappt? Wir?« Flix trug die gespielte Empörung richtig dick auf. »Das musst du dir eingebildet haben.«

Luisa wandte sich von ihr ab und dem schwächsten Glied in der Kette zu: Alf hinter der Theke. »Raus mit der Sprache, Alf. Du scheinst mir hier noch der Ehrlichste zu sein.«

Alf sah aus wie ein Kind, das mit der Hand im Bonbonglas erwischt wurde. Oder mit Großmutters zerbrochener Chinavase. Oder eben wie ein Gastronom, der nebenher dubiose Geschäfte duldete und nicht damit umgehen konnte.

Flix musste schnellstens handeln, bevor er verriet, dass sie über Dirks Hehlerei gesprochen hatten und dass Flix eine deutliche Warnung ausgesprochen hatte. Sie hatte natürlich weder verraten, dass sie die Diebin all der Hehlerware war, noch dass Luisa eine Privatdetektivin war, die genau das untersuchte. Aber sie hatte das Armband erwähnt und dass Luisa zu prahlerisch damit umging. Sie hoffte, ihre Warnung war angekommen. Dirk hatte wenig beunruhigt ausgesehen, Alf hingegen schon.

»Okay, okay, ich geb's zu. Ich hab verraten, dass ...« Flix wusste nicht, wie sie diesen Satz beenden sollte. Es wollte ihr ad hoc einfach nichts einfallen. Noch wirkte es wie eine Pause, die die Spannung steigern sollte, und bei Luisa wirkte es auch tatsächlich. Sie hing an ihren Lippen.

»Dass?«, fragte sie mit einem kleinen Grinsen.

Oh, du Ahnungslose. Es wäre ein Leichtes, Luisa an der Nase herumzuführen. Sie schien Flix gegenüber überhaupt nicht misstrauisch zu sein. Oder sie konnte wahnsinnig gut schauspielern. Das war natürlich auch eine Möglichkeit. Eine, die Flix auch in Betracht ziehen musste.

Flix war zwischenzeitlich, nachdem der erste Schock und die heranwalzende Panik überwunden waren, ziemlich wütend auf Luisa gewesen. Und auch auf sich selbst, dass sie so leichtgläubig gewesen und auf diese Frau hereingefallen war. Dann war ziemlich schnell Hochachtung für Luisa hinzugekommen. Die Privatdetektivin Luisa gefiel ihr fast noch besser als die bloße ›Thekenfrau‹. Ihr war natürlich klar, dass das wieder einmal ihr Hang zur Gefahr und ihre Liebe zum Risiko waren, die diese veränderte Wahrnehmung begünstigten. Eine Frau, die ihr gefährlich wurde, war noch anziehender. Auch das trug zu ihrer Entscheidung bei, den Kontakt zu Luisa nicht abzubrechen. Stattdessen würde sie eben die nötigen Informationen aus ihr herausextrahieren. Das war der Plan. Ein guter, wie sie fand.

»Dass wir eine Affäre haben«, gab sie ganz schnodderig zur Antwort. Damit konnte sie nicht falsch liegen. Das entsprach sogar irgendwie der Wahrheit. Einer der Wahrheiten, die gerade so im Umlauf waren.

Dirk lachte keckernd, Alf zog eine Schnute hinter seinem Vollbart und Luisa sah sie mit einem Fragezeichen im Gesicht an.

»Und?« Offenbar war es okay, ihre zwei Sexdates als Affäre zu bezeichnen.

Eigentlich hatte Flix das ja schon als Ablenkungsmanöver eingesetzt, weil sie gedacht hatte, dass ihr Luisa allein für diese Bezeichnung schon an die Gurgel gehen würde. Dem war nicht so, also schnell weiterdenken. Weiter in die Irre führen. Flix gefiel dieses Spiel immer besser. Es war gefährlich, es war heikel, es war der reinste Spionagekrimi. Mission Impossible? Von wegen. Flix war Gregory Peck im geheimem Auftrag ihrer Majestät. Welten eleganter.

»Na, Alf will doch nicht, dass sein Thekenpersonal sich mit den Gästen einlässt. Es tut mir leid, wenn du jetzt Schwierigkeiten mit deinem Chef kriegst.« Sie zwinkerte Luisa keck zu.

Und Alf kriegte auch endlich die Kurve. »Ja, ich kann ein furchtbarer Tyrann sein.« Er strich sich über seinen Bart und wollte wohl bedrohlich aussehen, schaffte es aber nur, wie ein Knuddelteddy zu wirken, dem man gar nichts Böses abnahm. Naja, den Versuch rechnete Flix ihm trotzdem an.

»Aha. Na dann. Ich brauche also morgen nicht zu kommen?« Luisa konnte auch ein wunderbares Pokerface. Gut genug, um Alf den Schrecken ins Gesicht zutreiben.

»Was? Wieso denn? Ich komm doch ohne dich gar nicht zurecht.«

»Na, ich dachte, weil ich Flix' unwiderstehlichem Charme erlegen bin …«

Alf wurde schon seit ein paar Minuten von Gästen bedrängt, weiter zu bedienen und musste jetzt nachgeben. Im Weggehen rief er Luisa über seine Schulter hinweg zu: »Ach was, das war doch nur ein Scherz, um dich zu ärgern. Du kommst morgen? Ich verlass mich auf dich.«

Luisa machte eine wegwerfende Geste. »Klar.«

Dirk schien inzwischen das Interesse am Gespräch verloren zu haben und hatte sich einem seiner Kumpels zugedreht. Jetzt war

Flix also allein mit Luisa. So allein, wie man in einer vollen Kneipe eben sein konnte. Sie fragte sich, was ihr nächster kluger Schachzug sein sollte. Luisa hier aushorchen? Oder lieber irgendwo anders? Sex war mit Sicherheit keine gute Idee. Das sah sogar sie ein, dass das zu gefährlich war. Für sie selbst zu gefährlich. Zumal Luisa da stets die Oberhand behielt und auch nicht gerade das war, was man ein redseliges Schmusekätzchen nennen konnte.

»Gehen wir zu dir?« Luisas Frage platzte mitten in ihre Gedanken hinein. Sie war zwar noch zu keinem Ergebnis gekommen, aber sie wusste, dass sie Luisa jetzt nicht einfach nachgeben durfte. Ganz schlechte Idee. Sie musste sie aus dem Tritt bringen. Wenn sie zu Flix nach Hause gingen, würde sie erwarten, dass alles wie die beiden Male zuvor ablief. Minus Frühstück.

»Wie wär's, wenn du mich jetzt zur Feier des Tages mal mit zu dir nimmst?« Flix sah sofort, dass das der richtige Vorschlag war, um Luisa komplett zu verspulen.

»Du wohnst doch gleich um die Ecke. Das geht doch schneller.«

Gut gefangen, das musste Flix ihr zugestehen. Und wenn sie nicht gewusst hätte, dass Luisa eine Privatdetektivin und auf ihren Kopf aus war, dann hätte sie nichts dabei gefunden. So aber ließ sie nicht locker. Sie wickelte Luisa peu à peu in ein Netz ein, ohne dass sie es merkte. Zumindest hoffte sie, dass das mit dem Netz funktionierte. Aber sie wäre als Diebin deluxe bisher nicht so erfolgreich gewesen, wenn sie unter mangelnder Zuversicht gelitten hätte.

»Och, na und. Ich komm gern rum. Es ist doch noch früh. Oder hast du was zu verbergen?«

Fast hätte Luisa das Entsetzen über diese Anschuldigung nicht aus ihrem Gesicht heraushalten können. Aber da Flix genau darauf gewartet hatte, auf dieses kurze Aufzucken des Ertapptseins, hatte sie den minikleinen Moment sehen können. Auch das wäre ihr wieder entgangen, wenn sie Luisa nicht heute auf die Schliche gekommen wäre.

»Zu verbergen? Ja, eine vollkommen unaufgeräumte Wohnung. Ungewaschenes Geschirr mit zentimeterhohem Schimmel. Schmutzige Socken überall. Dem kann ich dich nicht aussetzen.«

Luisa mauerte. Und Flix amüsierte sich darüber. Bestimmt hatte die Detektivin innerlich schon Anflüge von Panik. Das mit dem Schimmel glaubte sie ihr keine Sekunde. Bestimmt machte sie sich eher Gedanken darüber, was sie nicht weggeräumt hatte, das sie verraten könnte. Flix hoffte, dass irgendwo Rechercheergebnisse herumlagen, die sie heimlich lesen konnte.

»Ich werde das Chaos schon ertragen können. Also, komm schon.« Sie zerrte Luisa praktisch aus der Kneipe.

Dirk zwinkerte ihr auf seine unheimliche Art zum Abschied zu. Alf winkte kurz und sah schon wieder besorgt aus, als er sie mit Luisa abziehen sah. Wer so uncool war, sollte eigentlich die Finger von illegalen Geschäften lassen. Sie würde mal ein ernstes Wort allein mit ihm wechseln müssen.

Sie selbst hingegen fand sich supercool, als sie mit Luisa in den Öffis zu ihrer Wohnung fuhr. Sie redeten nicht viel. Flix versuchte es zwar immer wieder, aber selbst ihr gelang es nicht, bei den vielen Menschen rundherum irgendeinen sinnvollen Faden zu verfolgen.

Luisa wohnte ganz in der Nähe einer Haltestelle, und erst als sie vor ihrer Wohnungstür stand, wurde ihr so richtig bewusst, dass sie jetzt dringend eine Strategie brauchte, denn sonst würde es gleich so zugehen wie die Male zuvor. Zuerst Sex und dann reden. Das war Luisas Masche. Einerseits sagte ihr ihr Körper, dass das doch gar keine so schlechte Idee wäre, aber ihr Verstand lehnte das strikt ab.

Nur nebenbei nahm sie wahr, dass auf dem Klingelschild der geschnitzten Wohnungstür *Sander* stand. Sie vermerkte es und war dann gleich wieder mit dem Gedanken beschäftigt, wie sie Luisa lange genug ablenken konnte, um etwas herauszufinden, und das Ganze ohne Sex.

Aber offensichtlich war Luisa selbst in einer mittleren Panik und bei Weitem nicht die coole Sexbraut, die sie bisher gegeben hatte. Sie stürmte voran in die dunkle Wohnung und ließ Flix im Flur stehen, der nur vom Treppenhaus durch die offene Tür etwas erhellt wurde. Flix hörte sie hektisch aufräumen. Das wollte sie doch gar nicht. Sie tastete sich im Dunkel voran. Das war sie ja eigentlich gewohnt. Sich in fremden, unbeleuchteten Wohnungen zurechtzufinden. Im Gegensatz zu ihrer Wohnung, die einen ziemlich dominanten langen Flur hatte, von dem alles abzweigte, war Luisas kleiner Vorraum schnell durchschritten und endete in einem großen Zimmer, von dem noch mehr Räume abzugehen schienen.

Wäre Flix auf einen Einbruch hier, hätte sie den fast schon kahlen Raum zügig hinter sich gelassen. Außer einem leeren Tisch mit drei Stühlen und einem Sofa auf einer Art angehobenem Wohnzimmerbereich konnte sie nichts Wesentliches ausmachen. An den Wänden schienen großformatige Bilder zu hängen. Der kahle Gesamteindruck würde für einen Diebstahl nichts Gutes verheißen.

Flix sah gerade noch, wie Luisa einen Stapel Unterlagen in einer Aufbewahrungsbox verschwinden ließ, die dann in eine Zimmerecke geschoben wurde. Sie wusste also, wo sie suchen musste, die Frage war nur wann und wie.

Luisa machte eine kleine Lampe an, die den Raum in schummriges Licht tauchte. Dann ging sie schnellen Schrittes quer durch den Raum und schloss die Wohnungstür, die Flix wegen der paar Strahlen Treppenhauslicht hatte offenstehen lassen.

»Sieht jetzt nicht besonders chaotisch oder vermüllt aus«, versuchte Flix sich an einem harmlosen Gespräch. Wenn sie die Ausrede geglaubt hätte, wäre das doch eine naheliegende Beobachtung. *Nur kein Sex, bitte nur kein Sex.* Das war ihr stilles Mantra.

Vielleicht war sie für dieses Undercover-Zeugs doch nicht gemacht. Sie konnte sich einfach nicht vorstellen, dass sie dazu in der Lage wäre. Natürlich war Luisa immer noch unerhört sexy. Mehr sogar – auf gefährliche Art. Flix hätte von sich gedacht, dass sie die erste wäre, die solch ein Spiel mit dem Feuer geil fände. Davon sogar noch erregt werden würde.

Das Gegenteil war der Fall, wie sie mit Entsetzen feststellte. Der Spaß, den sie noch zu Beginn des Abends empfunden hatte, war wie weggefegt. Jetzt konnte sie Luisa nur noch als Fremde sehen, die hinter ihr her war und sie mit Freuden der Polizei oder diesem Mafioso ausliefern würde.

Der Gedanke, mit solch einer Frau Sex zu haben, war gar nicht sexy. Alles in ihr zog sich bei dem Gedanken zusammen. Da war kein noch so kleiner Funken Erregung zwischen all den vorherrschenden Befürchtungen. Würde sie es womöglich faken müssen? Konnte sie das überhaupt? Sie hätte nicht gedacht, jemals in ihrem Leben mit dieser Problematik konfrontiert zu werden.

Wenn sie Luisa ansah, war sie optisch immer noch die gleiche. Die Frau, mit der sie heute Morgen auf ihrem Sofa einen Knaller von einem Orgasmus gehabt hatte. Noch schlimmer. Die Frau, mit der sie heute beim Frühstück sogar so eine Art Beziehung in Betracht gezogen hatte. Wie absurd das jetzt schien.

Flix hatte in diesem Moment die kolossale Erkenntnis über sich selbst, dass sie ganz im Geheimen ein echtes Pflänzchen war. Zu sehr ein Hascherl, um gefährlichen, aber triumphierenden Sex mit der Privatdetektivin zu haben, die sie fangen wollte. Die Flachlegerin flachlegen. Wäre doch absolut cool. Nur leider nichts für Flix. Pflänzchen.

»Ich muss gehen.«

Luisa glaubte nicht richtig zu hören. Flix' Gesichtsausdruck war wie versteinert. Wie schon einmal heute Abend, als sie in die Kneipe gekommen war. »Das kommt jetzt ein bisschen überraschend.« Gerade noch hatte sie alles Inkriminierende weggeräumt. Sie war nicht wirklich bereit für Flix in ihrer Wohnung, aber auch nicht dafür, dass sie jetzt schon wieder ging. »Bleib doch, Flix. Was ist denn los? So schlimm kann meine Wohnung doch nicht sein.«

Flix scharrte mit den Füßen, strich sich eine Haarsträhne hinters Ohr und wollte sie gar nicht mehr ansehen. Merkwürdig.

»Ich bin heute nicht in Stimmung«, kam schließlich die gemurmelte Erklärung.

»Dass *du* das sagst, hätte ich nie für möglich gehalten. Ich dachte, du kannst immer.« Luisa versuchte die Flix zurückzuholen, die sie anfangs kennengelernt hatte. Den verspielten Kindskopf, der ihr nach kurzem Kennenlernen schon einen hässlichen Dildo unter die Nase gehalten hatte. Aber der Schuss ging nach hinten los.

»Da hast du dich eben getäuscht. Bin ich eben nicht so ein Smooth Operator, wie du es gern gehabt hättest«, kam es prompt von Flix, die die Betrachtung ihrer Schuhe unterbrochen hatte, um ihr einen unerklärlichen Blick zuzuwerfen. »Sorry. Ich geh dann mal besser.«

Aber seltsamerweise ging sie nicht. Sie hätte sich einfach nur umdrehen müssen. Die Eingangstür war keine zehn Meter von ihr entfernt.

»Ich finde dich gerade komisch.« Luisa wusste, dass das nicht diplomatisch war. Aber das war jetzt auch völlig egal. Der heutige Abend verwirrte sie einfach nur.

Flix warf ihr einen Blick zu, der wohl heißen sollte: *Pech gehabt*, und sie wollte sich jetzt doch zur Tür drehen.

»Ich will aber trotzdem, dass du bleibst«, setzte Luisa hinterher, und tatsächlich blieb Flix stehen. Ganz so, als ob sie darauf gewartet hätte.

»Wofür denn? Sex ist doch bisher das einzige, was uns verbindet.«

»Und was ist mit dem Frühstück heute?« Luisa wusste selbst nicht, warum sie so auf Flix eintextete. Es war nicht die Aussicht, etwas aus ihr herauszukriegen. Sie hatte ja inzwischen eine andere Strategie, die sie verfolgen wollte. Und wenn Flix ginge, könnte sie daran ja auch arbeiten.

»Das Frühstück war auch Sex. Wenn du nicht hättest gehen müssen, hätten wir hinterher einfach weitergemacht mit dem, was wir vorher gemacht haben. Sex. Ganz einfach. Und jetzt will ich keinen Sex. Also kann ich auch genausogut gehen. Oder willst du mir gerade das Gegenteil beweisen? Was willst du eigentlich von mir, Luisa?«

Luisa war kurz über den heftigen Ton erstaunt. Was war denn in die bisher so witzige und alberne Flix gefahren? Das war ja fast schon aggro. Sie war sich keiner Schuld bewusst und wusste nicht, wie sie das verursacht haben könnte.

»Dass du eine Tasse Tee mit mir trinkst. Danach kannst du auch gehen. Aber so hatte ich mir das Ende des Abends nicht vorgestellt.«

»Natürlich wolltest du mich ficken. Schon klar. Aber nicht geküsst werden. Bisschen wie mit einer Nutte. Trinkt man mit der Tee?«

»Wow, du kannst richtig ätzend sein.« Luisa ging auf den Vorwurf gar nicht ein. Sie sah den Sinn darin nicht. »Also, was jetzt? Tee oder nicht Tee?«

Flix antwortete nicht sofort. Sah sich unwirsch in Luisas Wohnzimmer um, als ob sie etwas suchen würde. Vielleicht ja einfach nur den Entschluss, was sie jetzt machen würde.

Luisa war mittlerweile bass erstaunt. Aber auch irgendwie angefixt, Flix von ihrem asozialen Trip wieder herunterzubringen.

Normalerweise hätte sie sich mit einer miesgelaunten Affäre überhaupt nicht weiter abgegeben. Dass sie sich hier um Flix bemühte, war für sie selbst unerklärlich. Als ob die Herausforderung das Ganze erst interessant machte. Als ob sie Flix auf Teufel komm raus hier bei sich haben wollte. Wo sie doch bis vor ein paar Minuten noch die Panik gepackt hatte, Flix könnte irgendetwas unter die Augen kommen, was sie nicht sehen sollte. Es ergab alles keinen Sinn.

»Kein Schwarztee. Da kann ich sonst nicht schlafen«, kam endlich die Entscheidung.

»Okay, kein Schwarztee. Das lässt sich einrichten. Rooibos?«

»Schmeckt zwar wie Katzenpisse, aber ja, warum nicht.«

Luisa musste unwillkürlich darüber lachen. Flix konnte ja eine richtige Zicke sein. Sie hatte sie definitiv unterschätzt. Zumindest, was die Anzahl ihrer Gesichter anging. Auch wenn dieses Gesicht gerade nicht unbedingt liebenswert war.

Ihre Küche grenzte direkt an den Wohnraum, durch einen Durchbruch verbunden. Sie dachte eigentlich, Flix würde sich vielleicht an den Tisch setzen, aber sie folgte ihr. Mehr als Tee oder Kaffee kochte sie hier meistens nicht. Dementsprechend karg war der Raum, abgesehen von der alten Einbauküche.

Sie warf den Wasserkocher an, während Flix sich an die Wand lehnte und sie mit einem seltsamen Ausdruck in den Augen beobachtete.

Zwei aufgegossene Teebeutel in einer angeschlagenen Teekanne später saßen sie doch an Luisas Tisch. Luisa schenkte den Rooibostee in zwei genauso angeschlagene Steinguttassen ein und beobachtete, wie Flix skeptisch daran schnüffelte, nachdem sie ihr ihre zugeschoben hatte.

»Was machst du eigentlich noch außer Thekenfrau im Anti Schoko?«

Die Frage verblüffte sie. Flix hatte bisher kaum etwas wissen wollen. »Was meinst du?« Sie zögerte eine Antwort hinaus. Lügen oder möglichst bei der Wahrheit bleiben? Normalerweise stellte sie sich diese Frage gar nicht, da wäre lügen das Normalste gewesen. Jetzt war sie wieder an einem Punkt, wo sie sich überlegen musste, Flix nicht doch die Wahrheit zu sagen. Die volle Wahrheit. Dass sie das überhaupt in Erwägung zog, war krass. Endkrass sogar. Sie konnte und durfte die Ermittlungen nicht gefährden. Hinterher könnte sie Flix immer noch die ganze Geschichte erzählen. Und ganz vielleicht würden sie sich trotzdem wiedersehen. Sie zwang sich dazu, das so und nicht anders zu sehen. Auch wenn etwas in ihr das Gegenteil wollte.

»Na, du wirst ja kaum eine Wohnung dieser Größe unterhalten können von dem bisschen, was Alf zahlt. Studierst du? Arbeitest sonst noch irgendwas? Wer bist du, Luisa?«

Puh! Flix stellte erschreckend kluge Fragen. »Du bist gerade wirklich schräg drauf. Aber okay. Die Wohnung gehört mir. Ich zahl keine Miete.« Das war sogar die Wahrheit.

»Und woher hast du so viel Geld? Nicht, dass es mich etwas anginge, aber ich kenne sonst keine Leute in meinem Alter, die Wohnungen besitzen.«

»Wenn du es unbedingt wissen musst, meine Mutter hat mir Geld hinterlassen, als sie gestorben ist, und als ich achtzehn war, hab ich mir damit die Wohnung gekauft.«

Luisa wusste nicht, warum sie das erzählte. Sie hatte sich doch gerade entschieden, genau das nicht zu machen. Und natürlich hatte sie sich einen Lebenslauf zurechtgelegt, bevor sie im Anti Schoko angefangen hatte. Aber sie hielt sich gerade nicht ans Skript. Sie hatte aber auch nicht damit gerechnet, dass sie jemanden aus der Kneipe mit hernahm und ihre Wohnung zeigte, die natürlich Fragen aufwerfen musste. Die Luisa, die im Anti Schoko arbeitete, war eine Frau, die sich ziellos von einem Job zum nächsten hangelte und sich mit Sicherheit nur ein schäbiges, kleines Zimmer in einer heruntergekommenen WG leisten konnte. Sie musste also improvisieren. Irgendwie musste sie in diesem Gespräch die Kurve kriegen.

»Und was machst du, wenn du nicht die paar Stunden bei Alf arbeitest?« Flix ließ einfach nicht locker, verdammt.

»Du stellst komische Fragen. Das, was alle Leute so machen. Lesen, Sport, im Internet die Zeit verdaddeln. Das Übliche.« Sie hoffte, sich damit eine kleine Verschnaufpause verschafft zu haben, aber Flix reagierte ungehalten.

»Das Übliche? Ach ja, wie dumm von mir. Ich mach auch nur das Übliche. Ende des Gesprächs. Danke für den Tee. Schmeckt immer noch wie Katzenpisse.«

Sie stand auf und wollte jetzt anscheinend wirklich gehen.

Luisa versuchte sie an der Hand zu nehmen und zurückzuhalten. »Flix, komm schon«, sagte sie in einem, wie sie fand sehr, sehr versöhnlichen Tonfall.

Flix entzog ihr sofort die Hand und schaute sie verärgert an. »Nein, Luisa, ich komm gar nirgends hin. Nicht in dein Schlafzimmer. Oder, ach ja, entschuldige, bis dahin wäre ich ja gar nicht gekommen. Das Sofa tut es auch. Nicht sonstwohin. Auch nicht metaphorisch. Ich geh jetzt einfach.«

Luisa wollte noch einmal protestieren, kam aber nicht weiter als bis zu einem sprechbereit geöffneten Mund, aus dem noch kein einziger Ton herausgekommen war, als Flix schon dagegenhielt.

»Lass gut sein. Es ist besser so. Ich hab 'ne Scheißlaune. Wir sehen uns.«

Ihr Abschiedsblick war moderater, fast schon normal. Aber Luisa konnte ihn nicht lange genießen. »Okay«, sagte sie, und Flix war zur Tür hinaus.

Luisa ließ als erstes laut die Luft ausströmen, die sie unbewusst angehalten hatte.

Sie hätte froh sein sollen, dass sie es geschafft hatte, dass Flix in ihrer Wohnung nichts zu sehen gekriegt hatte. Sie meinte sogar, sie hätte es geschafft, das Klingelschild zu überdecken. Oder Flix hatte es vielleicht einfach nicht gesehen. Denn im Anti Schoko verwendete sie natürlich einen falschen Nachnamen. Auch die Schädel hatte sie nicht gesehen. Die hätten mit Sicherheit auch merkwürdige Fragen ausgelöst. Und am allerwichtigsten war, dass sie die Unterlagen zu ihrer Untersuchung in aller Hektik hatte wegräumen können.

Sie hätte eigentlich mit dem Ausgang des seltsam verlaufenen Abends zufrieden sein können. War es aber ganz und gar nicht. Und das hatte nichts mit der Tatsache zu tun, dass sie schon den ganzen Tag angeturnt gewesen war nach dem Morgen in Flix' Wohnung und noch mehr angeturnt war, als sie Flix wiedergetroffen hatte. Schlechte Laune hin oder her.

Sie schenkte sich noch einen Tee ein, den sie in eine Thermoskanne umgefüllt hatte, nachdem sie gesehen hatte, wie Flix beim ersten Schluck das Gesicht verzogen hatte. Sie mochte den Geschmack und würde den Tee jetzt genussvoll in aller Ruhe trinken. Dabei würde sie ihre Unterlagen durchgehen und an ihrer neuen Strategie arbeiten.

Sie trug Flix' nur zur Hälfte leergetrunkene Tasse in die Küche. Dann holte sie die Kiste, in die sie vorhin so übereilt alles Wesentliche hineingestopft hatte. Methodisch breitete sie die verschiedenen zu Einheiten zusammengefassten Ergebnisse ihrer Untersuchung auf dem Tisch aus. Zu jedem Stapel einige Fotos, die ihr halfen, sofort die wichtigsten Details zu erfassen. Der Schmuck, das Werkzeug, ein heimlich von Dirk geschossenes Handybild. Alles landete akribisch auf seinem passenden Stoß.

Dann machte Luisa nichts weiter als jeden einzelnen Haufen anzustarren und sich in die Materie hineinzuvertiefen. Das war ihre Methode. So ging sie häufig vor, wenn sie an einem Wendepunkt angelangt war. Ihr war klar, dass ihr entscheidende Hinweise fehlten, denn sie hatte schließlich nur die zwei Einbrüche zur Auswertung, mit deren Aufklärung Dschafarow sie beauftragt hatte. Es gab mit Sicherheit noch einige mehr, die aber vermutlich alle von der Polizei bearbeitet wurden. Offensichtlich nicht erfolgreich, da die Diebe immer noch ihr Unwesen trieben. Wieder ein Hinweis mehr darauf, wie professionell die Täter waren. Scheinbar unsichtbar und nicht zu fassen.

Das würde mit ihr enden.

Sie hatte die Idee mit der Falle ziehen lassen wie einen guten Kräutertee und hatte schon die ersten Eckpfeiler. Der Besitzer eines Uhren- und Schmuckgeschäftes war ihr von einer zurückliegenden Ermittlung einen Gefallen schuldig. Sie würde ihn bitten, seinen Laden oder besser seine Werkstatt für die Falle zur Verfügung zu stellen. Dann würde sie ganz nebenbei Dirk den Ort und den Termin einer Diamantenlieferung stecken. Gut verpackt würde er den Köder schlucken wie ein gieriger Fisch. Und er war ihr schließlich schon einmal auf den Leim gegangen. So gemeingefährlich, wie er wirkte und vermutlich auch war, war er nicht gerade der Hellste.

Dann musste sie nur an Ort und Stelle warten. Natürlich bräuchte sie Hilfe von mindestens einem Mitarbeiter der Detektei. Und ihre Kontakte bei der Polizei müssten auch gut getarnt auf der Straße warten, um dann gleich zugreifen zu können. Aber das war alles kein Problem. Auch ohne dass ihr Vater etwas davon mitbekam.

Luisa konnte ein vorfreudiges Grinsen nicht unterdrücken. Sie würde die Kerle schnappen. Gut, Dschafarow würde nicht erfreut sein, dass sie ihm durch die Lappen gingen, weil sie ja schließlich in den Fängen der Justiz endeten und er nicht Rache auf seine Art üben konnte. Aber im Endeffekt war das ja sogar das bessere Ergebnis, oder nicht? Zumindest für Luisas ethisch-moralisches Empfinden.

In ihre Planerei hinein klingelte es an der Tür, und die Freude darüber, dass Flix zurückkehrte, überraschte sie. Denn wer sollte sonst bei ihr klingeln? Sie hatte keine so engen Freunde, die spontan einfach vorbeikamen.

Wieder stopfte sie hektisch die Unterlagen in die Kiste zurück und eilte dann zur Wohnungstür. An der Sprechanlage war niemand, also machte sie gleich die Tür auf. Aber zu ihrer großen Enttäuschung stand da keine Flix. Und auch sonst war niemand zu sehen. Nur ein Karton. Wie immer vollkommen markierungslos außer ihrem Namen in großen, gedruckten Buchstaben. Luisa wusste schon, was sie darin finden würde.

Sie rannte das Treppenhaus hinunter, als ob Höllenhunde hinter ihr her wären. Es hatte keine Minute gedauert, bis sie die Tür geöffnet hatte. Sie musste denjenigen, der ihr die Schädel vor die Tür stellte, endlich erwischen. Aber als sie unten aus der Haustür spurtete, war in alle Richtungen kein Mensch zu sehen. Nicht einmal ein Auto. Es war für Großstadtverhältnisse totenstill in ihrer Straße. So totenstill wie der nächste Tierschädel in dem Karton vor ihrer Wohnungstür.

◆

Ihr aktuelles Wegwerfhandy zeigte heute Morgen eine Nachricht für sie. Ein Tipp von Dirk.

Sie war schon eine Woche nicht mehr im Anti Schoko gewesen. Nicht, dass er wusste, wem er da die Nachrichten schickte. Er war nur einer von mehreren Kontakten, die sie anonym pflegte. Alle paar Monate wechselte sie die Sim-Karte und schickte dann sofort die neue Nummer herum. Meistens warf sie sogar das Handy weg und besorgte ein neues. Es war bald wieder Zeit, ging es ihr durch den Kopf, als sie sich auf dem kleinen Hocker an ihrer Werkbank niederließ.

Sie las die Nachricht noch einmal. Beim ersten Mal war sie zu abgelenkt gewesen, weil Dirk sie an das Anti Schoko erinnerte und das wiederum an Luisa. Die sie seit dem Neujahrsabend in ihrer Wohnung nicht mehr gesehen hatte. Was auch besser war, wenn man bedachte, dass sie ihr auf den Fersen war. Warum das nicht in ihr unnachgiebiges Hirn gehen wollte, war ihr schleierhaft. Luisa hatte ihr sogar Nachrichten geschickt. Und Flix hatte sich gehörig zusammenreißen müssen, um nicht sofort zurückzuschreiben, sondern hart zu bleiben.

Sie versuchte sich wieder auf das Hier und Jetzt zu konzentrieren. Diamanten in einem nicht ausreichend gesicherten Safe. Für eine Nacht zur Zwischenlagerung bei einem Schmuckhändler. Das klang verlockend. Sehr verlockend.

Flix nahm ihr Tablet zur Hand und recherchierte zu dem Geschäft. Wofür Google Earth so alles gut war. Sie konnte die Lage perfekt einordnen. Auf der Homepage fand sie sogar Innen- und Außenfotos des Schmuckgeschäftes. Es wirkte nicht gerade wie der Ort, der eine Diamantenlieferung bekam. Viel zu wenig gesichert und nicht auf dem aktuellsten Stand, was die Sicherheitsvorkehrungen anging. Das konnte sie sogar auf den schlechten Bildern sehen. Das wirkte alles wie der perfekte, kleine Einbruch, der auch noch große Summen abwerfen konnte. Auch noch in Diamanten. Eigentlich hatte sie ja eine Zeitlang inaktiv bleiben wollen. Aber das war fast schon zu gut, um wahr zu sein. Und genau das ließ sie innehalten.

Der letzte Einbruch hatte auch einfach sein sollen und hatte ihr stattdessen Luisa eingehandelt. Die schon vorher an ihr dran war, wenn sie ehrlich war. Aber andererseits konnte sie, wenn sie so große Summen auf einen Schlag erbeutete wie in letzter Zeit, ganz anders über ihre Zukunft nachdenken. Vielleicht wäre es dann doch noch möglich, den Traum ihres Vaters zu erfüllen. Einen ehrlichen Beruf für Flix. Noch zwei, drei solcher Summen, und sie hatte für Jahre ausgesorgt. Das war doch auch ein Gedanke. Leider einer unter vielen.

Flix wusste gerade nicht, was tun. Sowohl was den neuen Tipp anging, als auch was Luisa betraf. Und wenn sie nicht wusste, wie es weitergehen sollte, machte sie immer das Gleiche.

Sie eilte aus ihrem geheimen Raum und schnappte sich die Motorradjacke. An der Haustür fiel ihr ein, dass sie die Tür in der Dusche nicht wie sonst immer noch einmal kontrolliert hatte. Sie eilte zurück und stellte fest, dass sie tatsächlich einen Spalt offenstand. Sie war wirklich durch den Wind, wenn ihr so etwas passierte. Mit einem Schlag schloss sie die Tür und ärgerte sich über sich selbst, weil ihr in letzter Zeit einfach nur Scheiß passierte. Unnötiger Scheiß.

Auf ihrem Motorrad verfolgten sie weniger die Gedanken an ihre Nachlässigkeiten oder den verlockenden Tipp als die an Luisa. Sie hatte sich ziemlich bescheuert verhalten, als sie bei ihr in der Wohnung gewesen war. Bescheuert und auch noch auffällig. Falls Luisa sie nicht tatsächlich schon im Verdacht gehabt hatte, war sie bestimmt nach ihrem Auftritt auf die Idee gekommen, dass mit ihr etwas nicht stimmte. Flix hatte einfach Panik bekommen. Etwas, das ihr bei ihren sämtlichen großen und kleinen illegalen Aktivitäten noch nie passiert war, hatte der Gedanke an Sex mit dem Feind geschafft. Der Feind, der eine Feindin war. Die sie ja eigentlich unglaublich anmachte mit ihren Tätowierungen und ihrer herben Schönheit.

Warum hatte sie nicht einfach cooler sein können? Nein, sie hatte das Pflänzchen geben und abhauen müssen.

In einer Kurve kam sie auf der nassen Fahrbahn ein bisschen ins Schlingern, sie schaffte es aber sofort wieder, die Kontrolle über das Motorrad zu erlangen. Motorradfahren und schlimme Gedanken zu wälzen vertrugen sich gar nicht gut.

An ihrem Ziel angelangt machte sie sich nicht die Mühe, den Helm abzuziehen oder sich sonstwie präsentabel zu machen. Das brauchte sie bei ihrem Paps schließlich nicht.

Als sie sah, dass sein Arzt bei ihm war, wünschte sie sich, sie hätte doch zumindest auf der Stationstoilette ihre Haare gekämmt. Sie sah bestimmt aus wie eine Vogelscheuche, nachdem sie den Helm einfach nur heruntergezerrt hatte. Vermutlich gab es hier nicht so viele Besucher, die in Ledermontur ankamen und wilde Haare wie nach einem Headbangingcontest hatten.

Eigentlich hatte sie ja einfach nur bei ihrem Paps sitzen und ihm alles haarklein darlegen wollen. Was sie über Luisa herausgefunden hatte, dass sie sein Stemmeisen verloren hatte und auch dass die Frau, bei der sie das erste Mal überhaupt an die Möglichkeit einer Beziehung gedacht hatte, jetzt womöglich ihr Waterloo sein könnte. Einfach alles.

Nicht, dass er dazu auch nur einen Funken hätte beitragen können, aber es half ihr immer, ihrem Paps ihre Probleme zu schildern und dabei darüber aus einem ganz anderen Blickwinkel nachzudenken. Aus seinem Blickwinkel. So, wie sie dachte, dass er die jeweilige Angelegenheit sehen würde.

Jetzt hieß es aber erst einmal mit seinem Arzt die OP besprechen. Er war wie immer kurz angebunden. Ob das jetzt an ihrer Aufmachung lag oder daran, dass er vermutlich einen ziemlich vollen Tag hatte, konnte Flix nicht sagen. Das Vertrauen in ihn bestärkte es auf alle Fälle nicht gerade. Er redete auch daher, als ob alles schon klar wäre. Ganz so, als ob Flix ihre Unterschrift unter die Einwilligungspapiere zur OP schon gegeben hätte. Sie wusste ja, sie würde es tun, einfach weil ihr Paps jede Gelegenheit ergreifen würde, wenn er es selbst entscheiden könnte. Auch wenn er dabei hopsging.

Als der Arzt nach nur wenigen Augenblicken gegangen war, saß Flix nachdenklich neben dem Pflegebett. Sie hatte das Oberteil hochgefahren, und ihr Paps stierte zum Fenster hinaus. Sie hielt seine Hand, und es war ihr gerade überhaupt nicht mehr nach Reden. Eher nach Heulen war ihr zumute. Aber das war so gar nicht ihre Art, dass sie jetzt auch nicht damit anfangen würde.

Warum fühlte es sich gerade so an, als würde ihre Welt demnächst wie ein Kartenhaus zusammenfallen? Vollkommen instabil, und der kleinste Windhauch könnte alles zusammenstürzen lassen und nichts bliebe übrig.

Schlimmstenfalls würde ihr Paps bei der OP sterben, und sie selbst säße für die nächsten fünfundzwanzig Jahre im Knast. Naja, es sei denn, Luisa lieferte sie dem Mafioso ans Messer. Dann könnte sie sich vermutlich ein Doppelgrab mit ihrem Paps teilen. Das klang doch gar nicht mal so schlecht, fand sie in ihrer momentan niedergeschlagenen Stimmung.

Aber nicht ohne Kampf, verkündete eine widerspenstige kleine Stimme in ihrem Kopf. So schlecht standen die Chancen bei genauerer Betrachtung für sie beide doch gar nicht. Luisa hatte eigentlich nichts gegen sie in der Hand außer dem Stemmeisen. Und ihr Paps war stets der Mann gewesen, der noch die schlechteste Wahrscheinlichkeitsrechnung für sich entschied, also würde er mit Leichtigkeit auch die OP überstehen. Kein Grund also, Trübsal zu blasen. Schließlich hatte sie auch noch eine unmittelbare Entscheidung zu treffen. Sie musste sich überlegen, wie sie mit dem Tipp weiter vorging. Es hieß in drei Tagen zuschlagen oder es sein lassen.

◆

Luisa wartete in ihrem Versteck und hatte sich darauf eingestellt, dass es womöglich Stunden dauern könnte. Es war alles perfekt vorbereitet. Jetzt musste die Falle nur noch zuschnappen. Sie hatte eine ganze Handvoll an ausstehenden Gefallen eingefordert für diese Aktion und war sich ziemlich sicher, dass es sich auszahlen würde. Sie hatte es nicht nur geschafft, Dirk die Sache zu stecken, sondern auch noch Mehmet. Den sie hinterher mit Dirk konferieren hatte sehen. Und sie hatte geschafft, das Ganze in eine glaubhafte Geschichte zu verpacken. Nach dem Motto: »Wenn man das als Einbrecher wüsste, hätte man ausgesorgt, aber leider war sie keine Einbrecherin.« Der Köder war auf alle Fälle geschluckt worden. Jetzt musste der große Fisch nur noch anbeißen.

Luisa machte einige kleine Bewegungen, damit ihre Beine nicht einschliefen. Sie hatte sich in einem Schrank in der Werkstatt eingenistet, direkt in der Nähe des Tresors. Die Tür stand einen kleinen Spalt offen, sodass sie einen guten Blick hatte.

Eigentlich ein ganz alberner Platz, um sich zu verstecken. Versteckten sich in Witzen nicht immer die nackten Liebhaber und die Einbrecher in Schränken? Hätte es in der kleinen Werkstatt einen anderen Platz gegeben, hätte sie den Schrank schon allein aus diesem Grund nicht genommen. Aber so saß sie in dem wie ausgestorben daliegenden Ladengeschäft mit ihrer geladenen Waffe in einem Schrank auf der Lauer.

Die Dunkelheit in der Werkstatt war nicht wirklich so dunkel, weil eine stattliche Anzahl an Radioweckern vor sich hinstrahlte. Die hatte sie natürlich alle vorher eingesteckt. Einer wäre zwecklos gewesen, aber so viele ergaben eine kleine Lichtquelle. Was natürlich in einer Uhren- und Schmuckwerkstatt zuerst einmal nicht weiter ungewöhnlich wäre.

Und ausgestorben war der Laden auch nicht. Neben Luisa war auch noch ihr Kollege Andi im vorderen Teil des Ladens versteckt. Und am Hinterausgang warteten Schäfer und Kaminski, ihre zwei Streifenpolizisten. Auch so gut versteckt wie irgend möglich. Karin Schäfer kannte sie seit Jahren aus dem Karate, und ihren Partner Kevin Kaminski hatte sie später dann bei einem Fall kennengelernt, bei dem sie den beiden den entscheidenden Hinweis gegeben hatte. Die Aktion hier war sogar von deren Vorgesetzten genehmigt. Keine Spur von Ungesetzlichkeit im Spiel. Darauf könnten sich die Diebe später vor Gericht nicht herausreden.

Luisa sah auf die Uhr. Erst knapp zwei Stunden Wartezeit vergangen. Das war praktisch nichts. Sie schätzte, dass die Diebe erst zwischen drei und vier Uhr kommen würden. In der tiefsten Nacht also. Es hieß Geduld haben.

Um zwei Uhr siebenundzwanzig meinte sie, ein Geräusch zu hören. Sie war schlagartig vollständig wach, und das Adrenalin durchflutete ihre Adern. Jetzt war es soweit. Sie kamen.

Luisa lauschte gebannt in die leere Werkstatt. Noch einmal hörte sie von der Hintertür ein Geräusch. Dann Stille. Eine Stille, die so ohrenbetäubend war, dass sie meinte, vor lauter Rauschen gar nichts anderes mehr wahrnehmen zu können. Dann plötzlich das Gekreische von zwei Katzen, die einander nicht wohlgesonnen waren. Es schepperte, und Luisa vermutete, dass der Kampfplatz hinter den leeren Mülltonnen lag. Dann wieder Stille. Die beiden Kampfkatzen schienen abgezogen zu sein.

Dann wieder Warten. Unendliches Warten, das sich dehnte wie ein Kaugummi. Luisa vertrieb sich die Zeit mit Planungen aller Art. Wann sie ihre nächste Karateeinheit unterbringen würde. Wann ihre nächste Übung am Schießstand. Über die Schädel und ihren Absender dachte sie eine Zeitlang nach. Und dann ließ es sich nicht mehr zurückhalten. Sie dachte in ihrem Versteck auch über Flix nach. Was sie wohl machte, warum sie so komisch gewesen war und, allen anderen Gedanken vorangestellt, wann sie sie wiedersehen würde.

Die freche Brünette hatte sich nicht mehr gemeldet, nachdem sie auf so seltsame Art und Weise aus ihrer Wohnung verschwunden war. Sie war seither auch nicht mehr im Anti Schoko aufgetaucht, obwohl Luisa immer darauf gewartet hatte, wenn sie Thekendienst hatte.

Luisa wusste, dass sie es sein lassen sollte, auch nur eine weitere Sekunde an Flix zu denken. Die wollte ganz offensichtlich ihre Affäre nicht weiter fortsetzen. Das musste sie ja wohl akzeptieren. Sie brauchte dafür ja auch keinen Grund. Hatte es zumindest in der Vergangenheit nie gebraucht. Aber blöderweise konnte sie nur daran denken, dass ihre Mini-Affäre beendet war, ohne dass sie sich durchgerungen hatte, Flix zu küssen. Gerade, als sie den Plan gefasst hatte, es doch zu wagen. Das fuchste sie. Sie hatte es zumindest ein einziges Mal tun wollen. Für Luisa war Küssen intimer als alles andere. Sie konnte problemlos mit völlig fremden Frauen Sex haben und das kein Stück intim finden. Das war doch nur ihr Körper. Und sie gab ja auch kein noch so kleines Stück von sich preis.

Beim Küssen war das anders. Das konnte sie nur ganz oder gar nicht. Das war hundert Prozent Luisa. Sie als Person, nicht nur ihre Zunge oder die anderen Körperteile, die rein anatomisch an solch einem Kuss beteiligt waren. Da gelang es ihr nicht so gut wie bei den sonstigen körperlichen Aktivitäten, das rein biologisch zu sehen. So schaffte sie es nämlich, immer den Rest zu abstrahieren. Rein biologische Funktionen. Ihre Klitoris wurde auf eine bestimmte Art stimuliert, ergo folgte irgendwann ein Orgasmus. Nichts weiter dabei. Keine Nähe irgendwelcher Art erforderlich.

Denn das war Luisas wahres Problem. So viel verstand sie über sich selbst auch ohne ein Psychologiestudium. Nähe war nicht ihr Ding. Bestimmt könnte eine Psychoanalytikerin damit ganz furchtbare Theorien über sie aufstellen. Früher Verlust der geliebten Mutter, gefühlskalter, fast schon grausamer Vater und voilà, das Rezept für eine nähe-phobische Luisa war fertig. Ganz einfach. Aber so wollte sie sich gar nicht sehen. Sie selbst ordnete das vielmehr als Vorsicht ein. Vorsicht vor den Abgründen anderer Menschen. Sie musste sich ja nicht gleich jeder Frau öffnen, die dachte, Sex wäre gleichzusetzen mit Nähe.

Flix hatte das alles intuitiv ganz problemlos verstanden und es auch akzeptiert. Viel problemloser als sonst so üblich. Vielleicht war das ja auch der Grund, warum sie jetzt nicht anders konnte als zu bereuen, sie nicht bei passender Gelegenheit zumindest einmal so richtig geküsst zu haben. Die ganze Luisa, ihr ganzes Ich, in einen Kuss gelegt.

Die meisten Frauen machten ja einen Aufstand, wenn sie nicht küssen wollte und ruinierten damit meist schon von Anfang an alles. Flix war anders gewesen. Okay, sie hatte in ihrer Wohnung, als sie aus unerfindlichen Gründen so verärgert war, einen ätzenden Kommentar abgegeben. Aber Luisa konnte das gar nicht so recht ernstnehmen. Das hatte gar nicht echt gewirkt. Mehr, als ob Flix einen Grund gebraucht hatte, um zu gehen.

Ja, wenn sie genauer darüber nachdachte, fühlte sich das nach der Wahrheit an. Aber warum nur? Luisa beschloss, der Sache auf den Grund zu gehen. Da interessierte sie eine Frau so sehr, dass sie an sie denken musste und sie sie gern küssen wollte. Schon allein deswegen wollte sie herausfinden, was es damit auf sich hatte. Und sie wollte wissen, was neulich mit Flix losgewesen war. Sie würde ihr also einen Besuch abstatten.

Zufrieden über diese Entscheidung lauschte sie wieder intensiver in die Werkstatt hinein. Nichts. Einfach gar nichts tat sich.

Vier Stunden später drückte ihre Blase höllisch, ihre Beine waren trotz aller Gegenmaßnahmen schon mehrfach eingeschlafen und fühlten sich pelzig an. Und, sie musste es sich eingestehen, ihre Zuversicht bröckelte. Ganz gewaltig sogar. Ihr Plan war nicht aufgegangen. Woran auch immer es gelegen hatte, die Diebe hatten nicht zugeschlagen. Hatten sie Lunte gerochen? War Dirk doch schlauer als gedacht? Oder hatte er tatsächlich gar keinen Draht zu den Hintermännern? Hatte sie irgendwo einen Fehler begangen, der sie verraten hatte? Es war zum Kotzen. Egal, woran es gelegen hatte.

Luisa befreite sich um sechs Uhr zweiundzwanzig aus ihrem Versteck und gab den anderen über Handy Bescheid. Aktion abgeblasen. Erfolglos. Aber sie wäre schließlich in dem, was sie tat, nicht so gut gewesen, wenn sie nicht hartnäckig gewesen wäre. Sie müsste eben einfach einen neuen Versuch starten, eine andere Strategie fahren. Ihr fiel es nur gerade schwer, sich von der Frustration freizumachen. Sehr schwer. Hoffentlich bekam ihr Vater im Nachhinein nichts von der Pleite mit.

Flix beobachtete aus sicherer Entfernung, wie Dirk aus dem Schließfach den Umschlag herausholte, den sie für ihn hinterlegt hatte. Sie war froh, dass sie den Tipp gestern Nacht hatte verstreichen lassen. Er kostete sie jetzt trotzdem 500 Euro an Dirk. Sie belohnte jeden handfesten, soliden Tipp mit dieser Summe. Egal, ob sie ihn dann annahm oder nicht.

Flix sah, wie Dirk sich umschaute, den Umschlag einsteckte und das Schließfach wieder schloss. Der Kerl war wirklich dämlich und sie traute ihm kein Stück, aber er war trotzdem auch nützlich. Sie hatte natürlich noch andere Kontakte, aber Dirk war ihr zuverlässigster. Dass er Luisa das Armband verkauft hatte, war bescheuert gewesen und würde ihr im Zweifelsfall noch Ärger einhandeln. Sie war trotzdem nicht gewillt, Dirk abzuservieren.

Kurz musste sie wieder an die verpasste Gelegenheit und die Diamanten denken, aber so neben der Spur, wie sie gerade war, wäre es sicherlich schiefgelaufen. Schon allein deshalb sollte sie jeden Gedanken daran jetzt streichen und nicht weiter überlegen, was für Klunker sie sich da hatte entgehen lassen.

Flix verließ ihren Platz hinter dem Prospekteständer. Sie hatte verschiedene Verstecke, wenn sie ihr Postfach bestückte. Ihre Informanten und Hehler bekamen die genaue Uhrzeit genannt, zu der sie zu erscheinen hatten. Andernfalls war das Fach eben einfach leer. Einer hatte mal versucht ihr aufzulauern. Aber da war er bei Flix an die Falsche geraten. Er hatte sie natürlich nicht zu Gesicht bekommen. Die Folge war, dass der Typ nie wieder von ihr gehört hatte. Fertig, aus.

Heute war wieder ein frostiger Tag, und Flix verfluchte die Tatsache, dass sie sich dafür entschieden hatte, mit dem Motorrad zu fahren und nicht mit den Öffentlichen. Die ganze Fahrt zurück in ihre Wohnung fror sie wie ein Schlosshund. Als sie endlich alle Riegel und Schlösser an ihrer Tür geöffnet hatte, schlotterte sie geradezu. Sie brauchte zuerst einen heißen Tee, vielleicht auch eine Dusche. Oder eine heiße Bettflasche.

Als sie gerade mit vor Kälte steifgefrorenen Fingern wieder an den Schlössern herumfummelte und dabei nur langsam vorankam, klingelte es an der Haustür. Sie vermutete einen

Paketboten, der irgendetwas für ihre Nachbarn abgeben wollte und drückte auf den Türöffner, ohne an der Sprechanlage nachzufragen. Das machte sie immer so.

Das Klopfen an ihrer Tür, das eine halbe Minute später ertönte, ließ sie erschreckt auffahren, als sie gerade dabei war, den großen Sicherheitsbügel zu verankern. Jetzt konnte sie den ganzen Scheiß wieder rückwärts machen, und ihre Hände waren kein Stück beweglicher.

Sie erwartete doch aber gar kein Paket. Ein Blick durch den Spion ließ sie noch mehr einfrieren, als sie es ohnehin schon war. Luisa. Dann wurde es ihr schlagartig siedend heiß.

Nicht aufzumachen war keine Option. Sie hatte schließlich schon auf den Türöffner gedrückt. Also fügte sie sich in ihr Schicksal und machte sich daran, die Schlösser wieder zu öffnen. Ein weiterer Blick durch den Spion zeigte ihr eine Luisa, die geduldig aussah, aber auch ein wenig nervös. Sie wippte vor und zurück beim Warten und fixierte die Tür. Wie immer hatte sie ihre dicke, rote Jacke an, die neulich bei diesem Dschafarow so leicht auszumachen war.

Es half nichts. Da musste sie jetzt durch. Sie hatte sich die Suppe selbst eingebrockt, jetzt musste sie sie auch auslöffeln.

»Hi«, sagte sie, als sie die Tür öffnete. Warum nur musste diese Frau so aussehen, dass ihre Libido sofort in Overdrive ging? Anders wäre es leichter gewesen. Aber so sah sie die vollen Lippen, die steingrauen Augen, die kurzgeschorenen, blonden Haare. Ihr Gedächtnis lieferte die diversen Tätowierungen auf dem durchtrainierten Körper dazu. Es war nicht fair. Zumal sie selbst sich immer noch wie die Vogelscheuche fühlte, die sie seit Neuestem gab. Sie strich sich eine Strähne hinters Ohr.

»Hi. Kann ich reinkommen?«

Flix erstarrte und konnte nicht gleich antworten. Sie hatte plötzlich einen furchtbar trockenen Mund, und ihr wollte partout keine Antwort einfallen. Dann schaffte sie es, sich darauf zu besinnen, dass es keine gute Idee war, Kontakt mit Luisa zu haben. Sie altes Pflänzchen war dazu schlicht und ergreifend nicht in der Lage.

»Was willst du denn, Luisa? Ich hab nicht viel Zeit. Du kommst etwas ungelegen.« Das hatte doch gut geklungen. Abweisend. Sie hoffte, das reichte.

»Fünf Minuten? Bitte, Flix.« Luisas graue Augen sahen mit einem Mal ganz weich und verletzlich aus.

Verdammt. Sie merkte regelrecht, wie sie einknickte. Als sie den Mund öffnete, um zu antworten, wusste sie, dass etwas vollkommen Falsches herauskommen würde. Etwas, das ihre verfahrene Situation nicht leichter machen würde. »Na schön. Ich wollte mir gerade einen Tee kochen. Alles außer Rooibos. Willst du eine Tasse?«

Luisa lachte kurz auf, und der Klang gefiel Flix. Erschreckend gut sogar. Sie hatte dieses Lachen noch nicht so oft gehört. Luisa war ein sehr ernster Mensch. Umso auffälliger war es jetzt. Und bestätigte ihren Eindruck, dass die Detektivin irgendwie nervös sein musste.

Flix ging in die Küche und hantierte mit den Teeutensilien herum. Sie hörte, wie Luisa ihre Jacke auszog und dann hinter ihr herkam. Sie drehte sich aber nicht zu ihr um, während sie darauf wartete, dass der Wasserkocher seine Arbeit tat.

Sie erschrak, als sich plötzlich zwei tätowierte Arme um sie schlangen. Luisa zog sie an sich und atmete in ihren Nacken. Sie wollte sich losmachen, aber Luisa verstärkte nur ihren Halt. Und wenn sie ehrlich war, fühlte es sich auch verdammt gut an. Sie könnte es einfach ein paar Sekunden genießen und dann die Sache klarstellen.

»Ich habe dich die letzten Tage vermisst«, flüsterte Luisa ganz leise, dass sie es fast über den Lärm des Wasserkochers hinweg nicht gehört hätte.

Flix war über dieses Statement geschockt. War das ernstgemeint? Eine Falle, in die sie tappen sollte? Was?

Sie merkte, dass ihr Herz gern gehabt hätte, dass es echt war. Ihr Kopf sagte aber, dass es vermutlich nur ein Trick war. Sie war hin- und hergerissen, was tun, wie reagieren? Ihre Libido mischte sich ein und drängte sich mit der Erkenntnis in den Vordergrund, dass es sehr erregend war, wie sich Luisas Becken gegen ihren Hintern drängte, ergo also vollkommen egal, wie der Satz gemeint war.

Während Flix noch in diesem Vakuum der Entscheidungsfindung war, ergriff Luisa wieder die Initiative und drehte sie zu sich um. Flix wollte endlich irgendetwas zu dieser ganzen Situation sagen, die Bremse reinwerfen, eine kluge Frage stellen, irgendwas. Sie konnte es nicht. Luisas Augen hielten sie in ihrem Bann. Sie sahen sich lange an. Flix wusste nicht, wie vor oder zurück. Luisa kam näher. Schaute auf ihren Mund, als ob sie sie küssen wollte, aber Luisa küsste ja nicht. Schließlich berührten sich ihre Nasen. Luisa gab ihr einen kleinen Stups wie eine Katze, die um eine Liebkosung bittet. Aber wie sollte die Liebkosung denn aussehen? Flix wollte nichts einfallen. Außer küssen. Das tat sie ja eigentlich sehr gern und hielt es auch für unerlässlich, um sich einer Frau wirklich nahe zu fühlen. Zumindest so nahe, wie sie das sonst so praktizierte. Kurzzeitnahe.

Dann tat Luisa etwas völlig Unerwartetes.

Sie küsste Flix mitten auf den Mund. Ganz vorsichtig, sanft, gefühlvoll. Das, was Flix erreichen wollte, bevor sie wusste wer oder was Luisa wirklich war, passierte jetzt einfach so. Zuerst war sie zu geschockt, um reagieren zu können. Sie konnte nur fühlen. Luisas Lippen waren weich, anschmiegsam und köstlich. Ihre Arme schlangen sich um ihren Nacken, und Flix gab ganz reflexartig einen kleinen Laut von sich. Daraufhin umfassten Luisas Hände ihr Gesicht und sie intensivierte den Kontakt ihrer Lippen noch. Flix konnte nicht anders, als sich an Luisas Hüften festzuhalten.

Das hier war ganz anders als ihre Male zuvor. Da war von der ersten Sekunde an klar gewesen, dass es nur Sex war. Das hier war kein Sex.

Naja, nicht nur.

Flix ließ es zu, dass Luisa sie mit ihrer Zunge erkundete, sie ganz anders kennenlernte. Ihr Kopf versuchte zwar immer wieder zu sagen, dass das eine ganz, ganz schlechte Idee war. Aber Flix konnte es nicht beenden. Das hier war eine ganz andere Luisa. Eine weiche, offene, die es schaffte, in einen Kuss so viel Emotion zu legen wie andere nicht in zehntausend Liebesbriefen unterbrachten.

Luisa ließ sogar einen kleinen Seufzer hören. In dem Moment war es endgültig um Flix geschehen. Sie hatte ja gedacht, sie könnte das nicht. Sie könnte Luisa nicht körperlich an sich ranlassen, weil die Situation sie zu sehr fertigmachte. Aber sie hätte nie gedacht, dass es sich so anfühlen würde. Und wenn ihr Über-Ich endlich mal die Klappe hielte, könnte sie es sogar uneingeschränkt genießen.

Als Luisa mit der rechten Hand zu ihrer Brust wanderte und das im Gegensatz zu ihren bisherigen Begegnungen mit einer Sanftheit machte, die Flix nicht nur erregte, sondern auch sehr tief berührte, wurde ihr klar, dass sie wirklich ziemlich in der Bredouille steckte.

Luisa wurde bewusst, wie wenig sie bisher den Körperkontakt mit Flix wirklich wahrgenommen hatte, obwohl sie schon zweimal heftigen Sex gehabt hatten. Jetzt war das anders. Ihre Brust in ihrer Hand fühlte sich trotz der Kleiderlagen, die sie bedeckten, köstlich an. Sie wusste, dass sie eigentlich mit Flix reden sollte, um herauszufinden, was seit Kurzem mit Flix los war. Denn irgendetwas beschäftigte die freche Brünette sehr. Schien sie fast zu quälen, das war klar. Aber sie konnte einfach nicht von ihr lassen. Und jetzt, da sie sie küsste, wollte sie auch nicht wieder aufhören, um zu reden. Wirklich nicht. Später war ja noch ausreichend Gelegenheit dazu. Im Bett. Denn das war ihr Ziel. Sie wollte jetzt und sofort mit Flix in ihrem Bett landen. Es sollte nicht so sein wie bisher. Sie wollte mehr Nähe. Das war schockierend und ungewohnt, aber es war so. Und ausnahmsweise ließ Luisa diesem Gefühl auch Raum. Die Frage war nur, wie bekam sie Flix jetzt dazu, sie in ihr Schlafzimmer zu führen? Bisher hatte sie ja jeden Versuch dahingehend im Keim erstickt. Das rächte sich jetzt. Es bliebe also nichts anderes übrig, als den Kuss zu unterbrechen und es anzusprechen. In der Hoffnung, dass dann die Stimmung nicht flöten ging. Bei ihr selbst bestimmt nicht, aber bei Flix war sie sich nicht so sicher.

»Bett?«, fragte Luisa, nachdem sie auf die möglichst sanfte Art den Kuss beendet hatte. Sie presste ihre Stirn an Flix' Stirn. Nur keine Distanz entstehen lassen.

Flix löste sich von ihr, und Luisa dachte schon, dass sie zu hoch gepokert hatte. Aber dann schenkte ihr Flix einen Blick, der klarmachte, dass sie ihr folgen sollte.

Sie gingen über den langen Flur in ein Zimmer, in dem Luisa bisher nicht war. Es war sehr hübsch mit schönen, doppelflügeligen Altbaufenstern. Und einem schlichten Bett mit weißem Leinen.

Flix ließ sich so wie sie war daraufsinken und Luisa folgte ihr. In Flix' Augen hatte sich schon wieder eine Unsicherheit eingeschlichen, und Luisa tat das einzige dagegen, was ihr einfiel. Sie zog ihr dünnes Sweatshirt aus, und natürlich trug sie wie immer nichts darunter. Ihre Tattoos hatten Flix noch jedes Mal in ihren Bann gezogen. Es funktionierte auch dieses Mal. Sofort streckte sich ihr eine Hand entgegen, zeichnete die Details nach.

Jetzt, da sie einmal angefangen hatte zu küssen, konnte Luisa nicht mehr darauf verzichten. Sie verringerte den Abstand zwischen ihnen und fing Flix' Mund wieder mit dem ihren ein. Zog sie an sich heran. Sie zu küssen hatte Suchtpotential.

Flix' drängende Beckenbewegungen erinnerten sie allerdings nach ein paar Minuten daran, dass es noch etwas anderes gab, obwohl ihr das auch ihre eigene Erregung anzeigte. Sie öffnete die knallenge, aber erstaunlich dehnfähige schwarze Skinny Jeans und fuhr mit der Hand hinein. In Flix' Unterhose herrschte feuchtwarmes Klima. Sie ließ ihre Finger weiter vordringen und tauchte in die Nässe ein. Heute war alles so viel unaufgeregter als ihre beiden Male zuvor. Dadurch auch viel sanfter.

Aber Flix reagiert wie die Male zuvor. Sie hielt sich nicht zurück und zeigte ihr Begehren mit einer Offenheit, die Luisa noch immer erstaunte. Obwohl sie das ja jetzt inzwischen schon fast erwartete. Sie wand sich unter ihrer Hand und drängte immer wieder fordernd gegen sie. Dabei unterbrachen sie für keine Sekunde das intensive Spiel ihrer Münder. Obwohl Flix ihr fast den Atem raubte. Der Effekt auf sie war umwerfend und sie musste sich beherrschen, sich trotz der intensiven Küsse nicht völlig gehen zu lassen.

Nach ein paar Minuten, als Flix, anders als die Male zuvor, noch keinen Höhepunkt hatte, beschloss Luisa die lästige Hose doch loszuwerden. Flix brauchte wohl mehr von ihr. Ihr eigenes Begehren musste in der Warteschleife ausharren, bis sie Flix gegeben hatte, was sie selbst ersehnte.

Sie unterbrach den Kuss, ließ ihre Hand aber da, wo sie war. Einhändig schob sie das Ding runter und erhielt Hilfe von Flix, die offenbar ihre Gedanken erraten hatte. Jetzt konnte sie auch beide Hände einsetzen. Sie ließ Flix über sich knien und machte sich wieder daran, das heißblütige Verlangen in ihr auszulösen, das sie so herrlich an den Tag legte, wenn sie erregt war. Und es schien auch zu funktionieren. Bis zu einer gewissen Grenze. Flix war nass, Flix war erregt, Flix bebte. Genau wie sie selbst, auch wenn sie es wie immer nicht nach außen ließ. Aber im Gegensatz zu ihr selbst hing Flix irgendwo über dem Abgrund und konnte sich nicht hinunterstürzen.

Flix' blaue Augen fixierten sie mit einem Blick, den sie nicht deuten konnte. Sie schaffte es einfach nicht zu kommen, das spürte Luisa. Sie versuchte zwar alles, das konnte sie merken. Aber wenn es eben nicht ging, dann war das so. Offensichtlich schaffte Flix es nicht, ihren Kopf auszuschalten – was auch immer da drin vor sich ging.

So langsam nahm das Ganze etwas Verzweifeltes an. Und das war ja so gar nicht wie Luisa wollte, dass es für Flix war. Sonst war ihr das mit anderen Frauen bisher nicht wirklich egal gewesen, aber naja, sie hatte sich nie verantwortlich gefühlt oder schlecht. Mit Flix wollten sich aber beide Gefühle vehement reindrängen. Die Warteschleife wurde gerade auf unbestimmte Zeit verlängert.

Luisa beendete sanft ihre Berührungen, umarmte Flix und zog sie zu sich herunter. Die folgte nur widerwillig.

»Schhhh, es ist gut«, flüsterte Luisa in ein hinter wilden Haaren verstecktes Ohr. Es war natürlich nicht wirklich gut. Sie hatte Flix Vergnügen bescheren wollen. Wie groß das jetzt gerade war, war fraglich. Und sie selbst musste mit dem Pochen, das sich noch immer zwischen ihren Beinen bemerkbar machte, auch klarkommen.

»Nein, nein, gleich, gleich ist es soweit. Bestimmt.« Flix drängte ihre Mitte an ihren Oberschenkel. Das war jetzt wirklich verzweifelt. Und Luisas eigene Erregung überstand das nicht. Sie war zwar noch immer nass, aber so ging das gar nicht bei ihr. Ihr Kopf hatte längst auf Pause gedrückt.

»Flix, es gibt bei mir keinen Orgasmuszwang.« Luisa presste sie mit ihren Armen und ihren Beinen so eng an sich, dass sie aufhören musste mit ihrem fruchtlosen Unterfangen.

»Ich will aber.« Flix schlug auf das Kopfkissen neben Luisas Kopf.

Was ging hier nur vor sich? Luisa war ratlos. Und außerdem fühlte sie sich ein bisschen mies. Wie ein Loser. Aber das Gefühl durfte sie nicht aufkommen lassen. Für Flix. Die sich offensichtlich gerade reinsteigerte.

»Komm her. Wir machen einfach eine Pause. Vielleicht erzählst du mir, was dich so beschäftigt, und danach sieht es bestimmt ganz anders aus. Es sei denn, du willst mir sagen, dass meine Technik auf ganzer Linie versagt hat.« Ein kleiner Scherz mit einem Funken Wahrheitsgehalt.

»Deine Technik war wie immer ohne Tadel.« Flix rollte sich jetzt von ihr herunter und ließ sich neben sie plumpsen. Sie schaute zu ihr herüber und schenkte ihr sogar ein Lächeln, das ein ganz klein wenig keck war. Aber auf ihrer Stirn waren eindeutig Sorgenfalten, die das Lächeln nicht ausräumen konnte.

»Vielleicht hat es dich mehr angemacht, als ich dich nicht geküsst habe? Als es härter war zwischen uns.« Diese Unsicherheit stahl sich einfach über ihre Lippen.

»So ein Quatsch. Und du küsst hervorragend«, protestierte Flix.

»Na dann.« Sie lagen einfach nebeneinander und starrten an die Decke. Weiß gekalkt, stuckverziert, bemerkte Luisa zum ersten Mal.

»Und was ist mit dir?«, fragte Flix schließlich und sah wieder zu ihr herüber.

Luisa drehte ihr im gleichen Moment den Kopf zu. »Später«, sagte sie. Sie hörte selbst, wie abrupt das geklungen hatte.

Dann schwiegen sie wieder, starrten an die Decke, und Flix machte von sich aus gar keine Anstalten zu reden oder irgendwas zu erklären. Luisa seufzte. Das würde nicht so einfach werden, aus ihr etwas herauszuholen. Sie setzte sich auf. Flix beobachtete argwöhnisch jede ihrer Bewegungen.

»Ich geh jetzt kurz auf Toilette, und wenn ich zurück bin, reden wir. Einverstanden?«

Flix sagte darauf nichts, sah sie nur an mit ihren hübschen blauen Augen. In ihnen lag eine Frage. Eine Frage, die Luisa nicht verstand.

»Einverstanden?«, fragte sie noch einmal.

»Einverstanden«, antwortete Flix nach einigen Sekunden, und es schien eine extrem schwer zu fällende Entscheidung gewesen zu sein.

»Gut.«

Sie stand auf und schenkte Flix über die Schulter noch ein kleines Lächeln. Die sah so aus, als ob sie richtiggehend Angst davor hätte, mit Luisa zu reden. Merkwürdig. Das alles war mehr als merkwürdig.

Luisa war schon übermäßig lange auf der Toilette verschwunden. Oder Flix kam es nach dem aufwühlenden Erlebnis und der Ankündigung zu reden einfach nur so vor, weil ihre Gedanken rasten und die Zeit dadurch schneller herumzugehen schien. Sie hatte sich entschlossen, sich Luisa anzuvertrauen. Das wäre wahrscheinlich besser, als geschnappt zu werden. Sie musste ja auch nicht alles erzählen. Nur Teile. Nur einen minikleinen Bruchteil. Oder vielleicht war es ja doch besser zu schweigen? Sie war schwer durcheinander und wusste gar nichts mehr.

Auf alle Fälle hatte sie auch noch keine Spülung gehört. Oder? Moment mal. Doch. Sie erinnerte sich dunkel daran. Aber das war jetzt schon ein paar Minuten her.

Flix überwand ihre konfusen Gedanken und erhob sich. Sie warf sich ihr Schlafshirt über und tippelte zum Badezimmer. Die Tür war geschlossen, und sie versuchte durch das Milchglas eine Bewegung zu sehen oder etwas zu hören. Im Bad war es mucksmäuschenstill. Es lief kein Wasser, und auch sonst waren keine Geräusche zu hören, die auf eine Person schließen ließen.

»Luisa?« Flix klopfte sanft an das Glas.

Sie wartete kurz, aber es kam keine Antwort. Das war wirklich merkwürdig. Aus einem komischen Gefühl heraus versuchte sie die Klinke. Luisa hatte nicht abgeschlossen. Vorsichtig öffnete Flix die Tür und linste durch den Spalt. Sie wollte Luisa ja nicht bei irgendeiner Peinlichkeit ertappen. Was auch immer das hätte sein können.

Das Bad war leer. Das verwirrte Flix gewaltig, und sie wollte sich schon wieder umdrehen, um im Rest der Wohnung nach Luisa zu suchen, als sie etwas innehalten ließ.

Scheiße, scheiße, scheiße! Die Tür zu ihrem geheimen Raum stand einen Spalt offen. Wie hatte das nur passieren können? Sie hoffte nur, Luisa hatte das nicht wahrgenommen und saß aus irgendwelchen Gründen in der Küche.

Sie müsste nur schnell die kleine Tür schließen, und alles wäre bestens. Oh, bitte lass Luisa nicht die Tür entdeckt haben. Flix eilte zur Dusche. Wieder einmal, wie leider schon des Öfteren in letzter Zeit, hatte sich Panik in ihr breitgemacht. Gänzlich uneingeladen und unwillkommen. Sie musste einen klaren Kopf behalten. Gerade jetzt.

So leise wie möglich verbreiterte sie den Spalt und wagte einen Blick in ihren geheimen Raum. Sie sah gleich, dass das Licht an war. Und dann sah sie Luisa. Wie sie halbnackt an ihrer Werkbank stand und etwas eingehend untersuchte. Es glänzte und strahlte selbst in dem faden Licht der Deckenlampe. Einer der umgegossenen kleinen Goldbarren. Scheiße!

Flix schnürte es die Kehle zu. Genau aus diesem Grund war es keine gute Idee gewesen, den Kontakt zu Luisa zu halten. Sie vorhin in ihre Wohnung zu lassen. Ganz eine beschissene Idee war das gewesen.

Ruckartig drehte sich Luisa zu ihr um. Sie musste sie gehört haben. Der Ausdruck auf ihrem Gesicht war beängstigend. Flix konnte ihn nicht richtig einordnen. Wut, Empörung, aber auch noch etwas anderes. Schmerz?

»Du warst es. Du hast die ganzen Einbrüche begangen«, stieß sie mit einer plötzlich sehr fremd klingenden Stimme hervor.

Kurz war Flix so von Panik gepackt, dass sie an Flucht dachte. Oder daran, alles abzustreiten. Aber plötzlich wurde alles in ihr ganz still.

Warum leugnen? Sie sah gar keinen Zweck darin. Aus dieser Lage konnte sie sich nicht retten. »Ja, das war ich«, sagte sie deshalb schlicht und erstaunlich gesammelt, wie sie fand.

»Was? Einfach so gibst du das zu? Du denkst wahrscheinlich, ich finde das toll?« Luisas Stimme war viel zu laut, viel zu hart, dafür, dass sie hier mit nacktem Oberkörper stand und sie noch vor Minuten Sex gehabt hatten. Es zumindest versucht hatten. Aber jeder Muskel an ihr war angespannt, an ihrem Hals traten die Adern hervor.

Flix fand das alles hier völlig absurd und sie merkte, wie sie selbst so langsam wütend wurde über Luisas bekotztes Spiel, das sie mit ihr getrieben hatte. »Ich bin keine Sekunde auf deine Gangster-Groupie-Nummer reingefallen, falls du das meinst.« Sie war kurz davor gewesen, aber das musste sie ja nicht verraten. Lediglich der Zufall hatte ihr in die Hände gespielt.

»Was soll das heißen?« Luisa legte das Gold ohne richtig hinzusehen auf die Werkbank zurück und trat einen Schritt auf sie zu.

»Dass ich weiß, wer du bist, Luisa Sander, Privatdetektivin, die für die russische Mafia arbeitet.« Flix merkte, wie sich ihr Mund zu einem zynischen Lächeln verzog.

Luisa sah echt geschockt aus und blieb mitten im Raum stehen. Die Wut breitete sich immer mehr in Flix aus. Die Angst war für den Moment ganz verflogen, die Verwirrung in den Hintergrund verbannt.

»Wirst du mich jetzt liquidieren? Oder überlässt du das anderen, damit du dir die Finger nicht schmutzig machst? Oder holst du doch die Polizei, damit sie mich einbunkert, weil ich so ehrenwerte Menschen wie diesen Dschafarow um ihre hart verdienten Brötchen gebracht habe?« Sie konnte sich die Ironie und den bitteren Zynismus nicht verkneifen. Es war wirklich zu absurd, wie sie hier standen. Luisa halbnackt und sie selbst mit einem hastig übergeworfenen T-Shirt, das zu kurz war. Aber der Schlagabtausch fand statt, als ob das gar keine Rolle spielte. Absurd.

»Mit wem hast du die Einbrüche begangen? Wer waren deine Auftraggeber?« Luisa schien sich schnell gefangen zu haben und ließ eine Salve an Verhörfragen vom Stapel, die Flix die Galle aufsteigen ließen.

»Vielen Dank für das gesetzte Vertrauen in mich.« Wieder benutzte Flix Ironie, um auszuteilen. Sie konnte sich nicht helfen. Die Wut auf Luisa war in diesem Moment zu groß. Dass dahinter auch eine klaffende Wunde verdammt schmerzte, wollte sich Flix in diesem Moment nicht genauer anschauen.

»Soll das heißen, du hast die Einbrüche allein gemacht? Komm schon, das glaubt dir doch kein Mensch.« Luisa kam noch einen Schritt näher.

Flix war noch immer wie in der Tür festgeschweißt. Kurz kam ihr die Idee, die Privatdetektivin hier einfach einzusperren. Aber so schnell wäre sie nicht, und Luisa war viel zu stark. Und außerdem, selbst wenn es ihr gelänge, was dann? Sie war Diebin und keine Kidnapperin.

»Ach ja? Was weißt du denn schon über mich, Luisa Sander, Privatdetektivin für die russische Mafia?« Flix benutzte die einzige Waffe, die ihr zur Verfügung stand: Sarkasmus.

»Hör auf, mich so zu nennen!« Luisa sah fuchsteufelswild aus und kam fast schon bedrohlich weiter auf sie zu. Mit ihren

Tätowierungen, ihrem harten, grauen Blick und den zum Sprung bereit angespannten Muskeln sah sie eigentlich furchterregend aus. Aber Flix befürchtete keine Millisekunde, dass Luisa sie körperlich angehen könnte. Tief in ihrem Hinterstübchen war da ein Urvertrauen in Luisas Charakter vorhanden, trotz allem, was sie über sie inzwischen an Informationen hatte. Aber auch das konnte und wollte sie jetzt nicht beleuchten. Schob es beiseite und setzte die nächste Provokation zielgerichtet an diesen wunden Punkt, den sie da gefunden hatte.

»Getroffene Hunde bellen, du weißt schon.« Und wie das saß, sie konnte es an dem Flackern in dem grauen Blick sehen. Der graue Stein bröckelte, und dahinter kam ein anderes Grau zum Vorschein. Aber bevor sie das genauer analysieren konnte, schubste Luisa sie aus dem Weg und stürmte an ihr vorbei. Durch die Dusche ins Badezimmer.

Flix hetzte hinter ihr her. Raus aus dem Badezimmer, zurück ins Schlafzimmer. Dort fing Luisa an, hektisch ihre Kleider zusammenzusammeln. Die Momente, die sie hier im Bett verbracht hatten, waren schon gar nicht mehr wahr. Die intensiven Küsse. Die Nähe. Der Rest. Dass sie orgamusunfähig gewesen war, machte jetzt auch gar nichts mehr aus.

Kurz bevor sie ihr Shirt überstreifte, hielt Luisa inne und fixierte Flix wieder mit einem durch und durch misstrauischen Blick. »Woher weißt du, wer ich bin? Seit wann weißt du es? War das hier alles nur, um mich von der Spur abzulenken?«

Wieder Verhörfragen. Aber dieses Mal musste Flix darüber sogar hämisch grinsen. Was sofort eine Sturmfalte auf Luisas Gesicht entstehen ließ.

»Da hätte ich ja viel mehr Grund, das zu fragen«, feixte Flix, und die Falte grub sich noch tiefer. »Du hast mich doch sicherlich im Verdacht gehabt, und um mich auszuquetschen und um in meine Wohnung zu kommen, hast du mir mit bombigen Sex den Kopf verdreht.« Hatte sich das gut angehört? Das mit dem bombigen Sex hätte sie nicht sagen sollen. Das klang zu sehr nach einem Kompliment.

Luisa stülpte sich ihr Shirt über und zog es wütend herunter. Ihre Bewegungen waren fahrig und eckig. So wenig elegant hatte Flix sie sich noch nie bewegen sehen. Gut zu wissen, dass die

Angelegenheit auch nicht spurlos an der abgebrühten Privatdetektivin vorbeiging. Ganz und gar nicht spurlos.

»Das ist doch kompletter Müll, was du da sagst. Ich hatte keine Ahnung.«

Flix schnaubte ungläubig. Luisa konnte ihr viel erzählen. Und im Grunde war es jetzt auch egal. Flix war Hackfleisch. Sie war Geschichte. Sie war komplett erledigt. Was Luisa wann, wie und warum getan hatte, war nebensächlich.

Aber eine kleine, boshafte Stimme in ihr ärgerte sich über ihre eigene Leichtsinnigkeit. Ihr schoss ein Text von Marlene Dietrich in den Sinn. Ihr Paps hatte das Lied immer gesungen, wenn es wieder einmal um ihre promiske Mutter gegangen war.

Da sie ums Verrecken keinen Ton halten konnte, fing sie an den Text aufzusagen. »Nimm dich in acht vor blonden Frau'n, die haben so etwas Gewisses«, sagte sie Luisa direkt ins Gesicht.

Und die konnte den Blick nicht halten. Allein das war ein Triumph. So, cool wie Luisa sonst immer war. Gerade war sie es nicht. »Hör auf mit dem Scheiß!«, fauchte sie wütend.

»'S ist ihnen nicht gleich anzuschau'n, aber irgendetwas is' es.« Flix konnte sich das hämische Grinsen nicht verkneifen. Sie wusste, wie sehr das zusammen mit dem herausfordernden Text Luisa nerven würde. Was für eine Genugtuung. So klein sie auch war, in diesem Albtraum, aber Flix wollte gerade nicht weiterdenken.

Luisa hätte Flix in diesem Moment am liebsten geschnappt und ihr das fiese Grinsen aus dem Gesicht geschüttelt. »Flix, hör auf. Es geht hier um Existenzielles.«

»Ein kleines Blickgeplänkel sei erlaubt dir; doch denke immer: Achtung vor dem Raubtier.« Da war es immer noch, dieses Grinsen, das ihr am ersten Abend im Anti Schoko so auf den Zeiger gegangen war.

»Du bist genau so ein Kindskopf, wie ich es von Anfang gedacht habe. Gott, wie du diese Einbrüche allein machen konntest, ist mir ein Rätsel.« Sie stierte Flix wütend an und hoffte, endlich zu ihr durchzukommen. Vergebens.

»Nimm dich in acht vor blonden Frau'n, Sie haben so etwas Gewisses.«

»So kann ich nicht mit dir reden. Und du solltest wirklich besser mit mir reden. Überleg es dir.« Sie ließ Flix im Schlafzimmer stehen und ging hinaus in den Flur.

Flix hielt jetzt die Klappe, kam aber hinter ihr her.

Luisa zog sich ihre Jacke über, schlüpfte in ihre Stiefel, ohne sie zu binden. Dann drehte sie sich wieder zu Flix um. »Und?«

Die einzige Antwort, die sie erhielt, waren höhnisch hochgezogene Augenbrauen über funkelnden blauen Augen und wieder dieses verflixte Flix-Grinsen. Ihr war schon klar, dass dieses gleichgültige Draufgängertum aufgesetzt war. Aber wie sollte sie Flix dazu bringen, mit ihr zu kooperieren? Warum musste sie das überhaupt? Eigentlich hatte sie ja, was sie wollte. Sie wusste, wer die Diebstähle begangen hatte. Fall gelöst. Eigentlich.

Luisa öffnete die ausnahmsweise nicht zigfach abgeschlossene und verriegelte Wohnungstür. Sie hatte das ja von Anfang ein bisschen merkwürdig gefunden, dass eine freche und unbeschwerte Studentin wie Flix solche Sicherheitsmaßnahmen an ihrer Wohnung hatte. Mit dem jetzigen Wissen ergab das erstmals einen Sinn. Denn wer wusste denn besser als eine Einbrecherin, wie leicht es war, durch normale Eingangstüren zu kommen? Außerdem bewahrte Flix ja offenbar ziemliche Werte in ihrem so ausgeklügelt installierten Diebeslager auf.

Luisa ließ Flix, das Gold und vermutlich auch Dschafarows Geld einfach zurück. Sie war gerade zu keiner Entscheidung fähig. Sie brauchte kurz Zeit, um in Ruhe nachzudenken. Während eine so antagonistische Flix, die ihr nur ins Gesicht höhnte, anwesend war, konnte sie das nicht.

Jetzt war sie froh, dass sie ausnahmsweise mit dem Auto gekommen war und nur zwei Straßen weiter musste, wo sie geparkt hatte. Sie hatte auch gar nicht vor, irgendwohin zu fahren. Sie wollte nur in Ruhe denken können.

Kaum, dass sie auf die Straße getreten war, begann Luisa zu joggen. Sie sprang in ihr Auto und raste wie der Teufel zurück zu Flix' Wohnung und parkte dort direkt vor der Hofeinfahrt ihres Hauses. Wenn jemand kam, musste sie eben wegfahren. Aber sie würde Flix' Wohnung bis sie zu einer Entscheidung gekommen war nicht aus den Augen lassen. Sie hoffte, Flix hatte es in den paar Minuten, die sie gebraucht hatte, nicht geschafft, sich zu verdünnisieren. Aber aus irgendeinem Grund glaubte sie das nicht.

Wenn, dann nur ohne ihre Beute. So schnell konnte man das Gold überhaupt nicht einpacken. Jetzt hieß es zur Ruhe kommen, alle Fakten noch einmal durchgehen und dann entscheiden. Ganz einfach.

Warum nur war das Erste, das ihr einfiel, nicht irgendeine schlichte Analyse sämtlicher bekannter Tatsachen, sondern die Erinnerung, wie sie mit Flix im Bett gewesen war? Jetzt ergab auch das einen Sinn. Flix hatte ja offensichtlich gewusst, wer sie war und war damit nicht zurechtgekommen. Das würde aber im Umkehrschluss heißen, dass sie es die ersten beiden Male nicht gewusst hatte. Denn da hatte sie ja überhaupt keine Probleme gehabt, mit ihr zum Höhepunkt zu kommen. Und seit wann genau hatte sie es gewusst? Und wie hatte sie sich verraten?

Am liebsten wäre sie zurückgegangen und hätte die Antworten aus Flix herausgeholt. Aber ohne Einsatz von Gewalt oder Wahrheitsdrogen hielt sie einen Erfolg für unwahrscheinlich. Noch konnte sie es gar nicht ganz fassen, dass sie tatsächlich mit der Einbrecherin höchstpersönlich ein Verhältnis angefangen hatte. Wie groß war denn die Wahrscheinlichkeit, dass das passierte? Gleich Null. Und trotzdem war es ihr passiert. Sie hatte sie sogar geküsst, und es hatte sich fantastisch angefühlt. Was ihr wieder einmal mehr bewies, dass man sich nur für Verletzungen der schlimmsten Art bloßlegte, wenn man jemanden zu nahe an sich heranließ.

Die Frage war nur, wie nahe war Flix ihr gekommen? Nahe genug, um richtigen Schaden anzurichten? Luisa biss sich auf die Lippe und starrte in den Rückspiegel. Ihr Gesicht war kein schöner Anblick. Eine versteinerte Maske. Alles Weiche war daraus verschwunden. Ihre Augen sahen aus wie die ihres Vaters. Grau und absolut emotionslos. Komisch, dachte Luisa. Dabei fühlte sich ihr Inneres an wie eine überreife Wassermelone. Matschig und bereits mit einem leichten Geruch nach Zersetzung.

Catch me if you can

Flix tigerte auf dem Flur des Krankenhauses auf und ab, dass das Personal und die anderen Besucher ihr schon besorgte Blicke zuwarfen. Sie hatte es anfangs mit dem Warteraum versucht, aber das ging gar nicht. Sie wurde hier noch wahnsinnig, wenn sie nicht bald etwas erfuhr. Götz war jetzt schon seit Stunden im OP. So langsam musste sich doch mal etwas tun. Gut, sein Arzt hatte gesagt, dass es vier bis fünf Stunden dauern würde. Danach Aufwachraum, und erst, wenn er auf Station war, dürfte sie zu ihm. Sie hoffte nur, sie würde nicht verhaftet werden, bevor sie ihn gesehen hatte. Oder umgelegt.

Eigentlich sollte sie türmen. Hätte das sofort tun sollen, als Luisa so empört ihre Wohnung verlassen hatte. Aber wie hätte sie das tun können, wenn ihr Paps dann niemanden nach der OP hatte, der nach ihm sah? Nein. Das ging absolut gar nicht. Gut, wenn sie im Knast saß oder umgenietet wurde, hatte er auch niemanden mehr. Aber noch war sie ja hier.

»Frau Frenzel?« Flix hörte, wie diese Frage in den Warteraum hineingerufen wurde und rannte den Flur entlang zurück.

»Ja, hier«, rief sie gleich. »Was ist mit meinem Vater?«, fragte sie, sobald sie vor der Krankenschwester stand.

Die wandte sich schon wieder ab, und Flix folgte ihr. »Sie können jetzt zu ihm gehen. Er ist wieder in seinem Zimmer.« Freundlich, aber bereits schon wieder mit etwas anderem beschäftigt.

War das zu fassen? Sie wurde hier fast wahnsinnig, und Götz war schon auf seinem Zimmer. »Warum hat mir nicht sofort jemand Bescheid gesagt, als er aus dem OP kam?«

Die Krankenschwester sah sie kurz an. Ein wenig erstaunt über die Nachfrage, aber nicht weiter interessiert. »Hat das niemand gemacht? Na ja, jetzt ist er ja eh zurück.«

Flix stürmte los. Sie hatte keine Lust auf eine Auseinandersetzung mit der überarbeiteten Krankenschwester, sie wollte jetzt nur noch schnell ihren Paps sehen.

Als sie das Zimmer betrat, sah er eigentlich aus wie vor der OP. Ein paar Verbände mehr, der Tropf, der an seiner Hand hing, aber ansonsten alles wie gehabt. Er blinzelte schläfrig in der Gegend herum.

Was hatte sie denn erwartet? Eine plötzliche Wunderheilung? Den alten Götz, der sie lachend begrüßt hätte? Flix wusste, ihre Erwartungen waren äußerst unrealistisch. Immerhin hatte er den Eingriff gut überstanden, wie es schien. Das war doch schon mal etwas. Sein Arzt hatte ja gesagt, dass der Erfolg sich erst ganz langsam und mit der Zeit zeigen würde. Wenn dieser denn überhaupt eintrat. Irgendetwas von Narbengewebe, das sie nur rudimentär verstanden hatte.

Sie zog sich einen Stuhl ans Bett. Noch war das zweite Krankenbett im Raum unbelegt. Götz' Zimmernachbar für den kurzen Krankenhausaufenthalt war offensichtlich noch im OP oder Aufwachraum. Das war ihr ganz recht. So konnte sie wie üblich mit ihrem Paps reden, ohne schräge – oder noch schlimmer: mitleidige Blicke zu ernten. In seinem Pflegeheim waren ja alle daran gewöhnt. Hier im Krankenhaus wurde sie deshalb für eine Verrückte gehalten. Aber im Grunde konnte ihr das egal sein. Sie würde Götz nicht vernachlässigen, nur weil das womöglich einige Leute nicht verstanden.

»Paps, du hast es hinter dir. Jetzt kannst du bald wieder zurück ins Heim. Freust du dich schon? Das Essen hier soll nicht so besonders sein. Wenn ich kann, bringe ich dir immer was Anderes mit. Heute hab ich leider nichts dabei.«

Sie nahm seine Hand in die ihre. Spürte die vertrauten alten Schwielen, die noch immer da waren, obwohl der Rest seiner trainierten Muskeln sich verabschiedet hatte. Selbst seine Hände waren schlaff.

»Es kann sein, dass ich eine Weile nicht kommen kann. Dann darfst du dir keine Sorgen machen. Ich hab dich dann auch nicht vergessen. Ich kann nur einfach nicht kommen, verstehst du?«

Flix stierte in sein Gesicht. Keine Reaktion.

»Natürlich verstehst du nicht.« Sie merkte, dass sie weinte. Aber sie redete einfach weiter. »Luisa ist nicht wirklich Thekenfrau. Sie ist Privatdetektivin. Und sie hat mich erwischt, Paps. Ich bin ihr voll auf den Leim gegangen, obwohl ich es gewusst habe. Wie irrsinnig dumm von mir. Eine Frau ist mein Untergang, hättest du das jemals für möglich gehalten, was Paps? Ironie des

Schicksals, oder so.« Sie musste seine Hand loslassen, um ein Taschentuch herauszukramen.

»Es kann auch sein, dass mich nicht die Bullen schnappen, sondern ich einfach von der Russenmafia beseitigt werde. Luisa arbeitet für die. Ich denke, dass sie dich in Ruhe lassen werden. Du weißt ja von nichts. Ich hoffe es zumindest.« Der Gedanke war ihr gerade erst gekommen. Dieser Dschafarow wäre doch nicht so irre, einen gehirngeschädigten Invaliden für etwas zahlen zu lassen, was seine Tochter verbockt hatte? Ganz auszuschließen war es wohl nicht. Wäre sie für sich selbst niemals in der Lage gewesen, mit Luisa zu verhandeln oder sie anzuflehen, für Götz täte sie das. Die Frage war nur, brächte das etwas? Außer Demütigung? Sie würde es wohl versuchen müssen. Vielleicht war ja irgendetwas auszuhandeln. Das Gold zurückgeben, das Geld, das noch übrig war.

Ein furchtbarer Gedanke kam ihr. Was, wenn der Mafioso sie nicht umlegen wollte, sondern sie für ihn und seinesgleichen arbeiten sollte? Bestimmt hatte so einer Verwendung für eine hervorragende Diebin, oder? Wäre sie bereit, sich darauf einzulassen? Noch vor Kurzem hätte sie gesagt, für nichts auf der Welt. Jetzt besah sie sich ihren Paps, wie er nichts ahnend und verstehend stoisch vor sich hinstarrte.

Flix stöhnte tief auf. Sie ließ ihren Kopf auf Götz' Bettdecke sinken. Gott, war das alles zu glauben? Sie dachte daran, wie sie mit Luisa im Bett gewesen war. Peinlich, einfach nur peinlich. Endpeinlich. Sie war einfach eine komplette Idiotin. Von Diebin deluxe zu Idiotin deluxe. Wie hatte sie alles nur so weit kommen lassen können? Sie hatte alles, wirklich alles verdient, was jetzt auf sie zukäme.

◆

Luisa war Flix jetzt schon seit dem Anti Schoko auf den Fersen. Dort hatte sie durchs Fenster beobachten können, wie Flix maßlos irgendwelches Zeug in sich reinschüttete. Mit Dirk im Schlepptau – oder es war wohl eher umgekehrt – war sie dann aus der Kneipe gekommen. Luisa war Dirks Auto bis hierher gefolgt, und nun versuchte so schnell wie möglich ihren Wagen abzustellen, um den beiden weiter folgen zu können. Sie parkte semilegal im eingeschränkten Halteverbot und rannte das kurze Stück zurück. Dirk und Flix waren noch nicht besonders weit gekommen, weil Flix wirklich sehr angetrunken wirkte. Trotzdem stolperte sie jetzt hinter dem Hehler her in einen Nachtclub hinein. Oh Mann, konnte es nicht etwas anderes sein? Musste es unbedingt ein Striplokal sein?

Luisa war bei Ermittlungen schon öfter untreuen Ehemännern in solche Etablissements gefolgt, und sie hatte sich noch nie wohl dabei gefühlt. Als Frau war sie dort fehl am Platz. Als Frau, die sich nicht prostituierte. Sie hatte dort immer mal wieder auch andere Frauen gesehen, einmal sogar eine Runde Krankenschwestern, die wohl irgendwie zu viel Geld hatten und es mächtig krachen ließen. Aber das war nicht Luisas Welt. Sie verabscheute diese Körperbeschau.

Sie beeilte sich, hinterherzukommen. Der Türsteher musterte sie misstrauisch. Er schien die Ermittlerin in ihr zu wittern. Ließ sie dann aber trotzdem ein.

Sie beschattete Flix jetzt schon seit dem gestrigen Abend – außer einem Krankenhausbesuch war bisher nichts Spannendes passiert –, seit sie erfahren hatte, wer oder was sie wirklich war. Eine begnadete Einbrecherin. Sie konnte es immer noch nicht ganz glauben. Weil sie nicht wirklich sicher war, dass nicht doch noch andere mit drinhingen, hatte sie sie zuerst verfolgt. Und dann auch, um zu wissen, was sie machte. Ob sie nicht schon den nächsten Beutezug zu Dschafarow plante.

Davon hätte sie sie abhalten müssen. Denn zugegebenermaßen folgte sie Flix auch, weil sie sie beschützen musste. Ihr Vater hatte noch mehr Druck aufgebaut, schien zu ahnen, dass sie mehr Informationen hatte, als sie weitergab. Er wollte diese fehlenden Infos dringend und unbedingt von Luisa.

Das allererste Mal biss er bei ihr auf Granit. Denn sie gab sie ihm nicht. Weil sie wusste, dass Dschafarow auf der Lauer lag und nur darauf wartete, zuschlagen zu können. Er würde Flix ohne mit der Wimper zu zucken kaltmachen. Und das durfte Luisa nicht zulassen. Nur über ihre Leiche.

Sie wusste zwar nicht, was sie wegen Flix unternehmen sollte, aber das war nicht das Problem. Sie hätte eigentlich gleich zur

Polizei gehen sollen. Das wäre das Beste gewesen. Sie wusste selbst nicht genau, warum sie das bisher nicht getan hatte und stattdessen hier in einem dunklen Stripclub versuchte Flix zu beschatten.

Jetzt entdeckte sie Dirk und Flix sehr nahe an der Bühne, auf einer Kunstledergarnitur fläzend. Gerade wurde ihnen eine Flasche Schampus serviert. Flix war wirklich außer Kontrolle. Was dachte sie sich nur dabei, sich so volllaufen zu lassen? Und dann noch zusammen mit einem Kerl wie Dirk in einem Striplokal. Das zeigte ihr allerdings, dass Flix nicht so abgebrüht war, wie sie getan hatte. Sie zeigte heute echte Nerven.

Die nächste Show auf der Bühne ging los, und Luisa wollte gar nicht hinschauen, was hier so als Erotik verkauft wurde. Für sie hatten diese Frauen überhaupt nichts Erotisches. Die gerade auftretende Kunstblondine mit den ebenso künstlichen Brüsten wirkte auf Luisa nur billig, wie sie in gespielt lasziven Bewegungen an einer Stange herumtanzte. Bei ihr kamen sofort Überlegungen ins Spiel, warum die Frau das machte, ob sie zu Hause Kinder hatte oder wie sie hier gelandet war.

Flix und Dirk schienen keinen Gedanken an die Stripperin und ihr Schicksal zu verschwenden. Sie starrten beide zur Bühne hinauf. Dirk gieriger als Flix, deren Lider bedenklich auf Halbmast hingen.

Wie sie sie so beobachtete, wurde Luisa klar, dass sie Flix nicht verraten wollte. Weder ihrem Vater noch der Polizei. Sie wollte nicht, dass Flix ins Gefängnis kam. Aber was sollte sie sonst mit ihr machen? Sie konnte sie doch nicht einfach weiter Leute bestehlen lassen. Das ging auch nicht. Das war vor allem nicht nur unmoralisch, sondern auch illegal und kriminell.

Sie beobachtete, wie Dirk Flix immer wieder nachfüllte und sie zum Trinken animierte. Das kam ihr verdächtig vor. Er rückte auch immer näher an die betrunkene Flix, die das gar nicht zu merken schien. Irgendwann legte er ihr einen Arm um die Schulter. Seine Hand hing fast auf ihrer Brust. Luisa schwitzte Blut und Wasser. Sie ging näher ran, um besser sehen zu können, was der windige Typ mit ihr machte.

Sie war nur noch ein paar Meter entfernt, als sie sah, dass er seine andere Hand in seinem Schritt hatte. Dirks Erektion war nicht zu übersehen.

Luisa packte eine eiskalte Wut. Dieser Kotzbrocken. Wahrscheinlich hatte er es für eine günstige Gelegenheit gehalten, sich über die wehrlose Flix herzumachen. Ob er das Ganze von vornherein geplant hatte oder jetzt gerade den Opportunisten gab, war ihr scheißegal. Er würde es bereuen, seine dreckigen Hände auch nur in Flix Nähe gebracht zu haben. Sie wusste, dass es gegen alle Regeln ihres Berufes verstieß und sie sich immer weiter in etwas hineinverstrickte, in dem sie nichts verloren hatte. Aber für Gedanken in diese Richtung war überhaupt kein Platz in ihrem Kopf.

Sie war losgestochen ohne zu zögern. Wie ein Racheengel stand sie innerhalb von einer Sekunde vor Dirk und packte ihn am Hals. Ihr anderer Arm drückte ihn an seinem Adamsapfel gegen die Lehne zurück. Diesen speziellen Griff hatte ihr ihr Sensei schon vor Längerem beigebracht, weil er sie für vernünftig genug gehalten hatte, ihn nur im äußersten Notfall anzuwenden. Ein kriminelles Schleimpaket, das versuchte eine wehrlose Frau zu vergewaltigen, war für sie ein ausreichender Notfall.

Mit Genugtuung spürte sie Dirks Halsschlagader und Luftröhre unter ihrem Stahlgriff. Aus dem Augenwinkel nahm sie war, dass Flix bewusstlos auf die Bank gerutscht war. Sie hatte noch nicht einmal mitbekommen, dass Luisa eingeschritten war.

Ihr Knie presste sie hoffentlich sehr, sehr schmerzhaft in Dirks Erektion hinein. Er versuchte zunehmend verzweifelt, ihre Arme wegzureißen, aber Luisa hielt stand. Und ihm ging peu à peu die Luft aus.

»Wenn du deine Wichsgriffel noch einmal in Flix' Nähe bringst oder ich dich auch sonst irgendwo in ihrer Nähe sehe, bringe ich das hier zu Ende. Hast du mich verstanden?«

Dirk stierte sie nur aus seinen kleinen, inzwischen ziemlich rot unterlaufenen Augen hasserfüllt an. Reagierte aber nicht. Außer mit einem weiteren Versuch, ihren Griff zu durchbrechen.

»Hast du mich verstanden, hab ich gefragt?«

Jetzt krächzte er ein hörbares »Ja«.

Luisa hielt den Griff noch ein paar Sekunden länger, um ihm die Konsequenzen zu vergegenwärtigen, falls er nicht täte, was sie von ihm verlangt hatte. Dann rammte sie ihm ihr Knie rein, um ihn für die Zeit auszuschalten, die sie brauchte, um Flix hier rauszuschaffen. Dirk klappte zusammen und stöhnte über die

Musik hinweg vernehmlich schmerzerfüllt auf. Er wälzte sich auf der Bank und war für den Moment keine Bedrohung.

Inzwischen kam auch das Sicherheitspersonal angerannt. Na da schau her. Wo waren die denn, als hier eine wehrlose Frau sexuell belästigt wurde? Luisa zog Flix hoch und war erstaunt, wie leicht sie war. Weil sie sich nicht anders zu helfen wusste, wuchtete sie sich Flix über die Schulter. Ihre Jacke konnte sie jetzt allerdings nicht einsammeln, aber das war zweitranging, erst einmal weg hier.

Plötzlich stand einer der Rausschmeißer bedrohlich neben ihr. Ein zweiter kam dazu und schaute nach Dirk. Luisa hoffte, dass die sie mit der bewusstlosen Flix ohne viel Aufstand gehen lassen würden. Aber sie schätzte mal, dass sie großes Interesse daran hatten, wenn sie mit ihrer Last verschwand und das Geschäft weitergehen konnte.

Der Rausschmeißer beobachtete sie mit Argusaugen, während sie Flix zum Ausgang trug. Er machte keine Anstalten ihr zu helfen, hinderte sie aber auch nicht am Gehen. Der ganze Club glotzte natürlich, obwohl die Show auf der Bühne unvermindert weiterging und die Musik dröhnte.

Als sie endlich durch die Tür nach draußen trat, legte ihr der Rausschmeißer noch Flix' Jacke über die Schulter. Immerhin.

Dann beeilte sich Luisa, so schnell sie es mit ihrer Last konnte, zu ihrem Auto zu kommen. Sie wollte nicht riskieren, dass Dirk womöglich doch noch hinter ihr herkam. Sie hatte ihn von Anfang an so eingeschätzt, dass er zu den miesesten und hinterhältigsten Sachen fähig wäre. Sie mit einer wehrlosen Flix auf der Schulter von hinten anzugreifen, wäre genau seine Kragenweite.

So langsam wurde Flix verdammt schwer. Sie hatte im Karatetraining zwar schon öfter trainiert, jemanden zu tragen, aber das hier war etwas völlig anderes. Jetzt, da das Adrenalin nachließ, kam sie an ihre Grenzen. Sie schnaufte wie ein Schlachtross, und alle ihre Muskeln brannten höllisch.

Endlich am Auto angelangt ließ sie Flix erschöpft heruntergleiten, lehnte sie gegen das Auto und presste sich gegen sie, während sie ihre Schlüssel herausholte. Sie hätte Flix gern schneller verfrachtet gehabt, aber es war umständlich und dauerte.

Erst Minuten später konnte Luisa losfahren. Flix noch immer regungslos auf dem Beifahrersitz. Wenn sie nicht bald mal ein

Lebenszeichen von sich gäbe, müsste sie sie ins Krankenhaus bringen. Aber eigentlich war ihr das zu gefährlich. Sie würde bei sich zu Hause versuchen sie zu einer Reaktion zu bringen.

Befürchtungen, rasende Gedanken und tausende Wahrscheinlichkeitsvarianten stürmten gedanklich auf Luisa ein, während sie zu ihrer Wohnung fuhr. Und sie wollte momentan keinen Fatz davon wissen. Zuerst Flix in Sicherheit bringen, dann über alles in Ruhe nachdenken. Anders ging es nicht. Auch wenn sie einen ziemlichen Schlamassel an der Backe hatte. Für den keine Lösung in Sicht war. Shit!

Flix kam ganz langsam zu Bewusstsein. Sie hing ewig wie in einem dichten Nebel gefangen, bis sie einigermaßen erfassen konnte, wer oder was sie war. Sie war nicht zu Hause – so viel konnte sie erkennen, als sie ihre Augen einen Schlitz weit öffnete. Dann rollte das Kopfweh mit einer massiven Welle über sie, dass sie die Augen zukneifen und sich zusammenreißen musste, nicht im hohen Bogen zu kotzen. Sie blieb ganz still liegen, und es wurde ein bisschen besser. Erträglicher.

Sie machte eine Bestandsaufnahme, während sie wartete, dass sie sich wieder einigermaßen menschlich fühlte. Außer ihrem heftig schmerzenden Kopf und dem rebellischen Magen fühlte sich der Rest gerädert an, aber einigermaßen funktionsfähig. Ihre Blase war extrem voll und sie vermutete, dass sie davon aufgewacht war. Außerdem schmeckte ihr Mund, als ob sie eine im Hochsommer sechs Wochen nicht geleerte Biotonne ausgeschleckt hätte. Igitt. Nur nicht daran denken. Das machte ihr Magen nicht mit.

Sie wagte es, ihre Augen wieder ein bisschen zu öffnen. Das ging schon besser. Sie hatte keinen blassen Schimmer, wo sie war. Sie hatte dieses Zimmer noch nie in ihrem Leben gesehen.

Weil es momentan ganz gut ging, hielt sie es für möglich, den Kopf ein wenig zu bewegen, um mehr sehen zu können als den unspektakulären, abgedunkelten Teil eines Schlafzimmers von der Bettkante aus. Flix drehte sich und bereute es sofort. Zum einen, weil ihr Kopf mit einem Hämmern reagierte, als ob er gleich platzen wollte. Zum anderen, weil Luisa in ihr Blickfeld kam.

What the fuck? Wie war sie zu Luisa ins Bett gekommen? An was konnte sie sich eigentlich erinnern von gestern Abend? An gar nichts, wäre ihre spontane Antwort gewesen. Ihr Kopf war zu wuschig. Sie brauchte dringend eine Handvoll Aspirin, literweise Flüssigkeit und eine Toilette. In umgekehrter Reihenfolge. Dann könnte sie vielleicht auch wieder klarer denken.

Ganz langsam und vor allem auch ganz leise richtete sich Flix stückchenweise auf. Es gab ein paar Momente, in denen unklar war, ob sie sich nicht doch übergeben musste, aber sie schaffte es ohne Zwischenfall aus dem Bett. Sie stellte fest, dass sie lediglich ihr Höschen und ihr Unterhemd anhatte. Wer hatte ihr den Rest ausgezogen? Vermutlich Luisa. Ächz. Immerhin war sie nicht nackt. Immerhin hatte sie einen hübschen Satz ihrer neuen Superheldenunterwäsche angezogen, bevor sie wohin auch immer losgezogen war. Was war denn das für ein blöder Gedanke? Dann erinnerte sie sich dunkel an einen Besuch im Anti Schoko. Danach dann gleich wieder Filmriss.

Sie durfte ihre Energien jetzt nicht mit Nachdenken verplempern, sie musste loslaufen, bevor sie sich sofort wieder zurück ins Bett plumpsen ließ. Also wankte sie aus dem Zimmer – ohne groß etwas wahrzunehmen. Ihre Augen ließen sich immer noch nicht weiter öffnen als zu Minimal-Schlitzen. Sie torkelte mehr, als dass sie ging. Und Luisas verdammte Wohnung war irrsinnig verschachtelt. Ein Zimmer folgte dem anderen in komischen Winkeln. Sie hoffte, sie fände nachher das Bett wieder. Wenn sie überhaupt jemals die Toilette oder das Bad fand.

Mit mehr Glück als Verstand fand sie den Eingangsbereich, den sie von neulich tatsächlich wiedererkannte, und hier war auch das Badezimmer. Flix wankte hinein und schaffte es, die Dinge zu erledigen, die sie sich vorgenommen hatte. Pinkeln (das war das Einfachste), Wasser trinken (gefühlte fünf Liter), Aspirin nehmen und unten behalten (die Schachtel lag schon auf der Waschmaschine bereit), Zähne putzen (in Ermangelung einer Zahnbürste mit reichlich Zahnpasta auf dem Finger).

Danach fühlte sie sich halbwegs wiederbelebt. Jetzt noch einmal eine Runde schlafen, und danach wäre sie hoffentlich in der Lage, Luisa gegenüberzutreten. Noch immer wackelig auf den Beinen, aber schon deutlich mehr koordiniert und vor allem dieses Mal mit wirklich geöffneten Augen, machte sie sich auf den

Rückweg durch die labyrinthische Wohnung. Sie war sich zwei Zimmer weiter sicher, bald auf das Schlafzimmer stoßen zu müssen. Sie hatte ja auf dem Hinweg nicht wirklich etwas wahrgenommen.

Was ihr jetzt auffiel war, dass alle Wände blutrot lackiert waren. Und zwar ungleichmäßig. Das sah schauderhaft aus. Als ob Blut runterliefe. Flix schüttelte sich vor Grusel, aber als sie um die Ecke durch den Durchgang bog, an den sie sich von vorhin gar nicht erinnern konnte, ließ ihr der Anblick das Blut in den Adern stocken. Sie stieß völlig unkontrolliert einen spitzen Schrei aus. Das war natürlich ihrem desolaten Zustand geschuldet, das wurde ihr noch im gleichen Moment klar. Sie hatte noch bei keinem Einbruch jemals ansatzweise geschrien. Aber das hier war etwas anderes.

Das ganze Zimmer war voll mit Schädeln. Schädel aller Arten. Groß, klein, manche mit Skelettteilen daran. Tierschädel vor allem, aber sie war sich dessen nicht ganz sicher. Die Wände bis unter die Decke damit dicht behängt, in Regalen waren Schaukästen, ein Tisch übersät mit Büchern und Schädeln, an denen gearbeitet wurde.

Schädel. What the fuck! Was war das hier? Das Kabinett des Dr. Caligari?

»Flix.«

Sie stieß wieder einen Schrei aus und drehte sich so schnell um, dass ihr schwindelig wurde und Luisa sie auffangen musste. »Was bist du? So eine Art Frankenstein? Wird mein Schädel auch hier hängen, wenn du mit mir durch bist?«

Sie versuchte sich von ihrer Nemesis loszumachen, war aber zu schwach. Und außerdem wäre sie vermutlich wirklich einfach umgekippt, wenn Luisa sie nicht aufrechtgehalten hätte. Ihre Knie waren weich wie Götterspeise. Der Anblick der Schädel war für ihren verkaterten Zustand zu viel des Guten. Sie konnte auch gar nicht mehr hinschauen. Es war zu gruselig und aufwühlend. Und ihr Magen versuchte gerade das Aspirin und das Wasser wieder nach oben zu katapultieren. Sie presste ihr Gesicht an Luisas Hals.

»Ich bring dich ins Bett zurück.«

Warum redete Luisa eigentlich so laut, dass es ihr durch den Kopf dröhnte? Apropos. »Hauptsache, mein Kopf bleibt dran«, grummelte sie.

Luisa hatte den Arm um sie gelegt und führte sie ins nebenan liegende Schlafzimmer zurück. Was für ein Ort für ein Schlafzimmer. Umgeben von Schädeln. Wahnsinn.

»Keine Sorge. Ich nehme nur bereits tote Objekte. Und du warst zwar gestern Abend ziemlich gut darin, eine Leiche zu imitieren, hast aber noch eindeutig zu viel Leben in dir, wie dein gellender Schrei bewiesen hat.« Luisa ließ sie aufs Bett hinuntergleiten.

Flix hatte Mühe, die Augen offen zu halten. Sie fühlte sich so schwach. »Haha. Ich glaub, ich muss mich hinlegen.«

Sie musste die Schädel Schädel sein lassen. Was auch immer Luisa damit machte. Selbst wenn sie jetzt wirklich vorgehabt hätte, ihren Kopf zum Rest ihrer morbiden Sammlung zu hängen, sie hätte nichts tun können. Sie merkte noch, wie Luisa sich wieder neben sie legte. Dann war sie schlagartig ausgeknipst.

Luisa war gerade dabei, in der Küche nach irgendetwas zu suchen, das als Mittagessen dienen könnte, als Flix gähnend angetapst kam. Sie hatte geschlafen wie eine Tote, und Luisa hatte den ganzen Vormittag unruhig in der Wohnung verbracht. Nicht einmal Einkaufen gehen hatte sie sich getraut. Die Gefahr, dass die windige Diebin sich aus dem Staub machen könnte, wäre zu groß gewesen. Deshalb hatte sie sie ja auch in ihrem Bett übernachten lassen. Um sie zu überwachen. Zumindest war das ihr offizieller Grund. Wenn sie Flix jetzt so anschaute, die so süß aussah mit ihren verwuschelten Haaren und dem vom Schlaf verknautschten Gesicht, wollte sich noch ein anderer Grund nach vorn drängen. Aber Luisa ließ das nicht zu. Sie hatte hier gewaltige Probleme an der Backe. Unter anderem eine verkaterte Diebin, die so aussah, als ob sie zehntausend Fragen hätte und mit Sicherheit einen Aufstand produzieren würde, wenn sie von ihren Plänen erfuhr.

Sie hatte Flix einen Pulli und eine Jogginghose aus ihrem Kleiderbestand auf das Fußende des Bettes gelegt, und die hatte den Hinweis offensichtlich verstanden. Luisa konnte nicht sagen, warum der Anblick von Flix in *ihren* Kleidern eine emotionale Reaktion in ihr auslöste. Aber sie konnte das kleine Lächeln nicht unterdrücken, das sich auf ihre Lippen stahl. Dabei war die weite, graue Hose aus Armeebeständen und der graue dazugehörende Hoody nicht gerade aufreizend. Im Gegenteil. Aber genau deshalb umso herzerwärmender.

Sie hielt Flix eine gefüllte Kaffeetasse hin, und die nahm sie wortlos entgegen. Barfuß stand sie in ihrer Küche und trank ihren Kaffee, als ob es das reinste Lebenselixier sei. Nach ihrem Exzess gestern Nacht war es das vermutlich auch.

Luisa lehnte sich gegen die Küchenzeile und wartete auf Flix' erste Worte. Sie war sich sicher, dass es keine Minute mehr dauern würde, bis die Frage aller Fragen kommen würde: Wie war Flix zu Luisa in die Wohnung gekommen? Luisa hätte ihre Tattoos darauf verwettet, dass sich die ehemalige Alkoholleiche an nichts erinnern konnte. Sie hatte sie zwar, nachdem sie sie in ihr Schlafzimmer geschleppt hatte, dazu gebracht, ein paar Worte zu murmeln und auch etwas zu trinken. Aber die Festplatte war mit Sicherheit trotzdem gelöscht. Vielleicht war das auch besser so in Anbetracht dessen, was beinahe passiert wäre.

Flix hielt ihr die Tasse zum Nachschenken hin, und als Luisa dem nachgekommen war, kam genau das, was sie geahnt hatte.

»Wie bin ich also in deinem Bett gelandet, und warum zum Teufel fühle ich mich, als ob ich zwei Flaschen Gin auf leeren Magen getrunken hätte?« Flix trank ihren Kaffee jetzt langsamer und schaute über den Tassenrand Luisa an.

»Weil du das vermutlich auch getan hast?« Sie konnte sich das nicht verkneifen. Inklusive eines kurzen Grinsens. Sie wollte nicht gleich mit den schlimmsten Tatsachen ins Haus fallen.

»Was? Zwei Flaschen Gin getrunken? Werd mal konkreter, Frau Privatdetektivin.« Flix schaute sie jetzt fast schon unwirsch an.

Es half also nichts. Keine Verzögerung mehr, heraus mit der hässlichen Wahrheit. »Dein toller Freund Dirk, der für dich deine Waren verhökert, hätte dich ganz klassisch alkoholisiert vergewaltigt, wenn ich ihn nicht gehindert hätte.«

Flix starrte sie nur an und sagte erst einmal gar nichts. Ihr Gesicht zeigte einen verwirrten und vollkommen ungläubigen Gesichtsausdruck. Die Kaffeetasse hing auf Halbmast, und Luisa beobachtete sie, um im Zweifelsfall einschreiten zu können, falls Flix sie in ihrem Schock loslassen würde.

»Mehrere Dinge stimmen an deinem Satz nicht. Ich bin noch am Sortieren, aber erstens: Dirk weiß nicht, dass ich die Diebin bin, für die er arbeitet. Außerdem kriegt er nur die unwesentlichen Sachen zum Verhökern.«

Der Winkel der Kaffeetasse wurde immer gewagter, und Luisa nahm sie Flix kurzerhand weg.

»Das hatte mich auch gewundert, dass er es riskiert, die Hand zu beißen, die ihn füttert.« Das hatte sie gestern bereits gewundert. Aber sie hielt den Fiesling ja nicht für den Hellsten, deshalb hätte es durchaus sein können, dass er sich gar keine Gedanken darüber gemacht hatte.

»Dirk ist nicht mein Freund. Das ist auch falsch.« Flix schien immer noch darum bemüht, Ordnung in die Angelegenheit zu bringen. Vielleicht um sich nicht weiter mit dem befassen zu müssen, was sie offensichtlich nicht wahrhaben wollte. Dass sie fast Opfer sexueller Gewalt geworden wäre.

Aber das würde Luisa nicht zulassen. Auch wenn das mit Flix' Selbstbild vermutlich frontal kollidierte. »Warum bist du dann mit ihm herumgezogen, hast dich volllaufen lassen und bist mit ihm in einem Stripclub gelandet, wo er dich begrabschen konnte?« Das war so hammermäßig, wie es nur ging. Das konnte Flix einfach nicht ignorieren.

Entsprechend schaute sie sie jetzt auch wieder geschockt an. Das Ganze war noch nicht in ihrem Zentralhirn angekommen. Luisa konnte die langsam aufsteigende Erkenntnis geradezu an ihrem Gesicht ablesen. Wie das Räderwerk in Flix' Kopf arbeitete und in sich griff.

»Das habe ich gemacht? Bist du dir sicher?«

»Ich habe dich beschattet, ich hab alles mit eigenen Augen gesehen.« Luisa stellte endlich die Kaffeetasse zur Seite. Sie hatte das Gefühl, auf alles gefasst sein zu müssen, was Flix an Reaktionen an den Tag legen könnte. Sie wusste ja nicht, wie sie mit so was umging. Ob sie jetzt einen hysterischen Ausraster hinlegen würde. Oder heulen. Sie glaubte es zwar nicht, weil Flix bisher in allem eine ziemlich coole Ratte gewesen war. Aber vorsichtshalber sollte sie keinen heißen Kaffee in den Händen halten.

»Ich kann mich überhaupt nicht erinnern. An nichts davon. Fuck!« Flix lehnte sich neben sie an die Küchenzeile. »Ich weiß noch, dass ich wirklich schlecht drauf war wegen dir und allem.

Aber so dämlich kann ich doch gar nicht gewesen sein.« Flix sah sie an. Luisa ließ ihr die Zeit und sagte nichts. »Oder doch?«

Luisa nickte nur.

»Erzähl es mir ganz genau. Woher weißt du, was Dirk vorhatte? Hat er etwa schon ... du weißt schon?«

Flix war bei der Frage ganz kreidebleich geworden, und Luisa befürchtete fast, dass jetzt doch noch kommen würde, was sie die ganze Nacht und auch den Morgen über erwartet hatte. Dass Flix sich übergeben müsste. Aber Flix hielt sich, starrte sie nur aus großen, blauen Augen an.

»Nein. Er hatte keine Chance. Vorher hätte ich ihm den Hals rumgedreht.« Dass sie kurz davor gewesen war, genau das zu tun, musste sie Flix ja nicht auf die Nase binden. Aber ihr Ton war wohl aussagekräftig genug. Sie hörte sich an wie jemand, der zu einem Mord fähig wäre. Brutal irgendwie.

»Ich glaub, ich muss mich setzen.« Flix wirkte immer noch ein bisschen unsicher auf den Beinen, als sie zu Luisas Esstisch ging und sich schwer auf einen der Stühle sinken ließ. So sah Schock also bei einer Meisterdiebin aus. Angekratzt, aber noch nicht angezählt. Luisa hatte Respekt vor so viel Selbstkontrolle.

Flix hatte geduscht und wieder Luisas Jogginganzug angezogen, weil ihre eigenen Kleider ihr irgendwie widerlich stinkend vorkamen. Sie fühlte sich so langsam wieder normal. Sogar ihre Magen knurrte, während sie sich die Haare föhnte. So ganz hatte sie die Sache von gestern noch nicht verarbeitet. Aber sie wollte sich auch in nichts reinsteigern, das sie nicht mehr ändern konnte. Sie hatte genügend andere Probleme. Dirk war auf alle Fälle längste Zeit ihr Hehler gewesen. Wobei das ja vermutlich so oder so alles vorbei war.

Ihre Gedanken fuhren Kettenkarussell. Und ihr Hirn produzierte ständig neue Fragen an ihre Retterin, und sie hatte vor, diese auch zu stellen. Nachdem sie etwas gegessen hatte. Und danach würde sie dann endlich heimgehen. Sie wollte unbedingt noch zu Götz, der schon wieder im Heim sein sollte. Eigentlich hatte sie dabei sein wollen, wenn er aus dem Krankenhaus zurückgebracht wurde. Sie hatte ein furchtbar schlechtes Gewissen, dass sie das wegen einer Sauftour verpasst hatte. Und nicht etwa, wie ursprünglich befürchtet, aus anderen Gründen wie einem Gefängnisaufenthalt.

Als sie aus dem Bad kam, duftete es verdammt verführerisch nach Essen. Irgendwas Asiatisches. Flix folgte dem Duft die paar Meter zu Luisas Esstisch. Kleine Kartons und Alupäckchen, die ihre Gastgeberin aus einer Tüte holte, waren die Ursache für die heißhungerauslösenden Düfte.

»Ich hab uns beim Vietnamesen um die Ecke was zu essen besorgt, während du unter der Dusche warst.«

Flix hatte die Eingangstür gehört und sich über das Schlüsselgeklappere gewundert. Sie hatte sich gefragt, ob Luisa sie eingeschlossen hatte. Was natürlich absurd war. Oder vielleicht doch nicht?

»Ich sterbe vor Hunger. Was gibt es?« Flix setzte sich zu Luisa und beschloss, dass das Wichtigste erst einmal Nahrungsaufnahme war.

»Alles Mögliche. Sommerrollen. Irgendwas mit Reis. Glasnudelsalat. Wir können einfach tauschen und alles durchprobieren.« Sie deutete auf die einzelnen Päckchen auf dem Tisch.

»Lecker, Sommerrollen. Obwohl wir Winter haben. Das kann ich immer essen. Was für eine Füllung?«

»Keine Ahnung. Frau Nguyen packt mir immer einfach irgendwas ein.«

Luisa war also Stammkundin, wie sich das anhörte.

Flix setzte sich und machte sich nicht weiter Gedanken über Luisas Nachbarschaft, außer dass sie hoffte, sie konnten kochen. Sie biss in eine Sommerrolle, die Luisa ihr auf einem Teller hinschob. »Hm, gut«, sagte sie gierig kauend, und das war es dann auch an Konversation.

Luisa machte sich nicht einmal die Mühe zu antworten. Ihre ganze Konzentration galt dem Reisnudelsalat, den sie sich auf den Teller gehäuft hatte. Es war nicht gerade stilvoll, und sie beide zeigten nicht gerade ihre besten Manieren, aber trotzdem fühlte sich Flix in diesem Moment sauwohl mit ihrer Widersacherin. Sie konnte nicht anders.

Als sie endlich einigermaßen gesättigt war, brachte sie sich innerlich wieder auf den Boden der Tatsachen zurück. Sie durfte hier nicht so naiv bei Luisa herumhocken, als ob sie beste Freundinnen oder gar mehr waren. Die Frau hatte sie in der Hand mit dem, was sie wusste. Das mit gestern Abend stand im gleichen Zusammenhang. Und sie musste eindeutig noch mehr darüber erfahren.

»Wie hast du mich eigentlich gestern Nacht hierher gekriegt?« Flix legte die kläglichen Überreste ihrer Sommerrolle mit Garnelen zur Seite.

Luisa sah sie über den Tisch hinweg an und schien zu überlegen, wie sie antworten sollte. Sie stocherte noch kurz in ihrem verbliebenen Reis herum. »Ich habe dich zum Auto getragen, bin dann gefahren und habe dich dann wieder getragen.«

Aha, mega, die Information. Und irgendwie nicht richtig einleuchtend. Das war doch gar nicht machbar, oder? Sie selbst konnte niemanden tragen, obwohl sie gut trainiert war. Das konnten die wenigsten Frauen. Aber Luisa war sehr stark, das hatte sie natürlich schon registriert. Konnte sie ihre zweiundfünfzig Kilo tragen? Vielleicht. Aber es klang doch erstaunlich.

»Allein?«, fragte sie deshalb reichlich ungläubig und erntete einen eiskalten Blick.

»Ich hatte niemanden dabei«, war die dazugehörende kühle Antwort. Die entspannte Stimmung, die während des Essens geherrscht hatte, war flöten. Luisa hatte wieder ihre Abwehrhaltung eingenommen, und Flix merkte, wie sich auch bei ihr die Haare wie bei einer angriffslustigen Katze aufstellten.

»Wow. Danke für die Rettung. Ich stehe jetzt vermutlich in deiner Schuld.« Gut, das hörte sich nicht so immens überzeugend an. Aber sie hatte gerade nicht mehr auf Lager. Schließlich bohrten sich Zweifel in sie. Was waren die Gründe für Luisas heroischen Einsatz? »Aber ehrlich gesagt, verstehe ich dich auch nicht ganz.«

»Was gibt es denn da zu verstehen? Das verstehe *ich* nicht.« Distanzierter ging fast nicht mehr. Luisa stocherte zwar immer noch in ihrem Reis herum, hatte aber schon länger keinen Bissen mehr genommen. Und das Grau ihrer Augen war wieder zum Fürchten. Wie Iceman konnte ihr Blick Dinge gefrieren. Oder Leute. Wie Flix.

Aber die ließ sich nicht schockfrosten. »Wieso hast du mich gestern nicht gleich bei deinem Dschafarow abgeliefert? Er hätte mich, so wehrlos wie ich war, gleich entsorgen können. Oder sonst was mit mir machen. Wäre doch ganz einfach gewesen. Wieso mich überhaupt aus Dirks Klauen befreien?«

»Für was für eine Sorte menschlichen Ausschuss hältst du mich eigentlich?« Luisa stand auf, und die Kälte war deutlich umgeschlagen in Empörung. Vielleicht auch Wut, aber das konnte Flix nicht genau einschätzen. Dafür kannte sie Luisa noch zu wenig.

»Ich weiß es nicht«, gab sie also wahrheitsgemäß zur Antwort. »Erzähl du mir, wie es sein kann, dass du für die russische Mafia arbeitest.«

Luisa knüllte leere Verpackungen zusammen, als ob es einen Preis für möglichst kleines Volumen gäbe. »Ich arbeite nicht für die russische Mafia«, zischte sie durch die Zähne. Ja, jetzt war es eindeutig. Sie war wütend.

»Ach ja?«, provozierte Flix trotzdem. Schließlich wusste sie doch ganz genau, dass Luisa im Dienst des werten Dschafarow stand. Sie brauchte ihr nichts vorzulügen.

»Nicht direkt«, knurrte Luisa und stopfte den ganzen Müll in die Plastiktüte, in der sie das Essen gebracht hatte. »Und weshalb muss ich mich eigentlich hier rechtfertigen? Du bist diejenige, die eine durch und durch kriminelle Existenz führt.«

Aha, jetzt kam also die Gegenoffensive. Angriff war ja bekanntlich die beste Verteidigung. Also hatten ihre Fragen gesessen, sonst würde Luisa jetzt nicht so reagieren.

»Durch und durch ist ja wohl schwer übertrieben. Meinetwegen ist noch niemand mit Betonschuhen versenkt worden oder hat sonstigen körperlichen Schaden genommen. Kannst du das von dir auch behaupten, Frau Privatdetektivin?«

Luisa antwortete nicht, weil sie wohl weder lügen wollte noch die Wahrheit sagen konnte. Aber Flix verstand das beredte Schweigen auch so.

Luisa stapfte mit der gefüllten Tüte in die Küche und knallte Türen.

Flix schlich hinter ihr her. »Wie geht es jetzt also weiter?«, fragte sie schicksalsergeben. Plötzlich war der ganze Widerstand, aller Kampfeswille aus ihr gewichen, und sie fiel vor Luisas Augen in sich zusammen, das war ihr klar, aber sie konnte es nicht verhindern. Die Realität hatte sie eingeholt. Was hatte es auch für einen Zweck, mit Luisa zu streiten, wenn demnächst das Erschießungskommando an der Tür klingelte?

»Ich weiß es nicht«, hörte sie Luisa sagen und dachte, sie habe Halluzinationen, weil Luisa sonst doch immer alles genau geplant und bisher nie unsicher gewirkt hatte. »Ich habe mich noch nicht entschieden, wie ich vorgehen will. Aber bis dahin werde ich dich nicht aus den Augen lassen.«

»Was soll das heißen? Bin ich hier jetzt deine Gefangene?« Flix lachte bei der Frage kurz auf, als ob es nur ein Scherz sein könnte, das Lachen blieb ihr aber bei Luisas Blick im Hals stecken.

»Was für ein Quatsch«, maßregelte Luisa sie und stürmte wieder aus der Küche. Und Flix wieder wie ein Hündchen hinterdrein.

Luisa hatte einen Lappen in der Hand und fing an, den Tisch abzuwischen. Mit mehr Körpereinsatz als für solch eine simple Tätigkeit nötig. Hoffentlich blieb von der Oberfläche der Tischplatte noch was übrig.

»Ich dachte schon«, murmelte Flix.

Luisa sah kurz auf und wischte dann weiter. »Ich werde dich überall hin begleiten. Und umgekehrt.«

»Du hast sie ja wohl nicht mehr alle!« Flix baute sich direkt neben Luisa auf und riss ihr den Lappen aus der Hand. »Du wirst nichts dergleichen tun.«

Luisa nahm ihr den Lappen wieder ab und starrte sie unnachgiebig an. Kurz war Flix versucht, einen Kampf um das Putztuch auszufechten, gab dann aber nach.

»Das oder Gefangene in der Schädelsammlung. Du kannst es dir aussuchen.« Das Lächeln, das dem folgte, war knallhart.

Und Flix knickte ein. So wie sie mit dem Lappen eingeknickt war. »Wenn du es so formulierst.« Sie hasste sich gleich dafür, wie wenig Widerstand sie aufbrachte. Was machte Luisa nur mit ihr? Aus dieser Verwirrung heraus tat sie etwas ganz Unkluges. Sie plapperte heraus, was ihr an Verletzendem gerade einfiel. Und das willkommene Stichwort war natürlich *Schädelsammlung*. »Bist du eigentlich irgendwie psychisch gestört oder pervers? Das ist doch nicht normal. Selbst bei meinen schrägsten Einbrüchen hab ich sowas noch nicht gesehen. Sadomaso-Keller, Pornostübchen, Unterhöschensammlungen – okay, kann mich nicht schocken. Aber damit hast du mich echt geflasht.«

Ein nasser Lappen im Gesicht war die Belohnung dafür. »Fick dich, Flix. Es geht dich gar nichts an, wer ich bin und was mich ausmacht. Weißt du was? Halt mich doch für pervers. Ist mir doch sowas von scheißegal, was so eine billige Kleinkriminelle von mir hält.«

Luisa ließ sie einfach stehen. Mit dem nassen Lappen in der Hand und dem unbefriedigenden Gefühl, einen Punktsieg durch Foul erreicht zu haben. Fuck!

»Hey, so war das gar nicht gemeint.« Flix lief hinter Luisa her, aber die ignorierte sie einfach. »Kann ich wenigstens ein paar Klamotten kriegen? So als deine Gefangene im Horrorkabinett?« Okay, das war auch nicht besser. Musste sie sich eigentlich immer weiter in die Scheiße reinreiten? Idiotin deluxe.

Flix hatte ihr nicht verraten, wo sie hinfuhren. Sehr zu Luisas Missfallen. So etwas konnte sie überhaupt nicht leiden, aber vermutlich war das Flix' Art, ihr eins auszuwischen. Dafür, dass sie sie jetzt an der Backe hatte. Auch egal. Flix hielt eh schon nichts von ihr, da machte das jetzt auch nichts mehr aus.

»Also dann erklär mir, was es mit deiner Schädelsammlung auf sich hat«, unterbrach ihre Beifahrerin die Stille, die in ihrem Auto geherrscht hatte, seit sie losgefahren waren.

»Nein, keine Lust. Du verstehst das eh nicht.« Luisa stierte auf die Straße und vermied jeglichen Blickkontakt. Flix machte sie ganz Balla Balla. Ein Schwall an Gefühlen, die wild durcheinanderwirbelten und nicht zueinander passten. Sie war gleichzeitig wütend, verwirrt, empfindsam und merkwürdigerweise auch hochgradig beschützend ihr gegenüber.

Luisa wollte in dieser vertrackten Situation wirklich das Richtige tun. Aber was war das Richtige? Und Flix machte es ihr nicht gerade leichter mit ihrer beschissenen Arroganz, die sich in den ungünstigsten Momenten bemerkbar machte. Sie fühlte sich gänzlich unverstanden. Flix war einfach nur undankbar und unsensibel gleich dazu.

»Versuch es doch. Schlimmer als bisher kann es nicht werden. Pervers und so? Das Dümmste hab ich schon zu dir gesagt. Komm schon, Luisa.«

Das klang ausnahmsweise sogar vernünftig. Aber Luisa sagte nichts und fuhr vor sich hin. Sie traute dieser Anwandlung nicht.

»Bitte«, flötete Flix. »Bitte, bitte.«

»Es gibt nicht groß etwas zu erklären. Ich sammle eben Schädel, weil es mich fasziniert. Manche präpariere ich sogar selbst, manche bestelle ich übers Internet und manche …«

»Ja? Woher kriegst du sonst noch die Sammlerstücke? Gehst du selbst auf die Jagd und erlegst die Beute?« Flix mimte einen Schuss und schnitt dann pantomimisch, aber mit wüsten Geräuschen irgendeinem imaginären Tier den Kopf ab.

Fast hätte Luisa erzählt, dass sie immer mal wieder Kartons vor der Tür stehen hatte und nicht wusste, vom wem und weshalb. Aber die Meisterdiebin hatte es wieder einmal geschafft, sie mit ihrer unrühmlichen Scheißart vor den Kopf zu stoßen. »Ich seh schon, du machst dich über mich lustig. Ja, nur zu.«

»Hey, ich versuche hier wirklich mein Bestes, aber du musst schon zugeben, dass es viel verlangt ist. Und dann auch noch bei deinem Beruf.«

»Was soll das schon wieder heißen?« Luisa sah jetzt doch kurz zu ihr hinüber. Machte sie das absichtlich? Sie so auf die Palme zu bringen? Vermutlich. »Ach was, vergiss es. Ich will es gar nicht wissen. Wohin?«

Tatsächlich ließ Flix das Thema fallen und dirigierte sie auf einen Parkplatz. Beim Aussteigen sah sie, dass sie an einem Pflegeheim angekommen waren. Was auch immer Flix hier wollte. Falls sie die armen Patienten um ihr Erspartes bringen wollte, würde sie definitiv einschreiten.

»Du kannst hier draußen warten«, verkündete Flix im Eingangsbereich.

Luisa ging an ihr vorbei. »Kommt nicht in Frage. Ich geh mit rein.«

Beim Betreten des Heims wurde Flix vom Personal gegrüßt, als ob sie sie gut kennen würden und sie sehr schätzten. Sehr seltsam.

»Okay, hier gibt es einen Wartebereich.« Flix deutete auf eine Sitzgruppe, die an ein paar Automaten gruppiert war. Kaffee, Schokoriegel, so Zeugs konnte man sich da holen.

Luisa würde den Teufel tun und sich hier abstellen lassen. »Ich kleb an dir wie Kaugummi in den Haaren. Hast du es jetzt verstanden?«

Sie wollte loslaufen, obwohl sie nicht wusste, in welche Richtung, aber Flix blieb wie festgewurzelt stehen. »Ist mir aber überhaupt nicht recht. Das ist privat«, sagte sie in einem hochnäsigen Ton, der Luisa sofort gegen den Strich ging. Wie überhaupt fast alles, seit Flix wieder zusammenhängend reden konnte.

»Noch privater als dich von mir ficken zu lassen?«, rutschte ihr deshalb heraus. Sie bereute es bereits in dem Moment, als es ihren Mund verließ. Aber zurückholen konnte man solche Aussagen ja nicht, deshalb stand sie es durch, als ob sie es wirklich so meinte.

»Definitiv privater, wenn du so bescheuert fragst. Und vulgär. Steh ich gar nicht drauf.« Flix verzog angewidert das Gesicht.

Das hatte sie in diesem Fall sogar verdient. Aber zugeben würde sie das vor der Meisterdiebin nicht. »Dumm gelaufen«, gab sie deshalb salopp zur Antwort.

Luisa hatte das Gefühl, mit Flix am Tiefpunkt angekommen zu sein. Noch beschissener konnten sie sich gegenseitig gar nicht mehr finden. Eigentlich schade. Aber offenbar hatte ihr allererster Eindruck damals im Anti Schoko einfach gestimmt. Flix war ein selbstüberzeugter Kindskopf ohne Tiefgang. Mit ein paar ungeahnten Fähigkeiten und einem fantastischen Körper, der Luisa maßlos anmachte. Aber das war ja bekanntlich nicht alles. Auch wenn sie sich irgendwann mal sogar gut verstanden hatten. Beim Frühstück an Neujahr zum Beispiel. Die Frage war nur, was davon überhaupt echt gewesen war. Hatten sie nicht beide ein Spiel gespielt?

Flix trabte schließlich wieder vor ihr her und betrat im zweiten Stock ohne zu klopfen eines der Zimmer. Was schon wieder extrem unhöflich war und man Luisas Meinung nach nicht tun sollte. Aber als sie dann sah, dass die beiden Zimmerbewohner nicht in der Lage gewesen wären zu reagieren, musste sie diese Einschätzung innerlich zurücknehmen. Gut, dass sie nichts gesagt hatte.

Flix trat an das hintere Bett, das am Fenster stand. Der schwerbehinderte Mann darin schaute noch nicht einmal auf, als Flix ihn ansprach.

»Hey Paps. Wie geht es dir? Ich habe heute jemanden mitgebracht. Das ist Luisa. Du weißt schon, ich habe dir bereits von ihr erzählt.« Flix beugte sich hinunter und gab dem Mann ein Küsschen auf die Wange.

Luisa war geschockt und blieb einfach da stehen, wo sie war. Weit war sie noch nicht ins Zimmer gekommen, bevor Flix losgeredet hatte. Die winkte sie jetzt ans Bett heran, und Luisa folgte mechanisch. Aber innerlich war sie in Aufruhr. Das war Flix' Vater? Was war denn mit ihm? Und was war das überhaupt für eine Flix, die da jetzt auf den Pflegefall eintextete? Ihr Vater nahm ganz offensichtlich kein Wort wahr.

»Ja, ich weiß, ich habe gesagt, sie arbeitet für die russische Mafia, aber ich bin mir da gar nicht mehr so sicher. Immerhin stehe ich noch hier, was Paps?«

Luisa schaute sich ruckartig um, wer denn alles mithören könnte. Hatte Flix sie nicht mehr alle, das hier so auszuposaunen? Aber der Zimmermitbewohner saß über einer Tageszeitung, die er mit Spucke vollsabberte, und die Zimmertür hatte sie beim Hereinkommen geschlossen.

»Luisa hat mich gestern gerettet, das muss ich dir unbedingt erzählen. Dann siehst du sie vielleicht auch anders, so wie ich.«

Flix legte ihre Jacke ab, zog sich einen Stuhl heran und richtete sich für ein längeres Gespräch ein. Sie nahm die Hand ihres Vaters und fing an, ihm haarklein alles zu erzählen. Alles, was sie selbst wusste und alles, was ihr Luisa erzählt hatte. Sie ließ wirklich nichts aus.

Und Luisa stand da wie eine Bekloppte und konnte nichts weiter tun als zuzuhören. Sie war nicht mehr in der Lage, das alles zu verarbeiten, weil es so gar nicht passen wollte. Nicht zu dem Bild von Flix, das sie noch vor zehn Minuten so scheinbar endgültig analysiert hatte. Wenn sie Flix so reden hörte, wie sie auch sie, Luisa, darstellte, welches Bild sie von Luisa zeichnete, war sie noch mehr baff. Die Luisa aus Flix' Geschichten war eine wirklich tapfere und ehrenwerte Person. Keine halbseidene Privatdetektivin, die pervers Schädel sammelte und Flix nur Böses wollte. So hätte sie nämlich gedacht, dass die Meisterdiebin sie schildern würde. Dass sie sie so sah.

Flix saß einfach da, hielt die Hand ihres Vaters und redete und redete über Gott und die Welt. Sie zählte sogar haarklein auf, was sie gegessen hatten.

Irgendwann schwenkte der Blick ihres Vaters tatsächlich vom Fenster weg zu seiner Tochter. *Oh Gott*. Luisa dachte, sie müsste sofort in Tränen ausbrechen, so anrührend war das. Denn für eine kleine Sekunde war da Verstand in diesem Blick. Erfasste er, wer ihm da gegenübersaß und so liebevoll erzählte. Sie konnte es erkennen, obwohl sie den Mann heute zum ersten Mal sah. Und Flix sah es natürlich auch. Ihr ganzes Gesicht strahlte vor Glück über dieses kleine Zeichen.

Luisa hatte das Gefühl, davon mitten ins Herz getroffen worden zu sein. Dabei war der Moment so flüchtig. Sie konnte genau an Flix' Gesicht ablesen, wie enttäuscht sie war, als der Blick ihres Vaters wieder ziellos davonwanderte. Kurz sah Flix zu ihr, und Luisa konnte den Schmerz in ihren schönen blauen Augen kaum ertragen. Bis vorhin hätte sie nicht gedacht, dass Flix zu solchen feineren Gefühlen überhaupt fähig wäre. Jetzt stand sie da und fühlte mit ihr mit. Sie hoffte, dass Flix ihr ansehen konnte, wie betroffen sie war und sie nicht womöglich dachte, dass es sie kaltließ.

»Gehst du mit uns in den Garten? Wie immer, Paps? Heute ist es nicht so schrecklich kalt wie die letzte Zeit. Komm.«

Offensichtlich verstand er mehr, als Luisa ihm zugetraut hätte. Denn er stand nach Flix' Aufforderung brav auf und ließ sich von ihr eine dicke Jacke anziehen. Die Schuhe waren ein bisschen umständlich, aber Luisa konnte sehen, dass Flix tatsächlich Übung darin hatte, das zu machen. Als die Klettverschlüsse saßen, dirigierte sie ihren Vater zur Tür und warf Luisa einen Blick über die Schulter zu. Die konnte den Blick nicht deuten. Ob er heißen sollte, lass uns in Ruhe oder das Gegenteil, komm du auch mit.

Luisa beschloss, von Zweiterem auszugehen, weil der Blick nicht ablehnend gewesen war und weil sie ihr ohnehin gefolgt wäre. Sie schnappte sich Flix' Jacke – wieder einmal trug sie der Meisterdiebin ihre Bomberjacke hinterher. Dieses Mal musste sie Gott sei Dank nicht auch noch die Frau selbst tragen.

Mit unendlicher Langsamkeit ging es die Flure entlang, mit dem Lift hinunter und dann durch einen Hinterausgang nach draußen. Bei passender Gelegenheit reichte sie Flix ihre Jacke, die ihr doch tatsächlich dafür sogar ein Lächeln schenkte.

Dann schlurften sie über gekieste Gartenwege, die an diesem Wintertag völlig verlassen waren. Luisa nutzte die Gelegenheit, Flix mit ihrem Vater zu beobachten. Sie ließ die beiden eingehängt vorausgehen.

»Weißt du, dass du Luisa früher sehr interessant gefunden hättest, Götz?« Ihr Vater hieß also Götz. Schöner Name. Wie hieß denn eigentlich Flix richtig? Sie nahm an, dass das ein Spitzname war, den sich die selbstüberzeugte Meisterdiebin aus dem Grund gegeben hatte, weil er sich so passend anhörte. So nach flinke Finger und nicht zu fassen. Das waren zumindest ihre Assoziationen.

»Luisa sammelt Tierschädel. Es sind doch nur Tierschädel, oder?« Flix hatte sich zu ihr umgedreht.

Luisa nickte.

»Also Tierschädel. Obwohl manche mindestens nach Affen aussehen. Du wärst davon fasziniert, Paps. Weißt du noch, deine ganzen Anatomie- und Tierbücher? Du wolltest immer, dass ich mich auch dafür interessiere. Mit Luisa könntest du dich darüber unterhalten.«

Das hörte sich doch ganz anders an. Als ob Flix ihre Schädelsammlung gar nicht so schrecklich fände wie sie bisher getan hatte.

Flix plapperte in einem fort weiter, und Luisa merkte, dass sie sich irgendwann gedanklich ausklinkte. Ihr wurde bewusst, wie sehr sich Flix' Beziehung zu ihrem Vater zu der ihren unterschied. Luisa war klar, dass sie niemals mit ihrem Vater so liebevoll sein könnte, wenn er an Götz' Stelle wäre. Weil sie nämlich gar keinen Grund dazu hätte. Ihr Verhältnis war mies. Und das wurde ihr gerade erschreckend klar. Es würde auch nicht mehr besser werden. Warum denn auch? Alles, was sie in den letzten Jahren probiert hatte, um ihre Beziehung zu verbessern, war abgeschmettert worden. Ihr Vater hasste es, dass sie in der Detektei arbeitete. Er hasste ihre Tätowierungen. Er hasste ihre Art zu leben. Was war denn da überhaupt noch zwischen ihnen? War sie nicht total bescheuert, dass sie immer noch hinter ihm herhechelte wie ein getretener Hofhund?

Flix' Vater blieb plötzlich einfach stehen. Luisa war etliche Meter zurückgefallen, weil die Erkenntnis sie wie ein Schlag getroffen hatte.

»Was ist denn? Willst du zurück? Ist dir kalt?« Luisa konnte trotz des Abstands die Sorge in Flix' Stimme hören. Aber ihr Vater reagierte überhaupt nicht. Blieb einfach stur weiter stehen. Das gab Luisa die Gelegenheit wieder aufzuschließen. Sie kam neben den beiden zu stehen.

Und dann passierte etwas, das sie zuerst erschreckte. Flix' Paps nahm einfach ihre Hand. Dann gab er eine Art grunzenden Schnaufer von sich, und Luisa erschrak noch mehr. Bisher hatte er keinen einzigen Laut von sich gegeben. Mit ihnen beiden an jeweils einer Hand setzte er dann unendlich langsam den Spaziergang durch den Garten fort. Luisa ließ sich einfach mitnehmen, obwohl sie fast gelähmt war vor Schrecken und zunehmend auch Rührung. Wenn sie zu Tränen neigen würde, hätte sie jetzt losgeflennt.

Nach einigen Schritten schaffte sie es, zu Flix hinüber zu schauen. In ihren Augen glitzerte es verdächtig. Sie fixierte ihren Vater als ob ein Wunder geschehen wäre. Vielleicht war es das ja auch, sie hatte keine Ahnung.

Dann traf Flix' Blick, sie und sie konnte nicht mehr wegschauen. Flix sah auch sie an, als ob sie etwas ganz Fantastisches wäre, ein Mensch, der ihr das Blaue vom Himmel geholt hätte.

Das war ihr zwar nicht bewusst, aber sie stellte fest, dass sie sich von Flix gern so ansehen ließ. Und mit ihrem Vater an der Hand im Schneckentempo durch den Pflegeheimgarten zu schleichen, war auch ganz und gar toll. Unerwartet, aber einfach nur schön.

Hallo? Was war hier los? Das war doch gar nicht sie, oder? Luisa schob diese hässliche innere Stimme, die sich mit ihren Fragen reinschieben wollte, einfach zur Seite und ließ keine Zweifel zu. Zu sehr hatte sie sich wie ihr eigener Vater angehört. Ihr eigener Vater, der sie nie an der Hand nehmen würde. Der sie nämlich gar nicht leiden konnte. Geschweige denn als Tochter liebte. So sah es doch aus. Bitter, aber wahr.

Flix öffnete sämtliche Schlösser zu ihrer Wohnung. Wie immer. Reine Routine. Es kam ihr aber vor wie eine Ewigkeit, seit sie zuletzt hier war und das getan hatte, dabei war es erst gestern gewesen. Es war so immens viel vorgefallen seither.

Sie ließ Luisa zuerst eintreten, machte sich dann aber nicht die Mühe, die Schlösser wieder zu schließen. Das kam ihre gerade müßig vor. Der Feind war schließlich bereits mit hier drin, warum also sich verbunkern? Wobei – war Luisa wirklich der Feind? Konnte sie das wirklich noch so sehen? Seit dem Besuch bei Götz merkte sie, wie etwas in ihr umschwenken wollte. Aber war das klug? Luisa hatte sich immer noch nicht geäußert, wie es weitergehen würde. Was sie mit ihr vorhatte. Sie konnte Flix immer noch an Dschafarow ausliefern, auch wenn ihr das immer abwegiger erschien.

Etwas unschlüssig war Flix im Flur stehengeblieben. Luisa hatte wie selbstverständlich abgelegt und ihre Stiefel ausgezogen. Ganz so, als ob sie in Flix' Wohnung schon zu Hause wäre. Seltsame Vorstellung. Aber auch irgendwie beruhigend. Und noch etwas anderes, das sie gerade nicht einsortieren konnte.

»Zeig mir noch einmal dein Meisterdiebinnen-Supergeheimlager«, forderte Luisa, als Flix immer noch keine Anstalten machte, eines der Zimmer zu betreten.

Flix ging zum Bad und trat ein. »Wahrscheinlich ist es unsinnig zu fragen weshalb ... aber, weshalb?«, fragte sie über ihre Schulter.

»Um deiner Genialität Respekt zu zollen.« Luisa stieß ihr leicht in den Rücken, als sie gerade die Duschkabine öffnete.

Flix wirbelte herum und grinste Luisa an. »Haha, gut gelogen. Außerdem entspringt das nicht meinem Superhirn, sondern geht auf Götz zurück.« Was ja nicht ganz stimmte. Den Ausbau hier hatte sie allein machen müssen. Das Grundprinzip, wie sie arbeitete, hatte sie allerdings eins zu eins übernommen.

Flix öffnete die geheime Tür hinter der Dusche, und Luisa beobachtete alles ganz genau über ihre Schulter hinweg. Jeden Handgriff, alles. Und dafür stand sie verdammt nahe. Flix ärgerte sich immens über ihre unwillkürliche Reaktion auf diese Nähe. Eigentlich hätte jedes noch so kleine Fünkchen Anziehung, das sie jemals für Luisa empfunden hatte, weg sein sollen, hätte sich wie Nebel auflösen sollen. Aber nein, es war alles noch da. Die Hitze, die einfach zwischen ihren Körpern entflammte, das Kribbeln und Sehnen nach Berührung, der Unruhezustand ihrer Nervenbahnen, die flatternde Signale in einer rasanten Geschwindigkeit sendeten. Ihr Verstand wollte das alles gar nicht. Nicht mit Luisa. Ausgerechnet Luisa. Aber das ließ sich offenbar überhaupt nicht beeinflussen.

Um möglichst schnell aus dieser Enge zu entkommen, drängte sich Flix behände durch den schmalen Durchlass. Luisa kam gleich hinterher. Wie selbstverständlich ging sie an Flix vorbei zur Werkbank und setzte sich auf den kleinen Hocker, den Flix mal auf dem Sperrmüll gefunden hatte.

»Erzähl mir von Götz. Du liebst ihn sehr.« Diese Frage schien ernst gemeint. Luisa wollte das tatsächlich wissen, und Flix merkte, wie sie nur zu gern die Gelegenheit ergriff, über ihren Paps zu reden. Sonst konnte sie das ja nur mit ihrer Mutter oder mit dem Pflegepersonal.

»Alles, was ich bin und kann, habe ich von ihm gelernt. Er war der beste Einbrecher, den es je gab. Wenn einer ein Meisterdieb war, dann er.« Es gab noch so viel mehr zu erzählen – zum Beispiel, dass er Marzipanpralinen mochte, dass er an die große Liebe glaubte, dass er der klügste Mensch gewesen war, den Flix kannte –, aber das kam ihr gerade als die beste Zusammenfassung vor.

»Was ist mit ihm? Hatte er eine Krankheit?« Die Neugier in Luisas Stimme war echt. Das Mitgefühl auch.

Flix trat näher und beschloss, die Zeit hier drin zu nutzen. Sie würde ihre Werkzeuge sortieren und putzen. Und Luisa sah so aus, als ob sie sich auf einen längeren Aufenthalt eingestellt hätte. Außerdem musste sie dann nicht immer auf diese verhexten Tattoos schauen, die sie anlockten wie der verwunschene Zauberwald, den sie darstellten. Warum musste Luisa auch immer herumlaufen, als ob Hochsommer sei?

»Nein, Arbeitsunfall. Und sag jetzt nicht, dann kann er ja nicht so gut gewesen sein.« Flix holte die antistatischen Tücher und die Putzreiniger hervor und hielt sich beschäftigt. Dennoch merkte sie, wie Luisa sie keine Sekunde aus den Augen ließ. Wieder alles genau beobachtete, als ob es faszinierend sei, was sie da tat.

»Wie lange ist er schon so?«, fragte sie schließlich.

Flix schaute von ihren Schraubenziehern, Zangen und Dietrichen auf, konnte es aber nicht ertragen, den gefühlvollen Ausdruck in Luisas Augen zu sehen, weshalb sie sich wieder hinunterbeugte und weiter polierte.

»Vier Jahre. Aber ich habe die Hoffnung noch nicht aufgegeben. Erst vor ein paar Tagen hatte er einen Eingriff, der seinen Zustand etwas verbessern sollte. Mal sehen. Er hat sich immer um mich gekümmert, jetzt bin ich eben dran, mich um ihn zu kümmern.«

Aus dem Augenwinkel nahm sie wahr, wie Luisa sie musterte. Sehr, sehr aufmerksam. Dann erst kam mit Verzögerung ihre Nachfrage. »Brauchst du dafür das ganze Geld, das du klaust?«

Flix hob ruckartig den Kopf und sah Luisa staunend an.

»Ich meine, du hast eine günstige Wohnung, wie es aussieht, hast eine Spelunke als Stammkneipe, und auch sonst hab ich noch nicht mitgekriegt, dass du irgendwie Geld zum Fenster rauswirfst. Du lebst wirklich auf dem Niveau einer Studentin. Das einzige, für das du wirklich einen Haufen Asche benötigst, habe ich heute gesehen. Das ist ein richtig gutes Heim, in dem dein Paps da ist.«

Luisa war wirklich eine gute Beobachterin und Analystin. Sie war bestimmt eine hervorragende Ermittlerin. Sie hatte alles genau auf den Punkt gebracht. Flix war schwer beeindruckt, auch wenn sie das nie zugegeben hätte. Aber aus diesem Grund erläuterte sie etwas, das sie eigentlich nicht hatte erzählen wollen. Das Werkzeug lag vergessen da.

»Das Gold ist für ihn gedacht. Für schlechte Zeiten. Oder falls er sonst mal zusätzliche Hilfe braucht und ich nicht rechtzeitig genügend ranschaffen kann. Wahrscheinlich findest du das jetzt bescheuert, für seinen behinderten Vater solche Risiken auf sich zu nehmen.« Flix merkte, wie sie den getränkten Putzlappen in den Händen zusammenknüllte und zwang sich bewusst dazu, damit aufzuhören.

Aber Luisa schüttelte den Kopf. »Nein, ich kann es sogar verstehen.« Ein Blick, eine Aufforderung weiterzuerzählen. Und Flix ließ sich nicht lange bitten von diesen seelenvollen grauen Augen.

»Er wollte immer, dass ich irgendwann damit aufhöre.« Sie starrte kurz ins Nichts. »Obwohl er von klein an mit viel Training meine akrobatischen Fähigkeiten aufgebaut hat, mein Verständnis für die menschliche Anatomie, mein ganzes Fachwissen, alles. Trotzdem hat er davon geträumt, dass seine Tochter studiert und ehrlich wird.« Wieder merkte sie, wie sie den Lappen misshandelte mit ihrem Händewringen, hörte dieses Mal aber nicht damit auf. Das hier wühlte sie auf, sollte Luisa das ruhig sehen. »Pff, wer ist denn schon ehrlich. Bist du ehrlich?« Das kam etwas angriffslustiger heraus, als sie es meinte.

Aber Luisa blieb ganz cool auf ihrem Höckerchen. »Das habe ich mir wohl verdient, oder? Eigentlich hab ich mir immer viel eingebildet auf meinen Beruf. Aber du hast recht. Ich hab mich zur Handlangerin von Kriminellen gemacht.«

Hui. Das war ja wohl der Hammer, dass Luisa das zugab. Bisher hatte sie immer so moralisch erhaben getan. Flix hatte gerade das Gefühl, mit der kühlen Privatdetektivin einen erheblichen Schritt in die richtige Richtung getan zu haben. Aber in welche Richtung?

»Luisa, sag es mir ganz einfach. Was hast du vor? Was heckst du für Pläne aus? Ich will es lieber hinter mich bringen, was auch immer es ist. Aber dieses Warten macht mich fertig. Ich werde keinen Widerstand leisten, versprochen. Ich habe nur die Bitte, dass ich alles für Götz arrangieren kann. Ich will, dass er abgesichert ist. Und danach kann kommen, was will. Naja, kurz und schmerzlos wäre auch noch schön, aber keine Bedingung.« So, das war jetzt wirklich ehrlich gewesen.

Luisa blinzelte sie merkwürdig an. »Komisch, dass du immer noch das Schlechteste von mir annimmst. Das hat sich bei deinem Paps anders angehört.« Das Erstaunen – und ja, wenn sie raten müsste, würde sie auch sagen, die Verletzlichkeit – in Luisas Stimme war ganz deutlich zu hören.

»Ich weiß überhaupt nicht, was ich denken soll. Du rettest mich, dann hältst du mich als Gefangene. Was, Luisa?« Flix spürte, wie das Tuch unter ihren Fingern nachgab und sie ein Loch hineinriss.

Luisa machte darüber kurz ein verblüfftes Gesicht, dann schaute sie Flix eindringlich an. »Ganz genau kann ich es dir auch nicht sagen.«

Flix wollte schon genervt die Augen rollen. Was war das nur für ein komisches Spiel? Sie machte sich hier emotional nackt, offenbarte ihr Innerstes, und Luisa blockte alles ab.

Aber Luisa hob gleich die Hand. »So viel kann ich dir garantieren: Ich werde dich nicht an Dschafarow ausliefern. Und auch nicht an die Polizei. Okay?«

Flix fiel ein enormer Stein vom Herzen. Ein gigantischer Höllenfels. Ein halber Berg. Dann wurde ihr bewusst, dass es damit ja nicht getan war. Dschafarow war ihr immer noch auf den Fersen, die Detektei Sander auch. Nur Luisa würde sie nicht ans Messer liefern. Freiwillig. Aber unfreiwillig? »Ja, und weiter? Du kannst mir doch nicht ewig auf Schritt und Tritt folgen. Und was ist mit deinem Vater? Schöpft er keinen Verdacht, wenn du das einfach so fallen lässt?«

Luisa sah aus, als ob sie ihr am liebsten ins Gesicht gesprungen wäre für diese provokanten, aber auf der Hand liegenden Fragen. Aber gleichzeitig auch verwirrt, durcheinander, ratlos. Wie passte denn das zusammen? Bisher hatte Luisa immer so gewirkt, als ob sie auf alles eine Antwort hätte und für jedes noch so schwierige Problem eine Lösung. Herrgott nochmal, sie hatte sie bewusstlos aus einem Stripclub herausgetragen und vorher Dirk nachhaltig bedroht.

Einerseits konnte Flix fürs Erste beruhigt sein. Andererseits schien Luisa selbst nicht weiterzuwissen. *Na bravo!* Sie beschloss, dass ein Plan hermusste. Ein genialer Plan. Wasserdicht.

◆

Luisa schälte sich aus dem Bett und versuchte so leise wie möglich zu sein. Flix hatte wieder bei ihr geschlafen. Weil sie keine Schlafcouch hatte oder sonst eine bequeme Möglichkeit – das war ihre offizielle Erklärung. Aber eigentlich war es so, dass sie beide davon ausgegangen waren. Sie hatten gar nicht über Alternativen geredet.

Wenn Luisa das so überdachte, während sie auf der Bettkante saß, kam ihr das allein schon komisch vor. Untypisch für sie.

Sie hatte bisher so gut wie nie mit einer Frau in einem Bett übernachtet. Zumindest nicht ohne mit ihr auch Sex zu haben. Aber selbst die Kombi war selten genug. Mit Flix hatte sie zwar schon geschlafen, aber eben nicht gestern Nacht. Gott, war das alles verwirrend. Luisa fuhr sich über die Haare. Der große Vorteil dieser raspelkurzen Länge war, dass sie selbst morgens direkt aus dem Bett nicht wild in alle Richtungen standen.

Luisa stand auf, und es war ungewohnt, dass sie das nicht nackt tat wie sonst, wenn sie sich aus dem Bett wälzte. Für Flix hatte sie sogar ihr Tanktop und ihre Unterhose anbehalten. Auch ein Novum. Angezogen mit einer Frau in einem Bett.

Sie schlich aus dem Zimmer und schloss ganz vorsichtig die Tür. Dabei warf sie einen letzten Blick auf die schlafende Meisterdiebin. Die lag mit zerwühlten Haaren auf dem Rücken und sah aus wie eine schlafende Prinzessin. Einen Arm über dem

Kopf, der andere manierlich über dem Bauch, einen absolut friedlichen Gesichtsausdruck. So sah also eine völlig entspannte Flix aus. Nicht einmal nach dem Sex hatte sie so ausgesehen.

Luisa wandte sich entschlossen um und ließ Flix schlafen. Ihre Gedanken waren in eine ziemlich verwirrende Richtung abgedriftet. Sie hatte Dinge zu erledigen, sie musste die Welt retten. Gefühlt. Eigentlich musste sie nur Flix retten. Aber das reichte ja auch schon.

Sie beeilte sich, schnell loszukommen, denn sie musste in die Detektei. Sie hatte sich die letzten Tage nicht blicken lassen. Aus dem ganz einfachen Grund, dass sie auf Flix aufpassen musste. Die hatte aber gestern Abend versprochen, brav zu Hause zu bleiben, bis Luisa sie abholen kam. Selbst sie hatte einsehen müssen, dass Luisa die Lage sondieren musste. Und in die Detektei konnte sie Flix schließlich schlecht mitnehmen. Sie musste ihr jetzt mal vertrauen. Für den Moment.

Nach einem hektischen Aufbruch und einer langweiligen Fahrt mit der Straßenbahn kam sie noch ziemlich früh am Morgen im Hinterhof bei der Detektei Sander an.

Sie betrat ihr Büro mit einem seltsamen Gefühl im Magen. Plötzlich war alles fremd hier. Innerlich hatte sie eigentlich schon die Seite gewechselt. Oder war zumindest dabei, darüber nachzudenken, auf irgendeine andere Seite zu wechseln, nur weg von Dschafarow. Sie wusste nur nicht, wie sie ihren Vater davon überzeugen sollte. Oder war das überhaupt klug, es zu versuchen? Wie das Ganze dann offiziell aussehen konnte, war ihr auch noch nicht klar. Eigentlich war gar nichts klar. Außer, dass die süße Flix ihre Hilfe brauchte.

Süße Flix? Wo kam das jetzt wieder her? In letzter Zeit hatte sie sie doch eher nervtötend gefunden. Dass sie verdammt gut aussah, hatte sie die ganze Zeit gewusst und registriert. Offensichtlich bekam sie Flix auch auf diese spezielle Art nicht aus ihrem Kopf. Von allen anderen Arten mal ganz abgesehen.

Wieder waren ihr die eigenen Gedanken zu konfus, und Luisa beschloss, nicht weiter in diesen verdammten Kreisen zu denken, sondern jetzt mal ranzuklotzen. Lage sondieren, Plan schmieden. Das war Flix' Idee gewesen. Einen Plan zu schmieden. Super, da wäre sie nie ohne die Meisterdiebin draufgekommen.

Die Frage war ja wohl, was sollte mit dem Plan erzielt werden? Das hätte sie noch immer nicht beantworten können. Außer dem groben Ziel, dass Flix nicht als Opfer von Dschafarow endete. Aber sonst?

Kaum saß Luisa an ihrem Schreibtisch, klingelte ihr Telefon. Interner Anruf. Egon Sander. Der Herr Vater rief, und Luisa würde nichts anderes übrigbleiben, als zu folgen. Auch wenn sie auf mehr Zeit gehofft hatte, ihre Gedanken zu sortieren. Dazu war es jetzt zu spät.

Mit einem noch beschisseneren Gefühl als sonst lief sie durch den mit einem uralten, abgetretenen Teppich ausgelegten Flur zum Chefbüro. Die Tür stand offen, das hatte sie bereits beim Betreten der Detektei registriert. Wahrscheinlich hatte der Herr und Meister auf der Lauer gelegen.

»Wo warst du?«, blaffte er gleich ohne Begrüßung hinter dem Schreibtisch hervor. Ihr Vater ließ sie ausnahmsweise einmal nicht minutenlang vor seinem Schreibtisch stehen wie einen Lakaien. Besser war das trotzdem nicht. Luisa merkte, wie sie wirklich genug hatte von seiner herablassenden Behandlung. Ein Bild von Flix mit ihrem Vater kam ihr in den Sinn. Das hier war eine Farce dagegen.

»Thekendienst. Für unseren Kunden Dschafarow.« Sie versuchte es mit ihrer altbewährten Methode. Kühl, kühl, eiskalt. Das kombiniert mit einer glatten Lüge. Sie hatte keinen Fuß ins Anti Schoko gesetzt, aber das konnte Egon Sander ja nicht wissen.

Er starrte sie aber an, als ob er ihr nicht recht glauben wollte. Oder als ob sie ein lästiges Insekt wäre, dass er demnächst mit dem Schuh zertreten würde. »Und? Ergebnisse? Ohne Ergebnisse brauchst du hier gar nicht mehr antanzen«, schnarrte Egon Sander.

Und das war es, was bei Luisa eine Sicherung durchbrennen ließ. Das und dass Götz Frenzel sie an der Hand genommen hatte, obwohl er sie erst ganz kurz kannte. Ihr Vater hatte sie vermutlich das letzte Mal vor fünfzehn Jahren berührt.

»Hast du denn selbst Ergebnisse? Ich kann es so langsam nicht mehr hören. Strick dir doch deine Ergebnisse selbst!«, explodierte es aus Luisa heraus, ohne dass sie das bewusst zugelassen hätte. Wow, so hatte sie noch nie mit ihrem Vater gesprochen.

Die Reaktion war unmittelbar und heftig.

»Was fällt dir überhaupt ein?«, röhrte ihr Vater zurück. »So sprichst du nicht mit mir! Ich bin immer noch dein Chef – und dein Vater, nicht zu vergessen.«

Luisa lachte tatsächlich kurz verächtlich auf. »Ja, bist du das? Denk doch mal darüber nach. Ansonsten geh ich jetzt wieder an meine Arbeit zurück.«

Die Augen ihres Vaters hatten einen fast unheimlichen grauen Schimmer angenommen. »Wir sprechen uns noch«, sagte er jetzt ganz ruhig. Er konnte wirklich beängstigend sein. In dieser Stimmung hätte sie ihm einen Mord zugetraut. Aber das prallte gerade völlig an ihr ab. Sie war eben doch die Tochter dieses Mannes. Sie hatte einen stahlharten Kern. So wie er.

»Das steht zu befürchten«, war ihre lapidare Antwort, und sie drehte sich einfach um und ging zur Tür.

»Alle Beweise sind inzwischen bei Dschafarow«, erklang es hinter ihr ganz nebenbei. Dieser Arsch. Das letzte und tödlichste Geschoss verpasste er ihr in den Rücken.

Aber Luisa konnte, obwohl sie das sofort registrierte, trotzdem nicht gelassen bleiben. Sie wirbelte herum und stand sofort wieder vor dem verhassten Schreibtisch. »Was? Wie kannst du nur? Wie sollen wir denn da weiterermitteln?«

Er schenkte ihr ein hässliches, kleines Grinsen. Mieser Bastard. »Dazu brauchst du die Sachen nicht. Und Dschafarow will seine Leute auf das Stemmeisen ansetzen. Das ist für uns nicht gerade rühmlich.«

»Na dann viel Erfolg. Er wird damit auch nicht weiterkommen als wir.«

Luisa verließ endgültig das Büro ihres Vaters. Nach außen hin wieder ruhig, aber in ihr tobte das Chaos. Um nicht zu sagen blinde Panik. Am liebsten wäre sie sofort zu Flix gefahren, um diese neue Info mit ihr zu teilen.

Was sollten sie denn nur machen? Was, wenn es Dschafarow tatsächlich gelang, über das Eisen auf Götz und dann wiederum auf seine Tochter zu kommen? Es war abwegig, aber nicht völlig ausgeschlossen.

Luisa atmete an ihrem Schreibtisch ein paarmal tief durch. Sie durfte jetzt nicht den Kopf verlieren. Ausgerechnet jetzt.

Es war schon bescheuert genug, dass sie ihren Vater so angegangen war. Er durfte schließlich nicht misstrauisch werden. Sie musste hier in der Detektei möglichst viel rauskriegen und dann mit Flix beratschlagen. Dass sie sich hier wie in Feindesland fühlte, zeigte Luisa ganz deutlich, dass sie schon längst die Seite gewechselt hatte. Das war gar keine Frage mehr. Es wurde ihr kurz regelrecht schwummrig bei dieser Erkenntnis. Und sie musste es ausnutzen, dass niemand etwas davon ahnte. Allen voran ihr Vater und der ehrenwerte Herr Dschafarow.

Flix hatte diesen Gesinnungswandel mit Sicherheit bereits gespürt. Die war viel zu clever, um so etwas nicht zu merken. Warum war sie sonst so handzahm gewesen die ganze Zeit? Wahrscheinlich hatte sie es geahnt, noch bevor Luisa überhaupt auch nur bewusst daran gedacht hatte. Und was sagte ihr das über ihr Verhältnis zu der Meisterdiebin? Vielleicht sollte sie *darüber* mal ausführlich nachdenken.

◆

»**W**arum noch mal kann ich nicht einfach deinen Schlüssel benutzen?« Flix' Minitaschenlampe hatte das Schloss an der Eingangstür zur Detektei Sander im Visier.

Luisa neben ihr schnaufte genervt, weil sie das bereits mehrfach durchgesprochen hatten. »Weil du Spuren hinterlassen sollst. Ich weiß, das ist gegen deine Berufsehre. Aber du hast es schließlich beim großen Goldraub auch gemacht.«

Natürlich wusste sie das alles, aber sie wollte Luisa einfach noch ein bisschen foppen. »Das war etwas anderes«, sagte sie mit einem Schmunzeln.

Dann machte sie das, worum Luisa sie bat. Das Haustürschloss der Detektei war sowas von lächerlich. Das hätte sie nur kurz mit dem Finger anschnippen müssen, und es wäre von allein aufgesprungen. So stemmte Flix es einfach geräuscharm aus seiner Verankerung. Das dürfte deutlich genug sein. Sie blickte Luisa fragend an und hob herausfordernd die Augenbrauen.

Die grinste doch tatsächlich. Es schien sie zu amüsieren, was sie hier taten. Hey, an ihr war ja eine richtige Einbrecherin verlorengegangen. Sympathisch.

Gemeinsam betraten sie die dunkle Detektei, und Flix war wenig beeindruckt über das Innere. Sie hatte sich alles sehr viel schnieker vorgestellt. Irgendwie professioneller und ja, irgendwie nicht so heruntergekommen. Das hier sah genauso schäbig aus wie wohl so manche der Fälle, die hier angenommen wurden. Hier passte Luisa sowas von nicht rein. Das konnte sie selbst im Schein ihrer Taschenlampe erkennen.

»Und ihr habt überhaupt keine Alarmanlage oder sonstige Sicherheitsvorkehrungen hier? Überwachungskameras? Bewegungsmelder? Das ist echt Hammer! Da könnte ich dir ein paar dezente Hinweise geben, falls das mal erforderlich wäre. Ist ja mein Fachgebiet.« Sie zwinkerte hinüber. Sie hatten sich bisher noch nicht maskiert – bei der Detektei Sander war das wirklich nicht nötig –, und sie konnte Luisas Gesichtsausdruck im funzeligen Licht gut sehen. Die schüttelte unwirsch den Kopf. Das schien ein sensibles Thema zu sein.

Flix ließ es auch schon wieder fallen und folgte ihr zu einem Serverraum. Hier wollte Luisa alles aus der Datenbank löschen. Danach würden sie noch alles einsammeln, was auch nur annähernd mit den Einbrüchen zu tun hatte. Flix war hier nur dabei, um möglichst viele Einbruchspuren zu hinterlassen. Den Rest erledigte Luisa ohne sie. Später würde es andersherum sein.

Nach einer Dreiviertelstunde waren sie fertig mit allem. Die Detektei sah entsprechend zerwühlt aus, und Luisa war zufrieden. Mit einem kleinen Stapel Unterlagen im Rucksack lief sie neben Flix her. »Okay, dann weiter zu Dschafarow.«

Sie würden mit dem Motorrad weiterfahren, das gut versteckt am Eingang zu einem kleinen Park stand.

Flix verlangsamte ihre Schritte. »Ich weiß wirklich nicht, ob das so eine gute Idee ist«, wiederholte sie sich auch in dieser Angelegenheit wie eine gesprungene Schallplatte.

»Nein, mit Sicherheit nicht, aber es gibt keinen Weg daran vorbei«, ging Luisa trotzdem geduldig darauf ein. »Wir müssen die Beweise, die er hat, an uns bringen. Du bist schon zweimal dort gewesen und einmal schon erfolgreich in den Safe eingebrochen.«

»Ja, und das war, als er nicht da war. Jetzt stehen die Vorzeichen ganz anders.« Das machte Flix wirklich Sorgen. Sie beging keine Einbrüche, wenn sie wusste, dass Menschen zu Hause waren. Nie. Schon gar keine wehrhaften und wenig zimperlichen Menschen wie Dschafarow.

»Und das haben wir bereits zu genüge durchgekaut.« Luisa hatte recht, das hatten sie tatsächlich.

Es änderte aber nichts an Flix' Bedenken. »Ich habe einfach ein schlechtes Gefühl. Endschlecht. Ich mache nie einen Bruch, wenn ich nicht hundert Prozent davon überzeugt bin.« Das hatte sie auch schon mehrfach gesagt, aber es war ein nicht enden wollender Kreistanz, den sie da verbal aufführten. Es blieb ihnen tatsächlich nichts anderes übrig, als es durchzuziehen.

»Deshalb hab ich dich neulich auch nicht geschnappt.« *Das* hatte Luisa noch nie gesagt. *Das* machte ein ganz anderes Fass auf. Und Flix war gleich hellhörig. »Was meinst du? Wann neulich?«

Sie waren zwischenzeitlich beim Motorrad angekommen, und Luisa stellte den Rucksack auf die Sitzbank. »Ich hatte dir eine Falle gestellt. Der Diamantentipp? Ist der bei dir überhaupt angekommen?«

»Das war eine Falle? Siehst du, da wusste ich, dass etwas nicht stimmt. Es war zu leicht.« Flix schloss die Gepäckkoffer auf.

»Pff, zu leicht. Verlockend sollte es sein.« Luisa sagte das so dahin, aber Flix konnte sehen, dass sie über die fehlgeschlagene Aktion immer noch angepisst war. Sie zog die ausgeliehene Motorradjacke ruppiger an als nötig. Auch wenn sie sie ja jetzt auf eine andere Art ›geschnappt‹ hatte.

»Wie hast du denn Dirk dazu gebracht, dass er das weitergibt, ohne dass er Verdacht schöpft?« Flix war abfahrbereit, hielt aber den Helm noch in der Hand.

»Es ist also Dirk und nicht Mehmet? Ich hatte es beiden gesteckt«, offenbarte Luisa. »Außerdem ist Dirk zwar ein echter Fiesling, wie er im Buche steht, aber auch total unterbelichtet.«

Wo sie recht hatte, hatte sie recht. Flix stülpte sich den Helm über. Sie würde sich das noch mal ausführlicher erzählen lassen. Jetzt musste sie sich wieder konzentrieren, wenn sie bei Dschafarow keinen Scheiß bauen wollte.

Luisa setzte ihren Helm ebenfalls auf. Nun ja, Konzentration war so eine Sache, wenn Luisa auf dem Motorrad hinter ihr saß und sich an sie schmiegte. Es gab ja zwei Sorten Beifahrer. Die, die sich am Gepäckträger hinten festhielten und dadurch so wenig wie möglich an Körperkontakt aufkommen ließen. Sie hätte gewettet, dass Luisa zu dieser Sorte gehörte. Aber zu ihrem maßlosen Erstaunen gehörte sie zur zweiten Variante. Die Sorte, die die Fahrerin mit den Armen umschlang und keinen Zentimeter Platz ließ.

Flix hatte schon auf der Fahrt zur Detektei Schwierigkeiten gehabt zu ignorieren, wie Luisas Schenkel die ihren umschlangen, wie ihre Mitte an ihrem Hintern landete und sie sich mit dem Oberkörper vollflächig an ihren Rücken presste. Ihre Arme hatte sie mit einer Selbstverständlichkeit um Flix gewickelt, als ob sie das schon tausende Male gemacht hätte. Die einzigen Abstandshalter waren ihre Helme gewesen.

Und obwohl es heute wieder viel zu kalt war, um Motorrad zu fahren, ohne sich dabei irgendetwas abzufrosten, war Flix warm gewesen. Sehr warm. Sie hatte Luisas Körperwärme überall gespürt, wo sie sich berührten. Ob das eine tatsächlich übertragene Wärme war oder mehr eine gefühlte, konnte sie nicht sagen.

Das würde jetzt auch nicht anders werden. Und die Fahrvibrationen täten das Übrige dazu, dass Flix sich mehr auf das angenehme Prickeln zwischen ihren Beinen konzentrierte als auf den bevorstehenden Einsatz in Sachen Beweismittelvernichtung.

Die halbe Stunde Fahrt bis zur Villa des Russen war eine echte Folter. Eine sehr, sehr süße Folter.

Wie immer fuhr sie ihr Motorrad fast bis ins Gebüsch hinein. Dann ließ sie Luisa absteigen und schob es den Rest. Sie kannte sich hier schon bestens aus. Fast war es surreal, was sie hier schon alles erlebt hatte. Und heute käme ein weiteres Erlebnis hinzu. Wenn es nach Flix ginge, ein sehr kurzes und ereignisloses.

Sie hatte Luisa ihr Vorgehen haarklein im Vorfeld erklärt, und sie hoffte, dass sie sich entsprechend reibungslos anpassen würde. Es war natürlich ein Risiko, Luisa mit reinzunehmen. Aber die hatte alle Gegenargumente schlicht und ergreifend nicht hören wollen. Außerdem musste Flix zugeben, dass Luisa schneller die ganzen Beweismittel erkennen würde und dafür sorgen könnte, dass sie nichts übersah oder vergaß. Schließlich war sie auf anderes Diebesgut spezialisiert und nicht darauf, Dinge zu sondieren, die gegen sie verwendet werden konnten. Oder auf irgendwelchen Wegen zu ihr führen könnten.

Also ging Luisa mit rein. Die erste Hürde wäre der Zaun. Flix war gespannt, wie sie sich dabei anstellte, das schätzungsweise vier Meter hohe Ungetüm mit Stacheldraht obendrauf zu überwinden. Vielleicht würde sie dann schon die Segel streichen, wenn sie sich ordentlich die Hose zerriss.

Wortlos reichte Flix Luisa die Ausstattung. Schwarze Sturmmütze übers Gesicht, Handschuhe, die Motorradjacke würden sie anlassen. Alles darauf ausgerichtet, falls sie jemand zu sehen bekam oder sie doch im Inneren des Hauses von einer Kamera erwischt wurden, die Flix natürlich nicht alle ausgekundschaftet hatte bei ihrem ersten Einbruch. Damals war ja alles fast erschreckend einfach gewesen im Gegensatz zu der heutigen Herausforderung. Sie hatte nur zum Safe gehen müssen, ihn knacken und wieder abhauen. Heute wussten sie ja gar nicht, wo Dschafarow die Sachen lagerte.

Als sie fertig waren, nickten sie sich kurz zu, und Flix schaute noch einmal tief in diese grauen Augen, die jetzt das einzige waren, was von Luisa noch zu sehen war. Es war ein intensiver Moment. Sie hätte gar nicht sagen können, weshalb. Vielleicht, weil das, was sie jetzt taten, wirklich so richtig gefährlich war.

Sie konnten auf alle Fälle nicht ewig hier stehen. Das machte es nicht besser. Deshalb riss sich Flix von dem grauen Blick los und nahm den Zaun in Angriff. Und natürlich hatte sie Luisa mal wieder unterschätzt. Die war sogar noch vor ihr auf dem Boden der anderen Seite angekommen. Hose und auch sonst alles intakt. Das war doch schon mal ein guter Einstieg.

Sie machte Luisa ein Zeichen mit der Hand, und schon schlich sie sich im Zickzackkurs an die Villa heran. Luisa ihr dicht auf den Fersen. Den kleinen Hügel, der die Terrasse vom Rest des Geländes leicht abhob, hatten sie schnell erklommen. Sie hatten sich als Einstieg wieder für die Terrassentür entschieden, weil sich Luisa fast hundertprozentig sicher war, dass Dschafarow nach dem letzten Einbruch nichts daran verändert hatte. Für Sicherheitsberatungen war zwar anscheinend ihr Vater zuständig, aber aus Luisas Aussagen hatte sie geschlossen, dass er nicht gerade der Gründlichste darin war. *Wofür war dieser Mann überhaupt zu gebrauchen?*, fragte sie sich. Oder vielleicht ließ er auch Luisa alles Wichtige machen.

Als Flix das neuerworbene und plumpe Standardstemmeisen an den Rahmen der Terrassentür ansetzte, hoffte sie jedenfalls, dass Luisa recht hatte. Denn wenn das Ding inzwischen alarmgesichert war, konnten sie jetzt gleich die Beine in die Hand nehmen.

Aber mit einem kleinen, eleganten Ruck hatte sie die Tür offen, und es blieb still. Sie lauschten beide mit angehaltenem Atem, aber auch nach etlichen Sekunden rührte sich immer noch kein Mensch. Soweit, so gut.

Flix betrat den großen Raum, der als eine Art Lounge eingerichtet war. Hier war auch der Safe untergebracht, den sie letztes Mal geknackt hatte. Das wäre auch heute ihre erste Tat. Vielleicht hatten sie ja Glück. Sie packte ihre Gerätschaften geräuschlos aus dem Rucksack aus, Luisa stand Schmiere.

Das erste Glück war, dass Dschafarow doch tatsächlich so dämlich war und die Kombination seit dem Einbruch nicht geändert hatte. Wer dachte denn so was? Bei der ersten Ziffer, die ihr digitales Spezialgerät ausspuckte, das sie an das Zahlenfeld angesetzt hatte, glaubte sie noch an Zufall, bei der zweiten war sie sich dann sicher und versuchte einfach die alte Kombination einzutippen, die sie noch auswendig wusste, weil es so ein Triumph gewesen war, solch einen Safe ohne Götz' Hilfe geknackt zu haben.

Luisas Augen hinter der Sturmmaske zeigten den Faltenwurf eines breiten Grinsens, als Flix schon nach wenigen Augenblicken die Safetür öffnete. Dann ließ sie Luisa den Vortritt, darin nachzuschauen. Zutage kam tatsächlich eine kleine Mappe mit Unterlagen und vor allem Fingerabdrücken aus der Goldraub-Wohnung. Flix glaubte zwar nicht, dass irgendwelche von ihr dabei waren, aber es galt ja auch noch ihre zwei Sexmonster zu bedenken.

Dann holte Luisa noch das scheußliche Armband heraus, das sie Dirk abgekauft hatte. Okay, auch nicht schlecht. Aber wo war das Hauptindiz? Das Stemmeisen war das, was ihr am gefährlichsten werden konnte. Flix warf einen Blick über Luisas Schulter, leuchtete mit ihrer bewährten Minitaschenlampe hinein, damit sie besser sehen konnten. Außer einem Haufen Bargeld war nichts zu finden.

Luisa wollte die Safetür schon wieder schließen, da drängte sich Flix an ihr vorbei und ließ das Geld kurzerhand in den Rucksack plumpsen. Luisa schenkte ihr zwar einen verärgerten Blick inklusive Unmutsfalte zwischen den Augenbrauen, aber Flix zuckte nur kurz mit der Schulter, und es war erledigt. Warum auch die Gelegenheit verstreichen lassen? Ihr war klar, dass sie später etwas zu hören bekäme. Aber später war später.

Luisa schlich voraus zur Tür der Lounge. Jetzt würde der wirklich heikle Teil kommen. Luisa kannte zwar von ihrem Besuch neulich ungefähr den Grundriss der Villa und wusste, wo sein Büro war. Aber wo schlief der Mafioso? Hatte er Familie, und wo schlief die? Und ganz wichtig: Hatte er immer einen Bodyguard mit im Haus? Sie hatten keine Zeit gehabt, das alles ausführlich auszuspionieren. Sie müssten umso leiser sein und darauf hoffen, dass sie im Büro fündig würden. Und nicht auch noch andere Räume durchsuchen mussten.

Flix merkte, wie ihr in den warmen Klamotten heiß wurde. Das war wirklich nicht ihr üblicher modus operandi. Luisa hingegen wirkte so kühl und gelassen wie eh und je. Als ob sie solche Einbrüche jeden Tag machte. Und dabei wusste Flix genau, dass das hier ihr allererster war. Wer war denn hier eigentlich die Jungfrau?

Luisa öffnete die Tür einen Spalt und spähte hinaus. Dann öffnete sie sie weiter, und sie gingen auf leisen Sohlen hinaus in das überdimensionierte Treppenhaus mit der geschwungenen Freitreppe. Luisa hatte es ihr zwar beschrieben, aber in echt wirkte es noch größer, noch pompöser. Hier mussten sie besonders vorsichtig auftreten, denn in dem marmorgefliesten, hohen Raum hallten alle Geräusche doppelt so laut und weit. Tolle Akustik für ein Streichkonzert, aber für Diebinnen ganz schlecht.

Dann ging es hinter Luisa her die Treppe hoch. Jetzt war sie doch froh, dass die Privatdetektivin mit dabei war und sogar die Führung an sich genommen hatte. Sie waren ein tolles Team, wie Flix in diesem Augenblick fand, als sie so an Luisas Hintern klebte.

Oben waren dann endlich wieder dicke Teppiche ausgelegt, und Luisa steuerte zielstrebig auf das erste Zimmer zu, das nach dem rechten Treppenhausdurchgang kam. Eine massive Holztür aus Mahagoni oder einem anderen Edelholz – Flix fachkundiges

Auge nahm das wohlwollend wahr. Noch wohlwollender aber, dass die Tür nicht abgeschlossen war.

Als sie hinter ihnen wieder ohne Vorfall ganz leise ins Schloss klickte, fiel ein klein wenig der extremen Spannung, die sie im Griff gehabt hatte, seit sie die Lounge verlassen hatten, von ihr ab. Eine kleine Ruhephase, bevor es wieder nervenaufreibend wurde.

Luisa ging zielsicher zum Schreibtisch und fing an, die Schubladen eine nach der anderen zu öffnen. Alles hier drin war aus dunklem Holz, roch nach Tabak und einem widerlich aufdringlichen Aftershave. Es war das pure Klischee des Büros eines bessergestellten Herren. Zumindest schien sich Dschafarow das so vorzustellen. Flix fand es nur albern.

Sie überließ Luisa den Schreibtisch und besah sich die Bücherregale und Schränke. Noch bevor sie besonders weit gekommen war, ließ ein kleines, fast nicht wahrnehmbares Geräusch sie herumfahren. Luisa hielt triumphierend das kleine Spezial-Stemmeisen in die Höhe. Es war in eine markierte Plastiktüte verpackt. Sie hatte noch irgendwelche neuen Papiere in der Hand, aber die waren vermutlich nicht weiter wichtig. Das wichtigste war das Werkzeug. Sie konnten gehen.

Flix verpackte den neuen Fund, den Luisa ihr reichte, schnell im Rucksack. Dann setzte Luisa ihn sich auf. Das war so abgemacht gewesen. Flix beim Reingehen, Luisa beim Rückzug. Gerechte Aufteilung. Luisa hatte darauf bestanden.

Und wieder ging sie voraus. Gleiches Ritual wie schon unten. Kleiner Türspalt, rausspähen und dann vorsichtig losgehen. Sie schlichen die Treppe mit der gleichen Sorgfalt hinunter, mit der sie sie heraufgekommen waren. Jetzt nur nicht schlampig werden. Das hatte Flix Luisa bis zum Erbrechen eingebläut. Hinaus würden sie wieder durch die Terrassentür gehen und nicht durch die große Eingangstür, obwohl die erheblich näher an ihrer Zaunüberquerungsstelle lag. Flix hatte befunden, dass es das Risiko, von einer unerkannten Überwachungskamera gefilmt zu werden, nicht wert war.

Im Nu waren sie wieder sicher in der Lounge und durch die Terrassentür, bei der sich Flix nicht die Mühe machte, sie zu schließen. Dschafarow konnte ruhig wissen, dass jemand ein zweites Mal bei ihm eingestiegen war. Soweit sie Luisa verstanden hatte, hatte er ja seine Konkurrenz im Verdacht, hinter den Einbrüchen zu stecken.

Als sie wieder in der frischen Luft stand, spürte sie schon eine immense Erleichterung einsetzen. Viel zu früh, das wusste sie, aber sie spürte sie trotzdem. Daher ließ sie sich dazu verleiten, nicht wie auf dem Hinweg querfeldein über die Rabatten zu gehen, sondern den einfacheren Weg über einen mit Steinen gepflasterten Weg mit drei Treppenstufen zu nehmen.

Als der Bewegungsmelder sie erfasste, spürte sie es sofort. Noch bevor das Licht um die ganze Villa ansprang und eine Alarmanlage, von der sie nichts gewusst hatten, mit rotem Licht zum Leben erwachte.

»Lauf!«, rief sie Luisa zu. Sie hatten die ganze Zeit kein Wort gewechselt, alles erfolgreich stumm abgehandelt. Aber das war jetzt scheißegal.

Luisa sah sie eine Sekunde geschockt an, dann tat sie, wie Flix ihr befohlen hatte und nahm die Beine in die Hand. Sie war unglaublich schnell. Flix hechtete hinter ihr den kleinen Hügel hinunter, über den Rasen und direkt auf den Zaun zu. Kürzester Weg, das war jetzt wichtiger als die Überwachungskameras.

Sie konnte hinter sich Lärm aus der Villa hören, Stimmen riefen durcheinander. Aggressive Männerstimmen. Das war überhaupt nicht gut. Das Adrenalin pumpte bei den Geräuschen umso heftiger durch sie und trieb sie an, noch schneller, noch flinker zu sein.

Luisa war bereits am Zaun und dabei hochzuklettern, drehte sich jedoch zu ihr um machte Anstalten, auf sie warten zu wollen.

»Mach schon!«, schrie sie ihr zu. Luisa könnte es auch ohne sie schaffen. Sie hatte die Motorradschlüssel und alle Beweise im Rucksack. Gut, wenn die Russen sie schnappten war das auch egal. Aber immerhin Luisa entkäme dann. Die ja nur ihr zuliebe die Gefahr eingegangen war. Das war ja alles nicht Luisas Bullshit, um den es hier ging. Das würde dann immerhin nicht auf ihrem Gewissen lasten. Dass die ehrenwerte Luisa ihretwegen als Opfer endete. Sie wollte, dass Luisa lebte.

Flix war ebenfalls endlich am Zaun angelangt und sah, wie Luisa auf die andere Seite sprang. Wow. Sie würde auch springen müssen.

Ein Schuss hinter ließ sie sämtliche Angst vor einem Beinbruch vergessen, und sie kletterte, wie sie noch nie geklettert war. Mit einer irren Geschwindigkeit war sie oben am Stacheldraht angekommen und hievte sich darüber.

Dann das Geräusch eines zweiten Schusses. Irrwitzig laut. Und zeitgleich ein heftiger Schmerz. Fuck! Sie war getroffen. Immerhin war Luisa entkommen.

Trick 17

Sie fielen mehr schlecht als recht in Luisas Wohnung hinein. Luisa konnte ihre Last nicht länger halten, und Flix lag direkt hinter der Eingangstür auf dem Boden.

Luisa kniete sich sofort neben sie und begutachte ihren Arm. »Ich sehe gar kein Blut.« Sie war völlig außer Atem, und ihre Stimme rasselte vor Aufregung.

Flix war ein anderer Fall. Sie war kurz vorm Hyperventilieren. »Ich glaube, meine schwarzen Kleider saugen alles auf.« Fast panisch versuchte sie selbst, den Arm in der dicken Motorradjacke zu untersuchen.

Sie hatte irrwitziges Glück gehabt. Der Schuss hatte sie nur am Arm getroffen, und beim Sturz vom Zaun war sie auf die richtige Seite des Grundstücks gefallen – nämlich außerhalb. Außerdem hatte sie es im Fallen geschafft, sich abzurollen. So etwas hatte Luisa noch nie gesehen. Das gab dem Begriff *Salto mortale* eine ganz neue Bedeutung.

Jetzt mussten sie aber dringend diese Schussverletzung in den Griff bekommen, bevor Flix womöglich zu viel Blut verlor.

Luisa half Flix, sich aufzusetzen und sich aus der Jacke zu schälen. Darunter kam ihr schwarzes Sweatshirt zutage, das am linken Arm vollständig durchtränkt war. Aber man fühlte das mehr, als dass man es sah. Luisa wurde von einer Welle der Panik erfasst, und an Flix' Atem konnte sie weiterhin hören, dass sie kurz vorm Überschnappen war. *Nur die Ruhe.*

Sie versuchte sich ihre Coolness zurückzuholen, die ihr ab dem ersten Schuss verlorengegangen war. Als sie Flix dann getroffen vom Zaun hatten fallen sehen, war es völlig aus mit der Beherrschung gewesen. Sie hatte es immerhin geschafft, sie beide aufs Motorrad zu verfrachten und im Kamikaze-Stil herzufahren. Sie hatte sich nicht einmal die Mühe gemacht, das Zweirad aus dem Gebüsch zu holen, sondern war direkt hindurchgerast mit der verletzten Flix hintendrauf, die sich an sie geklammert hatte wie ein kleines Äffchen ans Muttertier.

Luisa stürzte ins Bad und holte ihren Erste-Hilfe-Kasten. Wie gut, dass sie in solchen Dingen penibel und übertrieben sorgfältig war. Jetzt würde sie alles brauchen, was sie gehortet hatte.

»Schaffen wir es, den Pulli auszuziehen, oder soll ich ihn aufschneiden?« Sie hantierte mit der Verbandsschere, die sie aus ihrer Originalverpackung herauszerrte.

»Das ist einer meiner Lieblingspullis!« Flix' Stimme hörte sich plötzlich ziemlich kräftig an. Wenn sie sich über ihren Pulli Gedanken machen konnte, war es vermutlich nicht so, dass sie kurz vorm Kollaps stand.

»Okay, ausziehen«, sagte Luisa und merkte, wie ihr Atem sich etwas beruhigen konnte. Flix ging es besser als vermutet.

Gemeinsam puhlten sie das Sweatshirt ab, dann noch ein langärmeliges Unterhemd, bis Flix schließlich noch mit einem Unterhemd dasaß. Was diese Frau auch immer an Lagen anhatte. Unglaublich.

Aber alles war mit erschreckend viel Blut getränkt, und Luisas kleine Beruhigung war schon wieder flöten. Bis sie die Wunde sah. Ein Streifschuss.

Sie hätte nicht gewusst, was tun, wenn die Kugel noch in Flix' Arm gesteckt hätte. Wie im Western selbst rauszupuhlen wäre nicht in Frage gekommen. Schon auf der Fahrt in ihre Wohnung hatte ihr das keine Ruhe gelassen. Krankenhaus oder nicht Krankenhaus? Die hätten natürlich die Polizei gerufen, das war ja keine Frage. Also hatte sie es riskiert, zuerst hierherzukommen. Einen Streifschuss zu verarzten, traute sie sich zu. Es würde alles gut werden.

Luisa nahm sich zusammen und machte sich daran, die Wunde zu reinigen. Aber schon bei der ersten Berührung des Wundrandes mit Jodlösung versuchte ihr Flix den Arm zu entreißen.

»Autsch! Was machst du denn da?«, empörte sie sich und versuchte die Wunde anzuschauen. Das war gar nicht so einfach, weil sie außen am Oberarm war und sie ihn eigentlich dafür mehr drehen müsste, das aber offensichtlich ziemlich schmerzhaft war.

Luisa nahm ihn sanft wieder und tupfte etwas vorsichtiger weiter. »Halt still, das muss sein. Da sind Faserreste deines Pullis drin.«

Flix versuchte zwar nicht mehr, ihr den Arm zu entziehen, rutschte aber hin und her und quengelte weiter. »Willst du mir den Arm abhacken oder wieso tut das so weh?«

Luisa ließ sich nicht beeindrucken. Das hier musste sein. Da konnte Flix noch so rumkaspern und maulen. »Du bist ja sowas von wehleidig. Komm schon, wo ist die Meisterdiebin, die allen auf der Nase rumtanzt, weil sie so *flix* ist?«, fragte sie provokant und nutzte die Gelegenheit, einen besonders tiefsitzenden Fetzen zu entfernen.

Flix fuhr kurz auf und schenkte ihr dann einen Giftblick. »Müder Witz. Haha.«

Aber sie hielt danach still. Nur ab und zu ein Zischen durch die Zähne, das Luisa signalisieren sollte, dass sie es übertrieb mit dem Reiben in der Wunde.

Sie holte eine Pinzette heraus, um auch die letzte kleine Faser zu erwischen. Als sie zufrieden war, tupfte sie noch einmal großflächig alles mit Betaisodona-Lösung ab und legte – wie sie fand – einen ziemlich professionellen Verband an.

Der Eingangsbereich ihrer Wohnung sah aus wie ein Schlachtfeld, als sie Flix schließlich auf die Beine half. Überall Blut, Verbandsreste, Flix' abgelegte Kleider, ihr ganzes Gepäck und die Motorradmonturen. Sie würde am Morgen eine Runde aufräumen und putzen müssen.

Flix ließ sich auf ihr so wenig benutztes Mini-Sofa fallen. Die Empore in ihrem großen Wohnbereich, von dem auch die Küche abging, nutzte Luisa eher selten. Sie hatte so gut wie nie Besuch, und den Fernseher, der da stand, nutzte sie eigentlich nur, wenn sie mal Tagesschau gucken wollte. Aber selbst das machte sie dann meist am Rechner.

Jetzt saß also Flix dort und sah aus, als ob sie dahingehören würde. Vor allem war das eine lebende Flix. Das machte das Ganze umso besser. Für einen schrecklichen Moment hatte sie am Zaun gedacht, dass Flix tödlich getroffen war. Dass

Dschafarows Horden über sie kommen würden und dann auch noch sie kaltmachen würden, ohne Fragen zu stellen.

Ein entscheidendes Problem fiel ihr bei diesem Gedanken ein. »Meinst du, das Nummernschild wird zum Problem? Könnten die das gesehen haben?« Luisa war sich nicht sicher, was genau bei ihrer übereilten Fahrt aus dem Busch passiert war.

»Das glaub ich zwar nicht, aber selbst wenn, führt es zu nichts. Das ist ein Fake.« Flix gähnte wieder ausführlich. Wie sie es immer schaffte, Luisa ganz nebenbei zu verblüffen, war erstaunlich.

»Wann hast du das ausgetauscht?«, konnte sie nur perplex fragen. Sie selbst hatte ja keine Sekunde daran gedacht. Erst jetzt, da es zu spät gewesen wäre.

»Als du noch einmal oben warst, weil ich dich gebeten hatte, deine Ausweispapiere wegzulegen. Ich hatte das falsche noch im Gepäckkoffer. Das lässt sich ganz einfach dranklippen. Eigenkonstruktion. Sehr praktisch.« Flix fröstelte jetzt in ihrem Unterhemd und rubbelte mit der Hand über ihren Nacken. Dabei schmunzelte sie. Stolz auf die Sache mit dem Nummernschild.

»Sehr praktisch. Du bist wirklich clever.« Luisa musste vor Erleichterung lachen. So gewieft wie Flix war niemand, den sie kannte. Alle Achtung. Zusammen waren sie wirklich ein unschlagbares Team. »Vielleicht sollte ich gleich nochmal runter in den Hof und es entfernen. Sicher ist sicher.«

»Gute Idee.« Wieder ein riesiges Gähnen mit vorgehaltener Hand.

»Geh doch schon mal ins Bett. Ich komme gleich nach.« Sie war fast genauso müde wie Flix, aber gleichzeitig auch noch etwas aufgeregt. Das Adrenalin war noch nicht ganz ausgespült und pumpte munter durch ihren Brutkreislauf. Vielleicht half es, einmal hinunterzurennen und wieder hoch.

»Sorry.« Flix gähnte jetzt, dass es ihr fast den Kiefer ausrenkte.

»Hey, du bist angeschossen worden. Das passiert auch nicht alle Tage.« Luisa sah, wie Flix müde aufstand und in Richtung Schlafzimmer davonschlurfte. Dann machte sie sich auf den Weg.

Im Treppenhaus fiel ihr ein, dass sie wieder nicht über das Schlafarrangement geredet hatten. Sie würden also wieder in einem Bett schlafen. Merkwürdigerweise wurde ihr Blut bei dieser Erkenntnis wieder wilder durch sie hindurchgepumpt.

Flix lag in Luisas Bett und überlegte, ob sie sich schlafend stellen sollte. Sie hörte, wie sich ihre Retterin im Bad fürs Bett fertig machte, wie sie es bisher jeden Abend getan hatte. Jeden Abend, an dem sie nicht komatös abwesend war.

Jetzt war nicht Abend, und sie sollte eigentlich hundemüde sein und schon schlafen. Aber sie war merkwürdigerweise wieder hellwach. Seit sie ihre Kleider abgestreift hatte und unter Luisas große, französische Bettdecke gekrochen war. Nicht einmal die Wunde an ihrem Arm konnte sie von dem flatternden, aufgeregten Gefühl, das sie hatte, ablenken. Sie hätte sich was vormachen können und es auf die Tatsache schieben, dass sie nur knapp davongekommen war. Aber sie wusste es besser. Es lag an Luisa und dass sie gleich nur in Unterwäsche neben ihr ins Bett steigen würde.

Eigentlich hatte sie sie mit allem, was sie war, ablehnen wollen, sie aus ihrem Bewusstsein streichen, nichts, aber auch gar nichts von Luisa an sich heranlassen. Und was war stattdessen passiert? Luisa hatte sie zweimal aus superbrenzligen Situationen gerettet. Wenn man die Sache mit Dschafarow, der Detektei Sander und ihrer eventuell anstehenden Aufdeckung dazurechnete, dann sogar dreimal. Luisa hatte sich als ein Mensch erwiesen, der wirklich absolut integer war und dem sie hundertprozentig vertrauen konnte. Luisa war der Sechser im Lotto. Und das auch, weil Flix gefühlstechnisch nicht von ihr lassen konnte.

Sie hörte Luisa zähneputzen und beschloss, jetzt wirklich die Augen zu schließen. Vielleicht schliefe sie ja tatsächlich ein, bis Luisa fertig wäre. Das wäre das beste.

Sie erinnerte sich, wie sie vor einer gefühlten Ewigkeit beim Frühstück an Neujahr die Möglichkeit einer Beziehung mit der kühlen, blonden Thekenfrau in Betracht gezogen hatte. Obwohl die Situation ja jetzt eine völlig andere war, ließ der Gedanke sie nicht los.

Natürlich würde Luisa keine ehemalige Profi-Diebin haben wollen. Keine Frau, die bisher ihre ganze Existenz auf illegalen Geschäften aufgebaut hatte. Das war zwar jetzt alles passé, aber trotzdem. Oder umso schlimmer. Denn was würde sie denn in Zukunft machen? Wovon würde sie leben? Wie ihren Paps versorgen? Flix warf sich herum und machte die Augen wieder auf.

Es war zwecklos. Sie würde nicht einschlafen. Genausowenig wie Luisa ernsthaft mit ihr eine Beziehung eingehen würde.

Jetzt prasselte die Dusche, und Flix wurde unfreiwillig mit einer Bilderschau ihres hyperaktiven Gehirns geflutet. Einer Bilderschau aus den diversen Situationen, in denen sie Luisa nackt gesehen hatte, durchmischt mit Vorstellungen, wie Luisa unter der Dusche aussehen würde. *Aaaarrrgh!*

Mal von allem anderen abgesehen, was gerade vor sich ging und zwischen ihnen beiden niemals möglich wäre, turnte Luisa sie immer noch gnadenlos an. Flix wüsste keine Frau, ob echt oder zusammenfantasiert, die sie reizvoller, ästhetisch ansprechender und somit schöner fände als ihre blonde Retterin. Sie konnte sich sogar vorstellen, dass Luisa einem weiteren Explosionssex, wie sie ihn bisher gehabt hatten, nicht unbedingt abgeneigt wäre. Nur der Rest war das Problem.

Flix war das Problem. Sie war sich sicher, dass das wieder in solch einem Desaster enden würde wie neulich. Dass sie grundsätzlich sehr erregt wäre und es sie maßlos anmachen würde, vor allem, wenn Luisa sie wieder küssen würde, aber eben nur bis zu einem gewissen Punkt. Und dann kawumm – nichts. Auch wenn jetzt keine Geheimnisse mehr zwischen ihnen standen. Nur eben einfach Flix' marodierende Gefühle. Und wie die marodierten.

Die Badezimmertür ging endlich auf. Luisa trat in Slip und Tanktop ins Schlafzimmer und machte hinter sich das Licht aus. Im Schein der kleinen Nachttischlampe, die auf ihrer Bettseite brannte, kam sie näher.

Flix' Blick hing an ihr. Selbst unter Aufbietung aller Willensstärke wäre sie nicht in der Lage gewesen wegzuschauen. Diese geschmeidigen Muskeln unter der tätowierten Haut waren einfach unwiderstehlich. Dazu noch Luisas schönes Gesicht mit den weichen Lippen und diesen so lebhaften grauen Augen, die ihre Gefühlslage jederzeit verrieten. Jetzt gerade funkelten sie vor Leben, ja sogar Erheiterung meinte Flix in ihnen zu sehen.

Luisa schmunzelte, was selten genug vorkam, um bemerkenswert zu sein. »Ich kann noch nicht glauben, dass wir das wirklich gemacht haben. Und auch noch überlebt«, sagte sie fast schon feixend, als sie neben Flix unter die Decke kroch. Sie lächelte zu Flix hinüber und kuschelte sich ein.

Flix musste unwillkürlich zurücklächeln. Luisas Stimmung war ansteckend. Nach all der Anspannung einfach mal loslassen und sich freuen.

»Der zweite Teil ist der unglaublichere. Puh, das war knapp gewesen.« Flix lachte aus vollem Herzen. Und Luisa stimmte mit ein. Vielleicht war es auch ein bisschen hysterisch, aber das war Flix gerade egal. Es tat richtig gut zu lachen, dass ihr Tränen in den Augenwinkeln standen und sie sich den Bauch halten musste. Luisa ging es nicht besser. Sie hatte sich wieder aus der Decke gewühlt und war im Lachkrampf über Flix gekippt.

Okay, sie waren hysterisch.

Noch im Lachen erkannte Flix das und lachte einfach weiter. Nicht, weil sie alles so lustig fand, einfach, weil Luisa auch lachte. Das genügte. Und es fühlte sich herrlich nahe und gut, an wie Luisa über ihr hing. So ungezwungen waren sie noch nie miteinander gewesen.

Flix wurde derart von Lachkrämpfen geschüttelt, dass ihr alles wehtat. Luisa lachte derweilen in ihren Bauch hinein, was durch das kitzelige Gefühl das Ganze noch verschlimmerte. Dann sah sie wieder auf und kam nach oben gerobbt. Luisa lachte in ihren Hals, und plötzlich war da noch ein anderes Gefühl als lediglich der lachende Irrsinn.

Luisa hörte tatsächlich plötzlich auf und auch Flix nur eine Sekunde danach. Luisas Gesicht war ihr nahe, und sie sahen sich in die Augen, als ob sie sich zum ersten Mal sehen würden. Oder zum zehntausendsten Mal, weil es sich so vertraut anfühlte, in diese grauen Augen zu schauen.

Dann blitzte irgendetwas in den unergründlichen Tiefen auf, und Luisa stürzte sich auf Flix wie eine Verhungernde. Der Kuss tat fast schon weh, so ungestüm war er. Ihre Zähne stießen kurz zusammen, Flix' Unterlippe wurde absichtlich oder unabsichtlich schmerzhaft gezwickt, und Luisas Zunge drang stürmisch ein.

Flix war völlig überrumpelt. Sie wusste nicht, wo das plötzlich herkam. Oder vielleicht auch nur zu gut. Es brodelte ja schon die ganze Zeit zwischen ihnen. Ihre Gedanken von vorhin schossen ihr in den Kopf. Sie wollte doch eigentlich was anderes. Auch wenn der Kuss gerade von Sekunde zu Sekunde besser wurde.

Aber sie kannte sich selbst gut genug, um zu wissen, dass es nichts brachte, das Unerfreuliche aufzuschieben. Sie müsste jetzt sofort mit Luisa ein paar Worte wechseln und nicht erst später, wenn das Kind in den Brunnen gefallen war und es vielleicht noch schmerzlicher werden würde.

Also beendete sie schweren Herzens ziemlich abrupt den Kuss. Das hätte sie wahrscheinlich anfangs nicht für möglich gehalten. Da wäre ja ein Kuss von Luisa das Nonplusultra gewesen. Und grundsätzlich war er das ja auch. Aber eben nicht das Ende der Fahnenstange. Noch lange nicht, das war ihr inzwischen klargeworden. Ein Schritt in die richtige Richtung, aber eben nicht das Endziel.

Luisa schaute sie verwirrt an. Nichts hatte diese Frau bisher aus der Fassung bringen können, aber jetzt gerade sah sie dünnhäutig aus. Ein unterbrochener Kuss reichte dafür aus?

Flix bekam ein schlechtes Gewissen, da jetzt auch noch reinpieksen zu müssen. In diese Verletzlichkeit, die sich gerade auf Luisas Gesicht zeigte.

»Willst du das wirklich? Weil ... ich kann das nicht mehr so wie bisher.« Das war jetzt nicht wirklich eloquent. Und hatte sie überhaupt geschafft rüberzubringen, um was es ging?

Nach Luisas plötzlich sturmfarbenen Augen zu urteilen, wohl eher nicht. Sie setzte sich auf und ging in Abwehrhaltung, das konnte Flix sehen, aber nichts dagegen tun.

»Stimmt ja. Du verachtest mich. Letztes Mal konntest du noch nicht mal kommen.« Luisa verschränkte die Arme vor dem Oberkörper, was ihre Oberarme sehr bemuskelt aussehen und in schönem Kontrast dazu ihre Brüste hervorschauen ließ. Aber das konnte Flix nur am Rande wahrnehmen, weil sie hier ein entgleisendes Gespräch wieder auf die Schiene zurücksetzen musste.

Sie setzte sich ebenfalls auf und wollte Luisa am Arm berühren, aber die zog ruppig weg – mit dem ganzen Oberkörper. Nicht gerade vielversprechend für den weiteren Gesprächsverlauf.

»Das ist doch gar nicht wahr«, protestierte Flix. »Und außerdem gar nicht das, was ich meine.«

»Lassen wir das.« Luisa ließ sich schwer ins Kopfkissen zurückfallen, mit deutlichem Abstand zu Flix.

»Lass mich doch bitte erklären.« Flix robbte etwas näher. Luisa war ihr viel zu weit weg auf der anderen Bettseite.

»Also? Wie meinst du es dann?« Luisa sah so aus, als ob sie das eigentlich nicht hatte fragen wollen, es ihr aber trotzdem rausgerutscht war.

Flix nutzte das sofort, obwohl Luisa schon wieder an die gegenüberliegende Wand in das dämmrige Schlafzimmer hineinstarrte. »Ich kann mit dir einfach keinen schnellen Sex mehr haben.« Ihre Fähigkeit zur Diplomatie war immer noch nicht zurückgekehrt, oder vielleicht hatte sie diese Fähigkeit auch nie besessen. Deshalb servierte sie ohne viel Federlesen die unverfälschte Wahrheit und hoffte auf das Beste. »Zack, zack, bumm. Ohne Gefühle, ohne Nähe. Ich will stattdessen die ganze Luisa und nicht nur den Körper.«

Luisa wandte sich um und sah Flix in die Augen. »Nicht nur den Körper?«, fragte sie verwundert, als ob sie das Konzept dahinter nicht ganz verstehen würde.

»Ja, den umwerfenden tätowierten Körper, zugegeben. Aber ich hatte das Gefühl, die Person Luisa war beim Sex nie wirklich ganz anwesend.« Flix sah sie so liebevoll an, wie es ihr nur möglich war. Sie wollte verstanden werden. Auch wenn das absolut nichts bringen würde, immerhin würde Luisa wissen, dass sie sie nicht ablehnte, sondern vielmehr das Gegenteil. Zumindest auf Gefühlsebene.

»Nie ganz anwesend?«, fragte Luisa mit dem gleichen ungläubigen Gesicht.

»Mutierst du jetzt zum Papagei?« Flix musste schmunzeln. Sie hatte es doch tatsächlich geschafft, Luisa zu schockieren. »Ganz oder gar nichts, Luisa. Deshalb konnte ich, glaub ich, auch nicht kommen. Das und die winzig kleine Tatsache, dass du mir auf den Fersen warst und mich an Dschafarow ausliefern wolltest.«

»Das heißt, du würdest Sex wollen, aber nur wenn es ... was? Mehr wäre als nur Sex? Du willst mich ... als was?«

»Als Freundin? Beziehung? Such dir die passende Bezeichnung aus. Schockierend, ich weiß.« Flix griente. Das sollte dazu dienen, ihre Unsicherheit zu überspielen. Doch es war ihr klar, wie bescheuert das war. Sie wollte Luisa ja nichts vorspielen. Sie war ja gar nicht so cool, wie sie tat, und es wäre besser, Luisa wüsste auch, wie wichtig ihr das hier war. »Ich weiß, dass du niemals mit einer wie mir zusammen sein könntest, wenn du das überhaupt wolltest ... eine Beziehung. Eine ehemalige Diebin ist ja nun wirklich nicht verlockend.«

Luisa sah sie mit großen Kuhaugen an. Nie hätte Flix vermutet, dass ein Gespräch über so etwas Einfaches Luisa dermaßen aus der Bahn werfen könnte.

»Ehemalig? Und was? Warum könnte ich nicht mit dir zusammen sein? Ich meine, bisher dachte ich, ich will mit gar keiner Frau zusammen sein.«

Luisa sah so aus, als ob sie während des Redens nachdächte und sich selbst nicht ganz sicher wäre, was in den nächsten Sekunden aus ihrem Mund kommen würde.

Aber das Ergebnis war trotzdem niederschmetternd. Eigentlich genau das, was Flix befürchtet hatte. »Ja, verstehe. Es ist alles gut. Wirklich. No worries. Ganz chillig. Cool, absolut cool, endcool.« Sie wusste, dass sie Quatsch laberte, aber sie konnte es nicht stoppen. Insgeheim hatte sie nämlich doch auf ein Wunder gehofft, und sie spürte gerade ganz deutlich, dass Luisas Ablehnung heftig schmerzte. Herz gebrochen. Jetzt gerade konnte sie ganz direkt fühlen, warum das so hieß. In ihrem Inneren wollten sich die Bruchstücke nicht wieder zusammenfügen und rieben sich aneinander. Schmerzhaft. Wow! Ihre Verknalltheit in Lena war damals Kleinkram dagegen gewesen.

Flix sah so geknickt aus. Völlig am Boden zerstört. Und Luisa wurde klar, dass sie mit ihrem unkoordinierten Gestammel der Grund dafür war. Das wollte sie nicht. Auf gar keinen Fall. Sie hatte sie doch erst vor ein paar Stunden beinah verloren. Ihre Gedanken waren ein furchtbares Durcheinander. Flix' Ansage hatte sie ganz panisch werden lassen. Eine Beziehung? Flix wollte also mehr. Das war ja bisher überhaupt gar nie in Frage gekommen. Nie. Niemals. Auch nicht ansatzweise. Warum schrie dann alles in ihr, dass sie Flix nicht so liegenlassen konnte? Dass sie zu ihr hinüberkriechen musste und alles wiedergutmachen? Warum? Was war nur mit ihr los?

Wie schon die letzten Tage des Öfteren schob Luisa einfach alles Logische und Rationale beiseite und tat einfach, was ihr Bauchgefühl ihr als das einzig Richtige diktierte: Sie verließ ihre Position auf der Bettkante und schob sich zu Flix hinüber. Die lag da, als ob der Schuss sie nicht in den Oberarm getroffen hätte, sondern mitten ins Herz. Ganz steif und leblos fühlte sie sich an, als sie an sie heranrobbte.

Sie fing an, kleine Küsschen über Flix' Gesicht zu verteilen. Ihre Wangen kamen zuerst dran, ihre Augenbrauen – rechts und links – ihre Stirn, ihr Haaransatz. Da merkte Luisa, wie eine Träne aus Flix' rechtem Auge kullerte.

Erschrocken zuckte sie zurück. »Warum weinst du?«

»Weil es sich so schrecklich gut anfühlt und ich weiß, dass du das jetzt nur aus Mitleid tust.«

Flix schaute sie an, und Luisa wurde es ganz anders bei all den Gefühlen, die sich in den sonst so frechen blauen Augen spiegelten. Sie konnte sie nicht alle einordnen, aber eines meinte sie zu erkennen und konnte es auch nicht ignorieren, weil es alle anderen überlagerte. Liebe. Oh mein Gott! War das wirklich Liebe, was sie da sah? Sie war ja nun wirklich keine Expertin, aber was konnte das anderes sein? Und warum hämmerte ihr Herz bei dem Gedanken wie verrückt? Flix hatte doch schon gesagt, dass sie mehr wollte, war es daher so abwegig, dass sie sich in sie verliebt hatte?

»Kein Mitleid.« Luisa machte weiter mit den kleinen Küsschen.

»Was dann? Lust?«, fragte Flix und nahm die Küsschen willig entgegen.

»Auf alle Fälle auch.« Eine andere Antwort konnte sie im Moment nicht geben. Sie wusste, es war zu wenig. Flix wollte etwas anderes hören. Hatte ein Anrecht darauf, etwas anderes gesagt zu bekommen. Und Luisa versuchte ihren ganzen Mut zusammenzunehmen, um es zu schaffen.

Mit weiteren kleine Küsse an Flix' Hals versuchte sie Zeit zu gewinnen und ihr stures Gehirn durch eine Sturzflut der Empfindungen zum Abschalten zu bringen.

»Du machst mich wahnsinnig.« Flix seufzte. »Auf allen Ebenen. Was willst du, Luisa?« Flix' Hingabe widersprach ihrer Frage. Trotzdem war diese Kombination genau das, was Luisa brauchte, um zu sagen, was sie sagen musste. Was sie sagen wollte. Dringend. So dringend, wie sie Flix berühren musste.

»Das hier. Dich. Jeden Tag.« Luisa hauchte das an Flix' Lippen. Es war nicht die große Liebeserklärung, die Flix sich vielleicht erhofft hatte. »Reicht das?«, hakte sie deshalb nach und hielt mit den Küsschen inne.

Flix schlug die Augen auf. »Fürs Erste«, gab sie mit einem sehr zufriedenen Lächeln zur Antwort.

Das genügte ihr. Trotzdem machte sie noch eine ganze Weile weiter mit den kleinen Küsschen, die Flix so willig annahm. Dieses Zögern war ihr neu. Sonst nahm sie sich ja, was sie wollte. Aber jetzt gerade war es ihr wichtiger, Flix das zu geben, was *sie* wollte. Auf körperlicher Ebene, für alles andere war sie noch nicht bereit. Und dieser Gedanke löste ihre Zurückhaltung in nichts auf. Lieber nicht darüber nachdenken, was das alles hier hieß. Lieber nur fühlen und Flix das erfüllen, worum sie gebeten hatte. Die ganze Luisa, in diesem Moment. Und das konnte sie. Weil sie das hier wirklich wollte. Mit allem, was sie war.

Sie glitt an Flix' Körper hinab, roch auf dem Weg den süßen Duft ihrer Haut, strich mit dem Daumen an der Innenseite ihres Schenkels entlang, da, wo er am weichsten war. Flix belohnte sie mit einem Seufzer, der zeigte, wie sehr sie von Luisas Zuwendungen erregt wurde.

Ganz nebenbei streifte sie Flix' Unterhöschen ab. Heute ein kleiner Tanga mit Superman-Logos darauf. Der Anblick allein hatte Luisa bei ihrer Lachattacke dermaßen heiß durchflutet, dass sie keinen Halt mehr gehabt hatte und abgestürzt war in diesen Canyon, der ihr Begehren für Flix war.

Das Unterhemd mit dem gleichen Logo folgte. Sie berührte Flix' verletzten Arm nur ganz behutsam und war ultravorsichtig. Die Unterwäsche war so sehr Flix, dass Luisa schmunzeln musste. Sexy Superheldin in ihren Armen. Sexy Superheldin mit den hübschesten Brüsten, die sie je gesehen hatte. Und dem verlockendsten kleinen Dreieck, das sie mit seinen Reizen zu sich rief wie eine Sirene. Und sie war wehrlos gegen diese Betörung.

Sie kannte Flix' Körper jetzt fast schon so gut wie ihren eigenen. Kannte jede Vertiefung, jede Kurve, jede empfindsame Stelle, den Geruch ihrer Haut, den Geruch ihrer Erregung. Sie wusste, wo und wie Flix berührt werden wollte. Wusste genau, wie sie das Zentrum ihrer Lust ansprechen konnte.

Allein das war schon eine immense Angelegenheit für Luisa. Bei keiner ihrer Geliebten hatte sie sich die Mühe gemacht, deren körperliche Bedürfnisse so intim zu lernen wie bei Flix. Ihr

Körper war mittlerweile wie ein offenes Buch für sie. Eines, das sie ausführlich studiert und auswendiggelernt hatte. Und eines, von dem sie instinktiv wusste, dass es darin noch sehr viel mehr zu entdecken gab. An Flix' Körper gab es noch so viel, das sie so gern erkunden wollte. Vielleicht eine Erkundungsreise, die Jahre dauern konnte. Oder noch länger.

Ihr Mund glitt küssend über Flix' Bauch hinab und hinterließ eine spielerisch geleckte Spur. Flix räkelte sich unter ihr mit Wollust und gab wohlige, mehr erwartende Laute von sich. Es war betörend und alles, was Luisa wollte. Sie wollte das hier gar nicht anders haben. Der schnelle Sex, den sie bisher gehabt hatten, erschien Welten entfernt von dem, was hier jetzt gerade in ihrem Bett passierte.

An ihrem Ziel endlich angekommen schaute sie zuerst zu Flix hoch. Sie wollte ihre vollständige Aufmerksamkeit wenn sie tat, was sie so dringend wollte. Mit jeder Pore ihres Seins.

Flix schien zu spüren, dass sie wartete, bis sich ihre Augen trafen. Sie schaute gebannt zu Luisa hinunter, die da zwischen ihren Beinen lag und kurz davor war zu tun, was sie bisher noch nie mit ihr gemacht hatte. Und mit anderen Frauen nur mit Sicherheitsmaßnahmen.

Der Blick vertrieb jedes letzte kleine Zögern, das sich vielleicht noch in Luisa verbunkert hatte. Flix' blaue Augen strahlten sie an, und es lag ein heißes Verlangen in ihnen, das nicht ignoriert werden konnte. Das Luisa nicht ignorieren konnte und das das letzte Zeichen war, auf das sie gewartet hatte.

Sie senkte den Kopf hinab und atmete einmal tief ein. Flix roch unglaublich gut, und sie wollte sie unbedingt schmecken. Sie teilte mit der Zunge Flix' Lippen und zeichnete langsame Kreise. Kreise, deren Durchmesser immer kleiner wurden und deren erklärtes Ziel in der Mitte lag. Das fühlte sich so gut an, und sie musste unwillkürlich aufseufzen vor Glück und Verlangen.

Mit dem ersten richtigen Zungenschlag auf ihrer Klitoris stöhnte Flix auf und drückte sich stärker gegen Luisas Mund. Und Luisa leckte sie jetzt mit Inbrunst. Hungrig und gierig nach Flix – kein Funken Zurückhaltung übrig. Und weil ihr das immer noch nicht reichte, nahm sie Flix auch mit den Fingern. Sie glitt zuerst mit dem Mittelfinger in sie und fühlte aber gleich, dass auch ihr Zeigefinger sehr willkommen wäre. Flix war so nass und bereit für sie, es war unfassbar. Unfassbar und überwältigend, wie sich das alles anfühlte.

Sie dirigierte Flix' Füße auf ihre Schultern und stieß mit ihren beiden Fingern noch tiefer in sie. Jetzt hatte ihre Zunge ungehinderte Fahrt, und sie nutzte das schamlos aus. Und Flix zeigte ihr mit jedem Stöhnen, mit ihren Händen, die sich in Luisas Haaren verkrampften, und mit ihren ekstatischen Bewegungen, dass sie alles richtig machte. Flix war kurz vor der Auflösung, und ganz genau das wollte sie.

Sie fühlte, wie sich Flix' Begehren zusammenballte und die ersten Zuckungen um ihre Finger spielten. Sie tat das, was sie schon die ganze Zeit hatte tun wollen. Sie saugte an Flix Klit, zuerst vorsichtig und dann mit ihrem ganzen Mund.

Flix' Lust explodierte mit einem leidenschaftlichen Zittern und einem fast schon schrillen Schrei nach außen. Luisa hatte Mühe, sie zu halten, so sehr bäumte sie sich unter ihr auf. Und sie wollte keine Sekunde vergeuden, indem sie womöglich ihren Zielpunkt nicht mehr traf. Sie wurde mit jeder weiteren glorreichen Zuckung belohnt, die Flix packte. Hatte sie bisher geglaubt, dass Flix nichts zurückgehalten hatte, wenn sie miteinander Sex hatten, wurde sie jetzt eines Besseren belehrt. Das, was bisher war, war nur ein Abklatsch gewesen. Das hier gerade war eine ganze andere Dimension.

Nach langen Momenten spürte sie, dass es Zeit war loszulassen. Sie verteilte wieder viele kleine Küsschen. Dieses Mal um Flix' feuchte Mitte. Sie war noch ganz benommen von dem, was gerade zwischen ihnen passiert war. Sie hatte an ihren Fingerspitzen, an ihrem Mund, mit jeder Pore ihrer Haut gespürt, wie Flix geradezu von innen heraus leuchtete unter ihren Berührungen. Ihre Gefühle waren für Luisa spürbar. Sie war darüber geradezu erschüttert.

Und das ließ sie fast schon ehrfürchtig werden. Sie betrachtete Flix staunend, bahnte sich ihren Weg nach oben und hielt sie in den Armen. Luisa fühlte sich überwältigt von dem allem. Aber vor allem von dem, was in ihr selbst vor sich ging. Sie war schlicht und ergreifend verloren.

Immer hatte sie solch eine Vorsicht mit Frauen an den Tag gelegt, und ausgerechnet der letzten Frau, der sie sich ohne

Vorbehalt hingeben sollte, lag sie nun zu Füßen und war wehrlos wie ein kleines Kätzchen.

Es war so. Da war nichts daran zu ändern. Ein bisschen überkam sie die Angst davor, dass jemand jetzt solche Macht über sie und ihr Herz hatte. Bis zu dem Moment, in dem Flix die Augen aufschlug und sie von unten herauf anlächelte. Da war die Angst wie weggewischt, weil sich in Flix' Augen die gleiche Hingabe, die gleichen tiefen Gefühle spiegelten, die sie empfand.

Genau betrachtet war Flix ja auch nur oberflächlich gesehen, von der reinen Faktenlage her, nicht die Richtige für sie. Wenn man tiefer blickte, stimmte alles. Und wenn dem nicht so gewesen wäre, wäre es erstaunlicherweise auch egal gewesen. Das wurde ihr beim Blick in Flix' blaue Augen klar. Jetzt gerade war kein Funken Schalk oder Herausforderung oder Blödsinn in ihnen. Obwohl sie das an Flix absurderweise auch liebte, wenn sie so ein Kindskopf war, half es ihr, die erwachsene Variante vor sich zu haben.

»Ich bin etwas gehandicapt.« Flix hob ihren verletzten Arm ein wenig an, um zu demonstrieren, was sie meinte.

»Hab ich dir wehgetan?« Luisa erschrak, weil sie die Verletzung im Eifer des Gefechts wirklich völlig vergessen hatte. Der Verband sah aber nach wie vor intakt aus.

»Nein, kein Stück.« Flix kuschelte sich noch enger an sie, schob ihr den Schenkel ein kleines aufreizendes Stück zwischen die Beine. »Ich will nur vorwarnen, dass ich vielleicht jetzt nicht so schnell auf allen Ebenen einsatzfähig bin.«

Luisa war hin- und hergerissen, ob sie einfach gar nichts mehr dazu zu sagen oder die Wahrheit über ihre Unsicherheit hinausposaunen sollte. Die Posaune gewann. »Das ist egal. Es wird eh ein Hochseilakt ohne Netz.«

Flix hob den Kopf und sah sie fragend an. »Das klingt jetzt nicht gerade sexy.«

»Ich fühle mich aber sehr, sehr sexy.« Luisa ließ ihre Hüfte kurz gegen Flix' Schenkel kreisen. »Und ein bisschen aufgeregt.«

Flix strich mit der Hand über die stoppelkurzen Haare und dann über die Stirn. Die Geste war sehr, sehr liebevoll und ihr Blick verständnisvoll. »Du sprichst wieder in Rätseln. Wir hatten doch schon Sex miteinander, wieso bist du da aufgeregt?« Erneut fuhr sie ihr über die Stirn, und Luisa hatte das Gefühl, ihr alles sagen zu können. Sie wusste das intuitiv.

»Sex ja. Aber wenn ich dich richtig verstanden habe, ist das jetzt nicht nur Sex, sondern du willst Liebe machen. Und das habe ich, wenn ich ehrlich sein soll, in meinem ganzen Leben noch nicht gemacht, noch nicht zugelassen. Ich weiß auch gar nicht, wie das geht.« Sie hatte sich verwundbar gemacht und wartete mit angehaltenem Atem, wie Flix reagieren würde. Aber sie musste nicht lange warten, die Reaktion kam sofort.

»Oh, Luisa. Das ist ganz einfach. Viel einfacher als Sex. Weil du nur auf deine Gefühle hören musst, und der Rest kommt von allein«, sagte sie.

Luisa sah sie an und war zuerst froh, dass ihre Wehrlosigkeit nicht ausgenutzt wurde. Dann kam Erstaunen hinzu. »Woher weißt du das so genau?«

Flix lächelte wissend. »Weil es für mich gerade so war.«

Luisa nickte, und Flix schien das als Zustimmung zu werten. Sie küsste Luisa, ließ sich dann zurücksinken und zog Luisa mit sich. Natürlich, Flix konnte sich nicht auf ihrem verwundeten Arm über ihr halten. Schon der Kuss hatte sie das fast wieder vergessen lassen. Was für ein wunderbarer Kuss das war, der jetzt seine Fortsetzung fand.

Mit ihrem gesunden Arm streichelte Flix alles, was sie erreichen konnte. Luisa war über sie gebeugt, die Bettdecke längst zur Seite geschoben. Ihre Brustwarzen konnten nicht genug von diesen Streicheleinheiten bekommen, und gleichzeitig hoffte Luisa, dass diese geschickte Diebinnenhand endlich weiter nach unten wandern würde. Sie war mehr als bereit dafür. Obwohl ihr Piercing gerade eine sehr effektive Spezialbehandlung bekam. Sie hörte ihr eigenes raues Atmen, das sich im Kuss mit Flix vermischte. Bald müssten sie den Kuss unterbrechen, weil sie sonst vor Sauerstoffmangel ohnmächtig würde.

Luisa machte sich los und zog einen tiefen Atemzug ein. In dem Moment fand die Hand ihre Mitte und sie warf den Kopf zurück. Und stöhnte. Kurz erschrak sie über sich selbst, und ihre Blicke trafen sich. Flix' Augen strahlten vor Glück. Keine Spur von dem frechen Triumpf, den sie letztes Mal gezeigt hatte, als sie Luisa ein Stöhnen entlockt hatte. Die Finger an ihrer Mitte entlockten ihr dann ein Seufzen, weil es sich so irrsinnig gut anfühlte.

Bis ihr auffiel, dass da nicht nur fünf Finger im Spiel waren, sondern eine zweite Hand dafür sorgte, ihr diese Töne zu entlocken. »Dein Arm«, protestierte sie.

»Pscht, ich pass schon auf.« Und diese kleine Zusicherung von Flix war alles, was sie brauchte. Sie nahm sie einfach hin, ohne sie zu hinterfragen, einfach weil ihr Hirn nicht mehr in der Lage war zu denken. Nur noch zu fühlen. Jetzt, da sie einmal losgelassen hatte, schien sie nicht mehr anders zu können. Selbst wenn sie zurückgewollt hätte, sie hätte nicht mehr gekonnt. In ihr war ein Damm gebrochen, und die Fluten des Amazonas wälzten sich durch sie hindurch.

Luisa hatte das Gefühl, der Dschungel auf ihrer Haut dehnte sich aus und umhüllte Flix und sie. Feuchtwarme Luft, die ihr den Schweiß ausbrechen ließ, kondensierte auf ihrer Haut. Wildes, heißes Prickeln umgab sie. Tausend Sinneseindrücke stürmten auf sie ein. Flix roch nach wunderschönen blühenden Orchideen. Flix war der Panter, der ihr auflauerte und sie in Besitz nahm mit seinen funkelnden Augen. Und ihr eigenes Herz war der Monarchfalter, der mit den Flügeln schlug und sich dann in die Luft erhob und im warmen Aufwind davonschwebte.

Die Geräusche des Dschungels schienen sie einzuhüllen. Da war das schwere Atmen des Panters auf der Pirsch, das schabende Geräusch, das der Falter beim Flügelschlagen machte, die Laute der Pflanzen und anderen Tiere um sie herum.

Aber eigentlich waren da doch nur Flix und sie im Bett miteinander. *Sie* machten diese Geräusche, wurde Luisa klar, als sie sich selbst wimmern hörte. Und wieder wimmerte sie vor Lust. Gefolgt von einem Stöhnen, das so tief war, dass sie sich selbst nicht erkannte.

Sie schlug ihre Augen auf und fiel direkt hinein in Flix' Blick. Und zu sehen, wie Flix sie anschaute, während sie ihr Lust bereitete, mit so viel Hingabe, so viel Begehren und Liebe, reichte aus, um sie abheben zu lassen. Der Orgasmus packte sie mit einer bewegungslosen Starre, in der sie einen unendlichen Moment gefangen zu sein schien, und dann explodierte sie mit einer Energie, die sie nie für möglich gehalten hätte. Sie wurde von Kontraktionen geschüttelt, als ob sie an eine Starkstromleitung gefasst hätte. Es war der pure Kontrollverlust. Ein Ding der Unmöglichkeit, und dennoch fühlte sie sich mit Flix keine Sekunde unsicher. Im Gegenteil, als sie sich auf sie niedersinken ließ, fühlte sie sich von ihren Armen unendlich umhegt und beschützt.

Luisa hörte sich noch einmal wimmern wie ein kleines Kätzchen. Es fühlte sich verdammt gut an, hier so dicht an Flix geschmiegt zu liegen. Als ob die Welt da draußen nicht existierte. Nur sie beide. sie spürte, dass ein leichter Schweißfilm ihren Rücken überzog und zwischen ihren Brüsten kondensierte.

Das war auch neu.

Luisa schwitzte nicht. Nicht beim Sex zumindest. Da musste sonst schon mehr daherkommen, dass sie ins Schwitzen geriet. Liebe machen gehörte offenbar dazu. Also war es doch Liebe. Zumindest schätzte sie mal, dass es sich so anfühlen sollte. So perfekt in Harmonie. Das war ihr letzter Gedanke, bevor sie ganz profan auf Flix einschlief.

◆

»Was ist eigentlich mit dem Geld von gestern Abend?« Flix schmierte ihr Brötchen und sah nicht auf, als sie diese heikle Frage über Luisas Esstisch hinweg stellte. Sie hatte die Kohle einfach nicht im Safe liegenlassen können und war sich bewusst, dass das ein potentiell streitauslösendes Thema sein könnte.

»Konfisziert. Ende der Debatte.« Da war wieder die Luisa, die seit gestern verschwunden gewesen war. Die knallharte, kurz angebundene, die keinerlei Toleranz für Flix und ihre Aktivitäten hatte. Aber nur für einen klitzekleinen Moment. Dann lächelte Luisa sie über den Tisch hinweg an. Ein bisschen neckend, ein bisschen herausfordernd, ein bisschen neugierig. »Ich dachte, du bist eine ehemalige Diebin. Was heißt das jetzt für deine Zukunft? Was wirst du tun?«

Flix konnte sich nicht ganz auf den spielerischen Tonfall einlassen. Zu vieles hing in der Schwebe in ihrem Leben. Aber sie wollte sich von ihren Sorgen diesen herrlichen Vormittag, eigentlich eher Mittag, nicht verderben lassen. Sie hatten lange geschlafen nach der insgesamt sehr, sehr aufregenden Nacht. Der vielleicht aufregendsten Nacht ihres bisherigen Lebens.

»Wenn ich das wüsste. Ich muss auch Paps irgendwie versorgt kriegen. Das Gold wird eine Weile reichen, aber danach? Keinen Schimmer.«

Luisa reagierte nicht weiter auf die Tatsache, dass Flix einfach davon ausging, das Gold zu behalten. Überhaupt hatte Luisa in den letzten vierundzwanzig Stunden nicht wie erwartet auf die verschiedensten Dinge reagiert. Es hatte damit angefangen, dass sie vorgeschlagen hatte, bei Dschafarow einzusteigen und hatte damit geendet, dass sie sich Flix hingegeben hatte, wie sie sich anscheinend mit noch keiner Frau zuvor getan hatte.

»Ich wüsste da was«, überraschte Luisa sie erneut aus dem Blauen heraus. »Und du könntest sogar deine Fähigkeiten einsetzen.«

Das klang super. Aber so ganz war Flix noch nicht bereit, alle Vorbehalte über Bord zu werfen. Luisa war schließlich immer noch offiziell in Diensten Dschafarows. Oder zumindest in Diensten ihres alten Herrn. Der bekanntlich nicht die sauberste Weste hatte und auch sonst kein feiner Mensch war.

»Du willst mich jetzt aber nicht an Dschafarow vermitteln? Das wäre ein erheblicher Abstieg.« Sie blinzelte skeptisch über Marmelade, Butter und Eier hinweg. Sie hoffte, ihre – ja was nur? ›Freundin‹ wäre nach gestern Nacht wohl durchaus korrekt, befand Flix – bekäme das nicht in den falschen Hals.

»Spinnst du?«, fuhr Luisa auf, schien aber nicht angesäuert zu sein. »Dschafarows Tage sind sowieso gezählt. Ich meinte, du könntest für mich arbeiten.«

Das alles verwirrte Flix noch mehr. »Für dich? Du meinst, für deinen Vater. Und was heißt, seine Tage seien gezählt? Du sprichst in Rätseln.« Wieder einmal.

Aber Luisa lächelte nur geheimnisvoll wie eine Sphinx zu ihr herüber. »Eins nach dem anderen. Du kannst als erstes nachher mit mir zur Polizei gehen.«

Das war überhaupt nicht das, was Flix hören wollte. Nicht nachdem, was sie alles zusammen durchgestanden hatten. Nicht nachdem sie Luisa ihre Gefühle gestanden hatte und diese sie zwar nicht mit wehenden Fahnen erwidert hatte, aber immerhin. Na ja, nicht verbal. Ihre Körper hatten miteinander aber eine ganz andere Sprache gesprochen, und da war deutlich geworden, dass Luisa für sie ebenfalls Gefühle hatte. Wie tief die gingen, würde sich noch zeigen, aber immerhin hatte sie nicht erwartet, nach all dem Aufwand mit den zwei Einbrüchen doch noch ganz profan an die Justiz ausgeliefert zu werden.

»Du willst mich jetzt nach allem noch ausliefern? Wie wirst du damit umgehen, eine Freundin im Knast sitzen zu haben? Und wirst du dich für mich um Götz kümmern?«

Aber vielleicht wäre sie dann gar nicht mehr Luisas Freundin. Vielleicht hatte die Nacht, die für sie so horizonterweiternd, so augenöffnend gewesen war, dann gar keine Bedeutung mehr für Luisa.

Flix merkte, wie Unsicherheit sie überkam. Etwas, für das sie nun wahrlich nicht bekannt war. Luisa brachte es fertig, dass sie sich über gar nichts mehr sicher war. Kein Funke Selbstbewusstsein war gerade in ihr. Zumindest nicht, was Luisa und ihre Beziehung zu ihr anging. Sie war immer noch eine geniale Diebin, zumindest in der Theorie, aber war sie auch eine Frau, die das Herz von jemandem wie Luisa gewinnen konnte? Das war äußerst ungewiss. Sie biss auf ihrer Unterlippe herum.

Aber Luisa brauste schon auf – mitten in ihre Gedanken hinein. »Bist du eigentlich total bescheuert? Wenn ich dich hätte ausliefern wollen, hätte ich das schon längst getan.« Luisa legte ihr Brötchen weg, nahm Flix' Hand und streichelte den Handrücken mit ihrem Daumen.

Das fühlte sich verdammt gut an. Konnte aber nicht alle Zweifel vertreiben. »Warum hast du eigentlich nicht?«, fragte sie deshalb und merkte, wie sie eine unsichere Kleinmädchenstimme an den Tag legte, die sie so gar nicht von sich kannte. Nicht in den letzten zwanzig Jahren.

Luisa blinzelte sie an und lächelte schließlich. »Liegt das nicht auf der Hand?«

Flix' Herz klopfte mit einem Mal schneller. Meinte Luisa wirklich das, was sie sich erhoffte? Sie merkte, dass sie das dringende Bedürfnis hatte, es zu hören. Eigentlich hätte es genügen sollen, wie die Nacht verlaufen war, was sie dabei gefühlt hatte, wie Luisa seither mit ihr umging. So liebevoll, fast schon verwandelt. Sie hatten ganz eng aneinandergekuschelt geschlafen. So eng, wie Flix es normalerweise gar nicht ertragen konnte. Mit niemandem. Sie hatten sich im Schlaf sogar gemeinsam umgedreht, um sich nicht voneinander zu trennen. Auch Luisa. Das war nicht nur Flix gewesen. Darüber war sie sich sicher. Aber der Rest?

»Ich könnte raten, aber schöner wäre es, du sprichst es aus.« Sie traute sich etwas zu fordern, was sie nicht hatte fordern wollen. Sie wollte keine von diesen klammernden und ständig um mehr Aufmerksamkeit bettelnden Frauen sein, die ihr selbst so auf die Nerven gefallen waren. Sie wollte jetzt, da sie das erste Mal so richtig mit allem Drum und Dran verstrickt war – Herz, Verstand und Körper gemeinsam fixiert auf eine Person und kein Ausweg in Sicht –, nicht zu solch einem Weibchen mutieren.

Luisa blinzelte sie wieder an. Das hatte sie schon ein paar Mal gemacht. Immer, wenn sie sich durchringen musste, etwas zu Flix zu sagen, das ihr offenbar nicht leicht über die Lippen kam. Flix hielt die Luft an. Käme jetzt das sanfte, aber bestimmte Zurechtrücken der Tatsachen zwischen ihnen?

Endlich öffnete sich Luisas Mund, um zu sprechen. Und er tat das mit einem Lächeln. »Ich bin unsterblich in dich verliebt. Und das schon eine ganze Weile. Zufrieden?«

Das Lächeln war richtig breit geworden, und Flix erwiderte es mit einem Tausend-Watt-Strahlen. Ihr Herz war wirklich und wahrhaftig gehüpft, als Luisa das ausgesprochen hatte. Jetzt klopfte es fröhlich und aufgeregt vor sich hin. Erst jetzt wurde ihr klar, wie dringend sie das hatte hören wollen. Hatte hören müssen. Es war, als ob alles von ihr abfiel. Als ob alles andere egal wäre. Wenn Luisa ihre Gefühle erwiderte, war sie in der Lage, alles zu schaffen und auch alles durchzustehen. Sogar Knast. Aber soweit schien es ja nicht zu kommen. Aber rein hypothetisch eben.

»Sehr«, beantwortete sie Luisas Frage. Sie sahen sich einen glücklichen Augenblick lang strahlend in die Augen, dann drückte Luisa noch einmal ihre Hand und ließ los.

Flix griff sich vor sich hinlächelnd ihr Frühstücksei. Komischerweise war ihr zwischenzeitlich etwas ins Stocken geratener Appetit mit Vehemenz zurück. Sie könnte einen Bären verschlingen. Sie köpfte das Ei mit einem Schlag und streute Salz darauf.

Während sie das perfekte Eigelb löffelte, beobachtete sie, wie Luisa ebenfalls ihr Ei ergriff, es kurz maßnehmend ansah und es dann im Überschwang der Gefühle ebenfalls köpfen wollte.

Der erste Schlag war zu schwach und hinterließ auf der Schale nur einen minimalen Einschnitt. Flix grinste. Luisa warf ihr kurz einen Du-wirst-schon-sehen-Blick zu.

Dann ein zweiter Schlag auf das Ei. Ein viel zu heftiger. Das Messer fuhr hindurch wie ein Samuraischwert durch Tofu. Außerdem war er zu tief angesetzt, und Luisa lief sofort Eigelb ihre Finger hinab. »Das ist nicht meine Technik«, sagte sie lachend und versuchte die Schweinerei auf ihren Teller einzugrenzen.

Flix lachte ausgelassen auf. Aber als Luisa das verschmierte Ei in den Eierbecher zurückstellte und aufstehen wollte, um vermutlich die Hände zu waschen, reagierte sie blitzschnell. Sie griff sich Luisas linke Hand mit dem Eigelb und fing demonstrativ an, ihre Finger abzuschlecken. Einen nach dem anderen nahm sie in den Mund, ließ ihre Zunge darübergleiten, saugte und leckte. Luisas Augen ließen sie keine Sekunde aus dem Blick. Sie schien nicht einmal zu blinzeln.

»Sauber«, verkündete Flix schließlich und hoffte, sie hatte einen umwerfenden Schlafzimmerblick unter halb abgesenkten Lidern hervor geschafft. Denn das entspräche ganz und gar dem, wie sie sich fühlte.

Luisa schluckte vernehmlich und schien fast aus einer Trance zu erwachen. Flix war zufrieden mit dieser Reaktion. Sehr zufrieden. Damit ließe sich arbeiten. Sie ließ Luisas Hand los, was ihr einen fast enttäuschten Blick einbrachte, aber gleichzeitig sah Luisa auch ein bisschen erleichtert aus.

»Bevor wir irgendetwas anderes machen, muss ich nach deinem Arm sehen«, sagte sie ernst.

Flix blinzelte unschuldig zu ihr hinüber. »Aber natürlich«, erklärte sie mit Inbrunst und einem schiefen Grinsen. Ganz als ob sie nicht gerade versucht hätte, Luisa aus der Spur zu werfen. Die lachte nur schnaubend auf und schien genau zu wissen, was Flix gerade für ein Spiel mit ihr spielte.

Nachdem sie den Frühstückstisch abgeräumt hatten, war Luisa dann aber tatsächlich streng und führte Flix ins Bad, um den Verband zu wechseln. Obwohl Flix wieder viel protestieren musste – aber sie musste zugeben, dass sie eigentlich nur Luisa foppen wollte –, waren sie beide doch sehr zufrieden damit, wie die Wunde aussah. Flix bewegte den Arm ohne Verband versuchsweise, und der Schmerz hielt sich sehr in Grenzen. Sie hatte wirklich verdammt Glück gehabt. Der Streifschuss war kaum ins Fleisch eingedrungen. Aber sie verbat sich jeden weiteren Gedanken, denn sonst wäre es ihr schlecht geworden.

Als sie schließlich unter Luisas Schädelsammlung standen, weil dort ihr Schreibtisch und ihre Arbeitsecke waren, war es schon weit nach Mittag.

Luisa überreichte Flix feierlich ihr kleines Stemmeisen, das sie aus dem Rucksack hervorzog. »Und was den Rest angeht: Ich schlage vor, wir machen in der Feuerschale meiner Nachbarn unten im Hof ein kleines Feuerchen.«

Flix wog das Werkzeug in der Hand. Sie war wirklich froh, dass sie es wiederhatte. Nicht nur, weil es ein Beweismittel gegen sie gewesen wäre, sondern auch, weil es Götz gehört hatte.

»Und danach?«, fragte sie neugierig über Luisas Pläne und versuchte das Hirschgeweih mit den mindestens vierzehn Enden zu ignorieren, das direkt über ihr an der Wand hing. Das und die anderen großen und minikleinen Schädel aller Arten, die auf Regalen, in Setzkästen, kleinen Ablageflächen und wie das Hirschgeweih an die Wand genagelt den Raum dekorierten. Alles ganz ordentlich und fast wie im Museum. Von der blutroten Wand abgesehen.

Luisa wurde auf ihre Frage hin ernst, noch ernster als sonst. »Danach habe ich einen Stapel Beweise gegen Dschafarow bei der Polizei abzuliefern. Meine Kontakte warten auf uns. Wir werden eine Aussage machen.«

Flix schnappte nach Luft. Sie konnte nicht anders. Immer wenn sie dachte, alles mit Luisa durchgestanden zu haben, kam wieder etwas zutage. »Was soll ich denn da aussagen? Du bringst mich wirklich in den Knast. Mit allem, was ich sagen könnte, belaste ich mich doch selbst.«

Sie wollte sich wegdrehen. Weil sie einfach nicht mehr konnte. So langsam war sie an ihrer Belastungsgrenze angekommen. Dieses ganze Hin und Her laugte sie aus, und sie hatte den gestrigen Abend noch in den Knochen. Die Schädel kamen ihr mit einem mal wieder bedrohlicher vor, obwohl sie gerade dabei gewesen war, sich an den Anblick und Luisas morbides Hobby zu gewöhnen.

Doch Luisa hielt sie sanft an ihrem gesunden Arm zurück. »Ach ja? Auch wenn du offiziell mit mir unterwegs warst? Und wir ganz zufällig, als wir im Auftrag Dschafarows tätig waren, auf Beweise gegen ihn gestoßen sind?«, fragte sie sanft und suchte Flix' Blick.

Die konnte sie nur anschauen und in ihren grauen Augen nach der Antwort auf ihre tausend Fragen suchen. Luisa eröffnete gerade einen völlig neuen Weg. »Ich glaube, so langsam verstehe ich, worauf du hinauswillst.« Aber Flix' flinker Verstand war darauf geschult, sämtliche Fallstricke scheinbar unfehlbarer Pläne zu erkennen. Und bei dem hier war das Problem offensichtlich. »Ist das nicht gewagt? Sehr, sehr gewagt? Und gefährlich? Er wird versuchen, uns beseitigen zu lassen.«

Aber Luisa hob einhaltgebietend die Hand. »Wir werden offiziell in keiner Akte auftauchen. Wir werden den Status als Insider-Informanten kriegen. Das ist nur, damit die Kripo weiß, wo und wie sie was finden kann. Das ist alles arrangiert«, erklärte sie selbstbewusst und umfasste Flix vorsichtig an der Taille, als ob sie sich unsicher sei, ob das überhaupt willkommen war.

Flix tat einen Minischritt auf sie zu, mitten hinein in Luisas ganz persönliche Zone. »Ich bin beeindruckt, was du so alles an Connections hast.«

Und das war sie tatsächlich. Auch von der Tatsache, dass Luisa das alles offensichtlich schon durchdacht und vor allem auch schon arrangiert hatte. Sie würde sich darauf einlassen. Weil sie Luisa vertraute und sie bisher hundertprozentig bewiesen hatte, wie ausgefuchst und flexibel sie war – zumindest für jemanden, der sich auf der legalen Seite des Gesetzes bewegte.

»Okay, einverstanden. Und danach?« Das konnte sie sich nicht verkneifen.

Und es verwirrte Luisa entsprechend. »Wie? Was könnte danach noch anstehen?«, fragte sie und ließ sich in ihrer Verwirrung noch dichter an Flix heranziehen.

»Du hast noch sehr viel zu lernen, was diese Beziehungsdinge angeht. Nicht, dass ich Expertin wäre, aber ich finde, das liegt auf der Hand.«

Oh, wie Flix es liebte, die sachliche Luisa zu foppen und an die Grenzen ihres Erfahrungshorizonts zu führen. Unbekannte Welten, die nie ein Mensch – eine Luisa – zuvor gesehen hat.

»Auf der Hand?«, fragte Luisa in ihren Armen, immer noch nicht verstehend, worauf Flix hinauswollte, aber sie schmiegte sich trotzdem weich an sie.

Flix drückte ihr einen kleinen Kuss auf den Mund. Sie konnte nicht widerstehen. »Denk mal drüber nach.« Sie wusste, ihr Gesichtsausdruck war der Schalk in Person. Das – und noch eine andere Emotion – waren vermutlich für Luisa deutlich zu erkennen.

Sie blinzelte Luisa provozierend an, und da schien es ihrer neu erworbenen Freundin wie Schuppen von den Augen zu fallen. Das Funkeln, das darin plötzlich auftauchte, bestätigte ihr, dass Luisa wusste, wovon sie sprach. Am liebsten hätte sie die anderen Punkte auf der To-do-Liste auf später verschoben. Und bei Luisa sah das verdammt nochmal auch so aus. Auf sehr viel später. Aber leider war das ja nicht möglich. Sie seufzte. Das abgrundtiefe Seufzen von Luisa, das sich ihrem anschloss, hatte sie allerdings nicht erwartet.

◆

»Ich finde es ein bisschen gruselig, wieder hier zu sein«, sagte Flix mit belegter Stimme fasste sich dabei unbewusst an den Oberarm.

Sie saßen in Luisas Wagen vor Dschafarows Villa. Luisa hatte so geschickt geparkt, dass sie niemandem in die Quere kamen und auch mit Sicherheit nicht weiter wahrgenommen wurden.

»Das ist irrational, und das weißt du.« Sie versuchte Flix mit dieser Logik zu beruhigen, aber ihr eigener Puls war beschleunigt. Man kam schließlich nicht so oft an den Ort seines Verbrechens zurück. Nicht an einen Ort, an dem man fast hopsgegangen wäre. Auch wenn das hier gerade ganz andere Umstände waren.

»Ach ja? Und warum zappelst du dann mit dem Bein, als ob du fünf Dosen Energydrinks getrunken hättest?« Flix warf einen überzogenen Blick mit steil angehobenen Augenbrauen auf Luisas rechten Oberschenkel.

Luisa grinste sie kurz an, bevor sich wieder eine steile Sorgenfalte auf ihrer Stirn abzeichnete. »Das heißt ja nicht, dass es mir nicht genauso geht wie dir.« Sie hob das Fernglas und nahm den Eingangsbereich ins Visier. »Jetzt tut sich was«, sagte sie aufgeregt. Aus dem Augenwinkel nahm sie wahr, wie die Ex-Diebin, die ihre Geliebte und ihre Komplizin war, ihr eigenes Fernglas ansetzte und gebannt verfolgte, was sich in der Villa Dschafarow tat.

Drei Mannschaftswagen der Polizei standen davor, und wenn Luisa das richtig einschätzte, auch mehrere zivile Fahrzeuge. Ihre Kontakte hatten nicht lange gebraucht, um die Razzia hier in die Wege zu leiten. Eigentlich hätte sie den Zeitpunkt gar nicht wissen dürfen, aber ein Mäuschen hatte es ihr zugeflüstert. Und sie hatte es sich nicht nehmen lassen wollen, zusammen mit Flix das Ergebnis ihrer Informanten-Tätigkeit zu sehen. Mit eigenen Augen.

Aber den Triumph, den sie fühlte, als Dschafarow tatsächlich in Handschellen aus seiner Haustür geführt wurde, hätte sie nicht für möglich gehalten. Er sah aus wie das eine Mal, als sie ihn getroffen hatte. Perfekt wie aus dem Ei gepellt, aber in allem zu viel. Zu viel Gel im Haar, zu glänzendes Hemd, zu dandyhafte Schuhe.

»Boah, ist der Typ eine schmierige Schweineschwarte!«, kam es von Flix auf dem Beifahrersitz. »Als der dich so widerlich abgecheckt hatte, hätte ich ihn am liebsten mit einem Eimer Scheiße übergossen.«

Luisa war hin- und hergerissen. Sie wollte einerseits nichts von dem Spektakel da draußen verpassen, andererseits war Flix so süß in ihrer Empörung, dass sie ihr am liebsten gleich und sofort einen Kuss reingedrückt hätte. Weil Flix wie gebannt durchs Fernglas starrte, verschob sie den Gedanken mit dem Kuss auf später.

»Er kriegt ja jetzt hoffentlich, was er verdient hat.« Luisa beobachtete, wie Dschafarow von zwei Beamten zu einem der zivilen Fahrzeuge geführt wurde.

»Hoffen wir es mal, dass es reicht, was die Polizei findet.« Flix hörte sich skeptisch an, auch wenn Luisa aus dem Augenwinkel sah, dass ein befriedigtes Grinsen mit gekräuselter Oberlippe sich auf ihrem Gesicht breitgemacht hatte.

»Da sie hier sind, muss die Tochter geredet haben. Sonst hätten sie gar keinen Durchsuchungsbefehl gekriegt. Unsere Informationen sind ja schließlich nicht verwendbar.«

Gespannt verfolgten sie, wie Dschafarow ins Auto verfrachtet wurde, das dann sofort losfuhr. Das Auto wendete. Und würde direkt an ihnen vorbeifahren. Sie ließ ihr Fernglas schlagartig sinken. Flix hatte sich automatisch in den Fußraum hinuntergleiten lassen und wieder einmal bewiesen, was für eine Akrobatin sie war. Auch Luisa schlug das Herz in Panik kurz bis zum Hals. Bis sie sich vergegenwärtigte, dass niemand sie sehen konnte.

Dschafarow fuhr neben ihnen im Polizeiauto vorbei, und Luisa starrte fasziniert hinaus. Dschafarow saß auf dem Rücksitz und glotzte zur anderen Seite hinaus. Selbst wenn sie keine verdunkelten Scheiben gehabt hätte, hätte er sie nicht wahrgenommen.

Es war vorbei. Wirklich vorbei.

Flix' größte Gefahr für ihre Sicherheit war gebannt. Jetzt könnte sie tatsächlich ein neues Leben anfangen.

Luisa atmete erleichtert aus. »Du kannst wieder hochkommen. Er ist weg.«

Flix war bereits dabei, sich aus der merkwürdigen Verrenkung herauszulösen und sich wieder neben sie zu setzen. »Ich weiß, es war albern, aber ich hatte echt Schiss«, gestand sie mit einem schiefen Grinsen.

Luisa fand das so liebreizend an der sonst so frechen Person, dass sie nicht anders konnte. Sie musste den aufgeschobenen Kuss gleich jetzt nachholen. Ihre Erleichterung führte dazu, dass der Kuss etwas wilder und ausführlicher wurde, als vielleicht sinnvoll war.

Als sie wieder aus ihrer Versenkung auftauchten, waren die Mannschaftsbusse gerade dabei abzufahren, und sie hatten das meiste verpasst. Luisa fand das nicht weiter tragisch. Das Wichtigste hatten sie gesehen. Und sie hatte jetzt noch etwas Dringendes zu erledigen.

Nachdem sie Flix am Pflegeheim abgesetzt hatte, steuerte Luisa die Detektei Sander an.

Unangekündigt schritt sie durch die geöffnete Bürotür auf den Schreibtisch ihres Vaters zu. Die Anspannung, die dem, was sie jetzt tun würde, vorausging, hatte jeden Muskel ihres Körpers fast unerträglich versteift und verhärtet. Beinah hölzern legte sie die letzten Meter zurück und blieb wie ein Zinnsoldat vor ihm stehen.

Er blickte auf, und einen kurzen Augenblick war Erstaunen in seinen Augen zu sehen, dann legte sich wieder die ablehnende Maske über seine Gesichtszüge. »Was machst du hier? Ich habe dich nicht einbestellt«, blaffte er in seinem üblichen Ton, den er anscheinend fast ausschließlich für sie reserviert hatte.

Das war das letzte Mal, dass sie sich das antun musste. »Tja, Pech gehabt. Ich bin trotzdem da.« Ihr Tonfall war im Gegenzug kalt und schnippisch. Sie würde Egon Sander, der ihr biologischer Vater war, aber auch das nur auf dem Papier, jetzt einmal eine Portion seiner eigenen Missachtung servieren.

Luisa legte ihm ihr Kündigungsschreiben auf den Tisch.

»Was ist das?«, fragte er und schob sich seine Lesebrille zurecht, um es lesen zu können.

»Meine Kündigung. Ich habe genug von dem allem hier. Aber vor allem von deinen windigen Kunden.« Sie starrte ihn an und wartete auf seine Reaktion.

Aber die fiel anders aus, als sie gedacht hatte. Ein fieses Grinsen zog in seinem Gesicht auf. »Ha, das meinst du gar nicht ernst«, feixte er und betrachtete sie dann mit einem hinterhältigen Blick. »Was willst du? Raus mit der Sprache. Ich habe keine Zeit für solche Kleinmädchenspiele.«

Kurz war Luisa perplex, dass er sie nicht einmal in diesem Moment richtig ernstnahm. Ihr im Gegenteil noch irgendetwas unterstellte, von dem sie keine Ahnung hatte, was es sein sollte. Wie lächerlich seine Unterstellung war und wie sehr das zeigte, dass ihr Vater sie überhaupt nicht kannte, wurde ihr schlagartig klar.

Deshalb feixte sie nach einer Schrecksekunde zurück. »Siehst du, du hast dir gleich noch einen Kündigungsgrund geliefert. Deine herablassende Art. Dass du mich nicht ernstnimmst. Dass du so etwas von mir erwartest.«

Ihr Vater schnaufte entnervt auf und wedelte mit der Hand, die das Schreiben hielt, in ihre Richtung. »Das ist albern. Geh jetzt an die Arbeit zurück und verschwende nicht meine Zeit.«

Egon Sander setzte an, die Kündigung zu zerreißen, aber Luisa hielt ihn mit einer herrischen Geste davon ab. Und tatsächlich hielt er inne. Er musste plötzlich irgendetwas an ihr bemerkt haben, das anders war. Entschlossener. Denn genau so fühlte sich

Luisa. Entschlossen. Sie würde das hier durchziehen und sich nicht von ihrem Vorhaben abbringen lassen. Durch nichts auf der Welt und schon gar nicht von ihrem Vater.

»Wenn du das Schreiben vernichtest, erhältst du einfach ein neues. Zur Not auch per Einschreiben mit Rückschein. Außerdem ist es auch bereits als Datei in deinem E-Mail-Postfach.« Sie sagte das knallhart, ohne Emotion, und sie hätte wetten können, dass ihre Augen in dem Moment ganz genauso aussahen wie die ihres Vaters, wenn er gnadenlos drauf war. In dem Punkt war die Verwandtschaft einfach nicht zu leugnen.

Ihr Vater blinzelte sie kurz ungläubig an, dann wurde das wieder von einem harten Gesichtsausdruck überlagert.

Für eine Sekunde hätte Luisa schwören können, dass ihn dieses Gespräch traf. Gleich darauf ärgerte sie sich, dass sie immer noch nach Zeichen suchte. Zeichen, dass sie ihm wichtig war.

Schluss damit. Nie wieder. Er hatte all die Jahre seine Chance gehabt und nie auch nur den kleinsten Schritt auf sie zu gemacht. Von der einen oder anderen Tasse Kaffee alle paar Schaltjahre mal abgesehen. Da verbrachte er regelmäßig mehr private Zeit mit seinen anderen Mitarbeitern. Sie war durch mit ihm. Und schon der nächste Satz zeigte ihr klar und deutlich, dass das der einzige Weg war, der sie ihre Selbstachtung bewahren ließ.

»Du meinst das also tatsächlich ernst? Ich fass es nicht. Bei allem, was ich für dich getan habe?«

Luisa lachte bitter auf. »Was hast *du* denn schon für mich getan? Ohne mich wäre diese Detektei nur zweitklassig. Und tu jetzt nicht so, als ob du das nicht wüsstest.«

Sein Gesicht war inzwischen eine einzige wütende Faltenlandschaft. Luisa fiel zum ersten Mal auf, dass die Zeit an ihm wirklich nicht spurlos vorbeigegangen war. Er sah viel älter aus als seine sechsundfünfzig Jahre.

»Wo willst du denn arbeiten, wenn nicht mehr bei mir? Ich werde dir kein Zeugnis schreiben. Und mein Ruf ist immer noch gut in der Branche. Niemand wird meine Tochter nehmen, es sei denn, ich befürworte das.«

Jeder noch so kleine Funke an Mitleid, Verständnis und Restzuneigung, der sich in ihr immer wieder hartnäckig breitmachen wollte, wurde Satz für Satz ausgelöscht. »Mach dir doch nichts vor. Durch deine dubiosen Kunden hast du dir alles versaut, was du an gutem Leumund hattest. Ich werde dieses sinkende Schiff gerade noch rechtzeitig verlassen.«

Das war ihr mehr oder weniger im Ärger herausgerutscht, und natürlich stürzte sich ihr Vater darauf wie ein Aasgeier. »Was heißt das? Weißt du etwas, das ich nicht weiß? Ich bin dein Vater, Herrgott nochmal«, polterte er los.

»So, jetzt, wenn es dir passt, bist du plötzlich mein Vater?«, fragte Luisa zynisch. »Wie bequem. Die meiste Zeit kannst du den Gedanken nicht ertragen, eine Tochter wie mich zu haben. Und ich werde dir dein Leben jetzt erleichtern und daraus verschwinden. Ich bin fertig damit, beschissen behandelt zu werden.«

Das war die bittere Einsicht, zu der sie viel zu spät gekommen war. Sie drehte sich um und wollte ihn so hocken lassen. Aber natürlich hatte er noch Munition in seinem Arsenal. Sonst wäre er nicht der Mann gewesen, den sie trotz allem so erschreckend gut kannte und einschätzen konnte.

»Wie hat dir denn der Marderschädel gefallen?«, fragte er ihren Rücken, und Luisa blieb wie erstarrt stehen.

Dann wirbelte sie herum. »Was?«

Sie hatte ein triumphierendes Grinsen erwartet, aber Egon Sanders Gesicht war ihr in diesem Moment ganz fremd. Sie hätte nicht sagen können, was dahinter vor sich ging, was es an Geheimnissen verbarg.

»Die Pakete waren von mir«, sagte er in einem neutralen Tonfall. Fast so, als ob es ihn nichts anginge.

Einen Moment konnte Luisa ihn nur mit offenem Mund anstarren. Dann wollten lauter Fragen aus ihr heraus. Und auf keine davon gäbe es gute Antworten, da war sie sich sicher.

»Woher wusstest du, dass ich Schädel sammle? Du hast mich noch nie in meiner Wohnung besucht.« Sie hasste sich für den verletzten Ton, der sich in ihre Stimme eingeschlichen hatte.

»Ein Paket, das du bestellt hast, ist hier in der Detektei angekommen.« Einfach so sagte ihr Vater das, als ob das nicht die Büchse der Pandora öffnen würde.

»Und da hast du mit Laserblick durchgeschaut, oder was?« Luisas Wut meldete sich mit aller Wucht zurück.

»Es hat mich interessiert, was du für ein geheimnisvolles Paket erhältst.« Wieder dieser fast schon nebensächliche Ton. Als ob das alles keine weitere Bedeutung hätte. Aber warum sagte er dann all das überhaupt? Er machte weiter und schaufelte sich sein Grab noch tiefer. »Es hätte ja auch für die Detektei sein können. Für einen deiner Fälle. Ich bin ja hier der Chef.«

»Deshalb darfst du dann auch Pakete öffnen, die an deine Tochter adressiert sind?« Die Empörung in Luisa kannte keine Grenzen. »Bei keinem deiner Männer hättest du das gemacht. Solche Sachen machen dich nicht gerade sympathischer. Warum konntest du mich nicht einfach fragen? Warum konntest du nicht einfach mal zu Besuch kommen? Warum nicht irgendwie den Kontakt zu mir pflegen, auf welche Art auch immer? Ich habe es immer wieder versucht.«

Das war ihr ein Rätsel. Aber keines, das sie noch lösen wollte. Vielleicht hätte es noch vor einem halben Jahr anders ausgesehen. Da hätte sie das Gespräch hier als Strohhalm angesehen, und sie hätte ihn mit Sicherheit ergriffen. Jetzt bestätigte es nur, was sie schon wusste. Das Verhältnis zu ihrem Vater war unrettbar zerstört.

»Dann geh jetzt nicht, und wir versuchen es miteinander«, sagte ihr Vater trocken.

Wie lange hatte sie auf solch ein Zeichen gewartet? Darauf, dass er ihr irgendwie zeigte, dass sie ihm nicht egal war, dass es Hoffnung gab für sie beide? Jetzt kam ihr das wie Hohn vor. Viel zu wenig, viel zu spät. Und sie war sich noch nicht einmal sicher, ob es ehrlich gemeint war.

»Jetzt plötzlich? Einfach so? Ich traue dir nicht. Du hast zu viel bei mir kaputtgemacht. Da hilft es auch nicht, dass du mir die Schädel geschickt hast. Weißt du eigentlich, dass ich das als bedrohlich empfunden habe? Ich dachte, da will mir jemand eine saftige Drohung übermitteln. ›Wir wissen, wo du wohnst und was dein morbides Hobby ist, und du wirst auch so enden wie die ganzen Tiere, die an deiner Wand hängen.‹ Weißt du das überhaupt? Nein, natürlich nicht. Weil du dich von mir so weit es ging ferngehalten hast. Von deiner peinlichen, tätowierten, lesbischen, nichtkonformen Tochter, die dir ein Dorn im Auge ist. Sei doch einfach ehrlich. Das wird sich auch nie ändern. *Ich* werde mich nicht ändern.«

Ihr Vater sah nach ihrer Rede fast ein wenig schuldbewusst aus. Aber nur mit viel Fantasie und gutem Willen, und beides war gerade bei ihr aus.

»Aber *ich* kann mich doch ändern.«

Ein Hammer! Aber Luisa ließ es nicht an sich heran. Vielmehr fragte sie sich, warum ihr Vater sie plötzlich halten wollte. Natürlich hätte sie das gern geglaubt, aber es kam zu unerwartet. Der Egon Sander, den sie die letzten Jahre gekannt hatte, hatte immer einen Hintergedanken gehabt, wenn er nett war. Es konnte nicht sein, dass er plötzlich eine vollständige Wandlung hinlegte.

»Das glaube ich nicht«, sagte sie und hörte die ganzen Verletzungen der letzten Jahre in ihrer Stimme. »Lebe Wohl.«

Luisa war schon an der Tür, als sie sich noch einmal zu ihm umdrehte. Er sah tatsächlich ziemlich geschockt aus, wie er da hinter seinem Schreibtisch saß. Ein Häufchen Elend. Vielleicht war es dieser Anblick, der sie ein letztes Mal etwas für ihn tun ließ. Ein letztes Mal seine Tochter sein ließ.

»Vernichte deine Akten zu Dschafarow. Das ist mein Rat zum Abschied.«

Dann ging sie. Endgültig.

◆

Flix tippelte in Minischritten mit Götz durch den Park, aber sie wurde dadurch nicht wie sonst immer ruhig und in sich gekehrt. Heute konnte sie die Unruhe einfach nicht in den Griff kriegen.

Luisa war bei ihrem Vater und noch ein paar andere anstehende Dinge erledigen, wie sie ziemlich mysteriös erklärt hatte. Zu mysteriös für Flix' immer noch nicht so ganz beruhigte Nerven. Sie hätte es gern genauer gewusst. Schließlich hing ihre ungewisse Zukunft da auch mit dran. Und die von Götz.

Sie hatte ihm natürlich wieder alles haarklein erzählt. Wie sie fast ums Leben gekommen wäre und Luisa sie wieder einmal gerettet hatte. Sie hatte den Eindruck gehabt, dass er tatsächlich versucht hatte zuzuhören. Zumindest, als sie erzählt hatte, wie sie angeschossen worden war, hatte sein Blick kurz bei ihr haltgemacht. Sie versuchte nicht zu viel hineinzuinterpretieren, aber fast meinte sie, die OP hätte einen winzig kleinen Effekt auf ihn gehabt. Aber vielleicht war das auch nur Wunschdenken.

Sie betrachtete ihren Paps von der Seite, während sie ihren üblichen Weg durch die kleine Grünanlage zurücklegten. Flix kam es so vor, als ob er heute nicht ganz so langsam ging wie sonst. Auch der Weg hier herunter war ihr problemloser vorgekommen. Aber vielleicht lag das auch einfach daran, dass sie so froh war, überhaupt mit ihm hier durch den Park gehen zu können und nicht von Kugeln durchsiebt in irgendeiner Leichenhalle zu liegen.

Instinktiv fasste sie sich an ihren verletzten Arm, ein Stück unterhalb des Verbandes. Es tat noch weh, aber lange nicht so, wie sie das erwartet hätte. Vor allem nicht, nachdem sie gestern Nacht nicht gerade vernünftig gewesen war. Sie musste schmunzeln. Sie würde es wieder tun, auch wenn der Arm danach Höllenschmerzen verursachen würde.

Hinter ihnen erklangen schnelle Schritte auf dem Kies, und Flix fuhr erschrocken herum. Ihr Herz schlug aufgeregt, und Adrenalin pumpte sofort wieder durch sie, als ob sie wieder auf dem Zaun hinge und ihr Leben in Gefahr wäre.

Aber es war Luisa und kein Mordkommando des feinen Herrn Dschafarow, der ja hinter Gittern saß, und ihr Herz hüpfte plötzlich aus ganz anderen Gründen.

Ihr Paps neben ihr war ebenfalls stehengeblieben und hatte sich umgedreht. Tatsächlich schaute er zu, wie Luisa auf sie zugejoggt kam. Er blinzelte einmal ganz langsam, als ob in seinem Kopf irgendetwas vor sich ging, und Flix war über dieses Verhalten ziemlich überrascht.

Luisa trat zu ihnen, und Flix' Aufmerksamkeit schwenkte für einen Augenblick von Götz zu ihrer Herzensdame. Oh ja, das war Luisa. Auch wenn sie nicht das Sinnbild einer Dame war, wenn man mal ganz ehrlich war.

Als sie gerade in diesen grauen Augen versinken wollte und sich überlegte, wie Luisa eigentlich zu Dingen wie Begrüßungsküsschen oder überhaupt Zuneigungsbekundungen in der Öffentlichkeit stand, wurde sie von einem Geräusch herausgerissen.

Götz neben ihr fing an, Laute zu machen, und Flix blickte ruckartig wieder zu ihm. Er stammelte vor sich hin. Und allein das war schon ein kleines Wunder. Er hatte eigentlich immer nur gegrunzt. Dass er offenbar gezielt versuchte, einen Laut zu produzieren, war fantastisch.

»Llll... Llll... Lllleee«, brachte er über die Lippen.

Und Flix konnte ihn nur anstarren. Aus dem Augenwinkel nahm sie wahr, dass es Luisa genauso ging. Sie beide starrten Götz an, der den Mund experimentell zu bewegen schien, und er fixierte Luisa. So lange hatte er seit seinem Unfall noch keinen Menschen angeschaut. Bewusst und zielgerichtet.

»Lllla... Llllllois!« Das letzte war rausgepresst, triumphierend und heiser. Danach schwenkte sein Blick auch sofort wieder weg.

Aber Flix konnte es trotzdem nicht fassen. Beide starrten sie Götz an, der jetzt wieder wie immer dastand und einfach nur wartete, weitergehen zu können. Geduldig und ganz so, als ob die Welt unbeirrt an ihm vorbeiziehen würde.

Keine von ihnen sagte ein Wort – bis Flix zu Luisa schaute und glücklich lächeln musste. »Sollte das *Lois* heißen? Hat er dich gerade so genannt?«, fragte sie und war so berauscht davon, als ob sie etwas eingeworfen hätte.

Luisa lächelte genauso vergnügt zurück. Und was Flix am meisten begeisterte: Sie sah auch so aus, als ob sie sich für Götz freute. Als ob ihr das auch ans Herz ging und sie vor Freude nicht anders konnte als zu lächeln.

»Mit etwas Fantasie, ja.« Die grauen Augen glitzerten. Alle möglichen Emotionen funkelten daraus hervor. Die meisten glücklich, wie Flix feststellen konnte. Ja, sie konnte das inzwischen lesen. Oder Luisa konnte ihr gegenüber die Granitfassade nicht länger aufrechthalten. Was auch immer es war, es war befreiend. Machte Flix genauso glücklich wie Götz' Sprachversuch.

Sie lachte. So locker und ausgelassen wie seit Wochen nicht mehr. »So wie Supermans Freundin, Lois Lane? Das würde mich zu Superman machen.« Flix warf sich in die Brust und nahm eine Superman-Pose ein. Einen Arm in die Luft gestreckt, bereit zum Abheben. Ihr imaginäres Cape umflatterte sie.

Luisa schnaubte lachend. »Das läuft dir ja voll rein. Träum weiter.« Liebevoll neckend sah sie Flix an und schien sich über ihre Albereien schwer zu amüsieren.

Flix gab die Pose wieder auf und trat ganz nah an Luisa heran. Sie hätte sie küssen können, wenn sie das vorgehabt hätte. »Willst du nachher sehen, was ich drunter trage?«, fragte sie an ihren Lippen.

Wieder lachte Luisa. »Das ist natürlich ein Angebot, dem ich nicht widerstehen kann.« Und dann gab sie Flix tatsächlich einen minikleinen Kuss auf die Lippen. »Komm schon, Superheldin. Dein Paps wartet, dass es weitergeht.«

Und dann tippelten sie einfach weiter, als ob nichts passiert wäre, aber für Flix war gerade ganz viel passiert. Ihre Gedanken vollführten einen freudigen Kreistanz. Ausnahmsweise ließen sie alle Sorgen und Unklarheiten aus und konzentrierten sich nur auf die schönen Dinge.

Bis Luisa sich unerwartet von ihnen losmachte und ins Gebüsch stürzte. Götz und sie blieben stehen und schauten auf das Gebüsch, in dem Luisa zugange war. Sie hatte sich heruntergebeugt und stocherte mit einem Ast im Laub herum. Der Schnee war in den letzten Tagen etwas geschmolzen.

Luisa richtete sich schließlich auf und hielt stolz ein totes Tier auf dem Ast balancierend in die Höhe. Einen Vogel, wie es aussah, einen ziemlich großen, der schon ziemlich lange da gelegen haben musste. Er war nicht mehr vollständig. Eigentlich waren es nur ein Teil des Torsos, ein Flügel und der Kopf.

Flix rümpfte die Nase.

»Hast du eine Plastiktüte?«, fragte Luisa geschäftig. Sie war ganz in den Anblick ihrer Beute vertieft.

»Neeeeiiin«, antwortete Flix angewidert gedehnt. »Was ist das?« Aber eigentlich wollte sie eher fragen: Warum zum Teufel machst du das?

»Ich vermute, ein Graureiher«, lautete Luisas enthusiastische Antwort, und ihr Gesicht strahlte. »Wie der nur hierhergekommen ist?«

Flix war hin- und hergerissen zwischen verständnislosem Ekel und Amüsement über Luisas Eigenwilligkeiten. Noch war nichts entschieden, aber bei Luisas glücklichem Gesicht tendierte sie stark zu Zweiterem. »Keine Ahnung. Mich interessiert mehr, was du damit vorhast. Beerdigen?« Sie fand, das war ein guter Vorschlag, aber sie ahnte bereits, dass das nicht in Frage kam.

»Für meine Sammlung präparieren natürlich. Ich habe bisher nur ganz wenige Vogelarten.« Luisa betrachtete den Vogelkopf fasziniert, schenkte dann aber Flix einen kurzen, unsicheren Blick. Als ob sie darauf gefasst wäre, von Flix eine Standpauke gehalten zu bekommen.

»Da hängt aber noch ziemlich viel Unappetitliches dran«, gab Flix jedoch ihre Zweifel höchst vorsichtig zu bedenken. Sie wusste inzwischen, dass Luisa in manchen Dingen gar nicht so tough war, wie sie wirkte. Für Verletzungen durch Nahestehende war sie ganz offenkundig sehr anfällig.

»Das ist kein Problem. Ich werde das in meiner Badewanne einweichen.« Ganz sachlich, aber auch mit aufgestellten Borsten. In Erwartung des Schlimmsten.

Flix balancierte auf einem Drahtseil. »Ist das dein Ernst?«, fragte sie mit einem Schmunzeln, um Luisa wissen zu lassen, dass hier kein Angriff zu erwarten war. Und dennoch musste es ihr möglich sein, Luisa zu hinterfragen. Sie schaffte das – wie sie ganz unbescheiden fand – immens gut.

»Ich werde sie hinterher mit Chlorbleiche schrubben«, sagte Luisa mit einer Endgültigkeit, die eine Herausforderung war.

Auf die Flix aber nicht einging. Dann war das eben so. Okay, damit müsste sie leben. Es gab Schlimmeres. »Aha. Na dann«, sagte sie deshalb gelassen.

Die schien mit der Antwort zufrieden zu sein und legte die Vogelüberreste vorsichtig neben dem Weg ab. »Ich hol eine Tüte.« Sie sprintete in Richtung Pforte davon.

Flix stellte sich vor, wie Luisa öfters, wenn sie zusammen wären – wie oft auch immer und wie lange auch immer das sein sollte –, tote Tiere vom Wegesrand aufsammeln würde, um ihre Schädel für ihre Sammlung zu präparieren. Skurril war das allemal.

»Worauf haben wir uns da nur eingelassen, Paps?«, flüsterte sie Götz zu, der die ganze Zeit neben ihr gestanden hatte.

Und tatsächlich grunzte er als Antwort. Es hörte sich unglaublich zufrieden an.

◆

»Ich muss dir was zeigen.« Luisa zog Flix hinter sich die Treppe hoch. Vier Stockwerke bis unters Dach ihres Hauses. Hier hatte sie noch eine Art Mansardenzimmer, das zu ihrer Wohnung dazugehörte. Vielleicht hatten hier früher einmal Dienstboten gewohnt. Sie hatte das damals nicht hinterfragt, als sie ihre Wohnung gekauft hatte.

Das Zimmer war bisher ungenutzt geblieben. Sie lagerte hier lediglich ein paar Elektrogerätekartons, die sie nicht hatte wegwerfen wollen. Jetzt kam das Zimmer wie gerufen.

Sie schloss die Tür auf und präsentierte es mit einer Armbewegung. »Was sagst du dazu?«, fragte sie und deutete auf die verhältnismäßig geräumige Kammer mit den zwei Fenstern, den weißen Wänden und den fünf Kartons. Das Zimmer war nicht so hoch wie ihre Wohnung unten, aber die Höhe entsprach heutigen Standards für Wohnbereiche. Außerdem war der alte Riemenboden ganz hübsch.

»Ein Zimmer. Und weiter?« Flix trat neben ihr ein und sah sie fragend an.

Sie konnte natürlich nicht ahnen, was Luisa ihr jetzt gleich vorschlagen würde. Die war deshalb ein bisschen nervös. Sogar ziemlich nervös. Sie hatte sich das reiflich überlegt und war sich ihrer Sache bombensicher. Sie hoffte nur, Flix würde das ähnlich positiv sehen. Und ihr nicht gleich ins Gesicht springen, sobald sie den Mund aufmachte. Nun ja, wer nicht wagt, der nicht gewinnt. Sie würde es einfach vorschlagen und mit der Reaktion dann umgehen müssen.

»Das hier ist nicht nur ein Zimmer. Das hier ist die zukünftige *Detektei Sander & Frenzel*. Oder wie auch immer wir uns nennen wollen, falls du bereit dazu bist.« Es war ausgesprochen. Sie beobachtete jede Regung ihres Gegenübers.

»Detektei Sander und Frenzel?«, fragte Flix.

Luisa konnte nichts daraus lesen. Das war neutral. Eine Nachfrage. Gut, damit konnte sie umgehen. Das ließ sich leicht beantworten. »Naja, okay, der Name Sander ist vielleicht ein bisschen abgenutzt. Hat auch nicht den besten Ruf in der Stadt.« Sie grinste schief, um zu zeigen, wie leicht und locker sie das Ganze nahm. Was aber mit jeder weiteren Sekunde, die verstrich, immer weniger wurde. Dieses Lockere. Im Gegenteil – sie bekam so langsam richtig Nervenflattern. »Wir können auch etwas anderes nehmen. SF Detektei. Oder was auch immer.«

Flix sah sie an wie ein Auto. »Du willst mit mir eine Detektei gründen? Mit mir? Mit meinem Hintergrund auf der anderen Seite des Gesetzes?«, fragte sie dann reichlich ungläubig.

»Ja natürlich, das ist doch ideal«, argumentierte Luisa. Nicht, weil sie Flix überreden wollte, sondern weil sie das wirklich so sah. »Du hast tausend Tricks auf Lager, die ich nicht ansatzweise kenne.«

Wieder so ein Blick von Flix, den Luisa nicht richtig deuten konnte. Ungläubig war er, aber da war auch noch was anderes, das sie nicht einordnen konnte. Ablehnung? Geringschätzung? Oder war es eine simple Zurückweisung ihres Vorschlags?

»Und wir würden das hier in diesem Zimmer machen?« Flix schien sich weiterhin auf simple Fragen zu beschränken. Und noch hatte sie nicht nein gesagt.

»Nur die Büroarbeit. Alles andere natürlich nicht. Und wenn es dann mal so richtig angelaufen ist, können wir uns auch richtig gute Räume anmieten. Und du hättest die Möglichkeit, mit dem Einkommen Götz' Unterhalt zu bestreiten. Auf lange Sicht. Wenn das Gold mal alle ist.«

Flix sah zwar immer weniger verwirrt aus, je länger das Gespräch dauerte, je mehr Argumente Luisa lieferte, schien aber noch immer nicht Feuer und Flamme, wie sie es sich erhofft hatte.

Sie standen an der Eingangstür wie die Ölgötzen, und Luisa traute sich keinen winzigen Schritt zu machen, so angespannt war sie.

»Ich hab doch gar keine Lizenz, oder wie das heißt.« Flix hatte noch einen Einwand auf Lager. Und tatsächlich war das sogar ein sehr guter Einwand.

Aber natürlich hatte Luisa auch daran gedacht und dafür eine Lösung. »Das macht doch nichts, weil ich alles habe, was man braucht. Du könntest das alles nach und nach erwerben. Oder du fängst nebenher ein Studium an. Kunstgeschichte zum Beispiel. Dann könnten wir auch noch Gutachten und Kunsttransporte anbieten. Oder Diebstahlschutz für Kunstobjekte.«

Luisa war enthusiastisch und sprühte vor Ideen. Sie merkte natürlich, dass sie Flix überrumpelt hatte und wusste, sie musste ihr Zeit zum Verdauen geben. Aber sie sah die Zukunft in golden glänzenden Farben vor sich. Wenn Flix nur zusagen würde, dann wäre es ihre gemeinsame berufliche Zukunft. Es stand ihnen alles offen. Jetzt, da alles andere aus dem Weg geräumt war. Sie musste Flix nur noch davon überzeugen. Am besten jetzt sofort.

In Flix' Augen hatte bei dem Stichwort *Kunst* ein Funke angefangen zu glühen. »Paps, wollte auch immer, dass ich Kunstgeschichte studiere. Weil ich eh schon alles weiß, hat er immer gesagt. Man könnte fast meinen, ihr habt euch abgesprochen.« Sogar ein Schmunzeln umspielte jetzt ihre Lippen.

Das Blatt schien sich zu Luisas Gunsten wenden. Deshalb traute sie sich auch, daraus einen lockeren Scherz zu machen. »Ja, haben wir. Heimlich. Hinter deinem Rücken. Er fände es auch gut, wenn du seine Miete auf ehrliche Art und Weise verdienen würdest und nicht mehr deinen Kopf für ihn hinhalten müsstest.« Sie schmunzelte. Irgendwie spürte sie, dass Flix' Vater sie mochte. Nicht nur, weil er ihren Namen gesagt hatte. Das kam dazu, aber eigentlich war es mehr so ein Gefühl. Und wenn er wirklich insgeheim das Gleiche wollte wie sie, umso besser. Eine legale Zukunft für Flix.

»So, wie er auf dich reagiert ... ich glaube, er sieht dich als Schwiegertochter«, sinnierte Flix, und jetzt leuchteten ihre Augen regelrecht.

Luisa war darüber kurz schockiert. »Meinst du?« Vor so etwas wäre sie mit Sicherheit vor ein paar Monaten davongelaufen. Aber jetzt, fand sie, klang das gar nicht sooo schrecklich. Und vielleicht übertrieb Flix auch etwas.

»Ich kenne meinen Paps. Ich kann jedes Wimpernzucken lesen«, sagte Flix mit Überzeugung. Das würde sie jetzt einfach mal so stehenlassen.

»Okay, und was ist jetzt mit dem Rest? Mein Vorschlag?«

Flix sah sie lange an, und Luisa wurde es ganz unheimlich zumute. Wahrscheinlich dachte Flix darüber nach, wie sie ihr möglichst schonend einen Korb geben könnte. Sie musste sich darauf gefasst machen. Schließlich war es wirklich nur ein Vorschlag. Ein, wie sie fand, zwar ordentlich und gut durchdachter Vorschlag, aber dennoch. Es würde ihrer Beziehung keinen Abbruch tun, wenn Flix andere Pläne hätte oder sich das nicht vorstellen könnte. Das musste sie dann gelten lassen und akzeptieren.

»Okay«, sagte Flix schließlich und ging weiter ins Zimmer hinein.

Luisa schnappte nach Luft und blieb an der Tür stehen. Das war unerwartet, und sie konnte nicht glauben, dass es so mühelos sein sollte. »Einfach so?«

Flix bedachte sie mit einem nachdenklichen Ausdruck. Jetzt käme der Einwand.

»So ein klitzekleiner Einbruch ab und zu mal. Das muss aber schon drin sein.« Kurz blieb sie ernst, dann grinste sie breit und machte einen hüpfenden kleinen Schritt vor Übermut.

»Flix!«, rief Luisa gespielt empört.

»War nur ein Scherz«, lachte sie. »Wann geht es los mit unserer Detektei?« Sie ging zwischen den Kartons hin und her. Schubste einen Karton spielerisch zu Luisa herüber.

Die stoppte ihn mit dem Fuß und schenkte ihr ein kleines Augenrollen für ihre Verspieltheit. Im Grunde aber freute sie sich darüber. Sehr sogar. Wenn Flix in dieser Stimmung war, war sie wirklich dabei bei ihrem Vorschlag.

»Eigentlich sofort. Ich habe schon einen ersten Auftrag an der Hand. Versicherungsbetrug. Diebstahl eines teuren Gemäldes, das vermutlich gar nicht gestohlen wurde. Wir ermitteln für die Versicherung.« Luisa war sich sicher, dass die meisten ihrer bisherigen Kunden – die Firmen, die seriös waren und die sie auch selbst akquiriert hatte – zu ihr wechseln würden. Das würde für den Anfang schon völlig ausreichen.

»Klingt, als ob es genau meine Wellenlänge wäre.« Flix rieb sich die Hände. Sie schien sich wirklich zu freuen über die Aussicht, jemandem, der sich für ganz schlau hielt, auf die Schliche zu kommen.

»Das dachte ich mir auch.«

Flix mit ihrer Gewieftheit würde solche Schmalspurbetrüger mit Sicherheit sofort durchschauen. Diese Kombination aus messerscharfem Verstand, krimineller Energie und umwerfendem Aussehen fand Luisa nahezu unwiderstehlich. Sie war solch ein perfekt geschnürtes Paket, dass es ihr fast unwirklich erschien. Hätte sie sich eine Frau backen müssen oder wie Frankenstein zusammenbasteln, sie hätte alle Einzelteile, aus denen Flix bestand, gewählt. Alle. Auch die, die sie zu einer solch meisterhaften Diebin machten.

Das musste sie sich inzwischen eingestehen. Dass ein großer Anteil von Flix' Reiz auch ihre besonderen Fähigkeiten waren. Dass sie so lange so erfolgreich gewesen war, dass niemand ihr auf die Schliche gekommen war. Außer Luisa. Aber das waren auch besondere Umstände gewesen.

Flix strahlte sie keck an. Dieser freche Ausdruck bedurfte einer adäquaten Antwort. Und ihre Antwort war seit der Nacht des Einbruchs immer die gleiche.

Luisa stieß die Tür zum Treppenhaus mit einem Fuß zu. Sie konnte ihre Hände einfach nicht von Flix lassen. War süchtig nach ihr. Danach, sie zu berühren, sie zu haben. Aber auch umgekehrt, sich von ihr berühren zu lassen, sich ihr hinzugeben. Es war beides, und das erstaunte Luisa wirklich gehörig. Dass sie selbst so gut war im Sich-Hingeben. Sich Flix hingeben. Denn daran bestand kein Zweifel. Es war Flix und Flix allein, die das mit ihr machte. Nachdem sie einmal erlebt hatte, wie es war, konnte sie nicht genug davon kriegen. Von diesem Gefühl des Einsseins mit Flix. Auf allen Ebenen. Von diesen überwältigenden Empfindungen.

Sie ging auf Flix zu, die mit einem wissenden Lächeln vor ihr zurückwich. Vor Luisa davontänzelte, bis sie mit dem Rücken an der Wand landete. Luisa presste sich an sie, in voller Länge. »Du kannst mir nicht entkommen.« Ihre Nasenspitzen berührten sich fast.

»Will ich das denn? Vielleicht habe ich dich ja auch in eine ganz besonders ausgeklügelte Falle gelockt.«

Typisch Flix. Und das machte Luisa gewaltig an. »Beides wäre zu meinem Vorteil.« Sie dachte, damit hätte sie wieder die Oberhand gewonnen, aber Flix' Hand fuhr in ihre Jeans.

»Oder zu meinem.«

Damit war die Konversation beendet. Flix hatte gewonnen. Oder vielleicht hatte auch in Wahrheit sie gewonnen. Egal. Ihre Nässe sprach Bände. Für keine Frau war sie jemals so schnell so nass geworden. Sie fiel in diese blauen Augen hinein, und wieder einmal schauten sie sich an, wie sie es schon so oft getan hatten. Der intensive Blick tat sein Übriges.

Sie hatten ja in ihren Anfangszeiten schon einmal auf diese Art Sex gehabt, und sie hatte nur nicht erkannt, was das zu bedeuten hatte. Hatte nicht erkannt, dass bereits da Flix von ihr Besitz ergriffen hatte.

Luisa stöhnte, als Flix weiter in ihr Höschen vordrang und anfing, sie geschickt zu streicheln. Sie musste das inzwischen nicht einmal mehr bewusst zulassen. Es kam einfach aus ihr heraus. Seit ihrer ersten Nacht miteinander war das so. Sie hätte gar nicht gewusst, wie sie die Dämme wieder hätte errichten sollen. Denn Flix war wirklich gut darin, sie in gefühlt zwei Sekunden von null auf hundert zu bringen. Leider – weil diese neue sexuelle Luisa, die sie war, sich gern länger den Gefühlen hingeben wollte, die Flix in ihr hervorrief.

Deshalb stürzte sie sich jetzt in einen Kuss mit ihr, weil sie hoffte, das Unausweichliche damit hinauszuzögern. Aber sie kam einfach. Mit einem langen Aufstöhnen presste sie sich an Flix und biss ihr in ihrer Ekstase in den Hals, so dass auch Flix aufstöhnte. Vor Lust, nicht vor Schmerz – das wusste sie, weil Flix ihr anvertraut hatte, in gewissen Momenten maßlos darauf zu stehen. Nämlich wenn Luisa kam. Und sie kam immer noch. Sie presste ihre gierige, zuckende Mitte an Flix' Hand. Keine Sekunde davon wollte sie verschwenden oder unnütz verstreichen lassen.

Als es viel zu schnell vorbei war, fühlte sie sich ganz schwach und wäre fast nach unten gerutscht, wenn Flix sie nicht gehalten hätte.

Flix lachte ein wenig. Ein kleiner Triumph lag in diesem Lachen. Dass sie Luisa so aus den Fugen heben konte. Natürlich. Das war Flix. Aber es war auch so unendlich liebevoll, wie sie sie streichelte und an ihrem Haaransatz knabberte.

»Du bist unmöglich, weißt du das?« Luisas Atem hatte sich noch immer nicht beruhigt, und sie schnaufte in Flix' Halsbeuge, halb belustigt, halb immer noch angeturnt von ihrer frechen Geliebten. Trotz des Orgasmus', den sie ihr gerade beschert hatte. Aber ihre Lust war mit Flix immer nur dann wirklich befriedigt, wenn sie sie genauso zum Dahinschmelzen gebracht hatte.

»M-hm, ja, schon möglich. Vielleicht solltest du etwas dagegen unternehmen.«

Das ließ Luisas Kopf schneller hochschnellen, als sie es bei ihrem aktuellen Energielevel für möglich gehalten hätte. »Oh?

Denkst du?« Flix würde es gleich nicht anders ergehen als ihr. Sie würde sie nach allen Regeln der Kunst verwöhnen. Gleich hier – sozusagen als Einweihung ihrer neuen Detektei.

»Definitiv.«

Mehr brauchte es nicht, um Luisas Hände ganz flink werden zu lassen. Im Nu hatte sie Flix' schwarze Hose geöffnet und das heutige Unterhöschen freigelegt. Ein Wonder-Woman-Tanga. Sehr hübsch. Aber damit konnte sie sich jetzt nicht befassen. Ganz die Superheldin flog Wonder Woman nur wenige Augenblicke später quer durch den leeren Raum und landete auf einem der Kartons.

Ihre Besitzerin wurde auf ganz andere Art zum Abheben gebracht. Auf ganz und gar menschliche. Obwohl der Schrei, mit dem sie kam, als Schallwaffe einer Superheldin gelten konnte, wie Luisa fand. Und sie war für diese Superkraft verantwortlich. Nicht schlecht.

Epilog

Sie betraten zusammen das Anti Schoko und wurden von allen Seiten gegrüßt. Es war schön, wieder einmal hier, in ihrem alten Revier zu sein. Umso besser, dass sie jetzt zusammen mit Luisa hier sein konnte.

Alf war zwar nicht begeistert gewesen, als Luisa ›gekündigt‹ hatte, aber er hatte sich eingekriegt. Und Dirk war seit einiger Zeit wie vom Erdboden verschluckt. Das war auch besser so. Sie hätte ihm nicht begegnen wollen.

Mit einem Gin und einem Orangensaft ließen sie sich in der Sofaecke nieder. Früher war Flix' Stammplatz ja an der Theke gewesen. Mit Luisa war sie jedoch bereit, aus ihrer Komfortzone herauszukommen und Neues auszuprobieren. So, wie Luisa auch schon für sie sehr viel Neuland betreten hatte.

Kaum, dass sie saßen, kamen alle möglichen Gäste auf einen Schwatz vorbei und wollten wissen, warum Flix schon so lange nicht mehr hier gewesen war, warum Luisa nicht mehr bediente, seit wann sie zusammen waren und alles Mögliche weitere. Es war nett und fühlte sich gut an.

Sie saß an Luisa gekuschelt auf der Couch, Luisas Hand auf ihrem Schenkel, und ließ sich einfach in diesen Abend hineinfallen.

Seit zwei Wochen lief ihre Detektei jetzt schon, und den ersten Fall hatte Flix bereits gelöst. Es war gar nicht so einfach gewesen, und sie hatte ihr Hirn mächtig anstrengen müssen. Und genau das war der größte Spaß daran. Dass sie eine Herausforderung gefunden hatte. Eine, die fast so erfüllend war, wie einen perfekten Einbruch hinzulegen. Fast.

Luisa hatte schon weitere Aufträge am Start. Wenn das so weiterginge, könnten sie gleich expandieren und noch jemanden einstellen. Große und schicke Büroräume anmieten.

Aber die vernünftige Luisa mahnte zur Vorsicht. Erst einmal abwarten. Es könnte ja auch Flauten geben. Und Götz' Unterhalt durfte nicht außer Acht gelassen werden. Luisa war da inzwischen fast so engagiert wie Flix selbst. Natürlich hatte sie recht mit ihrer Besonnenheit, sie kannte sich ja in der Branche auch viel besser aus.

Auf alle Fälle würde sich Flix für ein Fernstudium in Kunstgeschichte einschreiben. Dazu hatte sie sich jetzt entschieden. Was Luisa über eine Ausweitung der Detektei in Sachen Kunstgutachten, Kunsttransporten und Expertisen in Diebstahlschutz für Kunstobjekte gesagt hatte, klang sehr vernünftig. Das würde ihr sicherlich Spaß machen und wäre vermutlich auch lukrativ, wenn man sich all die reichen Menschen vorstellte, die Angst um ihre wertvollen Sammlungen hatten. Sie wusste nur zu gut, dass die berechtigt war.

Aber sie konnte sich nicht vorstellen, wie es wäre, an einer Uni zu hocken. Zumindest nicht mit Erstsemestern, die keine Ahnung davon hatten, wie die Welt tickte. Sie würde noch sehen müssen, wie gut die akademische Ausbildung mit einer ehemaligen Diebin kompatibel wäre. Auf alle Fälle würde sie es angehen. Der stolze Blick, den Luisa ihr geschenkt hatte, als sie ihr die Anmeldeunterlagen gezeigt hatte, war es allemal wert.

Flix ließ ihren Blick entspannt schweifen und nippte an ihrem Gin. Es war noch nicht wirklich voll in der Kneipe. Später würden sich die Leute hier wie üblich reinquetschen und dann wie die Ölsardinen stehen.

Sie hatte also noch einen ungehinderten Blick auf den Eingang, von dem sie auch Gebrauch machte. Deshalb sah sie auch sofort, wer da als nächstes das Anti Schoko betrat. Und musste nach einer Schrecksekunde unwillkürlich lachen. Das war beinah absurd.

»Wer sind die beiden?«, fragte Luisa erstaunt über Flix' plötzlichen Lachanfall.

»Das ist eine lange Geschichte. Eine gaaanz lange.«

Es war unfassbar, dass sie jetzt in der gleichen Kneipe gelandet waren: ihre zwei Sexmonster im Anti Schoko. Wer hätte überhaupt gedacht, dass sie die beiden Frauen jemals irgendwo wiedersehen würde? Sie hatte sich ja öfter mal gefragt, wie die beiden wohl reagiert hatten, als sie von dem Goldraub gehört hatten. Oder vielleicht hatten sie das ja auch gar nicht erfahren und sich dann gewundert, dass die schreckliche Ex gar nicht reagiert hatte. Das alles hätte Flix ja schon brennend interessiert.

»Und, wirst du sie mir erzählen?« Luisa klang neugierig. Als ob sie eine typische Flixgeschichte erwarten würde und sich darauf freute, sie zu hören.

»Hm? Ja, sicher.« Flix beobachtete gespannt, wie die beiden an der Theke Getränke besorgten und sich dann nach einem freien Platz umschauten. Ihr fielen fast die Augen heraus, als sie sich zu ihnen in Richtung Sofaecke wandten. »Aber besser später.«

Die beiden blieben höflich vor der Sofaecke stehen. »Ist hier noch frei?«, fragte die Blonde.

Flix konnte nicht reagieren, aber Luisa sagte schmunzelnd: »Na klar.«

Flix starrte die beiden mit offenstehendem Mund an, was nicht unbemerkt bleiben würde, das war ihr schon klar. Aber sie konnte nicht anders. Wenn die beiden nur wüssten. Kurz wurde es ihr heiß, richtig siedendheiß, und sie befürchtete sogar, rot zu werden, was ihr in im ganzen Leben noch nicht passiert war.

»Alles klar?« Die Blonde hätte auch sagen können ›Was glotzt du mich so an, du blöde Kuh?‹, aber sie war offensichtlich eine höfliche Person. Eine höfliche Person mit einem extrem schlechten Geschmack in Sachen Sextoys. Und merkwürdigen Angewohnheiten im Bett.

Bevor sich Flix gedanklich in Dinge verstricken konnte, die einem Gespräch nicht zuträglich wären, versuchte sie die Kurve zu kriegen, und die einzige Erklärung, die ihr für ihr Verhalten einfiel, kam ihr – wie sie fand – recht flapsig und cool über die Lippen. »Irgendwoher kenne ich dich.«

Luisa beobachtete mit einem amüsierten Schmunzeln die Szene, die sich da entfaltete. Obwohl sie ja nicht ahnen konnte, worum es ging, ergötzte sie sich daran.

»Ich bin Sextoy-Macherin«, erklärte die Blonde und setzte sich auf das zweite Sofa, das auf Eck zu ihrem stand. Die Hellbraune ließ sich neben ihr nieder. »Vor ein paar Monaten gab es über mich einen Artikel in einer Lesbenzeitung. Daher vielleicht.«

Flix war sehr dankbar über diese Wendung und plapperte ohne zu denken drauflos. »Ah ja, kann sein. Du hast doch so einen Weihnachtsmanndildo entworfen, stimmt's?« Smalltalk, okay. Das war unverfänglich. Nach ein paar gewechselten Sätzen könnte sie das Kneipengespräch beenden und sich wieder Luisa zuwenden.

»Ja, das ist mein Entwurf. Gefällt er dir?« Die Blonde strahlte plötzlich, und die Hellbraune tätschelte sie stolz.

Oh Mann, da hatte sie sich wieder in was reingequatscht. Ein Versuch in Diplomatie war angebracht.

»Das Ding hat mir die besten Erlebnisse meines bisherigen Lebens eingebracht.«

Das löste eine Runde *Ohs* und *Ahs* aus, die lautesten von Luisa, die natürlich wusste, was gemeint war und es auch schaffte, sich leicht sarkastisch anzuhören. Na ja, sie kannte die Geschichte ja erst ab dem Zeitpunkt, als sie ihn ihr im Anti Schoko unter die Nase gehalten hatte.

Als Flix gerade dachte, sich endlich entspannen zu können, hatte die Blone eine äußerst unangenehme Frage.

»Woher kennst du ihn eigentlich? Ich hab leider das diesjährige Weihnachtsgeschäft verpasst. Er ist nicht rechtzeitig fertig geworden.«

»Irgendwo gesehen. Weiß nicht mehr.« Flix biss sich auf die Lippe. Sie hätte Santa definitiv nicht erwähnen sollen. Mist, sie redete sich noch um Kopf und Kragen. Luisa hatte bereits merklich aufgehorcht. Das gäbe später ein paar schöne Nachfragen. Und wie sie Luisa kannte, würde sie auch jedes noch so kleine Detail aus ihr herauskriegen.

»Schade, hätte mich schon interessiert. Weil an Weihnachten in meine Werkstatt eingebrochen und einer von fünf bereits produzierten gestohlen wurde.«

Das wurde ja immer besser. Flix schwitzte Blut und Wasser.

Luisa klinkte sich ein. »Wirklich? Na sowas! Wie kann denn sowas passieren?«, fragte sie ungläubig, aber Flix hörte jede Nuance heraus. Luisa genoss es, dass sie auf glühenden Kohlen geröstet wurde.

Der Blonden schien aber nichts aufzufallen, und sie erzählte ausführlich von dem Einbruch. Ihre Freundin saß daneben und himmelte sie an.

Schließlich streckte die Blonde die Hand aus. »Ich bin Betti. Das ist meine Freundin Jessi.«

Die Hellbraune schien schüchtern zu sein und nicht viel zu reden. Was Flix in diesem Moment sehr recht war. Wer weiß, was der womöglich sonst noch einfallen würde.

»Freut mich. Freut mich wirklich sehr, euch kennenzulernen. Das ist meine Freundin Luisa. Sie kann Santa nicht ausstehen.«

Dieser kleine Seitenhieb musste einfach sein. Dafür hatte Luisa es zu sehr genossen, wie sie im Gespräch gelitten hatte.

»Luisa, hallo. Magst du grundsätzlich keine Sextoys, oder kann ich dich vielleicht mit einer anderen Arbeit überzeugen?«, fragte die Blonde, von der sie jetzt wusste, dass sie Betti hieß, ganz geschäftstüchtig.

Luisa lachte nur ganz locker darüber. Hatte Luisa eigentlich anfangs überhaupt gelacht, als sie sich kennenlernten? Flix hätte gern ein Weilchen darüber nachgedacht, aber Luisas gutgelaunte Antwort lenkte sie ab.

»Flix ist eine furchtbare Geschichtenerzählerin. Glaub ihr kein Wort. Außerdem hab ich zu Hause schon eine Arbeit von dir. Einen grünen Drachen.«

»Was?«, rief Flix, noch bevor Betti etwas erwidern konnte. »Davon weiß ich ja gar nichts. Warum weiß ich davon nichts?« Sie fixierte Luisa mit einem strengen Blick.

Aber die lächelte sie nur liebevoll an. »Weil du noch alle Zeit der Welt hast, alles über mich zu erfahren.«

Und das ließ Flix geradezu dahinschmelzen.

»Sind die nicht süß?«, hörte sie Jessi fragen. Jetzt machte sie den Mund auf, jetzt, da sie ihn auch einfach hätte halten können.

Und Flix hätte ihr am liebsten was erzählt, von wegen ›süß‹. Piratinnen waren nie süß. Superheldinnen auch nicht. Die waren sexy, die waren wild, die waren atemberaubend. Nicht süß. Auf keinen Fall süß.

Aber sie war zu sehr gefangen von kristallklaren Gletscherseen in Luisas strahlenden grauen Augen.

Alle Zeit der Welt. Mit Luisa wollte sie das. Und Luisa ganz offensichtlich auch mit ihr. Das klang doch so ziemlich perfekt.

ENDE

Weitere Titel

bei édition el!es

Jenny Green: Stadtlichter

Roman

In dieser Fortsetzung der Romane »Über den Dächern der Stadt« und »In den Gassen der Stadt« wird die Beziehung zwischen Lisa und Emma auf eine harte Probe gestellt.
Nach einem schweren Unfall leidet Lisa an Amnesie und kann sich weder an Emma noch an ihre Liebe zueinander erinnern. Emma gibt ihr Bestes, um Lisa und ihr Gedächtnis zurückzugewinnen, doch Lisa flüchtet schließlich aus Regensburg in die ihr vertraute Umgebung ihrer Kindheit. Die Beziehung zerbricht, beide entfernen sich mehr und mehr voneinander, stürzen sich in neue Abenteuer – eine gemeinsame Zukunft scheint immer aussichtsloser, es sei denn, Lisas Erinnerungen kehrten doch noch eines Tages zurück . . .

Julia Schöning: Einsatz zum Glück

Roman

Erst eine wichtige Prüfung im Jurastudium vermasselt, dann ein schwerer Fahrradunfall – das Schicksal meint es nicht gut mit Luisa. Dann jedoch weckt Oberärztin Christine, die sich im Krankenhaus auffallend fürsorglich um sie kümmert, zärtliche Gefühle in ihr. Zuerst will Luisa das nicht zulassen, und auch Christine scheint gegen ihre Gefühle für Luisa anzukämpfen, aber als Luisa entlassen wird, versuchen sich beide näherzukommen. Altlasten aus Christines Vergangenheit erschweren das, und als Luisa wieder in die Klinik muss, wittert Christines Erzfeind Oberarztkollege Holger Falkenheim auch noch seine Chance, Christine wegen unethischen Verhaltens endlich loszuwerden. Ein tragischer Familienvorfall reißt sie endgültig von Luisa weg; die Chance einer glücklichen Beziehung ist kleiner denn je . . .

Lo Jakob: Fotografisches Gedächtnis

Roman

Die Kölner Boutiquebesitzerin Tülya Metin hat ihre erste eigene Modekollektion entworfen und engagiert die renommierte Modefotografin Ellis Mönchberg, um erstklassige Fotos davon zu schießen. Aber wer hätte gedacht, dass sich Ellis in Sachen freundschaftlicher Annäherung als solch ein harter Brocken herausstellen würde, dass selbst Tülya mit ihrem umwerfenden Charme auf Granit stößt. Doch die ehemalige Kriegsfotografin hat ihre Gründe, warum sie so zurückhaltend ist: Ihr Herz ist versteinert. Das redet sie sich zumindest ein. Da ist so eine lebensfreudige Tülya nur ein Ärgernis. Ellis will ihren Auftrag erledigen und sich wieder in ihr Schneckenhaus zurückziehen. Aber so einfach geht das alles natürlich gar nicht . . .

Ruth Gogoll, Haidee Sirtakis, Toni Lucas u.a.: Die Weihnachtsausladung

Romantische Weihnachtsgeschichten

Wenn die neue große Liebe ihre Nächte scheinbar lieber mit der (angeblichen) Ex verbringt, dann landet der gemeinsam gekaufte Weihnachtsbaum im Keller. Doch es wäre keine romantische Weihnachtsgeschichte, wenn am Ende nicht alle glücklich würden, oder? Und so ergeht es allen Verliebten im diesjährigen Geschichtenband, der unter keinem lesbischen Weihnachtsbaum fehlen sollte. Im Wohnzimmer. Festlich geschmückt. Um die Herzen zu erwärmen an trüben und kalten Dezembertagen . . .

Ruth Gogoll: Wie Honig so süß

Roman

Die arme Irin Emma O'Leary ist als Kind mit ihrer Familie vor der Hungersnot in Irland nach Amerika geflohen. Kaum erwachsen muss sie schon hart als Näherin in der Schneiderwerkstatt eines Modesalons arbeiten. Dort gehen arrogante, reiche New Yorkerinnen ein und aus, für die Emma Kleider näht, die sie sich selbst niemals leisten könnte. Jedoch hat sie den Traum, mehr aus ihrem Nähtalent zu machen und dem Joch der Armut zu entfliehen.

Eine besonders arrogante Kundin ist die junge Lady Francie Cunningham, die Emma zu sich nach Hause bestellt. Die Anproben im Herrschaftshaus werden bald sinnlicher und erotischer, denn Francie hat nicht nur Interesse an den Kleidern, sondern an Emma selbst. Auch Emma wird überflutet von völlig unbekannten Gefühlen. Für kurze Zeit sind Francie und Emma heimlich glücklich, doch da bricht der amerikanische Bürgerkrieg aus und schleudert ihre Schicksale in eine ungewisse Zukunft . . .

Sima G. Sturm: Vorsicht, bissig!

Roman

Temperamentvoll und voller Abneigung gegen die Polizei – so lernt Kriminalkommissarin Dana Peters die wegen kleinerer Delikte zur Vernehmung geladene Juliane Köhler kennen. Der Anziehungskraft, die von Juliane ausgeht, kann Dana nicht lange widerstehen. Schon nach wenigen Tagen verbringen sie einen leidenschaftlichen One-Night-Stand miteinander, nach dem Juliane sich in Luft auflöst.
Ein neuer Fall für Dana im Rotlichtmilieu führt sie jedoch wieder zusammen, denn Juliane kümmert sich als Sozialarbeiterin um gestrauchelte und sozial benachteiligte Jugendliche. Ein neues Date, ein Versuch einer Beziehung – doch die Verstrickung in Danas Fälle, nervende Anwältinnen und Julianes geheimnisvolles Privatleben werfen ihnen immer wieder Stolpersteine in den Weg . . .

Haidee Sirtakis: Liebeszauber über Kreta

Roman

Die lose miteinander verbundenen Romane »Vertrauen ist ein zerbrechliches Geschenk«, »Unter Kretas Sternen« und »Zeit zu lieben« finden unter der Sonne Kretas ihren Abschluss.
Naomi kann ihre unglückliche Beziehung zu Andrea nicht retten, lernt jedoch schon bald Isabelle kennen – strikt hetero. Aber sie verbringen immer mehr Zeit miteinander, Zeit, in der Naomis Gefühle für Isabelle immer intensiver werden. Die Angst, dass ihre Gefühle nie erwidert werden, gräbt sich tiefer, und Naomi glaubt, sehenden Auges ins nächste Unglück zu stürzen . . . Währenddessen wollen sich Regina und Chiara auf Kreta nochmals (symbolisch) das Ja-Wort schenken, was plötzlich an unvorhersehbaren Ereignissen zu scheitern droht . . .

Ruth Gogoll: Alles nur aus Liebe

Roman

Die neue Stelle bei einem Fernsehsender ist für Landei Lisa eine ziemliche Herausforderung, vor allem, weil die Chefin Veronica Hart rücksichtslos langjährige Erfahrung voraussetzt. Doch Lisa behauptet sich und jongliert neben ihrer Hauptarbeit souverän mit den Terminen von Veronicas unzähligen Affären. Bis sie eines Tages selbst zum Temin wird – auf der einen Seite angezogen von Veronicas Charme, auf der anderen Seite will sie kein weiterer Eintrag im Kalender werden. So bleibt sie auf Distanz, bis Veronica nach einem Unfall ihre Hilfe braucht . . .

Toni Lucas: Affäre mit Aussicht

Roman

Wenn Nele Wagner an ihrem Arbeitsplatz im One World Trade Center über ihren Aktenbergen sitzt, sehnt sie sich nach dem, was sie wirklich gut kann: Whiskey-Sorten beurteilen und über ihre Reisen bloggen. Doch ihre Firma, die mit edlen Spirituosen und Konfekt handelt, hatte anderes mit ihr vor. Einziger Lichtblick ist ihre neue Chefin Olivia sowie die heißen Nächte mit ihr. Die merkwürdige Eigenschaft Olivias, immer wieder zu verschwinden, treibt Nele während einer Tour durch Kentucky in die Arme der Pferdezüchterin Liz – doch zurück in New York merkt Nele, dass sie in Liz *und* Olivia verliebt ist . . .

Jule Richter: GrenzLust 2

Roman

GrenzLust 2 ist die Fortsetzung der Geschichte von Mona und Ella. Nachdem sie am Ende des ersten Teils beschlossen hatten zusammenzuziehen, machen sie nun Nägel mit Köpfen: Ella zieht bei Mona ein, und sie versuchen sich in einer Beziehung, die den Tücken des Alltags standhalten kann. Die gemeinsame Leidenschaft für die dominant-devote Erotik stellt die immer funktionierende Verbindung zwischen den beiden Frauen dar, und an Ausflügen in die Welt des SM mangelt es auch in Teil 2 nicht; es wird spannend, abwechslungsreich und hin und wieder auch ein bisschen komisch.

Lo Jakob: Die Honigfalle

Roman

Weil die erfolgreiche Managerin Maria ihre Nerven und sich nicht mehr im Griff hat, nimmt sie eine Auszeit auf dem Land, um ihren dement en Großonkel zu pflegen. Und damit platzt sie in das gemütliche Einsiedler-Leben der Imkerin Theresa, die sich als Nachbarin bislang um Großonkel Willi gekümmert hat. Zoff ist programmiert und gipfelt im Einsatz des Sprengmittelbeseitigungsdienstes.
Doch mit Willis Ableben ändert sich alles, denn ein unerwartetes Testament, dunkle Geheimnisse in der Familiengeschichte und eine

raffgierige Verwandtschaft schweißen Maria und Theresa mehr zusammen, als ihnen zunächst lieb ist . . .

Haidee Sirtakis: Zeit zu lieben

Roman

In »Zeit zu lieben« wird die Geschichte von Michi und Thea aus Haidee Sirtakis' Roman »Vertrauen ist ein zerbrechliches Geschenk« weitererzählt.
Michi droht der Burnout und Thea versucht, die Beziehung zu retten, indem sie ihre Liebste davon überzeugen will, ihr Arbeitspensum zu reduzieren. Da taucht Michis Ex Jasmin auf und verschlimmert die Lage noch. Gefangen in einem Teufelskreis aus Arbeit und widersprüchlichen Gefühlen zu Thea, Jasmin und ihrer neuen Therapeutin, versucht Michi den Befreiungsschlag in einem Fechtwettkampf . . .

Catherine Fox: Flammender Sommer

Liebesgeschichte

Eine Trennung per SMS, und Michaela sieht keinen Sinn mehr in ihrem Leben. Da schickt ihr das Schicksal Amanda ins Haus, die ausgerechnet in dieser verlassenen Gegend Italiens eine Autopanne hat. Nach einer Liebesnacht bleiben sie zunächst beruflich verbunden, bis Michaelas Ex wieder auftaucht und die Ereignisse eine dramatische Wendung nehmen . . .

Catherine Fox: Das Haus auf den Klippen

Liebesroman

Auf einem alten Leuchtturmwärterhaus an der irischen Steilküste lastet ein Fluch: Der Geist einer Ermordeten gehe darin um. Lucy lässt sich davon nicht abschrecken, kauft das Haus und renoviert es. Zunächst hält sie erste Begegnungen mit dem Geist Kyra für Hirngespinste, doch dann beginnt sie über die Herkunft des Fluches nachzuforschen und entdeckt eine dramatische Geschichte um Kyras mysteriösen Tod vor hundertfünfzig Jahren. Allerdings . . . wenn die Wahrheit ans Licht kommt, wird Kyra ihren Seelenfrieden erhalten und für immer verschwinden – Lucy jedoch hat bereits ihr Herz an Kyra verloren . . .

Angela Danz: Stiehl mein Herz

Liebesgeschichte

Lydia ist Politikerin und lässt sich privat auf keinerlei feste Beziehungen ein. So lernt sie auch Angie in einem Restaurant kennen und denkt an nicht mehr als einen heißen One-Night-Stand. Als sie am Morgen erwacht, ist jedoch ihr Safe ausgeräumt. Ein wertvolles Collier, das Lydia unbedingt zurückhaben will, veranlasst sie dazu, Angie bis in den warmen Süden nach Nizza zu verfolgen . . .

Claudia Lütje: Ein Stück vom Himmel

Roman

An einem stürmischen Tag schneit Sarah plötzlich in Maries Leben, weil sie vom Regen durchweicht vor ihrer Tür steht und eine Adresse sucht, die es nicht gibt. Sarah ist Stewardess und bringt Maries ruhiges Leben als Anwältin mit ihren blauen Augen völlig durcheinander. Doch dann stellt sich heraus, dass Sarah ihre eigenen Probleme hat. Marie versucht ihr zu helfen, aber will Sarah das überhaupt?

Ruth Gogoll, Claudia Lütje, Haidee Sirtakis u.a.: Heiligabend mit Überraschungen

Weihnachtsgeschichten

Weihnachten zu zweit gemütlich zu Hause? Eine verschwundene Nonne durchkreuzt Rennis und Monikas Pläne gehörig . . .
Die neue Paketbotin bringt nicht nur ein Päckchen in Christinas Bistro, sondern auch Christinas Gefühlsleben völlig durcheinander . . .
Weihnachtseinkäufe sind schon stressig genug, da ist eine unhöfliche Vordränglerin nicht gerade hilfreich; noch schlimmer wird's, wenn sich diese Kundin als neue Kollegin entpuppt . . .
Diese und weitere weihnachtliche Geschichten konnten Sie im Adventskalender 2015 lesen, jetzt sind sie als Buch erhältlich. Und als Bonus gibt es noch die Silvestergeschichte dazu.

Catherine Fox: Manche mögen's weiß

Liebesgeschichte

Kampflesbe trifft auf Zickenblondine – ein (nicht ganz ernst gemeintes) Weihnachtsmärchen
Als Weihnachtsmann verkleidet bricht Romy in Häuser reicher Familien ein, um als moderner Robin Hood die Beute unter den Armen zu verteilen. Eines Nachts wird sie jedoch von Gräfin Sandra Austel

überrascht, es kommt zum Handgemenge . . . und Sandra wacht nach einem Knockout in Romys Waldhütte wieder auf. Frau Gräfin passt es zunächst gar nicht, dem Bauerntrampel Romy ausgeliefert zu sein, die Abneigung beruht auf Gegenseitigkeit – allerdings nicht sehr lange . . .

Haidee Sirtakis: Unter Kretas Sternen

Roman

Eleni, deutsche Tierärztin mit griechischen Wurzeln, betreibt auf Kreta eine mobile Tierklinik und besitzt ein wunderschönes Grundstück direkt am Meer, das sie zu einem Tierasyl gemacht hat. In dieses kleine Paradies platzt ein griechischer Hotelier, der Elenis Grundstück kaufen und Luxushotels bauen will. Er beauftragt die auf Kreta lebende deutsche Anwältin Anika, ihm das Grundstück zu beschaffen – mit allen Mitteln. Anika, selbst in einer unglücklichen Beziehung steckend, zerrt Eleni vor Gericht, doch schon bald ist es mit der Professionalität vorbei, denn Anika entwickelt tiefere Gefühle für Eleni, was ihren Beruf und ihre ganze Existenz in Frage stellt . . .

Alexandra Liebert: Die Assistentin

Liebesgeschichte

Ellen, erfolgreiche Autorin, lässt bei ihren vielen Bekanntschaften nichts anbrennen. Allerdings hängt ihre Karriere am seidenen Faden, denn starke Schmerzen in den Händen lassen stundenlanges Tippen nicht mehr zu. Da lernt sie Heike kennen, die anders ist als ihre bisherigen Fans – doch Ellen hat nur ihre ungewisse Zukunft im Kopf. Erst mit ihrer neuen Assistentin Sam blüht sie wieder auf, und während sie anfängt, sich Gedanken über ihre Beziehung zu Sam zu machen, benimmt Heike sich immer seltsamer . . .

Ina Sembt: Die Klarinettistin

Roman

Martina Mauritius betreibt eine Art Erholungsheim für weibliche VIPs in den Niederlanden. Als die Star-Klarinettistin Lena van Langen einen Nervenzusammenbruch erleidet, zieht sie sich auf Martinas Anwesen zurück. Nach anfänglichen Schwierigkeiten miteinander beginnt Martina Gefühle für Lena zu entwickeln, doch ihr Berufsethos verbietet jegliche Annäherung. Zumal in der begleitenden Psychotherapie herauskommt, dass Lena große Probleme mit Sexualität in jeglicher Hinsicht hat. Die Therapie hilft Lena, zu sich zu finden, doch flieht sie zunächst vor den neuen Gefühlen, die auf sie einstürmen . . .

Catherine Fox: Date mit einer Unbekannten

Liebegeschichte

Auf einem Social Network für Lesben lernen Bea und die gehörlose Jeanny sich kennen. Die Chats werden schnell heiß und intim, und so drängt Bea darauf, Jeanny endlich persönlich zu treffen. Doch Jeanny lässt sich darauf nicht ein. Nachdem Bea in Gesprächen mehr über Jeannys Leben herausgefunden hat, setzt sie sich über ihre Wünsche hinweg und taucht auf ihrer Arbeitsstelle auf – wo man nichts von einer Jeanny weiß . . .

Jule Richter: Wolke 8

Roman

Zwei Frauen, die gegensätzlicher nicht sein können, finden mehr oder weniger zufällig zueinander: Maggy, die zurückhaltende Therapeutin, die nach der großen Liebe sucht; Hannah, die coole Verführerin, die nicht im Traum daran denkt, ihre Freiheit als Single aufzugeben. Doch als sie spüren, dass sich zwischen ihnen tiefere Gefühle entwickeln könnten, versuchen die beiden alles, um sich dagegen zu wehren. Das Schicksal hat jedoch einen ganz anderen Plan für Hannah und Maggy . . .

Ruth Gogoll: Verbotene Leidenschaft (Teil 3)

Dritter und letzter Teil der Reihe

Was zum Ende vom zweiten Teil noch offen blieb, bekommt im dritten (und definitiv letzten) Teil seinen Abschluss: Sandra soll nicht länger das Liebesglück zwischen Kim und Sonja wehmütig mitansehen müssen, sondern findet auch ihre große Liebe, und die bösartige Mutter sowie der Ex-Ehemann erhalten endlich ihre gerechte Strafe für das, was sie Sonja über all die Jahre angetan haben.

Nadine C. Felix: Liebe, stärkste Macht auf Erden

Roman

Firmenchefin Valerie fühlt sich zu ihrer Geschäftsführerin Emma hingezogen – und wehrt sich gleichzeitig dagegen, da sie doch eigentlich nicht auf Frauen steht. Zumal sie mit der Liebe nach einigen schweren Schicksalsschlägen sowieso schon abgeschlossen hat. Eine unfreiwillig gemeinsam im Büro verbrachte Nacht und ein schwerer Unfall bringen sie und Emma einander näher. Doch erst die Konfrontation mit ihrer

Vergangenheit, bei der Valerie beinahe alles verliert, zeigt ihr endgültig, dass sie Emma und der Macht ihrer Liebe nicht länger widerstehen will.

Sima G. Sturm: Königin auf meiner Bühne

Roman

Als die Journalistin Alexa Porter auf Cora, Leadsängerin einer bekannten Frauenband, trifft, beginnt – nach anfänglichen Schwierigkeiten – ein sexuelles Abenteuer um Lust, Hingabe, Macht und Kontrolle. Was dieser leidenschaftlichen Beziehung fehlt, ist Liebe. Und Cora macht keinen Hehl daraus, dass sie daran auch nicht interessiert ist. Während Alexa versucht, ihre aufkeimenden Gefühle vor Cora zu verstecken, genießt die Sängerin es, Macht über Alexa auszuüben. Wird sie jedoch auf Dauer immun bleiben gegen romantischere Gefühle für Alexa?

Ruth Gogoll: Das Modell

Liebesgeschichte

Als Kunststudentin in notorischer Geldnot nimmt Anna den Job als Aktmodell bei ihrer Professorin an. Von Sitzung zu Sitzung gewöhnt sie sich immer mehr sowohl an die Nacktheit als auch an die raue Kälte, die ihr die schroffe Malerin stets entgegenbringt. Doch eines Tages verlangt die Professorin etwas, das eine Grenze sprengt – aber gleichzeitig den Beginn einer ungewöhnlichen Beziehung markiert . . .

Ruth Gogoll: Eine Frau wie Zuckerwatte

Roman

Es beginnt mit einem Tagebuch in der Vorweihnachtszeit: Einträge voller Sehnsucht, bis plötzlich die Liebe einschlägt wie ein Blitz. Kurz darauf scheint jedoch schon wieder alles vorbei zu sein. Bis sich am Heiligabend ein unerwartetes Geschenk enthüllt . . .
Dieser kurze Anfang des Romans war unter dem Titel »Das Weihnachtstagebuch« bereits als eBook erhältlich, doch das Happy End war ein wenig verfrüht – denn die beginnende Liebe entpuppt sich als ungeahnt problematisch:
Nachdem das äußerst attraktive Geschenk unterm Weihnachtsbaum ausgepackt ist, beginnt eine leidenschaftliche Fernbeziehung mit heißen Nächten in Hotels, denn Kim ist wegen ihrer Arbeit in der Werbeagentur ständig unterwegs. Ihr Traum ist es, einmal selbst die Agentur zu übernehmen. Das einzige Hindernis dabei: Kims Chefin, denn die gibt ihre Firma nur unter einer Bedingung ab. Einer Bedingung, die das

Liebesaus bedeuten würde. Doch alles ändert sich, als Kim während eines Fotoshootings auf Mallorca spurlos verschwindet . . .

Lo Jakob: Ganz großes Kino

Roman

Hollywoodstar Vanessa Harris hat eigentlich alles: Erfolg, Geld, Schönheit. Trotzdem ist sie unzufrieden. Irgendetwas fehlt in ihrem Leben. Genau deshalb lässt sie sich auf den Low-Budget-Film einer jungen Filmemacherin ein. Aber Kira Rosenborn ist damit fast ein bisschen überfordert. Wie geht man mit einem Hollywoodstar um? Und noch dazu mit einem, der schamlos mit einem flirtet und keinerlei Widerstand erwartet? Unglücklicherweise sollen das nicht die einzigen Probleme bleiben, mit denen Kira zu kämpfen hat . . .

Hanna Berghoff: Nur bis ans Ende der Nacht

Kurzroman

Christiane hat sich damit abgefunden, dass das ihr Leben ist: Langweilige Büroarbeit von morgens bis abends und keine Freizeit mehr, keine Vergnügungen, nichts, was Spaß macht. Da trifft sie plötzlich eine alte Freundin, die sie mit Katja, der attraktiven Betreiberin einer Frauencomputerschule, bekannt macht – und alles ändert sich.

Toni Lucas: Der Begierde Preis

Roman

Die schillernde Lokalprominente Clarissa von Eckberg ist ermordet worden, und Kriminalhauptkommissarin Juliane Franke findet sich gleich zu Beginn der Ermittlungen in einem bizarren Milieu wieder: Clarissa von Eckberg war eine Frau mit vielen Geliebten und Geldnöten, die zusammen mit ihrer Lebenspartnerin Lebenskunstseminare und Wellnesskurse abgehalten hat, in denen reichlich Champagner floss und die Massagen schnell intim wurden. Die Verdächtigen stapeln sich, die Lokalpresse fordert schnelle Ergebnisse, und die attraktive Leiterin des Kriminallabors möchte auch ab und zu verwöhnt werden . . .

Ruth Gogoll: L wie Liebe (Staffel 6)

Roman

Weiter geht es mit neuen Gesichtern im Sappho: Zunächst bringt die hippe Fotografin Bliss einige Frauen durcheinander, dann finden sich Melly, Rick und Silvia plötzlich in einer Rolle wieder, die ihnen bisher unbekannt war. Die junge Myrna möchte gern ihre allererste Liebesnacht erleben und weiß auch schon, mit wem, aber weiß ihre Angebetete das auch? Und auch Schauspielerin Saskia lernt eine Frau kennen, die ihr gefallen könnte, doch die ist anscheinend noch nicht so ganz bereit dafür, während Julia um ihre Ehe mit Sam kämpft, die von Bliss bedroht wird . . .

Rebecca Berg: Aus Zufall wurde Liebe

Kurzroman

Nach einer Autopanne verirrt sich Lisa in eine Rockkneipe und lernt die Motorradbraut Joe kennen. Eine lockere Beziehung entsteht, doch während sich Lisa verliebt hat, bleibt Joe cool und trifft sich wieder mit ihrer Ex. Lisa erträgt das nicht und flüchtet nach Sardinien. Für wen wird sich Joe jetzt entscheiden?

Diana S. Wirtz: Träume und Traumfrauen

Roman

Maddy, ein wenig schüchtern und naiv, lebt mit ihrer besten Freundin Jeannie und der Fotografin Carla in einer WG. Sie arbeitet für ein Glamourmagazin und verliebt sich prompt in die viel ältere Assistentin des Chefredakteurs. Es folgt eine kurze Affäre, doch Vanessa kann Maddys Gefühle nicht erwidern. Aber auch Carla beginnt, Interesse an Vanessa zu zeigen, und Jeannie lernt eine Polizistin kennen . . . So kommen und gehen die Traumfrauen, doch welche genau bleibt für immer?

Haidee Sirtakis: Vertrauen ist ein zerbrechliches Geschenk

Roman

Ihr altes Leben hinter sich lassend versucht Chiara in Basel einen Neuanfang. Sie lernt die Kunstmalerin Regina kennen, die sich nach bitteren Erfahrungen in ihrer Villa einigelt. Nach anfänglichen Schwierigkeiten fühlt sich Regina zu Chiara hingezogen, doch das unbeschwerte Zusammensein währt nur kurz – alte Erinnerungen plagen Regina, sie zieht sich zurück. Kann Chiara die nötige Geduld aufbringen, um die Mauer, die Regina um ihr Herz gebaut hat, niederzureißen?

K. T. Talbot: Befreite Gefühle

Roman

Gefangen in einem Schneesturm kann Karen ihre überwältigenden Gefühle für Hockeyspielerin Jessie kaum mehr im Zaum halten. Jessie kam in die Stadt, um sich ein neues Leben aufzubauen, weit weg vom Schmerz vergangener Beziehungen. Doch als sie Karen trifft, flammen die Gefühle wieder auf, die sie eigentlich verstecken wollte. Eine ganze Nacht allein mit Karen ist das letzte, was sie jetzt brauchen kann, deshalb wagt sie sich in den Sturm, um nach Hause zu kommen. Doch zu Karens Überraschung steht sie recht bald wieder vor der Tür – werden sich beider Gefühle jetzt befreien können?

Julia Schöning: Atemlos

Erotische Geschichten

Alle Kurzgeschichten von Julia Schöning in einem Band – mit bislang unveröffentlichten Geschichten
Julia Schöning ist eine so produktive Autorin, dass sie die Leserinnen nicht nur immer wieder mit neuen Romanen beglückt, sondern auch mit Kurzgeschichten. Mit frischem Elan hat sie sich hingesetzt und eine Menge neue Geschichten geschrieben, die wir nicht nur auf unserer Webseite, sondern in einem Buch würdigen wollen.
Ein paar der alten Geschichten sind auch dabei, denn wir wollten gern eine vollständige Sammlung der Geschichten herausgeben.
Erotisch, leidenschaftlich, liebevoll und oft voller Überraschungen – für das kleine Lesevergnügen zwischendurch.

Lo Jakob: Schöner Fernsehen

Roman

Aus dem Blauen heraus wird die junge Journalistin Amelie Brügge für die neue Fernsehsendung »Leuchtenladen« engagiert. Regie führt die renommierte Fernsehmacherin und Frauenverführerin Yve Hagen, und die erste Begegnung verläuft nicht gerade reibungslos. Was vielleicht daran liegt, dass sie vor einiger Zeit bereits ein heißes Stelldichein hatten. Doch dann versucht es der Abteilungsleiter Hansi Grupp mit einer Erpressung, um seine Erzfeindin Yve loszuwerden – was die beiden einander näherbringt. Wenn da nicht noch ein düsteres Geheimnis wäre, das Yve mit sich herumschleppt und eine gemeinsame Zukunft zu verhindern scheint . . .

Jule Richter: GrenzLust

Roman

Eine besondere Begegnung im Hausflur, und zwei Frauen geraten in einen Strudel aus unbekannten Gefühlen, Leidenschaft, Ängsten und Lust: Die zurückhaltende Ella ist gerade in Monas Haus eingezogen, Mona lebte ihre Neigungen zur dominanten Erotik bislang in flüchtigen Affären aus, doch mit Ella wird alles anders. Sie erfahren ihre Grenzen – sexuell und emotional –, lernen sich selbst neu kennen und entdecken Seiten an sich, die sie nie erahnt hatten. Aus der zunächst rein sexuellen Leidenschaft entwickeln sich Gefühle, mit denen beide Frauen nicht gerechnet haben. Es beginnt eine Gratwanderung zwischen Lust und Liebe und der Frage, wie Grenzerfahrungen und eine liebevolle Beziehung zueinander finden können . . .

Lucy van Tessel: Verkettet

Roman

Yoga kann auch verbinden: Physiotherapeutin Judy gibt nebenbei Kurse und verliebt sich in die Goldschmiedin Levke. Es könnte eine glückliche Beziehung werden, wenn sich Levke nicht plötzlich um ihre Ex Vivica kümmern müsste, die sich das Bein gebrochen hat. Aus dem »Kümmern« wird intensive Pflege, und Judy denkt bereits über einen Schlussstrich nach, da taucht Vivica als Patientin in ihrer Praxis auf – und entpuppt sich als äußerst attraktiv und liebenswert. Judy ist hin- und hergerissen, da wird die Verwirrung komplett, denn Vivica versucht sich Judy anzunähern – auf einmal sind alle drei irgendwie miteinander »verkettet«, denn ein Goldhalsband bringt unerwartete Geheimnisse ans Licht . . .

Jenny Green: Dazwischen das Meer

Roman

Für ein Reisemagazin fliegt Theresa Petersen nach Neuseeland, wo sie die Touristenführerin Amiri kennenlernt. Schnell entwickeln sich starke Gefühle füreinander, die auf keinen fruchtbaren Boden fallen: Amiri ist bereits vergeben, und zu Hause wartet Maren auf Theresa. Nach ihrer Rückkehr beschließt Theresa, sich ganz Maren zu widmen, obwohl ihr Herz noch immer an Amiri hängt, denn sie hat Maren viel zu verdanken. Doch dann steht plötzlich Amiri in Theresas Café und gesteht ihr ihre Liebe – für wen soll Theresa sich denn jetzt entscheiden?

Toni Lucas: Kirschensommer

Kurzroman

Luise fällt beim Kirschenpflücken vom Baum. Als sie das Bewusstsein wiedererlangt, schaut sie in die dunklen Augen einer Unbekannten. Sie verschwindet jedoch, bevor Luise sie auch nur nach ihrem Namen fragen kann. Eher zufällig trifft sie ihre Retterin Nina, eine Kinderärztin, wieder, und sie entdecken ihre Gefühle füreinander. Nach Ninas Aufenthalt im Kongo bei Ärzte ohne Grenzen, der nur drei Wochen dauern sollte, kehrt sie jedoch nicht zurück und meldet sich auch nicht mehr . . .

Alexandra Liebert: Familiengeheimnisse

Roman

Als Svenja ihre Nichte Annika vom Kindergarten abholt, lernt sie Maren und deren Tochter Lena kennen. Annika und Lena sind beste Freundinnen, und so verbringen die beiden Frauen immer wieder und immer häufiger Zeit miteinander. Svenja verliebt sich in Maren und outet sich, aber Maren hält sich bedeckt. Langsam kommen sie sich näher, doch Marens Verhalten gibt Svenja immer wieder Rätsel auf. Mal scheint es, als würde Maren auch Gefühle für Svenja entwickeln, doch dann stößt Maren sie unvermittelt zurück – was Svenjas Geduld auf eine harte Probe stellt . . .

Ina Sembt: Füreinander bestimmt

Roman

Nach der Diagnose einer Krankheit, die die weitere Ausübung ihres Berufes verhindert, zieht sich Kriegsberichterstatterin Kristin Kamrath in ein österreichisches Dorf in den Voralpen zurück. Dort lernt sie die verheiratete Dorfärztin Ute Würzburger kennen, und beide entdecken viele Gemeinsamkeiten. Vorsichtig versucht Kristin sich Ute zu nähern, doch die blockt rigoros ab. Sie ist schließlich überhaupt nicht lesbisch . . . hatte sie bislang jedenfalls immer angenommen . . . Aber Kristin lässt nicht locker, denn sie spürt es deutlich: Sie beide sind füreinander bestimmt.

Jenny Green: In den Gassen der Stadt

Roman

Astrid ist von langer Krankheit genesen, aber sie hat das Wichtigste verloren: ihre große Liebe Lotta, die Astrids Zurückweisung nicht mehr ertragen konnte. Zuvor waren sie lange Jahre ein glückliches Paar, bis Astrid krank wurde und Lotta in ihrer Verzweiflung immer wieder von sich stieß. Astrid braucht einige Zeit, bis sie erkennt, dass nicht Lotta die Schuldige ist, aber sie kann sich noch nicht wieder auf Nähe einlassen. Dadurch fühlt Lotta sich erneut zurückgestoßen, und eine gemeinsame Zukunft scheint in weite Ferne gerückt. Nach einigen turbulenten Ereignissen und Umwegen über Stockholm und Italien zeigt sich jedoch ein Silberstreif am Horizont . . .

Lo Jakob: Vorübergehende Unzurechnungsfähigkeit

Roman

Als sich Elf und Hanna zum ersten Mal auf einer Party begegnen, ist es Antipathie auf den ersten Blick. Dass sie sich dann auch noch gemeinsam auf einem Sofa in einer dunklen Ecke wiederfinden, schockiert sie zutiefst. Sie wollen sich unter keinen Umständen wiedersehen.
Doch Elfs Bruder landet mit gebrochenem Bein in dem Krankenhaus, in dem die Ärztin Hanna ihr Praktikum macht. Die zwangsweisen Begegnungen tauen das Eis zwischen ihnen, sie kommen sich näher . . . und näher . . . bis ein fatales Missverständnis Hanna jeden Kontakt abbrechen lässt. Elf konzentriert sich verzweifelt auf ihre Karriere als Pianistin, doch sie kann Hanna nicht vergessen . . .

Toni Lucas: Paradies ist, wo ich liebe

Roman

An der wildromantischen Küste Cornwalls lernen Franziska und Josephine sich unter schicksalsträchtigen Umständen kennen. Franziska lässt sich auf eine Affäre mit Josephine ein, obwohl diese von Anfang an unter einem schlechten Stern steht. Als Franziska erkennt, dass sie keine Zukunft miteinander haben, kehrt sie mit gebrochenem Herzen nach Deutschland zurück und versucht dort an ihr altes Leben anzuknüpfen. Doch wenn das Schicksal beschlossen hat, dass zwei Menschen zusammengehören, versucht es alles, sie auch zusammenzubringen . . .

www.elles.de